D'ÉCAILLES & D'OBSCURITÉ

D'ÉCAILLES & D'OBSCURITÉ

Direction des publications : Stéphanie Baronchelli, Jérôme Bernez-Binder
Direction artistique : Tiphaine Rautureau
Suivi éditorial : Romain Allais
Maquette : Alexandre Plantard
Correction : Maud Bataille

WWW.GULFSTREAM.FR
Couverture et illustrations intérieures : Mochii.mocha
Typographie : Carta Marina – Insigne Design

ISBN : 978-2-38349-195-8

Gaëlle
Maumont

D'Écailles & D'Obscurité

Livre I : Obsidienne

Gulf stream éditeur

PROLOGUE

« DEUX ELLES ÉTAIENT,
PUIS L'UNE RESTA, L'AUTRE S'ÉVANOUIT.
LE SOUVENIR LONGTEMPS ENTERRÉ
À LA VIE REVIENT,
TANDIS QUE L'IMMONDICE S'ÉVEILLE.
POUR AFFRONTER L'OBSCURITÉ TERRÉE,
DEUX ELLES ÉTAIENT, UNE TROISIÈME APPARAÎT.
INSONDABLE EST LA PREMIÈRE,
DÉVASTATRICE EST LA DEUXIÈME,
IMPROBABLE, LA TROISIÈME.
ILS VIENDRONT PAR LES MERS,
ILS VIENDRONT PAR LES AIRS,
ET DE LEUR COMBAT ON SAURA,
QUI DU BIEN OU DU MAL DOMINERA. »

L'homme recula de quelques pas maladroits pour avoir une vue d'ensemble de son texte, ses pieds piétinant la poussière de la grotte dans laquelle il s'était réfugié pour inscrire ces mots. Il était fatigué, usé, blessé, et pas seulement à cause de la pierre acérée dont il s'était servi pour graver les mots dans la roche dure de cette caverne circulaire de l'île de Jade et qui lui avait tailladé les doigts. Il plaqua sa main gauche sur son flanc, luisant d'un liquide écarlate.

Sa longue robe blanche n'avait de cette couleur que le souvenir. Entre la première fois où il l'avait portée et maintenant, il y avait eu une guerre et d'innombrables morts. *Et il y en aura encore*, pensa-t-il tandis qu'il s'acharnait à graver les derniers mots sur la pierre, ignorant ses doigts en sang. Il avait vu ses pairs, ses camarades, ses amis périr dans le feu et l'obscurité. Il avait vu des mères pleurant leur fils, des époux pleurant leur femme, des enfants cherchant leurs parents. Autant de vies brisées.

L'homme s'appuya un instant contre la pierre pour reprendre son souffle. Il ne lui restait pas beaucoup de temps, il le savait. Sa vie s'écoulait hors de lui en même temps que son sang. La Mort ne tarderait pas à venir le cueillir. Mais il lui restait encore une tâche à accomplir avant de la laisser l'emporter loin de cette vie de souffrance.

Satisfait de son œuvre, il recula. Sa respiration se faisait sifflante et de plus en plus laborieuse. Il pria toutes les divinités païennes qu'il connaissait. Pourvu que quelqu'un l'entende et exauce son souhait. Il ne désirait pas la guérison, ni ne plus sentir la douleur qui se diffusait dans tous ses membres… Il espérait seulement – et de tout cœur – que la Prophétie ne serait pas oubliée, que la pierre la conserverait à l'abri, et les hommes dans leur mémoire. Il fallait qu'on se souvienne d'elle. Il en allait de l'avenir de l'Archipel, et peut-être même du monde entier.

Avec peine, il se traîna hors de la caverne. Le couloir qui menait jusqu'à la cavité de la Prophétie n'était éclairé que par des flambeaux dont les flammes vacillaient de plus en plus à mesure qu'il se rapprochait de la sortie et du filet d'air frais qu'elle charriait. Le passage était étroit. Deux hommes marchant de front n'avaient pas la place de circuler. Le blessé s'appuyait tantôt sur le mur de droite, tantôt sur celui de gauche, laissant des traces sanguinolentes derrière lui.

Quand il parvint enfin à l'extérieur, le froid le saisit, anesthésiant sa blessure. La différence entre l'atmosphère étouffante de la grotte et la fraîcheur de la plage était saisissante. Il resta debout un instant, essoufflé mais soulagé.

Plus léger qu'il ne l'avait jamais été.

Puis la douleur revint, et l'homme se plia en deux, tombant à genoux sur le sable, les mains appuyées contre sa plaie. Ses yeux se brouillèrent. Malgré tout il regarda autour de lui une dernière fois. Il ne voulait pas mourir en gardant à l'esprit le tunnel étroit qui menait jusqu'à la caverne. Non, il voulait voir l'immensité de l'océan ; les étoiles dans le ciel pareilles à une poignée de diamants qu'un géant céleste aurait lancés dans le firmament. Il voulait entendre le bruit des vagues s'écrasant sur le sable fin, et non plus le crissement de ses pas sur la roche, ce bruit strident et insupportable. Mais tout ce qu'il perçut, c'était l'odeur de brûlé provenant de l'Édifice, plus loin sur sa gauche. De la fumée montait par volutes ondulantes vers le ciel, masquant parfois les étoiles. Le goût métallique dans sa bouche et la douleur qui fusait en lui à chacune de ses respirations gâchaient le spectacle. Son esprit était empli de cris de souffrance et de désespoir, de crocs blancs, de feu sombre et de terreur.

Il se força au calme, respira longuement. Il regarda un coin de ciel qui n'était pas bouché par la fumée et y vit les étoiles. Un espoir dans la nuit. Il ferma les yeux, s'abreuva de l'odeur de la mer pour oublier celle du sang et de la mort. Le bruit de l'eau sur le sable et celui du vent dans les arbres envahirent son esprit.

Rassasié de beauté, l'homme sourit.

C'était la fin.

Il tomba sur le côté. Il ne prenait plus la peine d'arrêter le flux de sang de sa plaie. Ses bras gisaient sans vie, le long de son corps. Il n'était plus que douleur.

Douleur et espoir.

Même s'ils n'avaient pas gagné la guerre, lui et ses camarades avaient offert un éphémère temps de paix à ceux qui vivaient encore, qui vivraient plus tard. Serait-ce suffisant pour que les forces à venir se réunissent et réussissent là où ils avaient échoué ? Cette incertitude aurait pu le remplir de désespoir, mais ce n'était pas le cas. Les dieux lui avaient envoyé un dernier message. Une Prophétie qui, s'il l'avait bien comprise, annonçait l'avènement de personnes et d'événements exceptionnels. Il avait donné le meilleur de lui-même. Il partait sans aucun regret.

Allongé dans le sable, il sentait le sang couler le long de ses côtes et former une flaque sous lui, imbibant le sable aussitôt. Il tourna doucement la tête. Un dernier regard sur l'océan. Puis il se transforma en un brasier d'une telle ampleur que le feu monta à plusieurs mètres dans le ciel. Ce phénomène n'échapperait à personne.

Même entouré de flammes, l'homme ne sentait plus la douleur. La magie avait inondé son être, son enveloppe de chair n'était plus qu'un réceptacle de pouvoir. Sa conscience était encore dans son corps et y resta suffisamment longtemps pour voir des petites silhouettes sombres de l'autre côté de la crique accourir. Elles tentèrent d'éteindre le feu par leur propre magie. Mais il était trop tard pour le sauver, à présent.

Il tendit le bras vers l'entrée de la grotte et plusieurs visages se tournèrent vers elle. Certains se levèrent pour voir ce qu'il montrait, tandis que d'autres restaient près de lui, à genoux sur le sable, l'accompagnant pour son dernier voyage. Les flammes étaient éteintes et de son corps montaient des volutes de fumée qui se perdaient dans le ciel. Il se sentait en paix, à présent. La Prophétie serait connue de tous ces hommes sages. Ils la transcriraient, personne ne l'oublierait jamais et, le moment venu, elle s'accomplirait.

CHAPITRE I

Cinq cents ans plus tard...

Un grondement ébranla les murs de la grotte sombre et circulaire. C'était de la pierre solide, de celle qu'on ne trouve qu'au plus profond de la terre. La cavité, à cette distance de la surface, aurait dû être totalement obscure, mais des rainures argentées – de la *silcyde* – composaient un réseau complexe qui faisait penser à une toile d'araignée immense et étincelante. Ou à des barreaux arachnéens.

Une nouvelle fois, un grognement retentit, fit vibrer la pierre, et de la poussière dégringola du plafond. Cela faisait bien longtemps que pareil bruit n'avait pas été entendu dans ces galeries souterraines.

Dans son lit, un vieil homme se réveilla en sursaut. Au premier grognement, il avait cru à une hallucination venue tout droit des méandres son sommeil. Au deuxième, il ouvrit les yeux. Ce n'était pas un rêve. *Un cauchemar*, rectifia-t-il en son for intérieur. Il se leva, passant ses jambes frêles et fatiguées par-dessus son lit. Il enfila sa longue robe blanche et tressaillit lorsqu'une nouvelle fois il entendit le grondement. Ce n'était qu'un murmure, pourtant il semblait résonner en lui, faisant trembler ses os déjà fragiles tout en lui promettant des heures sombres. Pris de malaise, le vieil homme se raccrocha à la tête de lit en bois.

Le cœur du vieillard battait fort. Il se redressa et n'entendit plus rien, comme si la Bête se rendormait. Il ne resta dans son esprit qu'un silence inquiétant.

Il sortit de sa chambre, maudissant ses articulations douloureuses qui l'empêchaient de se déplacer rapidement. Ses anciennes courses de jeunesse étaient loin derrière lui.

Il monta les marches qui menaient à la chambre du Mentor. À cette heure de la matinée – la lumière du soleil n'était qu'une lueur orangée de l'autre côté de l'océan – le Mentor n'allait pas être content d'être réveillé aussi tôt, mais peu importait. Il y avait des choses plus importantes que quelques heures de sommeil perdues. Il s'arrêta au milieu de l'escalier pour reprendre son souffle. Cette fois, son vertige n'avait rien à voir avec le bruit qu'il avait entendu. Son vieux cœur était fatigué, voilà tout. Il regarda vers le haut. Les escaliers n'en finissaient plus. Le Mentor avait décidé d'élire résidence dans la plus haute tour de la cité.

Après une courte pause, il reprit son ascension, s'accrochant fermement à la rambarde pour conserver un semblant d'équilibre. Il finit par atteindre la porte de la chambre du Mentor. Il s'accorda cinq secondes pour reprendre son souffle. Il ne voulait pas paraître fatigué devant le Mentor. Déjà que cet homme le méprisait, il ne désirait pas lui donner une raison supplémentaire de le railler.

Pourquoi a-t-il fallu qu'il s'installe aussi haut ? grommela le vieillard. Sûrement pour décourager ceux qui n'avaient pas grand-chose à lui dire. Le Mentor n'aimait pas être dérangé pour rien. C'était d'ailleurs le seul point commun que le Mentor et le vieil homme partageaient.

La porte était en bois massif et une poignée en forme de main permettait de l'ouvrir. Le vieil homme toqua par trois fois. Personne ne lui répondit. Il réessaya. *Faites que je n'aie pas grimpé toutes ces marches pour rien*, pria-t-il intérieurement. Puis du bruit se fit entendre dans la pièce, comme si quelqu'un venait de heurter un mur. Et la porte s'ouvrit sur un homme d'une trentaine d'années aux cheveux sombres, ébouriffés, et aux yeux pleins de sommeil. Son regard se fit noir en voyant son visiteur matinal.

— Salyan, fit-il d'une voix lassée en guise de salut.

Il n'était visiblement pas ravi. Salyan ne s'en excusa pas et ne répondit pas au salut. Il n'était pas du genre à gaspiller ses mots, surtout lorsqu'il avait en face de lui quelqu'un comme le Mentor.

— Tu n'as rien entendu ? demanda-t-il.

— À part tes vieilles mains tapant sur ma porte, non, absolument rien, répondit le Mentor sur un ton morne.

— *Il* se réveille… souffla Salyan.

Le Mentor mit du temps à comprendre. Une fois qu'il eut saisi les paroles du vieil homme, il poussa un soupir qui en disait long sur sa lassitude avant de ricaner. Il connaissait la passion de Salyan pour les vieilles histoires et si, plus jeune, il se délectait d'entendre ses récits, aujourd'hui, rien ne l'énervait davantage que ces fadaises.

— C'est pour cela que tu viens me déranger ? Pour un mythe ?

— Ce n'est pas un mythe.

— Lorsqu'un être n'a plus été vu depuis des lustres, que personne ne peut le décrire et dont l'existence n'est pas prouvée, si, ça devient un mythe.

— Mais, Mentor…

Ah ! Que ça lui coûtait de l'appeler ainsi ! *Mentor.* Cet homme n'était pas plus digne qu'une limace de détenir ce titre.

— Tu as fait un cauchemar, vieil homme, le coupa le Mentor. Stalgar n'est plus. Certains prétendent qu'il n'a même jamais vécu, ce que je crois. Retourne te coucher, tu as les idées confuses.

— Mais…

— Rentre chez toi, Salyan. Veux-tu que j'appelle quelqu'un pour t'aider à descendre ?

Un sourire en coin, qui n'avait rien de joyeux, étira un des côtés de la bouche du Mentor. Il adorait rappeler à Salyan à quel point il était vieux et lui-même dans la force de l'âge.

Salyan se redressa de toute sa hauteur, ce qui était assez ardu, vu les douleurs qui pulsaient dans son dos. Il les ignora superbement. Il fixa le Mentor, qui plissa ses yeux bleus.

— Tu as oublié les enseignements et l'histoire, Derek.

De colère, le Mentor plissa les yeux. Il perdit son sourire méprisant et même la voix polie qu'il s'était efforcé d'emprunter depuis qu'il avait ouvert la porte à Salyan. Personne ne l'appelait plus par son prénom depuis qu'il avait été nommé Mentor de l'île de Jade.

— Un seul écart de plus, Salyan, et je t'assure que je te fais jeter dans le fin fond de l'océan où tu ne pourras plus professer tes idioties. Me suis-je bien fait comprendre ?

— Oui, *Mentor.*

Chapitre I

Mentor était un titre honorifique. Pourtant, Salyan y mit tout son mépris et son agacement. Il tourna les talons, laissant ce jeune arrogant devant sa porte. Il descendit les marches plus vite qu'il ne l'avait jamais fait ces dernières années. La fureur le portait, lui donnait des ailes.

Salyan fulminait. Être Mentor signifiait être sage, humble et à l'écoute. C'étaient les qualités indispensables pour gérer un lieu tel que l'île de Jade, qui abritait tant de savoirs et d'érudits. Du moins, c'était ainsi que le rôle avait été pensé, jadis. Peu à peu, cette fonction s'était perdue. On n'élisait plus le plus sage, ni le plus intelligent, mais bien celui qui avait le plus de relations, dans l'espoir de profiter de privilèges.

Jadis, le Mentor vivait avec les siens. Il était un homme parmi les hommes. Jamais il ne se serait permis de se jucher au sommet d'une tour, tel un empereur arrogant régnant sur son royaume. Le prédécesseur de Derek avait été un homme bon et juste et, même s'il n'avait possédé ni l'intelligence ni la sagesse requises pour cette responsabilité, jamais il n'avait fait preuve d'arrogance. Être Mentor était un honneur, pas un privilège. Visiblement, Derek avait oublié cela.

Pas Salyan.

Lui, il se souvenait de la grandeur passée de l'île de Jade. Non pas qu'il l'ait vécue, il était vieux, mais pas à ce point. Les livres le lui avaient raconté.

En pestant contre Derek, il parvint à l'étage des étudiants. Il passa devant plusieurs portes avant de s'arrêter devant l'une d'elles, semblable à toutes les autres. Il y frappa trois coups. Cette fois, il n'attendit pas pour que la porte s'ouvre. Un jeune homme lui ouvrit presque aussitôt, comme s'il l'attendait. Il était frais et dispos, rien à voir avec le Mentor. Ce garçon d'à peine quinze ans était davantage apte à assumer ce rôle que ce bon à rien de Derek.

— Maître Salyan, le salua Eyden en se courbant.

— Viens avec moi, décréta-t-il.

Le jeune homme referma la porte, puis suivit Salyan. Ils portaient tous les deux la même longue robe blanche aux larges manches qui descendait jusqu'aux pieds. Ce qui les distinguait, c'était la couleur de l'écharpe de soie qui se croisait sur leur poitrine. Celle d'Eyden était bleu clair pour marquer son statut d'étudiant. Salyan l'avait rouge, signe qu'il était maître. Le Mentor l'avait noire, pour montrer qui il était.

— Vous êtes bien matinal, maître Salyan, lui dit Eyden, qui marchait un pas derrière lui.

Salyan soupira. Était-il le seul à avoir entendu Stalgar ? Ils traversèrent une cour peuplée de statues, puis empruntèrent un couloir percé d'arcades. Ils finirent par déboucher dans une petite pièce arrondie qui s'ouvrait largement sur l'océan et sur la cité qui s'étendait, juste en dessous.

Tout comme la fonction de Mentor avait perdu de sa superbe, l'île de Jade semblait également éteinte. Jadis, les rues étaient bruyantes, mouvantes. Du port allaient et venaient mille et un bateaux par jour, disait-on. Ils arrivaient des confins de l'Archipel et de plus loin encore. C'était une période faste. Des visiteurs arpentaient les ruelles de la cité millénaire, des marchands vendaient et achetaient des produits qu'on ne trouvait qu'ici, des érudits du monde entier venaient toucher du bout des doigts toutes les connaissances accumulées entre ces murs. Statues, fleurs, arbres, guirlandes et musiques égayaient les rues de la cité.

Aujourd'hui, le port restait désespérément vide. Il ne restait qu'une jetée qui s'avançait dans la mer, solitaire. Les fleurs avaient fané et les guirlandes encore tendues entre deux ruelles n'étaient plus que des lambeaux de tissus aux couleurs passées. Les statues semblaient se recroqueviller sur elles-mêmes, comme honteuses de ne plus être admirées. Plus personne ne s'intéressait aux savoirs que renfermait l'île.

Eyden était un de ces rares élus encore capables d'entendre la voix de la sagesse.

Salyan resta un moment silencieux, perdu dans ses souvenirs. À présent, la lumière du soleil était plus vive. Elle illuminait l'eau calme de l'océan et la beauté d'antan de l'île.

— Connais-tu la légende de Stalgar ? demanda le vieil homme.

Il avait posé ses mains sur le rebord d'une des larges fenêtres et observait l'horizon, soucieux. Préoccupé par la mine de son professeur, Eyden se rapprocha de lui.

— Oui, j'en ai entendu parler. Stalgar était un dragon légendaire qui a vécu il y a de cela bien des siècles. Ses écailles étaient noires comme la nuit. Il avait semé le chaos et la mort sur son passage avant de disparaître.

— Ce n'est pas une légende, rectifia Salyan. Stalgar a bel et bien existé, ce n'est pas une histoire destinée à faire peur aux enfants pour leur apprendre la différence entre le bien et le mal.

— Pourquoi me racontez-vous cela ? demanda l'étudiant.

— Parce qu'il se réveille, en ce moment même.

Eyden cligna plusieurs fois les yeux. Son cœur battait plus fort, soudainement. Il avait toujours trouvé Salyan excentrique, mais ses enseignements étaient de loin ceux qu'il préférait.

— Le dragon a été enfermé dans une grotte sous-marine, à quelques lieues d'ici, reprit Salyan sans remarquer le trouble du novice. Il se terre dans les profondeurs, si loin que personne ne peut le trouver, à moins qu'on ne connaisse l'emplacement de sa cachette.

— Comment savez-vous qu'il se réveille ?

— Je l'ai entendu.

Eyden haussa un sourcil perplexe et Salyan le frappa à l'arrière du crâne.

— Ce n'est pas parce que je suis vieux que je suis sourd, marmot ! s'exclama-t-il de sa voix tranchante. Ou bien aveugle. Je vois ton air ahuri. Tu penses entendre mieux que moi, gamin, mais sache qu'il ne faut pas écouter qu'avec ses oreilles.

— Je ne comprends pas, maître Salyan.

— Quand Stalgar s'exprime, il s'adresse à l'esprit.

— Vous voulez dire qu'il vous a parlé dans votre tête ?

— Oui, si l'on veut.

— Pourquoi ne l'ai-je pas senti, dans ce cas ?

Pour la première fois de la matinée, Salyan sourit. Eyden était un étudiant très prometteur, peut-être même le meilleur, et il le savait. Toutefois, il ne s'en vantait jamais et aidait les autres avec une humilité rare. Mais échouer à percevoir les manifestations d'un dragon avait tout de même de quoi le frustrer.

— Il est encore dans le coma, et seuls les esprits les plus acérés le peuvent. Tu es encore trop jeune pour cela. Mais plus il s'éveillera, plus les gens seront nombreux à l'entendre.

— Alors, c'est mieux si je ne l'entends pas, si je comprends bien. Cela veut dire qu'il est encore loin de se réveiller.

Et de ravager le monde de nouveau, ajouta Salyan silencieusement.

— Exactement.

— Mais peut-être sa conscience a-t-elle seulement remué. Peut-être que ce n'est rien.

— Peut-être, approuva Salyan sans vraiment y croire.

Eyden resta silencieux.

— Que devons-nous faire ?

— Nous préparer au pire.

CHAPITRE 2

Le *Céleste* filait sur les flots. C'était un beau navire avec de grandes voiles qui claquaient au vent, de multiples et solides cordages qui formaient un réseau pareil à une toile d'araignée où les marins les plus agiles se suspendaient pour passer d'une corde à l'autre, telles des mouettes. La proue représentait une énorme pieuvre dont les tentacules s'étalaient sur la coque. En plus d'être l'un des navires les plus beaux de l'Archipel, c'était également l'un des plus rapides. Sa coque était en bois foncé, presque noir, de l'*ars-trill*, une essence que l'on ne retrouve que dans les îles les plus au sud de l'Archipel. Avec son mât principal haut de plusieurs mètres et sa vigie au sommet, son mât de misaine, presque aussi haut et son bras d'artimon, le *Céleste* faisait la fierté de Robyn, la capitaine, qui menait son équipage ainsi que la barre d'une main de fer.

Debout, une main sur l'un des tentacules de la figure de proue, Robyn fixait l'horizon. Elle guettait la terre ferme. Cela faisait plus de deux mois qu'elle sillonnait les mers, ne faisant que de brèves haltes dans les différents ports de l'Archipel, le temps de se ravitailler et de livrer les marchandises qu'on lui avait confiées. Elle n'avait à présent qu'une hâte : retrouver son île natale pour la saison froide à venir, période durant laquelle les navires restaient à l'arrêt. Les tempêtes étaient trop fréquentes et trop violentes pour que l'on prenne le risque de partir en mer. Seuls les fous, les ignorants et les imbéciles naviguaient durant cette période de l'année. Et on ne les revoyait jamais, avalés par l'océan en furie.

Sa main gauche restait en contact avec le bois du bateau, sa main droite était nonchalamment posée sur la garde de son épée, sereine, comme elle l'était toujours lorsqu'elle était au large. Du moins c'est ce qu'elle voulait que ses hommes croient : une capitaine calme, détendue. L'adage disait : « À capitaine serein, navire serein. Capitaine agité, naufrage assuré. » Mais à l'intérieur, Robyn bouillait d'inquiétude. Elle, qui avait toujours aimé l'océan et ses vastes paysages, le guettait maintenant avec crainte, ses yeux le parcourant à la recherche d'un signe, d'un indice, qui annoncerait un danger quelconque. Pour la première fois de sa vie, elle allait remettre les pieds sur terre avec soulagement. Elle avait vu bien trop de choses inquiétantes, ces dernières semaines. L'océan était agité, mais pas par une tempête à venir. C'était autre chose. Autre chose que Robyn ne comprenait pas, qu'elle n'avait jamais vue. Et qu'elle redoutait, de ce fait.

Et elle n'était pas la seule.

Dans les ports, elle avait aperçu les filets des frégates de pêche remonter des poissons déjà morts, ou à la chair si pâle qu'il était certain qu'elle était empoisonnée. Elle avait vu des oiseaux – complètement inconnus dans l'Archipel – survoler les flots en poussant des cris lugubres. Elle avait entendu les autres marins parler de tempêtes soudaines capables d'engloutir un navire d'une seule et gigantesque vague, de gens peu recommandables voguer sur les eaux. D'autres racontaient encore que, par endroits, l'eau avait viré au noir, que les hauts-fonds normalement paisibles étaient devenus de véritables pièges dans lesquels de nombreux bateaux disparaissaient. Il y en avait qui affirmaient que des créatures aquatiques étranges et anciennes remontaient des profondeurs, probablement effrayées par quelque chose. Robyn avait aussi vu de ses yeux toute une harde de dauphins échoués sur une plage, sans aucune blessure apparente.

De la part d'ignorants, Robyn aurait pu croire à des affabulations. Lorsque l'on vogue pendant des jours et des jours sans d'autres visions que celles de l'eau à perte de vue, il n'est pas rare ni impossible de délirer. C'était d'ailleurs la raison pour laquelle les marins connaissaient autant d'histoires : elles surgissaient de leur imagination quand la solitude et l'ennui se faisaient sentir. Mais les hommes qu'elle avait rencontrés et qui lui avaient parlé de ces étrangetés avaient deux points en commun : ils étaient tous des marins chevronnés et ils avaient tous le regard hanté. Eux aussi étaient inquiets. Comme elle, ils connaissaient l'océan par cœur. Ils pouvaient prédire l'arrivée d'une tempête rien qu'en humant l'air. Ils pouvaient deviner les grosses marées en sondant les profondeurs de l'eau. Ils n'avaient pas besoin de boussole pour s'orienter : le ciel, sa lune, son soleil et ses étoiles suffisaient. Et ils sentaient, au plus profond de leur âme, que l'océan ne tournait pas rond.

— Terre en vue ! hurla-t-on depuis la vigie.

Robyn poussa un soupir de soulagement. Très vite, elle vit à son tour la terre approcher, promesse de sécurité. La jeune femme n'était pourtant pas une froussarde et avait toujours su que l'on pouvait partir en mer sans jamais en revenir.

D'ÉCAILLES & D'OBSCURITÉ

Les tombes vides aux noms de marins disparus étaient légion dans le cimetière près de son village et attestaient de la violence de ce milieu. L'océan leur donnait la vie en leur envoyant nourriture et matériaux, mais il pouvait également tout reprendre s'il se mettait en colère.

Oui, Robyn avait toujours connu les risques de son métier : les récifs, les tempêtes, les pirates… Mais un bon capitaine – ce que Robyn était assurément – pouvait éviter tous ces désagréments. Mais face à des malédictions, que faire ?

La terre se dessinait au loin. On pouvait déjà voir les falaises, les mouettes et même le port avec ses hangars et ses jetées. La capitaine quitta la figure de proue et descendit sur le pont du navire. Les hommes se préparaient à accoster, se lançant des injonctions. Ils savaient ce qu'ils avaient à faire.

Une heure plus tard, le *Céleste* était amarré au port et les marins posaient les pieds sur la terre ferme. Pendant un instant, elle crut que le sol tanguait, sensation que ressent tout marin après avoir passé des jours et des jours à adapter son corps et sa démarche au ressac.

Elle aida ses hommes à décharger des tonneaux et autres caisses remplies de victuailles jusqu'au hangar qui leur était réservé. Puis elle alla voir le marchand qu'elle avait conduit à travers l'Archipel pour qu'il livre ses produits aux commerçants qui faisaient affaire avec lui. Il regardait d'un air satisfait les denrées qui s'entassaient dans le hangar.

C'était un homme robuste, habitué aux longs voyages. Ce n'était pas la première fois qu'il demandait à partir sur le *Céleste*. Il tendit une bourse pleine d'espèces sonnantes et trébuchantes. Robyn ne prit pas la peine d'en vérifier le contenu. Elle lui faisait confiance car il payait rubis sur l'ongle.

— Drôle de traversée, n'est-ce pas ? lui dit le marchand.

Chapitre 2

— N'est-ce pas ? répondit Robyn d'un air préoccupé.

Ils se serrèrent la main pour sceller l'accord.

— On se revoit au printemps, fit la jeune femme.

— Au printemps, répondit le marchand en la saluant.

Il s'éloigna avec les quelques hommes qui avaient embarqué avec lui tandis que ceux de Robyn s'assuraient que le navire était en bon état. Le *Céleste* resterait à quai tout l'hiver. C'était l'occasion pour les marins de retrouver leur famille.

La jeune femme s'étira en poussant un soupir. Avant de rentrer chez elle à Astaak, elle devait remplir tout un tas de papiers à l'Intendance. Nombre de marins, nom du marchand et de ses employés, nature de la marchandise, éventuelles maladies pendant la traversée, rencontre de pirates... Tout cela était ensuite compilé, étudié. Un rapport était fait, puis envoyé aux services royaux.

Robyn regarda le marchand passer en revue tout ce que contenait à présent le hangar. Libre à lui de distribuer les marchandises - en l'occurrence des tonneaux d'huile et de parfum - sur l'île Kasmal une fois que les employés de l'Intendance auraient vérifié qu'elles ne contenaient aucune substance illicite. Une fois celle-ci sur la terre ferme, ce que le marchand en faisait ne regardait plus Robyn. Son rôle était de convoyer les marchandises d'une île à une autre et de faire en sorte que son navire les mène à bon port à chaque fois.

Avant de rentrer chez elle, Robyn devait aussi s'occuper des fiches de paie de son équipage. Cette tâche effectuée, elle alla donner à ses hommes leur salaire. Elle vérifia que le *Céleste* se portait bien. Elle discuta avec Negs, son second, qui vivait dans ce petit port lorsqu'il n'était pas en mer. Il se chargerait de vérifier le navire une fois par semaine.

Elle se rendit ensuite au service de poste pour accomplir ce qu'elle détestait par-dessus tout après un long voyage : un rapport pour la capitale.

Par un malheureux concours de circonstances, dont Robyn était absolument responsable, elle s'était vu confier un rôle de surveillance des îles sur lesquelles elle se rendait. Le *Céleste*, en plus d'être un navire marchand, était aussi les yeux et les oreilles du roi en mer, une fonction dont Robyn se serait bien passée, car cela voulait dire avoir affaire avec la famille royale. Or, plus elle se tenait loin d'eux, mieux elle se portait.

Elle fit tourner le crayon de bois entre ses doigts agiles avant de commencer à écrire.

Majesté,

Conformément à la tâche que vous m'avez imposée, voici le compte rendu du voyage du Céleste *à travers l'Archipel. Le gouverneur de l'île Malt vous adresse ses sincères salutations et confirme sa venue à l'anniversaire de la reine. Les habitants de l'île semblent plutôt contents de lui, mais, comme je vous l'ai déjà signifié dans un précédent rapport – sans succès –, un émissaire serait bien plus à même de vous informer que moi.*

Robyn leva son crayon. N'allait-elle pas un peu trop loin en montrant si ouvertement son mécontentement envers le rôle de messager que lui avait confié le roi ? Elle jugea que non et haussa les épaules. Si le roi voulait quelqu'un de docile, il n'avait qu'à employer quelqu'un de vraiment dévoué à sa personne, ce qui n'était en aucune façon le cas de Robyn qui nourrissait une vieille amertume envers lui. Et réciproquement. Si le roi lui avait confié une telle mission, c'était davantage pour l'agacer et la garder sous son contrôle qu'une réelle marque de confiance et de reconnaissance.

Se fichant pas mal que le roi soit offusqué ou non – une fois de plus ou de moins ne changerait rien –, elle laissa sa lettre telle quelle, puis elle se mordit la lèvre en se demandant si elle devait parler de ce qu'elle avait ressenti, vu et entendu sur l'océan. Finalement, elle décida que c'était certainement mieux de ne rien cacher. Si Robyn n'appréciait pas le roi, elle aimait l'Archipel. Dans le meilleur des cas, le roi la prendrait pour une folle et renoncerait à faire d'elle un émissaire.

Je dois cependant vous dire qu'il se passe des choses étranges sur l'océan. Des poissons à double tête sont pêchés par les marins – quand ils ne sont pas déjà morts. Je suppose que vous n'êtes pas sans savoir que remonter des poissons morts ou défigurés des profondeurs est un mauvais présage. Et il y a aussi des tempêtes, soudaines et dévastatrices, bien plus violentes que celles que nous connaissons d'ordinaire.

Bien à vous, Robyn Fayne, capitaine du Céleste.

La jeune femme relut sa lettre. Elle était claire, concise, précise. C'était suffisant. Inutile d'écrire un roman, elle ne voulait pas contenter le roi, cet imbécile.

Une fois la lettre donnée à un messager, elle rejoignit ceux qui rentraient à Astaak, un petit village à quelques heures de marche où Robyn vivait aussi. Le doux sentiment d'avoir accompli ce qu'elle devait faire était entaché par cette inquiétude sourde qui résonnait en elle.

Le premier soir, Robyn et les trois marins qui l'accompagnaient jusqu'à Astaak s'arrêtèrent dans une auberge. Ils rêvaient tous les quatre d'un bon repas, et Robyn ne pensait qu'à un bain. Un vrai. La jeune femme imposait une hygiène stricte sur son navire, ce qui n'était pas le cas de tous les capitaines. Toutefois l'eau chaude ne servait qu'à la cuisine, et l'eau douce était bien trop précieuse pour que l'on s'en serve à se laver, aussi les bains étaient toujours froids et salés.

Quand Robyn s'installa dans son bain chaud, qui sentait bon la lavande, elle y resta près d'une demi-heure, jusqu'à ce que l'eau refroidisse et que ses doigts se fripent comme ceux d'une vieille dame. Alors seulement, elle se rhabilla pour descendre manger un morceau.

Elle s'installa avec ses hommes, à qui elle paya la première tournée d'hydromel. Puis vint le repas : des cuisses de caille accompagnées de pommes de terre recouvertes d'une sauce onctueuse.

Rassasiée, elle se cala contre le dossier de sa chaise. Les trois marins n'étaient pas du tout fatigués et commandèrent une nouvelle chope d'hydromel. Robyn refusa ce nouveau verre.

— Alors, capitaine, on s'arrête là ? demanda l'un d'eux.

— Il vaut mieux. Au moins l'un d'entre nous doit être à même de réfléchir un minimum, répondit-elle en souriant.

Et de plus je ne tiens pas très bien l'alcool, ajouta-t-elle en son for intérieur. Elle n'avait aucune envie de se ridiculiser devant ses hommes et l'auberge au complet.

— À la vôtre, capitaine !

Robyn leur sourit et, adossée au dossier de sa chaise, elle regarda autour d'elle. Les étrangers et voyageurs étaient nombreux. On le voyait à leur accoutrement poussiéreux. Deux hommes étaient vêtus de soie orange, probablement originaires de l'île Almani. Ils apportaient une touche de couleur au milieu des tenues brunes plus coutumières de l'île Kasmal.

Du coin de l'œil, Robyn vit entrer quatre hommes. Ils se dirigèrent droit vers le comptoir où, à voix basse, ils discutèrent avec le patron de l'auberge. Robyn remarqua leurs mines inquiètes. Alors elle tendit l'oreille.

— ... auraient dû arriver depuis longtemps.

— Un pont s'est peut-être effondré et ils ont dû faire un détour... commenta un des hommes.

— Tu n'es quand même pas aussi naïf, Hurk ? Ou alors tu as oublié les disparitions et les meurtres ?

Robyn tressaillit en entendant ces mots. Des disparitions et des meurtres... Elle savait que, depuis quelque temps, les routes n'étaient plus très sûres, mais les bandits n'étaient pas des tueurs, seulement des voleurs. Elle aurait dû ajouter, dans sa lettre adressée au roi, qu'il devrait mieux s'occuper des terres reculées et y envoyer des troupes pour rétablir l'ordre et la justice avant que la violence n'atteigne des sommets.

Les quatre hommes s'éloignèrent pour s'asseoir à une table après un regard entendu à l'aubergiste qui, d'un air distrait et visiblement soucieux, essuyait un verre qui était déjà d'une propreté impeccable.

Robyn prit la chope qu'elle n'avait pas encore terminée – les marins entamaient leur troisième tournée – et alla s'asseoir au comptoir. L'aubergiste se tourna vers elle, abandonnant aussitôt son air soucieux pour afficher un sourire jovial sur son visage.

— La nourriture vous a-t-elle plu ? Désirez-vous autre chose, demoiselle ?

— C'était délicieux, comme toujours, merci. Ça fait du bien après des mois en mer !

Puis, continuant à voix plus basse, elle poursuivit :

— Je n'ai pas pu m'empêcher d'entendre ce qu'ont dit ces hommes.

Elle désigna du menton la table où ils s'étaient assis et poursuivaient leur discussion loin des oreilles indiscrètes de Robyn.

— De quelles disparitions parlent-ils ?

L'aubergiste regarda autour de lui en fronçant les sourcils, mais ceux qui étaient autour d'eux étaient bien trop occupés à rire, boire et manger pour s'intéresser à leur conversation. Robyn le comprenait fort bien : ce n'était certainement pas un sujet dont il aimait parler au milieu de ses clients. Dire que la région n'était pas sûre n'était pas bénéfique pour son commerce.

— Je vous en prie, insista Robyn en se penchant un peu plus vers lui. Je traverse cette partie de l'île et, s'il y a des dangers sur la route, je dois être prévenue.

L'aubergiste finit par hocher la tête. Il répondit d'une voix si basse que Robyn dût se pencher encore un peu plus vers lui.

— Depuis un mois, on note des disparitions et des meurtres. Les corps qui ont été retrouvés étaient tailladés et couverts de morsures. Ce serait un animal sauvage. Il attaque la nuit, et uniquement la nuit. Personne n'a réussi à le capturer. Pire encore, personne ne sait à quoi il ressemble. Personne n'a réussi à le voir.

— Un animal sauvage ? intervint un homme en s'asseyant à côté de Robyn, une chope à la main. Vous pensez que c'est ça ?

— Décidément, les oreilles traînent ce soir, grommela l'aubergiste. Qu'est-ce que ça pourrait être d'autre ?

L'homme fit la moue sans répondre. L'aubergiste se détourna d'eux pour s'occuper d'un autre client qui venait de s'approcher du comptoir. Il ne revint pas vers eux, considérant que la conversation était terminée. Ce n'était pas le cas de Robyn.

— Qu'est-ce que ça pourrait être d'autre ? répéta Robyn en se tournant vers l'inconnu.

Il était grand – il la dépassait d'une bonne tête – et devait avoir deux ou trois années de plus qu'elle. Ses yeux d'une couleur surprenante, presque dorée, fixaient l'intérieur de sa chope, préoccupés. Malgré son air inquiet, Robyn le trouva charmant.

— Alors ? insista la jeune femme.

Le jeune homme se tourna vers elle. Il la détailla, curieux. Robyn pencha la tête sur le côté, attendant sa réponse.

— Quel est votre nom, demoiselle ?

— Quoi ?

— Une information contre une autre, répondit laconiquement l'inconnu avec un sourire charmeur.

Robyn recula et son regard d'acier devint aussi sombre qu'un orage. Elle se leva.

— Vous êtes sérieux ? persifla-t-elle. Nous sommes en train de parler de meurtres.

— Je suis complètement sérieux.

La jeune femme fut tentée de lui assener sa chope d'hydromel sur le sommet du crâne, mais elle se retint, se contentant de lui jeter un regard hautement méprisant avant de lui tourner le dos et de retourner vers ses hommes.

Elle alla se rasseoir à la place qu'elle occupait. Les marins ne parurent pas voir son agacement. Robyn observa les gens autour d'elle. À présent qu'elle savait ce qui agitait la région, elle voyait les airs préoccupés et les regards fuyants. Elle jeta un coup d'œil vers le comptoir. L'homme était toujours là. Il leva son verre en lui lançant un sourire canaille.

Tout en lui tournant le dos pour entamer la conversation avec les marins, elle se promit de ne pas traîner dans les parages et de ne pas relâcher son attention durant les deux jours de voyage qui restaient avant de rejoindre Astaak.

CHAPITRE 3

L'Ombre aimait l'obscurité. La nuit était son royaume, le moment où toute sa puissance se révélait. C'était en plein milieu de la nuit que ses appétits étaient les plus féroces, et cela faisait plus de deux jours qu'elle n'avait rien mangé.

Elle furetait entre les arbres, sautant de tronc en tronc, de branche en branche, ou bien rampant dans la mousse, remuant l'humus et les cailloux à la recherche d'une proie. Soudain, la plus délicieuse des odeurs parvint jusqu'à ses narines : celle des humains. L'Ombre poussa un petit grognement gourmand qui effraya une chouette, perchée au sommet d'un arbre. Elle la suivit des yeux pendant plusieurs secondes, se demandant si elle devait oui ou non la pourchasser. Ses yeux orange, qui luisaient dans la nuit, finirent par quitter le volatile. La créature avait de bien meilleures proies qui l'attendaient. Elle salivait déjà lorsqu'elle se lança sur la trace des humains. Elle allait enfin se remplir l'estomac. Elle ne mit pas longtemps à les retrouver, ils étaient loin d'être discrets, persuadés, comme toujours, d'être les maîtres des lieux et l'unique prédateur.

D'ÉCAILLES & D'OBSCURITÉ

L'Ombre s'approcha à pas de loup. Les humains – une dizaine – étaient regroupés autour d'un feu de camp. L'un d'eux faisait courir ses doigts sur une lyre, les autres reprenaient un refrain entraînant. Ils tenaient à la main des écuelles et des cuillers en bois. La bête les observa, se demandant par lequel elle allait commencer. Ceux qui avaient déjà fini leur assiette levaient leur chope en chantant à pleins poumons, inconscients du danger qui les guettait. Leurs voix emplissaient la nuit, masquant les bruits nocturnes habituels.

Elle s'avança jusqu'à la limite du feu. Elle n'aimait pas la lumière. Elle s'approcha si près que l'un des hommes, qui ne devait pas avoir plus de vingt ans, se retourna, comme s'il avait senti son souffle glacé sur sa nuque. Il scruta la nuit sans la voir. Cette dernière tendit une main, lentement, se délectant de l'inquiétude qui brillait dans les yeux de l'homme. Puis, sans crier gare, elle faucha l'air, et l'homme s'écroula avant même d'avoir pu émettre le moindre son, avant même d'avoir pu porter ses mains à sa gorge pour en retenir le flot de sang.

Ses compagnons se tournèrent vers lui, mais la créature le tirait déjà hors du cercle de lumière des flammes. Les chanteurs ne virent qu'une paire de pieds disparaître dans la noirceur de la nuit et une large flaque de sang là où leur compagnon se tenait quelques instants auparavant. Ils se levèrent, portant leurs mains à leurs armes.

Une fois de plus, l'Ombre frappa. D'une main, elle happa un deuxième homme sans qu'il n'ait le temps de pousser un cri. Seul un bruit étouffé lui échappa.

Dans la nuit, la lyre s'était tue et les chants aussi. Ne restait que la terreur, presque palpable. La créature la savourait. Elle entendait battre la chamade les cœurs des hommes, en un rythme effréné qui accentuait son appétit et sa soif de sang frais.

— S… Sortez de l'ombre ! balbutia l'homme à la lyre d'une voix chevrotante.

La main qui tenait son épée tremblait autant que sa voix. Il sondait la nuit, sans rien distinguer.

Puis ce fut le chaos total. Du sang jaillit de la gorge du musicien, comme si quelqu'un avait brandi un poignard invisible. Il s'écroula, suivi de près par le meilleur chanteur du groupe.

L'Ombre feintait à droite, à gauche, en avant, en arrière, évitant sans peine les coups d'épée portés au hasard. Personne ne pouvait la voir, personne ne pouvait la blesser.

Elle était invincible. Elle était un monstre, né de la mort, du sang et de la magie la plus noire. Elle laissait derrière elle un sillage funeste.

Son œuvre macabre achevée, elle regarda le carnage avec satisfaction. À présent, le festin pouvait commencer.

Chapitre 4

Il fallut deux jours à Robyn et aux trois marins qui l'accompagnaient pour gagner Astaak. Deux jours durant lesquels Robyn ne cessa de scruter la route et les environs. La nuit, elle ne dormait que d'un œil, la main crispée sur son épée, et le jour, elle ne relâchait pas son attention. Un seul signe suspect et elle saurait se défendre. Elle, qui avait quitté l'océan agité avec soulagement, retrouvait une terre non moins dépourvue de dangers. Revenir chez elle et devoir s'armer comme lorsqu'elle entrait dans une zone contrôlée par les pirates… cela lui procurait un sentiment de malaise qu'elle n'aimait pas ressentir ici. Cette contrée était son repaire, son chez-elle, un lieu de sécurité.

Son état d'alerte était communicatif. Si la capitaine était inquiète, alors ses hommes le devenaient aussi. Elle leur avait raconté sa discussion avec l'aubergiste. Eux aussi étaient à présent sur le qui-vive. Quand ils arrivèrent aux abords d'Astaak, ils avaient les yeux cernés d'avoir si peu dormi.

La petite ville de pêcheurs leur apparut du haut d'une petite colline, au beau milieu de l'après-midi. La bourgade était la plus grande des environs, tout en étant de taille modeste. Ici, tout le monde connaissait tout le monde. C'était un endroit paisible, entouré par de grandes plaines où étaient élevés des moutons et quelques vaches. Les prés étaient sans cesse balayés par les vents marins, et le bois brun était blanchi par le sel. Les cheminées, en cette période de l'année, étaient toutes allumées, et les nuages de fumée qui s'échappaient des conduits promettaient un foyer chaud et douillet.

Robyn adorait cette région dans laquelle elle avait grandi. Elle connaissait ses forêts, ses vallons, ses petites criques et ses grottes par cœur. Enfant plutôt solitaire, elle avait passé des jours et des jours à faire de petites escapades dans les marais, elle s'était livrée à des batailles épiques dans les bois contre des ennemis imaginaires, elle avait passé des heures sur le port à regarder aller et venir les bateaux de pêche. Ici, le fond marin était trop peu profond pour que des navires marchands, tels que le *Céleste*, puissent mouiller l'ancre, mais par temps dégagé on pouvait voir les grandes voiles de ces navires partir vers des lieux inconnus pour la plupart des gens d'ici.

Tandis que les trois marins prenaient la direction de la ville, Robyn poursuivit sa route. Elle n'habitait pas dans Astaak, mais un peu plus loin, à environ une heure de marche. Les marins lui proposèrent de l'escorter, mais elle refusa. Après des semaines passées en mer sans réelle intimité, elle attendait avec impatience de se retrouver seule avec ses pensées. Elle leur adressa un signe de la main, puis s'engagea dans les hautes herbes couchées par le vent.

Le froid était mordant, mais Robyn était bien couverte. Seul le bout de son nez dépassait de son écharpe et de la capuche de sa cape.

CHAPITRE 4

Elle leva la main vers l'épée accrochée dans son dos, un geste qu'elle faisait régulièrement et instinctivement. Cette arme avait fait d'elle ce qu'elle était aujourd'hui. Ses parents avaient toujours eu à cœur de lui prodiguer les meilleurs enseignements. Ils étaient pourtant décédés bien avant que ne commence son véritable apprentissage. Son oncle, qui avait pris la relève, lui avait transmis tout ce qu'il savait. La géographie, l'histoire, la lecture, l'écriture, les mathématiques avaient fait partie de son éducation, mais également la maîtrise des armes : épée, arc, masse d'arme, combat à mains nues, lance... Il avait tenu à ce qu'elle puisse se défendre, et c'était de loin les leçons que Robyn avait préférées.

À quatorze ans, elle avait participé à un petit tournoi à l'épée à Astaak. Après avoir mis tous ses concurrents à terre, elle avait terminé première et avait remporté une petite coupe en or, qui trônait encore au-dessus de la cheminée. En sortant de la tente qu'on lui avait attribuée au début du tournoi, un homme s'était avancé vers elle. C'était un Maître-Lame. Cela se voyait non seulement à sa démarche assurée, mais aussi au ruban noir ornant la lame de l'épée qu'il avait montrée à Robyn. Il lui avait proposé de l'entraîner et, considérant qu'elle avait un fort potentiel, il lui avait conseillé d'entrer à l'Académie.

Robyn avait donc quitté Astaak et avait posé ses valises dans cette bâtisse de pierre, la meilleure école de l'Archipel où étaient formés les Maîtres-Lames, les télépathes, les historiens et diplomates qui entraient souvent au service du roi, les membres de l'Armée royale... Ainsi que les Chevaucheurs.

Les Chevaucheurs étaient des guerriers-magiciens qui sillonnaient les terres et les mers à dos de dragon. Robyn avait toujours admiré ces hommes et ces femmes, mais par-dessus tout elle admirait les dragons, qui étaient pour elle le symbole de la liberté, à une époque où elle se sentait enfermée à Astaak. En les voyant passer au-dessus de son village et de ses terrains de jeux et d'escapades, elle ne pouvait que rêver des magnifiques paysages qu'ils voyaient, de ces horizons lointains qu'elle ne pouvait qu'imaginer. Ses songes étaient alors peuplés de chevauchées fantastiques, de dragons aux écailles multicolores, d'aventures rocambolesques à l'image des romans qu'elle lisait pour s'endormir. Et même quand elle était éveillée, son imagination lui laissait entrevoir ce qu'elle pourrait faire si elle était Chevaucheuse. À chaque fois qu'elle voyait voler l'un d'eux au-dessus d'Astaak, puis s'éloigner au loin, bien au-delà de la portée de son regard, son cœur se serrait.

Les Chevaucheurs surveillaient le royaume au nom du roi. Ils venaient en aide aux populations lors de catastrophes naturelles, aidaient sur les champs de bataille ou étaient envoyés en émissaires auprès des gouverneurs des autres îles. Leur capacité à parcourir de longues distances en un temps record faisait d'eux des soldats dont on ne pouvait se passer.

En cheminant sur la route qui la ramenait chez elle, Robyn se remémora son arrivée à l'Académie. Loin de regretter son existence solitaire à Astaak, elle avait tout de suite trouvé ses marques dans cette école. Il y régnait une certaine ferveur, une soif d'apprendre partagée par tous les étudiants.

Le premier jour s'était si bien passé qu'elle avait eu l'impression d'être dans cette école depuis des années. Elle s'était véritablement rendu compte qu'elle était loin de ses falaises natales lorsqu'elle s'était couchée avec, non pas le chant de la mer pour berceuse, mais le hurlement des dragons, celui des armes qui s'entrechoquaient, les mille pas des étudiants qui allaient et venaient dans les couloirs. Elle avait alors su qu'elle se trouvait là où elle devait être.

Deux jours après son arrivée, elle avait découvert l'endroit où les dragons et leurs Chevaucheurs s'entraînaient sans relâche. C'était une grande arène avec gradins creusés à même la pierre dans le creux de deux montagnes, une construction gigantesque qui pouvait accueillir plus d'une trentaine de dragons – bien que les Chevaucheurs soient bien moins nombreux que cela. On y accédait par un tunnel creusé des siècles plus tôt par les tout premiers Chevaucheurs.

Robyn avait passé des heures à les regarder s'entraîner, rêvant de pouvoir un jour faire partie de leur ordre.

Comme tous les adolescents à l'Académie – quelle que soit la branche qu'ils voulaient emprunter par la suite – elle avait continué à étudier l'histoire, la géographie, les mathématiques. À cela s'étaient ajoutés des cours de diplomatie et de protocole, des thématiques qui avaient profondément ennuyé Robyn…

Pendant des années, elle avait parcouru les couloirs de l'Académie, se montrant brillante dans toutes les disciplines. Dans le maniement des armes, elle excellait. Dès le début, elle épata ses professeurs par sa maîtrise des différentes armes qu'on lui proposa et, un an plus tard, à quinze ans, elle les surpassait tous. Les plus grands Maîtres-Lames du roi, ayant eu vent de son talent, voulurent l'affronter. Tous échouèrent, sauf un, qui ne gagna pas pour autant. Ils restèrent sur un *ex æquo* qui les frustra aussi bien l'un que l'autre.

Toutefois, un obstacle se dressait entre le rêve de Robyn et l'ordre des Chevaucheurs : la magie. Or, Robyn ne possédait pas une once de magie en elle. Ses professeurs eurent beau la mettre dans toutes les situations possibles, jamais sa magie ne s'était déclenchée, comme cela arrivait aux magiciens dès leur plus jeune âge.

C'était certainement la plus grande désillusion de Robyn. Elle n'était pas même capable de produire une petite goutte d'eau, ou une minuscule flamme. Ainsi naissaient les habitants de l'Archipel : certains étaient dotés de magie, d'autres en étaient dépourvus. Robyn faisait partie de ces derniers, et elle avait dû se contenter de regarder les dragons de loin, déçue.

À la fin de sa formation, âgée de vingt-trois ans, elle avait reçu le ruban noir, à passer à la lame de son épée, qui signifiait qu'elle était une Maître-Lame. Tout le monde pensait alors qu'elle entrerait au service de la famille royale, comme la plupart des autres Maîtres-Lames. Ces derniers formaient la garde personnelle du roi et de sa famille. Ils étaient également envoyés à travers l'Archipel pour des missions particulièrement dangereuses qui nécessitaient leurs aptitudes acquises au cours de leur entraînement si exigeant. On murmurait même que le roi avait préparé à son intention une grande chambre prête à accueillir cette fabuleuse Maître-Lame. Elle était certes allée à la capitale, mais en était repartie trois semaines plus tard. À la surprise de tous, Robyn avait souhaité rester à l'Académie pour enseigner ce qu'elle savait aux futurs Chevaucheurs et Maîtres-Lames, et rien ni personne n'avait pu lui faire changer d'avis.

Elle y était restée trois mois et en était partie. L'Académie – après Astaak – était à son tour devenue trop petite face à ses besoins de nouveaux horizons, elle était donc devenue capitaine du *Céleste*. Les marchands faisaient appel à ses services : jamais une seule cargaison n'avait été perdue. Même les pirates, en voyant la coque sombre du *Céleste* et la pieuvre à sa proue, préféraient passer leur chemin plutôt que d'affronter cette machine de guerre qu'était Robyn. Son nom était connu au-delà de l'île Kasmal. Le roi, apprenant que Robyn allait et venait entre les différentes îles, en profita pour la charger de différents messages importants. Avec une guerrière comme elle, ils parviendraient toujours à bon port.

Robyn pensait que cette tâche n'était pas tant une marque d'intérêt plutôt qu'un moyen de lui rappeler que, même si elle avait refusé de servir la famille royale en tant que Maître-Lame, elle lui restait assujettie, qu'elle le veuille ou non. Le roi avait visiblement mal digéré sa décision.

À sa manière, Robyn avait donc trouvé un moyen de donner vie à ses désirs d'aventures. Même si ce n'était pas un dragon, elle aimait son navire comme elle aimait sa petite maison juchée au sommet d'une falaise.

Robyn fut tirée de ses pensées par une ombre qui passa au-dessus d'elle. Elle leva la tête et vit un dragon amorcer une descente vers le milieu de la pente dans laquelle elle était engagée.

La jeune femme s'immobilisa. Elle reconnut tout de suite la dragonne violette qui piquait vers elle, puis aperçut la petite silhouette sur son dos.

La créature atterrit un peu plus haut dans la pente, le souffle d'air de ses ailes fit tomber la capuche de Robyn. Un homme descendit de son dos et la jeune femme se hâta de venir à sa rencontre.

Elle serra Fanir dans ses bras. Son meilleur ami lui avait terriblement manqué ces derniers mois. Il avait le même âge que Robyn et ils étaient arrivés en même temps à l'Académie.

— Salut, Gwen, lança Robyn en s'approchant de la dragonne. Tu vas bien ?

Cette dernière souffla pour lui rendre son salut. Deux petits nuages de fumée sortirent de ses naseaux tandis qu'elle laissait la guerrière lui gratouiller l'espace entre les yeux. Puis Gwen prit son envol, repliant ses pattes arrière pour prendre de l'élan. Elle souleva la poussière à son décollage, et il fallut quelques secondes à Robyn pour voir de nouveau Fanir. Elle s'assit sur un petit tas de pierres, au bord du chemin. Son ami l'imita.

— Alors, quoi de neuf ? demanda Robyn à Fanir.

— Pas grand-chose, la routine. Et toi ?

— L'océan à perte de vue, les îles et les marchands… La routine aussi.

Fanir étendit les jambes pour s'étirer.

— Qu'est-ce que j'aimerais partir en mer, moi aussi !

— Pourquoi ? demanda Robyn en lançant un coup d'œil à Gwen, qui faisait des cercles au-dessus d'eux.

Fanir était grand et élancé. Roux, les yeux verts, son visage était parsemé de taches de rousseur. Leur amitié avait été quasiment immédiate et même quand Fanir avait été nommé Chevaucheur et que Robyn avait vu ses rêves s'envoler, leur lien n'en avait pas du tout pâti.

Après la déception de ne pas être devenue celle qu'elle rêvait d'être, Robyn avait relativisé. Elle avait longtemps cru que les Chevaucheurs étaient totalement libres. Mais ce n'était pas le cas. La liberté ne faisait pas partie des privilèges de Fanir, même s'il pouvait sillonner le ciel dès que l'envie lui en prenait. En effet, tous les Chevaucheurs – il n'y avait aucune exception – entraient au service du roi. En cela, Robyn se sentait chanceuse de ne pas faire partie de leur ordre : le roi ne lui demandait des services que lorsqu'elle partait en mer. Le reste du temps, elle pouvait faire ce qu'elle voulait, libre même de disparaître si elle le désirait. Fanir ne le pouvait pas : en devenant Chevaucheur, il avait signé un pacte magique qui le liait à l'Archipel et à son roi.

— Jack me prend pour son larbin, grogna-t-il, une étincelle de colère dans le regard.

Jack... Il était pour ainsi dire le chef des Chevaucheurs. Il prenait ses ordres auprès du roi. C'était lui qui décidait quel Chevaucheur partait en mission, dans le cas où le roi ne désignait personne en particulier, ce qui était souvent le cas. C'était un râleur aigri par l'âge et qui passait sa vie à pourrir celle de ses Chevaucheurs, lui et son dragon étant à présent trop vieux pour de longs voyages. Ne pas être sous les ordres de cet imbécile était un des autres lots de consolation de Robyn. Jamais elle n'aurait pu supporter de devoir s'en remettre à un bonhomme tel que Jack.

— Tu veux que j'aille lui casser la figure ? demanda Robyn sur un ton de conspiration en prenant un air faussement féroce.

Fanir éclata de rire. Il savait que son amie pouvait mettre une raclée à n'importe qui.

Ils passèrent les cinq minutes suivantes à imaginer quelle serait la meilleure manière d'humilier le vieux Jack. Fanir proposait de le plonger dans un grand bac de bouse de dragon – une des odeurs les plus nauséabondes qui soit, même si la bouse en question constituait un excellent fumier pour les récoltes. Robyn lui proposa de le faire dormir pendant une semaine dans la cale d'un des navires de pêche d'Astaak, qui sentait le poisson pourri. La puanteur serait telle que le roi et son dragon se passeraient de lui pendant au moins un mois.

— Gwen aussi a envie de le rôtir sur place.

— Vous devriez faire passer ça pour un accident.

— Bonne idée !

Ils se mirent à rire de nouveau. Robyn était heureuse de retrouver son vieil ami. Ils ne se voyaient plus autant que du temps de l'Académie. Leurs destins avaient pris des routes différentes. Mais, dès que l'occasion se présentait, ils se retrouvaient pour parler de leurs voyages respectifs. Robyn lui raconta ainsi les trésors d'une petite crique sur laquelle elle s'était arrêtée, et Fanir lui parla de la chance qu'il avait eue, quelques semaines plus tôt, de se rendre à Feyragon, ce petit coin de montagne où vivaient les dragons sauvages. Il avait assisté à l'éclosion de deux œufs de dragon, un événement rare.

Alors que Fanir lui décrivait Feyragon, un vent bien différent de celui venu de l'océan, suivi d'un grondement, indiqua la venue d'un dragon. Ce n'était pas Gwen, qui volait toujours en cercles concentriques au-dessus d'eux, fonçant parfois en avant pour perturber un groupe de goélands.

Robyn leva les yeux vers le ciel et reconnut les écailles couleur vert d'eau et la tache noire sur le poitrail du dragon.

Lorsque Gwen avait atterri, elle avait pris soin de se poser loin de Robyn pour ne pas que la jeune femme soit propulsée au sol et aveuglée par la poussière qu'elle allait soulever en se posant. Ce dragon-là ne s'embarrassa pas de telles précautions, et Fanir et Robyn durent lutter de toutes leurs forces pour ne pas dégringoler de leur monticule de pierres. Ils fermèrent les yeux pour ne pas être gênés.

— Pas eux, grogna Robyn en levant un bras pour protéger son visage.

Les bourrasques produites par les ailes du dragon cessèrent. Robyn et Fanir ne se levèrent pas pour saluer le nouveau venu. Le Chevaucheur glissa du dos du dragon et enleva son casque. Il se dirigea droit vers les deux amis.

CHAPITRE 4

— Fanir, Robyn, les salua-t-il avec son habituel sourire méprisant.

— Josh, répondit la jeune femme d'un air sombre. Comment va Kass ?

— La forme, comme toujours, répondit-il d'un air supérieur.

Le dragon vert avait la même attitude hautaine que son Chevaucheur. Ces deux-là s'étaient bien trouvés. Josh semblait attendre qu'on lui pose des questions, mais comme aucune ne vint il poursuivit :

— Nous rentrons juste de mission, Kass et moi. Le roi *en personne* nous a demandé de nous rendre sur l'île Jéju pour porter un message au gouverneur de l'île.

Il lança un sourire méprisant à Fanir, qui heureusement ne le vit pas. Dès que le Chevaucheur s'était approché, il s'était soudainement préoccupé d'un nœud sur la lanière de son sac. Il poussa toutefois un petit grognement que Robyn fut la seule à entendre. Elle ne sut dire si c'était à cause du nœud ou bien du fait que cet homme détestable qu'était Josh soit parti en mission, et lui toujours pas.

— Fantastique, répondit Robyn sur un ton morne et sans joie.

Elle n'en avait strictement rien à faire de la manière dont Josh occupait ses journées. Ne pas avoir à travailler avec lui était son troisième lot de consolation. Elle ne le supportait tout simplement pas. Il était arrivé en même temps que Fanir et elle à l'Académie, et ils étaient en classe ensemble. Durant les cours de maniement des armes, Robyn, malgré son talent qui surpassait celui de tous les autres, n'avait jamais fait preuve d'arrogance. Elle n'épargnait pas ses camarades – parce qu'un ennemi ne le ferait pas –, mais elle ne prenait jamais plaisir à les terrasser. Sauf lorsqu'il s'agissait de Josh. Ils se haïssaient depuis leur première rencontre. Dès l'instant où Robyn avait dû abandonner son rêve alors que Josh devenait Chevaucheur, il n'avait eu de cesse de lui offrir des airs hautains et des sourires de mépris qui avaient le don de la rendre folle de rage. Avec le temps, elle avait appris à laisser filer les moqueries de Josh, toutefois elle gardait un goût amer chaque fois qu'elle le croisait.

— Et toi, qu'est-ce que tu fais là ? demanda-t-il à Fanir.

Le jeune homme leva les yeux vers lui. Si Robyn était du genre bagarreuse, Fanir était un pacifiste. Il avait de nombreuses fois empêché que les relations entre elle et Josh ne dérapent.

— Je suis venu voir mon amie, comme le font les gens civilisés, répondit-il d'une voix calme.

— C'est certainement quelque chose que tu ne peux pas comprendre, lança Robyn avec un sourire féroce.

Josh perdit légèrement de sa superbe. Il se pencha vers elle.

— Tu sais que je pourrais user ma magie sur toi, lui murmura-t-il.

— Tu n'as pas le droit de faire ça, lui rappela Fanir en prenant cette fois-ci une voix menaçante.

Robyn se leva. D'un pas, elle franchit la distance qui la séparait de Josh et caressa le pommeau de son épée du bout des doigts avec un petit sourire. Sa lame n'avait pas servi depuis longtemps.

— Essaie pour voir, répliqua-t-elle avec un air de défi.

Le regard de Josh passa du visage de Robyn à son épée. Il était peut-être arrogant, mais il savait que contre elle, dans un combat à l'épée, il ne faisait pas le poids.

— Je n'ai pas le temps. Au fait, Fayne, le roi veut te voir. Tu ne devrais pas le faire attendre.

CHAPITRE 4

Il fit quelques pas vers sa dragonne.

— Qu'est-ce qu'il me veut ? s'étonna Robyn.

— Je l'ignore, mais tu devrais te rendre au palais.

— Ma saison en mer est terminée, je n'ai donc aucune obligation envers lui. Qu'il refasse sa demande au printemps. Dis-le-lui, toi qui es dans ses petits papiers.

Josh ne répondit pas et grimpa sur Kass. Deux minutes plus tard, ils n'étaient qu'un point gros comme une mouette dans le ciel.

— Tous les Chevaucheurs ont pour ordre de te faire passer ce message, dit Fanir.

— Alors c'est pour ça que tu es là, toi aussi ? grommela Robyn. Je croyais que tu venais seulement accueillir une vieille amie.

Fanir lui tira la langue et Robyn vint se rasseoir à côté de lui.

— Qu'est-ce qu'il me veut ? Il sait bien que prendre la mer en hiver, c'est du grand n'importe quoi. Je ne peux pas aller dans les autres îles. Il n'est pas bête à ce point-là.

— Non, mais visiblement il n'est pas près d'oublier que tu – je cite – « ne souhaites pas avoir à suivre la famille royale comme un caneton suit sa maman cane ». Ce n'était peut-être pas une bonne idée de le comparer à un canard.

— Et encore, on ne t'a rapporté que ça, renchérit-elle avec un petit sourire malin.

Devant le soupir excédé de Fanir, Robyn se justifia d'un air innocent :

— Il m'avait énervée.

— Il nous énerve tous, Robyn, soupira Fanir.

— Il m'a menacée. Et il a aussi menacé mon oncle. Dès le moment où je lui ai dit que je ne le servirais pas, il est monté sur ses grands chevaux en disant qu'il pouvait envoyer une escouade brûler ma maison, donc celle de mon oncle par la même occasion, et ce n'importe quand, dès que l'envie lui prendrait. Ce n'était pas le meilleur moyen pour que j'entre à son service. Le traiter de canard était la moindre des politesses. Ce sont les ansériformes qui ont été insultés.

— Les ansé-quoi ? répéta Fanir.

— Ansériformes. C'est la famille des canards. Les cygnes sont aussi des ansériformes, ainsi que les oies, il me semble. Il faudra que je vérifie.

— Toi, tu lis toujours les encyclopédies, fit le jeune homme en secouant la tête d'un air désabusé.

Elle était bien la seule personne à sa connaissance qui aime lire les encyclopédies.

— Ça me divertit, rétorqua-t-elle.

— Si tu veux te divertir, prends un roman, ou un amant – il ne doit pas manquer d'hommes sur ton navire. Mais une encyclopédie, sérieusement…

— Prends garde, on peut aussi assommer quelqu'un avec une encyclopédie.

— C'est d'ailleurs leur seule utilité.

Robyn le frappa à l'épaule, et Fanir partit d'un grand éclat de rire. Il se leva.

— Je dois partir. Pense au canard… Je veux dire au roi. Il a peut-être quelque chose d'urgent à te dire.

Robyn haussa les épaules. Elle adressa un signe de la main à Fanir, qui appela Gwen. La dragonne descendit en piqué, puis s'éloigna avec lui dans les airs.

La jeune femme reprit sa route. Elle atteignit sa maison près d'une demi-heure plus tard, alors que le soleil se couchait à l'horizon.

Chapitre 4

C'était une petite masure juchée au sommet d'une falaise, face à l'océan. Elle paraissait si fragile au bord du vide et face à l'horizon, comme si le moindre coup de vent pouvait l'emporter. Toutefois, les pierres épaisses étaient debout depuis des années sans jamais faillir. La maison avait survécu à bien des tempêtes. De la lumière brillait aux fenêtres et de la fumée s'échappait par la cheminée. Une délicieuse odeur embaumait l'air.

Robyn toqua trois fois à la porte. Elle attendit quelques secondes puis, enfin, la porte s'ouvrit sur un homme d'une soixantaine d'années. Il portait un pull en laine, un pantalon de lin noir et des bottes. Ses cheveux poivre et sel étaient légèrement dégarnis sur les tempes et, depuis que Robyn était partie, des rides supplémentaires avaient fait leur apparition au coin de ses yeux, qu'il avait d'un bleu énigmatique et toujours pétillant.

— Te voilà enfin ! s'exclama-t-il en voyant la jeune femme.

Cette dernière se jeta dans ses bras.

— Je ne t'attendais pas de sitôt ! fit-il en l'écartant de lui.

Il la tenait par les épaules, l'observant pour s'assurer qu'elle allait bien.

— Je voulais être là le plus tôt possible pour te voir, oncle Stan, et la mer était bonne, répondit-elle.

Stan lui frictionna affectueusement les bras.

— Tu es gelée, viens donc te mettre au chaud.

Ce fut en entrant dans la petite maison que Robyn s'aperçut que son oncle n'était pas seul. Un homme se leva du fauteuil dans lequel il était assis, un sourire sur les lèvres.

— Vous ! s'exclama Robyn en reconnaissant l'importun de l'auberge.

Son oncle referma la porte derrière elle.

— Vous vous connaissez ? s'étonna-t-il.

— Nous nous sommes croisés, répondit l'homme sans se départir du sourire charmeur dont il ne semblait jamais se séparer.

Le regard de Robyn se chargea d'ombres noires.

— Je vais m'occuper de mes affaires, elles sont sales, lança-t-elle, la mâchoire serrée, en amorçant un pas pour sortir.

— Non, reste te réchauffer, je m'en occupe, suggéra son oncle en lui posant une main sur l'épaule. Daérion, n'importunez pas ma nièce, s'il vous plaît. Quand on l'énerve un peu trop, le fil de son épée devient plus acéré qu'il ne l'est d'ordinaire, et je n'ai pas envie de nettoyer des taches de sang ce soir…

Stan et le dénommé Daérion pouffèrent. Robyn soupçonna son oncle de lui avoir raconté quelques-unes de ses bagarres, puis Stan sortit dans le froid de cette fin de journée.

Robyn enleva sa cape, son écharpe et le manteau qu'elle portait sous sa cape. Elle accrocha le tout sur le portemanteau de l'entrée. Elle rejoignit la cheminée en quelques enjambées et tendit les mains avec un soupir satisfait.

— Le voyage s'est bien passé ? demanda le dénommé Daérion.

— Oui.

Elle se tourna vers lui, les joues encore rougies par le froid extérieur. Si les traces de colère avaient disparu de ses yeux, sa voix restait sèche.

— Qui êtes-vous ? Et comment connaissez-vous mon oncle ?

— Toujours beaucoup de questions. Pourtant, vous refusez de répondre aux miennes.

— Vous ne m'avez rien demandé, riposta Robyn.

— Je vous ai demandé votre nom, vous vous souvenez ?

Chapitre 4

La jeune femme soupira.

— Robyn, fit-elle.

— Oui, je sais qui vous êtes maintenant que j'ai découvert que vous étiez la nièce de Stan.

— Alors pourquoi m'importuner ? Si vous le savez, inutile de poser la question.

— C'est que j'aime qu'on me réponde, même quand je connais déjà la réponse.

— Très bien, alors vous devez être satisfait, admit-elle, excédée par cette joute verbale. À votre tour.

Daérion sourit. Il se rassit dans le fauteuil qu'il occupait avant l'arrivée de Robyn, puis répondit :

— Je connais votre oncle par le plus grand des hasards : nous nous sommes rencontrés dans une auberge d'Astaak.

— À croire que vous adorez traîner au comptoir, ironisa-t-elle. Et comment avez-vous fait pour arriver aussi vite ? Je suis arrivée à Astaak il y a à peine deux heures, et je ne vous ai pas vu dans la côte qui mène jusqu'ici et qui est la seule route praticable à pied.

— C'est que j'ai un cheval. Vous ne devez pas être très bonne cavalière si vous n'en avez pas. Pourtant, la capitaine d'un grand navire marchand gagne bien sa vie, normalement.

— Et vous, vous ne devez pas être particulièrement intelligent si vous pensez qu'un cheval peut survivre pendant des semaines sur un navire sans pouvoir se dégourdir les jambes.

Elle lui sourit d'un air provocateur, puis s'assit sur le fauteuil en face de celui de Daérion. Elle posa sa tête contre le dossier et ferma les yeux. Elle avait une question à lui poser, une question qui avait mobilisé toutes ses pensées, ces derniers jours. Elle se mordit la lèvre. Elle ne voulait pas lui faire croire que ses propos l'intéressaient mais… Elle n'y tint plus. Elle ouvrit les yeux et se pencha en avant.

— Que vouliez-vous dire, l'autre soir, à propos de cette bête sauvage ? demanda-t-elle en baissant la voix.

Dans l'âtre, les bûches crépitèrent et une poignée d'étincelles éclata, faisant sursauter Robyn.

— On a les nerfs fragiles, dites-moi !

— Sérieusement, Daérion. Qu'est-ce que vous vouliez dire ? Que ce n'est pas une bête sauvage ?

La porte de la maison s'ouvrit. L'oncle de Robyn entra, apportant avec lui une bouffée d'air glacial qui fit frissonner Robyn.

— Bien, je vois qu'il n'y a pas de blessé, lança-t-il d'un air goguenard qui fit lever les yeux de Robyn au ciel.

Tout de même, elle n'était pas si violente que ça ! Elle n'attaquait que lorsqu'on la provoquait un peu trop, voilà tout. Elle répondit toutefois :

— Ne t'inquiète pas, tu n'aurais rien eu à nettoyer. Je sais où frapper pour que le sang ne coule pas trop.

Stan secoua la tête en souriant. Il aperçut les vêtements humides et sales que portait Robyn.

— Quelle allure tu offres à notre invité ? Tu es aussi sale que le jour où tu es tombée dans les marais et que la boue sur ton pantalon était si lourde que…

— Ça suffit ! protesta Robyn en jetant un coup d'œil à Daérion, hilare.

— Je te taquine, ma chérie. Mais plus sérieusement, va te changer.

Robyn ne se fit pas prier pour laisser ce Daérion et son sourire grivois devant l'âtre. Les joues en feu – son oncle prenait-il tant de plaisir à l'humilier ? –, elle grimpa les marches menant au grenier, qui était devenu la chambre de Robyn lorsque son oncle l'avait recueillie.

— Après toutes ces années, me voilà encore obligé de lui dire encore quoi faire... ironisa son oncle de sa voix affectueuse.

Elle préféra ne pas entendre la remarque désobligeante à laquelle Daérion ne manquerait sûrement pas de répondre en s'enfermant dans sa chambre.

D'ailleurs, ici, rien n'avait changé. Elle revenait rarement là depuis qu'elle était devenue capitaine du *Céleste*. La plupart du temps, l'hiver, elle rentrait à l'Académie pour dispenser des cours d'armement aux étudiants - qui l'appelaient d'ailleurs la Terreur et qui devaient redouter les hivers autant qu'elle-même les aimait -, ou bien en profitait pour voyager sur la terre ferme. Cette année était différente.

Le lit était fait, et il y avait même des fleurs dans le vase sur la table de nuit. Sur les étagères se trouvaient des livres et des objets qu'elle avait ramassés au gré de ses balades : une étoile de mer séchée, des coquillages, une mue de serpent, un caillou rond et parfaitement poli, un morceau de corail. Dans son armoire, il y avait encore les vêtements qu'elle portait quand elle était plus jeune.

Elle sortit de son sac de voyage un pantalon et une chemise de rechange et les enfila. De son armoire, elle sortit un pull trop grand pour elle à l'époque, mais qui aujourd'hui lui allait parfaitement. Elle laissa ses armes dans sa chambre et redescendit dans le salon où elle se rassit dans son fauteuil. Stan et Daérion étaient en pleine discussion sur le prix du sel, qui avait considérablement augmenté.

— Pourquoi n'essayez-vous pas plutôt de les garder dans de l'huile ? Je vous le dis, Stan, vous feriez énormément d'économies.

D'ÉCAILLES & D'OBSCURITÉ

Le débat se poursuivit pour déterminer quel était le meilleur conservateur : l'huile ou le sel ? Robyn, n'ayant aucun avis sur le sujet, resta silencieuse dans son fauteuil, les yeux rivés sur les flammes, les genoux remontés contre sa poitrine. Elle fut tirée de ses pensées quand elle entendit son nom.

— Quoi ? demanda-t-elle.

— Je voulais savoir si tout se passait bien en mer, répéta son oncle.

Il avait les sourcils froncés et Robyn comprit que, tout comme elle, il avait remarqué les changements de l'océan.

— De manière générale, oui. Je n'ai vu aucun pirate, et quasiment pas de tempêtes, si tu veux tout savoir. Mais…

Elle chercha ses mots. Son oncle méritait mieux que les trois phrases qu'elle avait adressées au roi à ce sujet.

— C'est comme si l'océan était différent… En colère, finit-elle par dire, car c'était ce qu'elle avait ressenti. Des pêcheurs ont remonté des poissons déjà morts dans leur filet. D'autres nous ont raconté que des tempêtes étaient si violentes qu'elles engloutissaient un bateau en une seule vague… Le vent se lève tout à coup, souffle et balaie tout, les barques comme les grands navires.

Stan et Daérion se regardèrent.

— Quoi ? Vous en avez entendu parler ? demanda Robyn.

— Oui, répondit Stan en toute franchise. Nous avons pêché plusieurs poissons à deux têtes et nous avons entendu des hurlements venant des fonds marins, comme si des créatures étaient torturées au fond de l'eau.

— Sur terre aussi, il se passe des choses, ajouta Daérion. Des créatures de l'ombre, que nous n'avions pas vues depuis longtemps, si bien que nous les pensions disparues pour toujours, reviennent. Elles surgissent de la mer, des forêts anciennes et sèment la mort sur leur passage. Nous parvenons à les détruire, la plupart du temps. Le feu ou la lumière les tue. Mais il y en a d'autres plus difficiles à exterminer.

— Comme la créature dont les hommes parlaient à l'auberge, comprit Robyn.

— Par exemple, confirma-t-il en hochant la tête.

— Qu'est-ce que c'est ?

— Je l'ignore. Mais nous devons tous rester prudents.

Un silence s'installa entre eux, seulement brisé par les craquements du feu dans la cheminée.

— Robyn a été maître d'armes à l'Académie, souligna Stan. Elle forme nos futurs Chevaucheurs. Elle n'aura aucun mal à se défendre.

— Voilà qui est extrêmement étonnant, commenta Daérion. Quoique, votre arsenal mobile aurait dû me mettre la puce à l'oreille.

Robyn, en effet, ne voyageait pas léger en matière d'armes. Elle portait deux poignards à la ceinture et deux autres croisés dans son dos au niveau des reins. Sur ses épaules logeaient son épée ainsi que son carquois plein de flèches et un arc. Elle cachait également une petite lame dans chacune de ses bottes.

— On ne sait jamais sur qui on va tomber, répliqua-t-elle en le fixant avec un regard innocent.

— C'est vrai, reconnut-il avec un sourire.

— J'ai cru voir passer Fanir et Gwen, dans le ciel. C'étaient bien eux ? demanda Stan.

— Oui, c'étaient eux. Suivis de près par Josh et Kass.

— Ah.

Stan était au courant de l'aversion qu'éprouvait Robyn envers son ancien camarade de classe.

— Vous semblez être souvent en compagnie de dragons ? demanda Daérion.

Il avait perdu son sourire et était soudainement très sérieux.

— Oui, ça m'arrive. J'ai des amis Chevaucheurs.

Elle songea à Fanir et espéra que Jack et Josh ne lui en faisaient pas voir de toutes les couleurs.

— Comment sont-ils ?

— Qui ça ? Les dragons ou les Chevaucheurs ?

— Les deux.

— Les Chevaucheurs sont comme tout le monde, certains sont sympas, d'autres un peu moins. Ils ont tous des pouvoirs magiques et se lient d'amitié avec un dragon qui correspond à leur don : un dragon bleu pour les pouvoirs liés à l'eau, marron pour la terre, rouge pour le feu, violet pour l'air. Vous n'en avez jamais vu ? Ils sont fabuleux ! Féroces, magnifiques, magiques… J'aimerais pouvoir communiquer avec eux pour connaître leur manière de penser, mais seuls les Chevaucheurs et les magiciens en sont capables. Alors je me contente de les observer et de leur parler sans qu'ils puissent véritablement me répondre, même si la plupart sont très expressifs, comme Gwen, que je peux comprendre sans avoir besoin de communiquer par l'esprit. Je pourrais passer des heures à les regarder voler !

Les deux hommes souriaient devant la fougue de Robyn lorsqu'elle parlait des dragons. Elle s'interrompit en songeant qu'elle avait montré un peu trop d'enthousiasme.

— Pourquoi êtes-vous devenue maître d'armes, puis capitaine ? Pourquoi pas Chevaucheuse ?

— Parce que je n'ai pas de pouvoirs magiques, répondit Robyn avec un pincement au cœur.

Daérion dut percevoir son amertume car il lui dit gentiment :

— Ce que vous faites est très bien aussi. Vous devez être douée au combat.

— Je le suis, en effet, affirma-t-elle avec un sourire carnassier.

Elle ne lui parla pas de son statut de Maître-Lame, et son oncle eut le bon sens de ne pas le lui révéler. De manière générale, elle préférait taire qu'elle était bien plus féroce que sa petite taille ne le laissait présager. Cela lui donnait un avantage certain.

— J'ai toujours été fasciné par les dragons, avoua Daérion. Il y a tant de légendes sur eux… J'aimais entendre leurs histoires, et j'aime encore aujourd'hui écouter les conteurs.

— Ça me rappelle quelqu'un… intervint Stan. Une certaine petite fille qui, chaque soir, me tannait jusqu'à ce que je lui raconte une histoire de dragons ou pour que je lui lise une histoire.

— J'aimais ça moi aussi. Les contes sur les plus grands dragons ayant survolé ces terres sont les meilleures histoires.

Robyn acquiesça malgré elle. Voilà un point sur lequel elle était d'accord avec lui.

Daérion resta là encore quelques heures, puis il finit par s'en aller. Stan prépara alors le dîner, et Robyn dut lutter pour ne pas s'endormir devant la douce chaleur de la cheminée.

Chapitre 5

— Vingt ans… Ça fait vingt ans qu'ils sont partis… murmura Stan.

Il se pencha sur la tombe de Tristan et Anasia, les parents de Robyn, et y posa un immense bouquet de fleurs sauvages, les préférées d'Anasia, sa sœur.

Telle était la principale raison de la venue de Robyn à Astaak. Cela faisait vingt ans que ses parents étaient décédés lors d'une épidémie et, tous les vingt ans, les habitants de l'île Kasmal avaient pour coutume de fêter la mémoire de leurs morts avec les membres de leurs familles. Des offrandes étaient faites aux disparus afin que leurs âmes puissent continuer à vivre en paix dans les Plaines, lieu paradisiaque où se rendaient les âmes des morts, selon les croyances.

Robyn et Stan étant les derniers membres encore en vie de la famille Fayne, c'était à eux de faire perdurer cette tradition. La jeune femme ne savait pas trop quoi penser de cette tradition. Elle n'avait jamais été une croyante dévouée. Les cérémonies religieuses la barbaient. Mais l'idée qu'un jour elle rejoindrait ses parents et ses ancêtres avait de quoi être rassurante.

D'ÉCAILLES & D'OBSCURITÉ

Pour se rendre sur la tombe des parents de Robyn, il fallait marcher un bon quart d'heure le long de la falaise. La tombe avait été creusée à l'endroit même de leur rencontre. C'était à cet endroit que Tristan, fils de bûcheron, avait fait tomber sur les pieds d'Anasia son fagot de bois, déchirant au passage la robe de la jeune fille, qui avait été cousue par sa mère, couturière au village d'Astaak.

Robyn s'agenouilla à côté de la tombe et enleva les mauvaises herbes qui la parsemaient. Vingt ans… Robyn déposa des bougies, qui s'éteignirent presque immédiatement sous le vent, et fixa la stèle quelques minutes. Elle n'avait quasiment aucun souvenir de ses parents. Elle se souvenait d'un rire, d'une chanson, de bras puissants, d'une caresse sur sa joue… Rien de plus.

La jeune femme regarda autour d'elle. Cet endroit était l'un des plus beaux que Robyn connaissait. Laissé à l'état sauvage, comme au commencement du monde, le vent soufflait sans discontinuer, faisant onduler les hautes herbes telle une mer végétale, et on avait une vue imprenable à la fois sur la vallée et sur l'océan.

Elle et son oncle se relevèrent et restèrent un petit moment debout, chacun plongé dans ses pensées, les yeux tantôt fixés sur la tombe, tantôt sur le paysage sauvage et magnifique où reposaient Tristan et Anasia, entre terre et mer.

La tombe n'avait rien de particulier. Pour la famille Fayne, famille modeste comme tant d'autres, il n'y avait pas de grandes sépultures, comme celles des grands marchands, des rois ou des reines. Seulement une plaque de pierre posée à l'horizontale sur le sol. Y était inscrit : *Ci-gisent Anasia et Tristan Fayne. Que leurs âmes éternelles suivent le chemin immortel des Plaines.*

Chapitre 5

Robyn finit par rompre le silence :

— Je me demande parfois ce que seraient nos vies si mes parents étaient encore vivants. Est-ce que je serais partie pour l'Académie ? Serais-je couturière, comme maman ? M'auraient-ils laissée naviguer sur l'océan ou auraient-ils voulu que je reste ici ?

— Qui sait, Robyn… Il y a des questions auxquelles on ne peut apporter de réponses. Tout ce que je sais, c'est qu'ils t'aimaient et que, quoi que tu aies décidé, ils auraient été fiers de toi. Ils le sont, j'en suis certain.

— Merci, oncle Stan.

— Il est triste que j'aie pu passer autant de temps avec eux et toi si peu. Les dieux sont bien cruels.

— Mais j'ai le meilleur des oncles. Ils ne le sont pas tant que ça.

Stan passa son bras autour des épaules de sa nièce et la pressa contre lui. Le silence s'installa de nouveau, puis ils se séparèrent devant la tombe. L'oncle prit le chemin du retour vers la petite maison au bord de la falaise tandis que Robyn partit vers la campagne environnante. Il faisait plus froid que jamais. Une semaine s'était écoulée depuis que Robyn était arrivée. Elle avait passé son temps à aider son oncle à couper du bois en prévision du grand froid à venir. Maintenant elle partait en exploration sur les traces de son enfance.

Elle avait aisément retrouvé l'immense saule pleureur dans une vallée divisée en deux par un ruisseau. Petite, elle aimait s'y cacher. Elle pouvait y voir sans être vue. Elle avait aussi retrouvé la grotte où elle avait trouvé le caillou poli qui trônait dans sa chambre. Rien n'avait changé et cela troubla fortement Robyn, parce qu'elle s'était attendue à ce que tout change, comme elle.

D'ÉCAILLES & D'OBSCURITÉ

Elle n'était aujourd'hui plus la petite fille qui s'enfuyait dans les bois pour échapper à la tristesse de la mort de ses parents. Elle avait fait son deuil et, même si cette douleur persistait, elle avait appris à vivre avec. Aujourd'hui, elle était une guerrière qui aurait pu entrer au service du roi si ses envies de liberté ne l'en avaient pas empêchée. Elle était à la tête d'un grand navire marchand et on s'arrachait ses services pour mener à bien des expéditions. Oui, les choses avaient bien changé.

Elle grimpa à l'arbre où elle avait passé des heures à contempler l'horizon. Les branches étaient désormais plus faciles à atteindre, non seulement parce qu'elle avait grandi, mais aussi parce qu'elle était plus agile. Elle resta un moment juchée en hauteur, comme avant, les pans de sa cape serrés contre elle pour lutter contre le froid. De là où elle était, elle pouvait voir la maison de Stan et les fumées des cheminées d'Astaak. Elle ne s'était pas rendu compte à quel point ces terres sauvages lui avaient manqué.

Le vent continuel, agitant les feuilles des arbres, et le tonnerre de la mer contre les rochers, rappelaient à quel point l'humanité est petite face à la nature. Robyn aimait se sentir vulnérable, elle, la guerrière à qui personne – ou presque – ne résistait. Face à un ouragan ou à une tempête en mer, une épée ne pouvait rien faire. À l'Académie, elle était la Maître-Lame, l'Invincible, la Terreur. Elle était une sorte de mythe vivant et, mis à part quelques Chevaucheurs, elle n'avait pas beaucoup d'amis. Ici, elle n'était que Robyn Fayne, la fille d'un bûcheron et d'une couturière, et c'était une sensation très apaisante.

Quand la nuit commença à tomber, Robyn rentra à la maison, ramassant au passage des racines comestibles au pied d'un arbre pour que Stan puisse les ajouter à sa soupe. Dans la maison, son oncle l'attendait avec une boîte en bois sur la table. La jeune femme poussa un soupir las.

— Je sais que tu n'aimes pas fêter ton anniversaire.

En effet, ses parents étaient morts ce jour-là, vingt ans plus tôt.

— Mais j'ai ce poignard depuis longtemps, poursuivit-il rapidement avant que Robyn ne puisse l'interrompre. Il a appartenu à ton père, et à son père avant lui. Et ainsi de suite. S'il était encore en vie, il te l'aurait légué. Prends-le.

Robyn ouvrit la boîte et resta malgré elle bouche bée. Elle était une habituée des armes et en avait vu plus qu'à son tour, que ces dernières soient braquées sur elle ou bien dans sa main. Mais ce poignard était d'une beauté étrange. Il n'était pas serti de pierres précieuses, comme certaines lames d'apparat que possédaient les grands seigneurs – armes qui, selon Robyn, ne servaient à rien. Celui-ci était indéniablement très vieux. La garde était patinée par le temps et l'usage. Quand elle le saisit dans sa main, elle se demanda combien de fois ses ancêtres avaient fait de même avant elle. Malgré son ancienneté, la lame était aussi coupante que si elle venait d'être aiguisée, ce que son oncle lui assura ne pas avoir fait. La jeune femme rapprocha son visage de la lame et examina la matière dans laquelle elle avait été forgée. Ce n'était pas de l'acier ordinaire, c'était autre chose : un métal argenté qui luisait entre les mains de Robyn. Un filament brillant courait tout le long de la lame, partant de la base de la garde et allant jusqu'à la pointe.

— La lame est faite en quoi ? demanda Robyn en passant son doigt sur le plat de la lame.

— Je l'ignore. Mais elle est incassable, inusable. Je n'ai jamais vu ton père l'aiguiser, et pourtant…

— On dirait qu'elle est neuve, compléta Robyn.

Il n'y avait pas une éraflure, rien. En comparaison, les poignards de Robyn étaient bons à jeter. Soit la lame n'avait jamais servi – ce qui ne semblait pas être le cas vu l'état de sa garde – soit ce métal était très spécial.

— Ton père ne montrait cette arme à personne, sauf à ceux qui étaient au courant de son existence, soit ta mère et moi, ou qu'il estimait dignes de confiance.

Robyn n'avait pas non plus envie de la montrer, tout comme elle aimait taire son statut de Maître-Lame. Avec ses reflets argentés, la lame était magnifique, ce qui attiserait questions et convoitises.

— Il avait un fourreau, mais je ne sais pas où il est passé. J'en ai fait faire un autre.

Il lui tendit l'objet en cuir, et Robyn y glissa le poignard.

— Merci, dit-elle à Stan.

Ce cadeau la touchait beaucoup. Elle ne possédait rien de ses parents, sinon des babioles et des souvenirs diffus. Ses yeux se remplirent de larmes et pour ne pas être gêné, Stan se détourna.

— Vingt-cinq ans… Pour l'occasion, je t'ai préparé ton plat préféré : de la soupe aux carottes. Je vois que tu as apporté des racines. Je vais les ajouter. Va te débarbouiller, sauvageonne que tu es !

Robyn accepta avec plaisir l'occasion que lui offrait son oncle de s'éclipser en toute dignité. Elle se dirigea vers la salle d'eau et, dans le miroir, elle vit que son visage était noirci à un endroit et qu'il y avait des aiguilles de pin dans ses cheveux, qui étaient devenus poisseux à cause du sel. Elle se lava dans la baignoire en métal, se savonna le corps et le visage avant de passer à ses longs cheveux. Elle s'emmitoufla dans un pull, passa un pantalon confortable, puis de grosses chaussettes. Elle sortit de la salle d'eau.

Chapitre 5

— Bonjour, Robyn, fit une voix près de la cheminée.

Elle se retourna. Daérion, le passionné de dragons, était de retour.

— Oh, bonjour.

Il ne parut pas se formaliser de son manque d'enthousiasme et lui tendit un paquet rectangulaire.

— Votre oncle a laissé échapper que c'était votre anniversaire. Alors, bon anniversaire.

Robyn jeta un regard noir à Stan avant de prendre le paquet et de lâcher un « merci ».

— Ouvrez-le, lui indiqua Daérion.

Elle défit le ruban et le tissu, dévoilant un livre. Le titre était *Aëgia et le Dragon de glace.*

— Une histoire de dragon, se réjouit Daérion. Comme vous semblez les aimer et aimer les histoires, en voilà une. Même si maintenant vous êtes assez grande pour ne pas demander à votre oncle de faire la lecture.

— Oh, elle serait bien capable de me le demander ! renchérit Stan de la cuisine.

Robyn lui tira la langue avant de se tourner vers Daérion. Elle inclina la tête. Le cadeau lui faisait vraiment plaisir.

— Merci. Je ne manquerai pas de le lire.

— J'y compte bien. Je pense que vous vous retrouverez un peu dans le personnage d'Aëgia.

— Ah oui ?

Un sourire s'étala sur les lèvres de Robyn.

— C'est une véritable enquiquineuse, lui chuchota Daérion à l'oreille.

La jeune femme voulut le frapper, mais il esquiva son coup et alla demander à Stan s'il avait besoin d'aide. Elle fixa

Daérion en se jurant intérieurement de trouver une petite vengeance.

— À table ! lança Stan.

Robyn s'assit à sa place habituelle. Daérion s'installa en face d'elle et son oncle en bout de table, comme toujours. Il avait sorti une bouteille de vin pour l'occasion.

— À ma chère nièce. Puisse la vie lui apporter tout ce qu'elle désire et plus encore.

Robyn leva son verre en souriant, imitée par Daérion.

La soirée se déroula calmement, mis à part les regards courroucés que lança Robyn à l'invité. Celui-ci se montra d'une gentillesse et d'une politesse à toute épreuve. Il riait aux blagues de Stan et aux anecdotes qu'il racontait sur Robyn. En échange, Daérion racontait certaines de ses propres frasques. Il semblait se délecter à saisir chaque occasion pour se moquer de la jeune femme. Bientôt cette dernière se prit au jeu et fit de même avec lui.

— Je vous remercie pour ce bon dîner, Stan, lança Daérion alors que le soleil s'était couché depuis maintenant longtemps. Mais il est temps que je rentre chez moi.

— Alors à une prochaine fois, répondit Stan en souriant. Robyn, si tu raccompagnais Daérion jusqu'à son cheval ?

— Pourquoi ? Tu as peur qu'il se perde en route ? objecta la jeune femme. Ou qu'il tombe du haut de la falaise ?

Son oncle la toisa. Elle se leva en poussant un soupir.

— Excusez son mauvais caractère, fit Stan.

— Vous n'avez aucune excuse à me faire. Il est absolument charmant, dit-il en souriant.

Robyn attrapa sa cape et son écharpe en levant les yeux au ciel. Elle enfila ses bottes, puis attendit devant la porte.

— Vous venez ? lança-t-elle.

— Tout de suite, demoiselle !

La différence entre l'air froid extérieur et la douce température de la maison était saisissante. Aussitôt, Robyn se mit à grelotter. Sans même s'assurer que Daérion la suivait, elle se rendit droit vers l'écurie en serrant les pans de sa cape contre elle. Le vent, ce soir-là, était glacial. Robyn ressentit avec plaisir la température tiède de l'écurie.

Elle se dirigea vers son cheval, Tanac, et alla le gratouiller entre les yeux. Le vieux cheval de son oncle, Typhon, était là lui aussi. Il hennit doucement à l'approche de Robyn. Daérion montait un bel étalon à la robe noire et brillante.

— Voici Angus, dit le jeune homme en passant la selle sur son cheval.

— Salut Angus ! fit Robyn en lui tapotant la croupe. Tu as l'air bien plus sympathique que ton cavalier.

L'étalon souffla.

— Il est d'accord avec moi, ajouta Robyn en lançant un sourire carnassier à Daérion, qui se contenta de rire.

— Lui et moi sommes amis depuis longtemps, protesta-t-il.

— À propos d'amis…

— Vous voulez devenir mon amie ? la coupa-t-il en souriant d'un air qui se voulait ravageur.

— Ne rêvez pas. Mon oncle est votre ami, mais vous n'étiez pas obligé pour le repas et le livre.

— Non, je ne l'étais pas, c'est vrai. Mais je le voulais, voilà la différence. Et j'ai plutôt tendance à faire ce que je veux, de manière générale.

Daérion fit le tour de son cheval pour se placer du même côté que Robyn.

— Je sais que vos parents sont morts le jour de votre anniversaire, poursuivit-il avec de la douceur dans la voix.

Vous avez entièrement le droit de ne pas aimer cette journée, mais les personnes qui vous aiment veulent fêter le jour de votre arrivée sur cette Terre.

— « Les gens qui m'aiment » ? releva Robyn d'un air malicieux. Je vous en prie, ne vous donnez pas cette peine.

Cacher qu'elle était touchée par une boutade était l'une de ses meilleures défenses.

— Allons, je sais ce que vous faites, lui avoua Daérion. Vous êtes émue et vous voulez le masquer aux autres. C'est louable, mais parfaitement inutile avec les gens comme moi.

— Vous ne connaissez rien de moi, répliqua Robyn.

— J'en sais suffisamment pour vouloir vous offrir un cadeau à votre anniversaire. À ce propos, le mien, c'est le 3 mars. Tâchez de vous en souvenir.

Malgré elle, Robyn éclata de rire.

— J'essaierai !

— Bonne nuit, demoiselle.

— Cessez de m'appeler comme ça.

— À votre aise, demoiselle.

Robyn grommela une insulte inintelligible, puis se décala pour laisser passer Daérion et Angus. Elle leur maintint la porte ouverte lorsqu'ils sortirent de l'écurie. Tandis que le jeune homme grimpait sur le dos d'Angus, Robyn referma les portes.

— Ne vous perdez pas en chemin ! lui lança-t-elle.

— La falaise est par là, si je me souviens bien ! plaisanta-t-il en tendant un bras vers la gauche.

— Oui, et il paraît que ça fait mal quand on tombe.

La jeune femme regarda Daérion disparaître dans la nuit, puis elle retourna dans la maison. Elle s'intéressa alors à son oncle.

— Je peux savoir à quoi tu joues ? lui demanda-t-elle.

— Que veux-tu dire ?

— Tu invites un homme à mon anniversaire. Tu aurais pu inviter la boulangère, par exemple. Elle, elle est sympa. Mais tu l'invites lui.

— Je trouve que c'est un jeune homme très gentil, et avec de bonnes manières.

— Ne me dis pas que tu essaies de faire ce à quoi je pense.

— Et à quoi est-ce que tu penses ?

— Ne joue pas au plus finaud avec moi, tu sais très bien de quoi je parle.

Stan se tourna vers sa nièce, une étrange lueur dans le regard. Il posa sur la table les assiettes qu'il était en train d'enlever et s'appuya contre la planche de bois.

— Je ne suis pas éternel. Tout ce que je veux, quand je partirai, c'est être certain que tu sois heureuse. Ça peut être avec Daérion, ou avec un autre, mais Daérion est vraiment un bon gars.

— Je n'ai pas besoin d'un homme pour être heureuse. Tu sais, l'amour, ça va, ça vient. Je préfère les choses concrètes, les choses qui ne disparaissent pas.

Pas comme mes parents, dit-elle en son for intérieur.

— Je suis heureuse en ce moment, mon oncle, poursuivit-elle. Vraiment, je t'assure. Tu ne dois pas t'inquiéter pour moi. Et puis, tu as encore des tas d'années devant toi. Parler de ces choses-là ne fait que les attirer.

— Tu as raison, Robyn. Excuse-moi. Je n'en parlerai plus.

La jeune femme sourit.

— Le dîner était très bon. Il en reste pour demain ?

— Tu as raison, Daérion n'est pas l'homme qu'il te faut. Il te faut un cuisinier. Tu ne penses qu'à manger !

— Oncle Stan !

— Je plaisante. Et, oui, il reste de la soupe pour demain.

Robyn embrassa son oncle sur la joue, puis monta se coucher, prenant au passage sur la table le livre que lui avait offert Daérion. Elle avait hâte de se plonger dans les aventures d'Aëgia l'enquiquineuse.

CHAPITRE 6

L'hiver était bel et bien installé. Stan et Robyn avaient passé la majeure partie de leur temps à couper du bois, à l'entasser au sec, à s'assurer que le cellier où étaient entreposés les vivres était bien étanche. Ils réparèrent les fenêtres de l'écurie, renforcèrent celles de la maison avec des planches. Les éventuelles brèches dans le bois avaient été refermées, la cheminée était ramonée et les grosses couvertures avaient été sorties des placards. À présent, la neige pouvait bien tomber, le froid pouvait devenir mordant et le vent se lever, ils étaient prêts.

Il était maintenant temps de célébrer la fête de l'Hiver. Pour l'occasion, Robyn avait l'intention de se rendre à Astaak pour la première fois depuis qu'elle était revenue ici.

La fête de l'Hiver était très attendue dans le village. Dans cette région de pêcheurs, l'hiver était la période où les familles se retrouvaient au complet pour passer la saison froide au coin du feu, loin des tourments de l'océan.

On tendait entre les maisons des guirlandes de lanternes qui scintillaient dans la nuit, on fabriquait des cerfs-volants en forme de flocons ou d'étoiles, et les enfants couraient avec, les brandissant à bout de bras en riant. Des stands proposant diverses boissons chaudes et des confiseries étaient installés. À chaque coin de rue, des ménestrels, tous aussi doués les uns que les autres, chantaient la sérénade, jouaient des pièces de théâtre plus ou moins loufoques. Des cracheurs de feu faisaient apparaître des flammes, éclairant furtivement les visages impressionnés des petits et des grands. Les funambules flottaient sur les guirlandes de lanternes, passant et repassant au-dessus des badauds qui devaient se tordre le cou pour apercevoir leurs pirouettes aériennes. Des bonbons étaient distribués dans tout le village. Comme le voulait la tradition, les femmes se mettaient des rubans bleus dans les cheveux et les hommes portaient à la taille une ceinture de la même couleur.

Dans les rues, dès la tombée de la nuit, qui arrivait tôt en cette période, les boutiques fermaient, les paysans revenaient des champs et les pêcheurs des entrepôts, près du port. Lorsqu'il faisait nuit noire, un immense brasier était allumé au centre du village. Les conteurs s'installaient, narrant des légendes sur des pays lointains. C'était d'ailleurs le moment préféré de Robyn.

À l'Académie aussi, les élèves célébraient la fête de l'Hiver. Les cours terminaient plus tôt et les élèves couraient se préparer pour les festivités. Bien évidemment, elles étaient beaucoup plus fastueuses qu'ici, car souvent le roi et sa famille se déplaçaient. Il n'y avait pas que des ménestrels et des conteurs, mais également des troupes entières de théâtre et des orchestres complets. Une année, un cirque s'était même déplacé, installant son chapiteau dans les jardins, ce qui n'avait pas franchement plu au jardinier grincheux qui s'occupait des bosquets de l'Académie. Un immense bal clôturait la soirée.

Chapitre 6

Même si la fête de l'Hiver d'Astaak était plus modeste, Robyn l'aimait davantage. Elle avait la simplicité et la magie des souvenirs d'enfance, et c'était tout ce qu'il lui fallait.

Robyn avait revêtu une robe blanche avec un corset noir et des liserés bleus sur les bords, qui lui arrivait au niveau des genoux. La plupart des autres filles adopteraient une tenue similaire à la sienne. Elle passa un collant de laine blanche pour se tenir chaud et laissa ses cheveux cascader en une crinière brune. Elle se fit uniquement une tresse dans laquelle elle noua le fameux ruban bleu. Elle ne prendrait pas son épée, mais ne resterait pas désarmée pour autant. Elle passa une ceinture autour de sa taille où elle accrocha le poignard de son père ainsi qu'un poignard normal. Elle glissa une petite lame dans sa botte droite, puis rejoignit son oncle dans le salon. Il avait mis sa ceinture bleue par-dessus son éternel pantalon de lin. Ils prirent tous les deux la direction du village.

Du haut de la colline, on aurait pu croire qu'Astaak s'était transformée en une réunion d'étoiles, avec toutes les lanternes qui brillaient dans la nuit. On entendait des rires et quelques cris joyeux. La fête avait déjà commencé et battait son plein.

Une fois dans le village, Stan alla rejoindre ses amis tandis que Robyn déambulait dans les rues, se baissant parfois pour éviter le vol d'un cerf-volant. Elle passa devant un jeu en bois qui consistait à lancer des anneaux autour d'un piquet, puis passa devant plusieurs étals desquels se dégageaient de bonnes odeurs. Elle s'arrêta ensuite devant la scène dressée au centre de la place publique, où un homme jouait de la harpe. Elle l'applaudit quand il salua son auditoire, laissant la place à une fille qui n'avait pour seul instrument que sa voix.

— On ne s'est pas inscrite pour chanter ? demanda une voix derrière Robyn.

Elle se retourna vers Daérion, qui portait un pantalon noir, une chemise blanche, une veste noire, une grosse écharpe en laine et la ceinture bleue autour de la taille.

— Non, rétorqua Robyn. J'ai bien trop peur de déclencher une tempête de neige, ce qui gâcherait un peu la fête, vous ne croyez pas ?

Le jeune homme pouffa.

— Pas faux. J'ai failli ne pas vous reconnaître. Vous vous êtes déguisée en fille.

— Vous, en revanche, on vous reconnaît bien, le taquina-t-elle.

— Merci.

— Ce n'était pas un compliment.

— Ah.

La fille sur la scène avait vraiment une jolie voix et, lorsqu'elle eut terminé sa chanson, elle fut grandement applaudie par l'assemblée.

— Avez-vous déjà participé à une telle fête ? demanda Daérion.

— Bien sûr ! Chaque année, même.

— Je ne vous ai jamais vue ici.

— Cette fête ne se fait pas que dans ce village. À l'Académie, on la célèbre aussi.

— Je ne savais pas. C'est comme ici ?

— C'est différent. Mais celle d'Astaak est beaucoup mieux. Et vous, Daérion, depuis combien de temps êtes-vous ici ?

— J'ai plusieurs fois eu l'occasion de venir à Astaak. Je m'y suis installé depuis peu.

— Et qu'y faites-vous, si ce n'est pas indiscret ?

— Je suis commissaire. Je m'occupe de la sécurité du village et de ses environs.

Chapitre 6

— Vous ne devez pas être débordé, n'est-ce pas ?

— Heureusement pour tout le monde, les criminels se font rares, par ici.

Robyn se tourna vers lui.

— Je parie que vous n'avez pas choisi de venir ici, qu'on vous y a envoyé de force. Vous devez préférer les grandes villes, où il y a de l'action.

— Détrompez-vous. Contre l'avis de tous, je suis venu ici de mon plein gré.

— Pourquoi ?

— Je l'ignore. Le climat, peut-être, déclara-t-il vaguement.

Robyn comprit qu'il ne répondrait pas à cette question. Aussi, elle n'insista pas, préférant se tourner vers le petit garçon qui avait décidé de faire un tour de magie avec des cartes. Elle l'applaudit lorsqu'il termina son tour avec succès et qu'il tourna sur lui-même avant de saluer ses spectateurs.

À côté d'elle, Daérion avait disparu. Elle le repéra un peu plus loin. Il faisait des rondes pour s'assurer que personne ne buvait plus que de raison. Dans ce village reculé, des saoulards voulant se taper dessus étaient bien la seule chose qui pouvait troubler l'ordre public. Tout le monde se connaissait. Même lorsqu'on partait plusieurs années, on restait dans les mémoires. C'était le cas de Robyn. Elle se vit accaparer par des femmes qui voulaient tout savoir des « choses » de la cour. L'interrogatoire prit fin car il était temps de se rendre dans la plus grande auberge du village. Les conteurs allaient commencer leurs récits et la jeune femme ne voulait pas rater le début de l'histoire. Elle se glissa donc au milieu de la foule et se trouva une place de choix, non loin de la cheminée.

Peu à peu, le silence se fit autour de l'immense cheminée près de laquelle le premier conteur s'était installé. Les enfants s'étaient assis sur un tapis à même le sol, les adultes prirent place sur des bancs, des chaises, ou bien restèrent debout. Lorsque le silence fut total, le conteur balaya la foule d'un regard mystique. Les craquements du feu eux-mêmes semblèrent diminuer pour laisser la voix du conteur résonner :

— Il y a bien des années, alors que les grands-pères de vos arrière-arrière-arrière-grands-pères n'étaient encore que des enfants, les liens étaient déjà forts entre les dragons et les humains. Il n'existait pas de Chevaucheurs, comme aujourd'hui, mais déjà ces créatures fabuleuses acceptaient de laisser les hommes monter sur leurs dos pour surveiller les terres sur lesquelles ils vivaient tous. C'était un temps de paix, de prospérité et d'harmonie. Les récoltes étaient abondantes et personne ne connaissait la faim. Hier comme aujourd'hui, seules les personnes douées de pouvoirs montaient les dragons. Car il faut une connexion magique entre le dragon et son cavalier pour communiquer au-delà des distances, au-delà des simples sens des humains, de voir par les yeux de l'autre, de ressentir ce que ressent l'autre. C'est un lien profond, unique et indestructible. Indescriptible.

« Les Chevaucheurs devinrent de plus en plus nombreux et les habitants de l'Archipel se référaient à eux pour les aider. Leur pouvoir leur conférait une autorité particulière. Alors, ils se réunirent en assemblée Ils étaient tous égaux, chacun avait le droit de donner son avis sur n'importe quel sujet et leur façon de faire fonctionnait parfaitement. Chaque Chevaucheur avait sa voix, chaque dragon l'avait aussi, si bien que les décisions étaient prises pour le plus grand bien, toujours dans l'intérêt de l'Archipel. Les revendications personnelles n'avaient aucune place dans cet ordre. Jusqu'à ce qu'arrive une jeune recrue. Il s'appelait Rizal.

CHAPITRE 6

« Rizal était doué. Très doué. Peut-être même le meilleur Chevaucheur que notre monde ait connu. Son lien avec son dragon était si fort que, même séparés par un océan, ils pouvaient communiquer entre eux aussi bien que s'ils s'étaient trouvés l'un à côté de l'autre. C'était également un excellent magicien, plus doué que les autres Chevaucheurs. As du combat, magicien de renom, il se vit confier les missions les plus périlleuses. Reconnu parmi tous les siens, il avait toutefois ses idées, et elles ne concordaient pas avec l'idéologie des autres Chevaucheurs. Rizal voulait que les Chevaucheurs, qui risquaient leur vie pour garantir la paix sur l'Archipel, aient des droits sur les simples mortels. Les Chevaucheurs devaient avoir, selon lui, un pouvoir décisionnel, et ne pas seulement rester les défenseurs de l'Archipel. Il réclamait des terres, des privilèges, des richesses.

« Les autres Chevaucheurs lui expliquèrent que leur rôle n'était pas de régner. Ils n'étaient pas des dirigeants, mais des soldats. Leurs dons ne faisaient pas d'eux des êtres supérieurs, uniquement des humains plus à même de protéger les autres. Pendant quelque temps, Rizal parut se ranger à l'avis de ses confrères et consœurs qui jugèrent que la fougue de la jeunesse avait poussé le jeune homme à émettre de telles idées. Pendant des années, Rizal fut un Chevaucheur exemplaire, défendant les plus faibles, surveillant inlassablement l'Archipel, et il cessa d'inquiéter ses comparses. Mais ce n'était qu'une façade, une ruse pour mieux trahir les siens. En secret, il cherchait un moyen de renverser le roi pour se placer lui-même sur le trône, et ainsi donner à la caste des Chevaucheurs le statut qui aurait dû lui être accordé dès le départ.

« Une nuit de pleine lune, comme celle qui brille ce soir dans notre ciel, il entra dans le palais. Les gardes, qui le connaissaient et lui faisaient confiance, le laissèrent passer. Ils n'avaient aucune raison de se méfier de lui car il n'était pas rare qu'il vienne en pleine nuit apporter des messages. Il arpenta les couloirs du château, mais, au lieu de se diriger vers la salle du trône où le roi le recevait habituellement, il prit la direction des appartements royaux.

« Alors qu'il allait pénétrer dans la chambre du roi, un poignard à la main, un Maître-Lame l'intercepta. Bien que puissant, Rizal ne put blesser que légèrement le soldat d'élite tant ce dernier maniait l'épée avec dextérité. Le sorcier n'eut la vie sauve que grâce à sa magie à l'aide de laquelle il s'enfuit dans la nuit. Mais le Maître-Lame avait compris sa fourberie et il donna l'alerte. Rizal fut aussitôt banni de l'ordre des Chevaucheurs et traqué pour cause de trahison. Il ne se cacha pas pour autant. Il entra en guerre contre ses anciens coéquipiers. Malgré tous ses pouvoirs, il fut défait et, dans la bataille, sa dragonne rouge – Lali – périt, le rendant fou de colère. Une nouvelle fois il disparut et, pendant des années, il n'apparut plus une seule fois. Certains pensaient qu'il était mort, mais il attendait seulement le bon moment pour revenir.

« Il erra pendant des mois et des mois, convaincu que les Chevaucheurs étaient responsables de la mort de Lali. Il chercha alors un autre dragon, mais aucun ne voulut se lier à lui. Son âme était noire, corrompue et ravagée par la haine. Il s'enfonça dans sa colère et sa folie. Il était davantage devenu un spectre qu'un être vivant.

« Puis un jour, il tomba sur un vieux manuscrit oublié qui recensait les sortilèges les plus sombres de l'Archipel. Par un odieux procédé, et par des litres de sang versés, il parvint à créer un nouveau dragon. Tout comme son âme, le dragon qui émergea du maléfice de Rizal était noir. Il l'appela Stalgar – le messager de la mort en ancien langage - et cette fois, il ne comptait pas le perdre au combat. Il lui insuffla une force et des pouvoirs bien supérieurs que ceux que possédaient Lali. Tout comme sa première dragonne, il pouvait cracher du feu, mais ce n'étaient pas des flammes brûlantes qui jaillissaient de sa gueule béante. C'étaient des flammes de mort, un flot noir qui semait la destruction sur son passage. Ainsi, il rasa des villes, tua des milliers de personnes. Il voulait prendre le pouvoir, quoi que cela lui coûte, et peu lui importait le nombre de cadavres qu'il laissait derrière lui. Rien ni personne ne semblait pouvoir l'arrêter et aucun prix n'était assez élevé pour atteindre le trône.

« Les Chevaucheurs durent s'allier une nouvelle fois pour lutter contre Rizal et Stalgar. Mais, avec leurs pouvoirs sombres, contre lesquels personne ne savait se battre, il était extrêmement difficile de les tuer, voire seulement de les blesser. Beaucoup de Chevaucheurs et de dragons perdirent la vie avant d'arriver à piéger et enfermer Stalgar ainsi que son maître. Aussi vite que la destruction était venue, elle disparut. Les grimoires utilisés par Rizal furent brûlés afin que plus personne ne se serve de ces malédictions qui avaient bien failli réduire l'Archipel en cendres. Les temps de paix revinrent et l'ordre des Chevaucheurs fut officiellement créé afin de mettre en place des règles et une formation bien encadrée.

« Aujourd'hui, peu de gens connaissent l'existence de Stalgar. Le dragon est devenu un mythe, une légende destinée à faire comprendre aux enfants la différence entre le bien et le mal. Pour certains, Stalgar a réellement existé et, selon eux, il se cacherait quelque part, attendant son heure pour surgir et tout détruire sur son passage, comme il y a cinq cents ans.

D'ÉCAILLES & D'OBSCURITÉ

La voix du vieil homme se tut. Robyn s'aperçut qu'elle avait retenu son souffle durant toute l'histoire du conteur. Quand la voix de ce dernier cessa, un silence épais que nul n'osait briser flotta dans l'auberge.

Soudain, un cri déchira la nuit.

CHAPITRE 7

L'Ombre errait dans le village. Les rues étaient vides, sombres, glaciales et recouvertes d'une fine couche de neige. La créature huma l'air et ne sentit aucun humain à proximité. Ils étaient tous enfermés derrière leurs portes et leurs fenêtres, derrière lesquelles brillaient des bougies pour éloigner le mal. À cette pensée, l'Ombre ricana – un son pareil à celui d'une pierre raclant contre une autre. Comme si une bougie pouvait l'arrêter… Elle ne craignait rien. Ni le feu, ni une lame, ni les sortilèges. Rien ne pouvait l'arrêter. Elle était le mal incarné, et par cette nuit de pleine lune elle était particulièrement affamée.

L'Ombre se plaqua contre un mur en entendant une porte s'ouvrir. Un rai de lumière traversa la rue, s'arrêtant juste aux pieds de l'ombre, charriant avec lui une odeur de nourriture – celle que les humains affectionnaient – et des rires retentirent. Le délicieux fumet que l'ombre cherchait depuis de longues heures se faufila jusqu'à ses narines : celle du sang frais. La porte se referma, la lumière et les rires s'évanouirent. La neige craqua. Une fois. Une deuxième fois. L'Ombre sentit son cœur battre plus vitre. Un homme s'avançait, droit vers elle. Elle se tapit dans l'obscurité. Personne ne pouvait la voir, mais elle était une chasseuse et elle aimait la traque presque autant que se nourrir.

Le monstre suivit l'homme sur quelques mètres. À un moment, la proie se retourna, se sentant épiée. Puis, songeant que c'était son imagination, elle reprit son chemin en haussant les épaules.

La proie était un homme de haute taille, pas de prime jeunesse, mais peu importait pour l'Ombre. Le sang d'un vieillard avait la même saveur à ses yeux que celui d'un enfant.

L'homme bifurqua à l'angle d'une rue. L'Ombre jaillit de l'obscurité et sauta sur le dos de l'homme, qui retomba avec un bruit sourd sur la neige. Il se retourna, faisant face à son ennemi invisible qui, l'espace d'un instant, laissa tomber le sortilège d'invisibilité qui l'entourait. Il aimait terrifier ses victimes avant de les tuer. Le sang avait alors bien meilleur goût. Comme toujours, sa victime hurla.

L'Ombre était petite, de la taille d'un enfant. La comparaison avec un gamin s'arrêtait là. Sa peau était noire comme l'ébène, et tout aussi dure que la pierre. Elle avait l'aspect du grès. Ses yeux étaient orange, ses pupilles n'étaient que deux fentes. Sa bouche était remplie de dents effroyablement acérées, alignées sur deux rangées, et entre lesquelles pendait un bout de chair du dernier lapin que l'Ombre avait avalé.

La créature mit fin au hurlement d'un revers de sa main griffue. La gorge de l'homme s'ouvrit. Il n'eut même pas le temps d'y porter sa main pour arrêter le flot de sang. Il était déjà mort quand le liquide rouge se répandit tout autour de lui.

Chapitre 7

L'Ombre se hâta. Elle n'avait pas beaucoup de temps. Comme les loups, les humains réagissaient toujours à l'appel de détresse d'un de leurs semblables.

Faibles créatures, songea-t-elle. Elle se pencha sur l'homme et, en un geste qu'elle avait déjà répété des dizaines de fois, elle mordit la chair, aspirant avidement le sang. Derrière elle, les portes des tavernes et des maisons s'ouvraient. Elle n'avait plus qu'une poignée de secondes. C'était largement suffisant.

Des rais de lumière envahirent les rues, des cris retentirent, et l'Ombre se réfugia dans l'obscurité, laissant derrière elle le cadavre de l'homme supplicié.

CHAPITRE 8

Robyn fut l'une des premières à jaillir dans la rue, poignard au poing.

Comme tous les autres, elle avait sursauté au hurlement. L'instant d'avant, elle était hypnotisée par l'histoire du conteur, l'instant d'après, la guerrière en elle se réveillait en entendant ce cri de peur absolue.

Elle regarda à droite, puis à gauche. Rien. Elle avança de quelques pas dans la neige. Les paysans sortaient avec des fourches, les pêcheurs avec des harpons. Tout était bon pour lutter contre ce qui avait provoqué la plainte déchirante.

— Par les dieux ! PAR LES DIEUX !

La voix d'une femme fissura le silence lourd de la nuit qui retenait encore son souffle.

Robyn se précipita vers elle. Elle trouva la femme qui, une main plaquée sur la bouche, tendait le bras vers une ruelle sombre. Robyn fit un pas de plus en avant et se figea devant la scène morbide qui l'attendait. Un homme était allongé dans une flaque de sang. Partout sur son corps, il portait des traces de morsures.

D'ÉCAILLES & D'OBSCURITÉ

Robyn en avait déjà vu beaucoup : celles de dragonneaux, de chiens, de chats et même de gloutons. Mais aucune n'était comparable à celle-ci. La chair avait été arrachée, ne tenant au corps que par quelques lambeaux de peau. Dessous, on pouvait apercevoir l'éclat blanc et brillant des os. Malgré sa répulsion, la jeune femme se pencha près du corps et vérifia si l'homme respirait encore. Sans grande surprise, elle se rendit compte que non. Avec de pareilles plaies, il était impossible qu'il ait pu survivre. Si la plupart des blessures n'étaient que de la charpie, à certains endroits les morsures étaient nettes, et l'on pouvait voir deux rangées de dents. Robyn n'avait jamais rien vu de tel.

— Reculez ! Écartez-vous !

Daérion manqua de bousculer Robyn en pénétrant dans le cercle formé par les villageois autour du corps déchiqueté.

— Par les dieux… murmura-t-il.

Il posa l'épée qu'il avait dégainée à côté de lui et s'accroupit près du corps. Deux hommes arrivèrent à ses côtés.

— Faites-les partir, leur ordonna Daérion. Que personne ne piétine la neige autour du corps. Il doit y avoir des traces. Faites en sorte que personne ne rentre seul cette nuit, la chose qui a fait ça doit encore rôder dans le coin.

Il suivit des yeux les nombreuses morsures, les lèvres pincées et le regard dur.

— Pas encore… murmura-t-il.

Robyn fut la seule à l'entendre. Les gens s'éloignaient, obéissant aux hommes de Daérion. Des pleurs et des cris résonnaient dans le village alors que la nouvelle de la mort de Romarik le marin se répandait. Robyn attendit que les derniers villageois soient partis pour s'accroupir près de Daérion.

— Ce sont les mêmes morsures que celles des autres victimes de la créature dont nous avons déjà parlé, n'est-ce pas ?

CHAPITRE 8

Daérion se tourna vers elle, surpris de la voir encore ici. Il regarda le poignard qu'elle tenait à la main, puis reporta son attention sur le visage de Robyn.

— Romarik était un ami de votre oncle, vous devriez aller le voir.

— Cela ne répond pas à ma question, objecta la jeune femme sans bouger.

— Je me fous de vos questions, répondit-il, des flammes dans les yeux et de la colère dans la voix. Il y a un homme mort, là, devant nous. Partez avant que je vous y oblige.

Robyn obéit silencieusement. Elle se releva et s'éloigna. Avant de tourner à l'angle de la rue, elle jeta un coup d'œil derrière elle et vit Daérion se relever et faire le tour du cadavre, comme pour essayer de voir quelque chose.

Elle tourna le dos au corps. Les rues étaient de nouveau silencieuses. Les acolytes de Daérion avaient fait en sorte que personne ne reste dans les rues. Il y avait après tout un cadavre et une bête sauvage rôdant quelque part.

Les rues de ce village que Robyn connaissait par cœur lui parurent soudainement hostiles. Les ombres étaient menaçantes. Un vent froid s'infiltra sous sa robe et la glaça. Elle frissonna, son poignard toujours en main. Elle regarda autour d'elle. Elle avait la certitude d'être observée.

Son regard se posa à l'angle d'une ruelle sombre. Il y avait une silhouette tapie dans l'obscurité. Elle avait les yeux braqués sur elle. Robyn serra la garde de son poignard un peu plus fort. Dans le village, une porte claqua. La chose tourna la tête vers l'origine du bruit, fixa de nouveau Robyn droit dans les yeux – des yeux orange – puis s'enfuit dans la direction opposée, allant si vite que la jeune femme ne vit qu'une tache sombre.

D'ÉCAILLES & D'OBSCURITÉ

Le silence revint dans le village. Robyn fut parcourue de frissons. Une terreur telle qu'elle n'en avait jamais connue déferla en elle. Elle regarda autour d'elle, certaine que la chose allait la surprendre par-derrière. Mais où que son regard se braque, elle ne vit rien.

Remplie d'effroi, Robyn se précipita dans l'auberge la plus proche. Elle ouvrit la porte à la volée et la referma brusquement. La lumière et le bruit l'assaillirent. Les hommes parlaient fort, donnant certainement leur avis sur l'animal qui avait pu attaquer Romarik.

Pas un animal, songea Robyn. *Un monstre, un démon.*

Elle s'appuya contre la porte, glacée et encore tremblante de peur. Elle ne se sentait pas bien, la tête lui tournait. Personne ne faisait attention à elle. Le bas de sa robe était taché du sang frais de Romarik. Elle voyait les gens parler, gesticuler, aller d'un groupe à l'autre, le visage paniqué, mais elle ne saisissait rien. Elle avait l'impression d'être hors du temps, hors de tout. Elle se sentait oppressée, elle avait du mal à respirer. Pour s'apaiser, elle serra le poing autour de la garde de son poignard. Elle déglutit péniblement. Elle avait la gorge sèche, l'estomac retourné. Des images lui traversaient l'esprit : *le sang qui gicle, un cri, une menace, puis le silence.*

Elle se força au calme, tentant de reprendre sa respiration. Elle était sous le choc, son esprit lui jouait des tours. Elle connaissait Romarik depuis son enfance. C'était un bon vivant, qui saluait les passants en ôtant son chapeau.

Dans sa mémoire retentissait encore le dernier cri du pêcheur. C'était plus qu'un cri de douleur. C'était un cri de pure terreur.

Une vague d'images surgit de nouveau. *Des mains se plaquant sur ses yeux, une voix lui demandant de garder son calme.*

CHAPITRE 8

Robyn s'appuya contre la porte. Elle avait la nausée. Elle ferma les yeux pour échapper aux visions dans sa tête.

Soudain, des mains la saisirent aux épaules, la ramenant pleinement à la réalité.

— Te voilà, toi ! rugit la voix de son oncle sur sa droite. Viens, rentrons.

— Je... J'étais... balbutia Robyn, encore un peu secouée.

— Rentrons, j'ai dit. Vite.

CHAPITRE 9

Stan et Robyn sortirent à toute vitesse de l'auberge, allèrent récupérer leurs chevaux à l'écurie, puis partirent à bride abattue vers le sommet de la falaise, laissant le village, ses cris, ses interrogations, pour se calfeutrer dans la petite maison, solide comme un roc.

Ils mirent les chevaux à l'écurie et, pour la première fois depuis des décennies, Stan en verrouilla toutes les issues. Il entraîna Robyn vers la maison et ferma à double tour la porte d'entrée avant de se précipiter vers la fenêtre la plus proche. C'était la première fois que Robyn voyait le verrou de la porte tiré. Dans ce coin reculé de l'île Kasmal, on ne se méfiait pas des voleurs. Les gens d'ici n'étaient pas assez fortunés pour attirer ces mécréants.

Stan, en cet instant, ne redoutait pas les voleurs. Il redoutait autre chose, et Robyn savait que c'était ce qui avait attaqué Romarik.

— Ne reste pas plantée là, aide-moi ! grogna Stan, essoufflé.

Son visage était rouge et luisant. En fermant les volets, il jeta un coup d'œil à l'extérieur, inquiet.

Robyn monta à l'étage et vérifia que tout était bien fermé, dans sa chambre comme dans la salle d'eau ainsi que la porte qui permettait de sortir par-derrière. Stan s'assit alors lourdement sur l'un des deux fauteuils devant la cheminée. Ses mains étaient secouées de tremblements. Il tenta de les cacher à sa nièce, mais cette dernière avait l'œil aiguisé. Elle s'agenouilla devant lui et prit les mains ridées et maculées de taches de vieillesse entre les siennes. Elles étaient calleuses, preuve d'une longue vie de labeur sur le port et en mer.

— Dis-moi ce qu'il se passe, je t'en prie, l'implora-t-elle d'une voix douce, à peine plus forte qu'un murmure.

Stan poussa un soupir à fendre l'âme et, soudain, elle aperçut des larmes dans les yeux de son oncle. Elle se souvint de ce que Daérion lui avait dit : Romarik était un bon ami de Stan. Ils se rendaient tous les deux quotidiennement au port et allaient souvent boire un verre à la taverne en fin de journée.

Stan baissa son regard clair sur elle. Les larmes avaient disparu, remplacées par quelque chose de bien plus profond. La Maître-Lame comprit que la mort de Romarik n'était pas le seul motif d'inquiétude de son oncle. Il s'écoula quelques secondes avant qu'il ne prenne la parole d'une voix chevrotante, qui devint plus puissante et plus grave à chaque mot.

— Ce n'est pas la première fois que je vois ce genre de blessure, Robyn. Il y a plusieurs années, une dizaine de personnes se sont ainsi fait attaquer. Personne ne voyait jamais l'agresseur, il ne laissait aucune trace, comme si ces gens étaient attaqués par le vent. Nous avons essayé de mettre la main sur cette chose, sans jamais y parvenir. Comment pouvions-nous la trouver alors que nous ne savions même pas à quoi elle ressemblait ? Comment pourchasser l'invisible ?

Chapitre 9

« Un jour, les attaques ont subitement cessé. Beaucoup ont pensé que la créature était morte, peut-être attaquée ou tuée par les ours et les loups des forêts alentour. Moi je pense qu'elle a seulement décidé d'aller ailleurs. On ne réduit pas en cendres la magie noire aussi aisément.

— La magie noire…

La magie noire était une pratique interdite. Après la mort de Rizal le renégat, tous les livres qui traitaient de ce sujet avaient été brûlés afin que personne ne puisse y découvrir une nouvelle vocation. Certains auteurs mentionnaient cette pratique obscure qui puisait sa force dans les sentiments les plus sombres de l'humanité : la haine, la violence, le désespoir, la jalousie, l'envie…

— Et tu penses que la créature est revenue ? demanda-t-elle.

— Elle, ou l'une de ses semblables.

Robyn revit les morsures et le corps mutilé de Romarik. Quel genre de monstre pouvait faire de pareils dégâts ?

— N'y a-t-il aucun moyen de lutter contre elle ?

Après la panique ressentie dans le village, la précipitation pour fermer la maison à double tour, son esprit guerrier reprenait le dessus. Elle ne laisserait pas cette entité - magie noire ou non - semer la terreur dans son cœur et la mort dans le village.

— Elle n'attaque que la nuit, peut-être ne peut-elle pas sortir au grand jour. Que ses victimes soient en groupe ou bien isolées, elle ne laisse jamais de traces et personne encore n'a réussi à voir à quoi elle ressemblait.

— Jamais ? répéta la jeune femme en fronçant les sourcils.

— Non, jamais.

Robyn se pinça les lèvres.

— Qu'y a-t-il ? demanda Stan.

— Je… J'ai vu une silhouette, tout à l'heure, juste après l'attaque. Dans l'obscurité d'une ruelle. Le temps de cligner des yeux et elle avait déjà disparu. J'ai certainement rêvé.

— Probablement, oui… Ou peut-être pas.

L'esprit de Robyn moulinait à toute vitesse. Elle revoyait les images surgir dans son esprit - des images qu'elle ne comprenait pas. Elle les laissa de côté pour l'instant. *Se concentrer sur le concret.* C'était l'une des règles de base des Maîtres-Lames. Elle se mit à réfléchir tout haut.

— Je me suis arrêtée dans une auberge en venant jusqu'ici – là où j'ai rencontré Daérion – et j'ai entendu qu'un troupeau de bêtes avait été attaqué. Les paysans ignoraient par quoi. Est-ce que ça pourrait être la créature ? Et Daérion qui a dit « encore », devant le corps de Romarik. Il est chargé de la sécurité… Est-ce qu'il suit cette créature ? C'est pour ça qu'il est ici ?

Un bruit les coupa dans leur conversation. Il y eut des craquements devant la porte d'entrée. La neige était aplatie par des pas précipités. Robyn et Stan se regardèrent. L'oncle se leva d'un bond et prit un tisonnier près de la cheminée. Robyn saisit ses deux poignards – elle n'avait pas le temps de remonter dans sa chambre pour récupérer son épée – et avança vers la porte. Ils se concertèrent du regard. Robyn hocha la tête. Stan ouvrit la porte d'un mouvement vif, tirant les verrous et la porte vers lui. Robyn jaillit à l'extérieur, poignards au clair, et fondit sur ce qui faisait autant de bruit. Ses poignards s'arrêtèrent à quelques centimètres d'une gorge.

— Quel accueil ! s'exclama Daérion en levant les mains pour montrer qu'il n'était pas armé.

— Bon sang, vous êtes fou ou quoi ? ! lança Robyn en baissant ses poignards.

Chapitre 9

Elle se décala pour le laisser entrer. Avant de refermer la porte, elle regarda dehors. Aucune silhouette sombre en vue. Mais dans la nuit, qui savait ce qui pouvait bien se tapir ?

— Allez mettre votre monture à l'abri, dit Stan en lui tendant les clés de l'écurie.

Depuis l'entrée, l'oncle et la nièce observèrent Daérion se rendre jusqu'à l'écurie, puis en ressortir. Robyn n'avait pas lâché ses armes et sondait l'obscurité.

— Je vous sers à boire ? Du thé ? demanda Stan, en leur faisant signe de s'installer autour de la table.

— Vous n'avez rien de plus fort ? demanda Daérion d'une voix où perçait la lassitude.

— Ton thé ne me dit rien non plus, renchérit Robyn en se laissant tomber sur le banc en face de Daérion.

Stan la regarda, les sourcils relevés.

— J'oublie parfois que tu n'as plus quatorze ans, commenta-t-il avant de se tourner vers un placard où il sortit trois verres et une bouteille de whisky.

Il les remplit généreusement et les posa devant chacun avant de s'affaler sur sa chaise. Il semblait avoir pris plusieurs années en une nuit.

Robyn regardait alternativement Daérion et son oncle, attendant que l'un d'eux prenne la parole. Les yeux plongés dans le fond de leur verre, ils n'avaient pas l'air pressés de dire quoi que ce soit. N'y tenant plus, elle demanda :

— Alors ?

— Alors, rien, répondit Daérion. On n'a rien trouvé. Rien, rien, rien ! J'ai passé les alentours du corps au peigne fin, il n'y a pas une seule trace. Et s'il y en a ailleurs, elles ont été effacées par les villageois, même si je doute que la créature en ait laissé.

Il frappa du poing sur la table, faisant trembler les verres et la bouteille.

— Dans l'auberge où nous nous sommes rencontrés, les villageois ont vu leur troupeau de bêtes se faire attaquer. C'était cette créature, pas vrai ? Vous la pourchassez depuis longtemps ?

Malgré lui, un faible sourire se dessina sur son visage, bien loin de la réaction à laquelle s'attendait la jeune femme.

— Je la suis depuis plusieurs années. Du moins je la suivais. La créature n'a pas donné de signe de vie pendant longtemps, alors je suis reparti d'où je venais. Puis j'ai de nouveau entendu parler d'attaques inexpliquées et je me suis rendu dans ces villes et villages où s'étaient produits les meurtres, suivant ces cadavres comme l'on suit une traînée de cailloux dans la forêt.

— Vous l'avez déjà vue ?

— Non, jamais.

Stan choisit cet instant pour s'immiscer dans la conversation.

— Robyn dit avoir vu une silhouette.

La jeune femme aurait vraiment préféré qu'il se taise. Elle ne voulait pas passer pour une folle ou une froussarde effrayée par sa propre ombre.

— Je te l'ai dit, je ne suis pas certaine de ce que j'ai vu, répliqua-t-elle. Il faisait vraiment sombre et mon imagination m'a peut-être joué des tours.

— Quelle forme ça avait ? demanda Daérion.

Dans sa voix, on sentait qu'il était prêt à entendre n'importe quoi qui puisse lui permettre de trouver et tuer cette créature.

— Je ne l'ai vue qu'un instant. Je dirais… assez petite (elle plaça sa main à environ un mètre vingt du sol) et de forme relativement humaine.

Même si je doute que de telles blessures puissent avoir été causées par un humain, poursuivit-elle silencieusement en se rappelant les morsures à deux rangées de dents. Les deux autres avaient dû aboutir à la même conclusion.

— C'est tout ? insista Daérion.

— Je vous l'ai dit, ça n'a duré qu'un instant, et ce n'était probablement rien du tout.

Il était visiblement déçu. Robyn se renfrogna. Elle n'était pas magicienne, elle ne pouvait pas voir l'invisible ! Elle finit d'une gorgée son verre de whisky et tendit la main pour prendre la bouteille et se servir une nouvelle rasade.

Trente minutes plus tard, Robyn dormait à poings fermés, sa tête dans ses bras croisés posés sur la table.

— La soirée n'a pas été dure que pour moi, à ce que je vois, observa Daérion en regardant la jeune femme assoupie.

— Elle l'a été pour tout le monde. Romarik était apprécié de tous. Il a une ou deux fois vogué avec Robyn, à ses débuts. Elle est aussi triste que nous le sommes.

— Je suis sincèrement désolé pour votre ami, Stan. Je ne voulais pas me montrer aussi dur avec Robyn. Je vous jure que je ferai tout mon possible pour retrouver cette créature.

Robyn remua dans son sommeil. Les deux hommes la regardèrent un instant.

— Elle est incorrigible, s'excusa Stan.

— Elle est plutôt drôle, en fait, corrigea Daérion.

Stan se leva et secoua Robyn par l'épaule pour qu'elle se réveille. Elle se contenta de le repousser en maugréant : « Pas maintenant, vieux schnock ! »

— « Vieux schnock » ? répéta Stan.

— Sûrement un de ses anciens professeurs, supposa Daérion, qui dut se contenir pour ne pas rire.

Stan secoua la tête. Sa nièce était décidément un sacré numéro et il se ferait un plaisir de lui raconter toute la scène lorsqu'elle serait réveillée. Elle regretterait d'avoir bu autant de whisky. Il se pencha mais son dos protesta. Il se redressa en grimaçant. Depuis quand était-il devenu si vieux qu'il ne pouvait plus porter sa nièce ?

— Il fut un temps où elle s'endormait sur mes genoux lorsque je lui racontais des histoires. À l'époque, je n'avais aucun mal à la ramener dans son lit.

— Laissez-moi faire.

Daérion se leva et souleva Robyn sans qu'elle ne rouspète. Stan lui montra l'escalier qui menait au grenier, devenu la chambre de Robyn. Comme si elle ne pesait rien, Daérion monta les marches. Il la posa sur son lit et jeta un coup d'œil autour de lui. Sur les étagères étaient posés des objets qu'elle avait dû ramasser plus jeune : des cailloux, des coquillages, des bouts de bois aux formes alambiquées. Elle avait bien quelques livres. Il remarqua que celui qu'il lui avait offert était sur sa table de chevet, juste à côté de son lit.

Sans la réveiller, il lui ôta ses bottes, puis remonta sa couverture jusque sous son menton. Il lui tourna le dos pour redescendre les marches. L'une d'elles grinça et il serra les dents, soucieux de ne pas la réveiller. Il descendit les dernières sur la pointe des pieds.

Robyn se réveilla à cause des grincements. Elle ne fit aucun mouvement, elle était bien installée dans son lit et n'avait aucune envie de bouger de sa chambre, cet endroit si familier. Elle referma les yeux dans l'espoir de se replonger dans le sommeil, le cerveau légèrement embrumé, mais les voix de

Daérion et de son oncle l'en empêchèrent. Ils parlaient en chuchotant précipitamment. Trop fort toutefois pour l'ouïe fine de Robyn, qui envisagea un instant de taper du pied pour qu'ils se taisent. Puis elle entendit son prénom dans la conversation, alors elle se figea et tendit l'oreille, retenant son souffle pour ne rien rater de l'échange :

— Vous devez lui dire ! disait Daérion.

— Hors de question. La mort de ses parents a été un véritable choc pour elle, elle a mis des mois à s'en remettre.

— Il s'agit de lui dire la vérité ! Du peu que j'ai vu, elle est solide.

— Robyn paraît solide, mais elle cache une grande fragilité. Je ne peux décemment pas lui dire que ses parents ont été assassinés ! Elle était là, ce jour-là, dans cette ruelle où ils sont morts. Elle était là et elle a tout vu. C'était tellement horrible que son esprit a préféré l'oublier.

Le souffle de Robyn se précipita, si bien qu'elle faillit louper la suite. Elle plaqua sa main sur sa bouche pour que sa respiration ne gâche rien. L'autre serra sa couverture si fort que ses phalanges blanchirent. Elle comprenait à présent d'où venaient les images qui avaient jailli dans son esprit juste après avoir aperçu cette créature à l'angle de la rue.

— Et aujourd'hui, leur assassin est de retour, martela Daérion. Elle a le droit de savoir !

— Non, elle se jetterait à la poursuite de ce monstre. Elle est l'unique famille qui me reste, je ne veux pas qu'elle se mette en danger ! Comme la première fois, je vais faire en sorte de la protéger. Et la créature partira, une fois de plus.

— Vous faites une erreur, Stan.

— Je vous interdis de lui dire quoi que ce soit. Promettez-moi que vous ne direz rien.

Daérion ne répondit rien.

— Promettez-le ! insista Stan.

— Je vous le promets. Mais je ne suis pas d'accord avec vous. Je vais rentrer.

Il ne chuchotait plus, à présent.

— Hors de question. Cette créature rôde peut-être encore dans les parages. Vous passerez la nuit ici et repartirez demain. C'est un ordre. Vous serez bien installé, je vous l'assure.

Daérion mit quelques secondes à répondre. Puis finalement, le jeune homme céda :

— Merci, Stan.

Robyn n'écouta pas le reste de leur conversation et ignora le raffut que fit Stan en cherchant couvertures et oreillers pour Daérion. Son cœur tambourinait dans sa poitrine, comme s'il n'avait pas assez de place, comme s'il voulait jaillir de colère. Elle avait froid et était bien en peine de maîtriser les claquements de ses dents, certaine que les deux hommes au rez-de-chaussée allaient l'entendre.

Ses parents n'étaient pas morts de maladie, comme on le lui avait raconté. Avaient-ils été tués de la même manière que Romarik, dans une ruelle froide, égorgés puis mutilés telles de vulgaires charognes attaquées par des corbeaux ?

La créature qui les avait assassinés était désormais de retour. Était-ce exactement elle, ou bien une autre de la même espèce ?

Robyn revit l'ombre et le froid glacial qu'elle avait ressenti en posant les yeux sur elle. La panique qui l'avait assaillie n'était plus qu'un lointain souvenir, à présent. Elle n'éprouvait plus que de la haine et une colère bouillonnante. Ce monstre avait tué de nombreuses personnes. Elle devait la retrouver, peu importe que la créature soit invisible et qu'elle ne laisse aucune trace. Robyn l'avait aperçue une fois. Elle la reverrait encore, et elle ne la laisserait pas filer. Ce monstre, quoi qu'il soit, goûterait au fil de son épée. Il n'y aurait plus d'orpheline par sa faute, ni même de cri de terreur dans la nuit. Après tout, elle était une Maître-Lame et les Maîtres-Lames avaient pour but de protéger les habitants de l'Archipel.

Robyn attendit que le calme se fasse en bas, puis, quand elle n'entendit plus aucun bruit, elle se leva. Ses joues étaient mouillées. Elle essuya ses larmes d'un geste rageur. Ce n'était pas le moment de pleurer. Elle enleva sa robe tachée de sang pour passer un pantalon marron et une chemise. Elle enfila par-dessus un pull, son manteau et sa cape ainsi qu'une chaude écharpe en laine. Elle passa son carquois, son arc et le fourreau de son épée en travers de son dos et noua sa ceinture à laquelle pendaient le poignard de son père et celui qu'elle possédait depuis des années. Elle enfila ses bottes, attrapa son trousseau de clés puis une lanterne à la main, elle se dirigea vers la fenêtre de sa chambre.

Venait à présent le moment le plus délicat. Contrairement à Daérion, elle savait quels étaient les endroits grinçants de la maison. Elle aurait pu sortir par la porte d'entrée, évitant les craquements de l'escalier aisément. Seulement, le bruit de l'ouverture de la porte mêlé à celui du vent dehors réveillerait à coup sûr le jeune homme endormi. Le meilleur moyen était de passer par la fenêtre de sa chambre... qui geignait lorsqu'on l'ouvrait.

Elle serra les dents et, d'une torsion du poignet, elle ouvrit la fenêtre qui émit son crissement coutumier. Elle tendit l'oreille. Pas un bruit ne venait du rez-de-chaussée. Les deux hommes dormaient profondément. Avec agilité, elle grimpa rapidement sur le rebord, referma les carreaux derrière elle et sauta. Elle se réceptionna souplement dans la neige. Ce n'était pas la première fois qu'elle passait par là pour s'échapper en pleine nuit. Elle était passée maîtresse dans l'art de l'évasion durant ses années à l'Académie, que ce soit lors de ses leçons où elle avait appris à escalader toutes sortes de surfaces, bravant parfois une météo indigne ; ou bien lors de ses escapades nocturnes avec ses camarades.

Elle alluma la lanterne d'une main experte, puis se dirigea d'un pas rapide vers l'écurie, s'arc-boutant contre le vent qui sifflait à ses oreilles, transcription violente de la colère qui bouillait en elle.

Elle ouvrit la porte de l'écurie et se dirigea vers la stalle de Tanac, qui hennit doucement en la voyant. Elle prit la selle et la plaça sur le dos du hongre, qui semblait étonné d'avoir à sortir à cette heure de la nuit.

Soudain, la porte de l'écurie s'ouvrit, déversant à l'intérieur un tourbillon de flocons. Robyn se tourna d'un mouvement vif vers l'entrée, son épée brandie devant elle. Les chevaux étaient immobiles. Seul le vent rugissait. Ce devait être lui. Elle referma la porte, puis se tourna vers Tanac, se demandant si c'était vraiment une bonne idée de sortir sa monture par un temps pareil.

Elle était partagée entre la colère et la raison. Elle ne pouvait pas prendre le risque de blesser son cher Tanac. Et puis, dans la nuit et la tempête, elle ne verrait rien : ni une créature s'approchant devant son nez, ni même les traces que celle-ci aurait pu laisser à l'angle de la rue. L'étalon de Daérion – Angus, si ses souvenirs étaient exacts – souffla d'un air menaçant en la regardant. De la buée jaillit de ses naseaux.

— Aussi agréable que ton maître, maugréa Robyn.

— Et encore, vous n'avez rien vu.

La jeune femme se retourna. Daérion surgit de la stalle d'Angus. Elle ne l'avait pas entendu entrer. Décidément, c'était une bien mauvaise idée de sortir. Si le bruit d'un homme loin d'être discret avait pu être masqué par le vent, qu'en serait-il d'une créature invisible ?

— Comment saviez-vous que j'étais là ? demanda Robyn en fronçant les sourcils.

— J'ai le sommeil très léger. J'ai entendu la fenêtre de votre chambre s'ouvrir et, comme je sais additionner un et un, j'en ai conclu que vous alliez prendre votre cheval pour partir loin d'ici. Je ne suis pas un idiot.

Daérion affichait un sourire goguenard.

— Cette créature qui a tué Romarik… Elle a aussi tué mes parents. Je vous ai entendus le dire.

Le jeune homme perdit son sourire, remplacé par une profonde compassion.

— Oui, admit-il doucement.

— Elle a tué d'autres gens également.

Robyn s'empara de la selle de Tanac, mais Daérion lui barra le passage.

— Ce n'est pas cette nuit que vous la retrouverez, Robyn. Je comprends votre colère. Ce monstre a également tué des personnes que j'aimais. Mais par cette tempête, vous ne feriez que vous mettre en danger, aussi bonne guerrière que vous soyez.

Il s'approcha, lui prit doucement la selle des mains et la reposa à sa place. Elle le laissa faire. Il avait raison.

— Je n'abandonne pas l'idée de trouver ce monstre pour autant, dit-elle, une lueur féroce dans le regard.

— Ce n'est pas ce que je vous demande. Laissez donc passer cette nuit et cette tempête. Que diriez-vous de faire équipe avec moi ?

— Faire équipe ? répéta-t-elle en haussant les sourcils.

— Oui. Je connais les habitudes de cette bête. En revanche, en trois ans de traque, jamais je n'ai réussi à la voir alors que vous si. Je suis certain que ce n'était pas un mirage ou une vision. Vous l'avez vue. Mettons mes connaissances et votre habileté en commun, et je suis certain que nous trouverons et anéantirons ce monstre. Marché conclu ?

Il lui tendit la main. Robyn n'hésita pas une seconde avant de la serrer.

— Marché conclu.

— Rentrons, à présent, dit Daérion en serrant ses bras contre lui.

Il n'avait même pas pris le temps de mettre un manteau.

— Votre oncle a un sommeil de plomb pour ne pas avoir entendu le raffut que vous avez fait, observa Daérion quittant l'écurie.

Le vent soufflait toujours, faisant voler les cheveux de Robyn autour de son visage. Daérion devait hurler pour parvenir à se faire entendre.

— Quand j'étais petite, je l'appelais « Oncle Loir », parce qu'il n'entendait jamais rien.

— Voilà qui lui va bien.

Daérion laissa passer Robyn devant lui avant de refermer la porte d'entrée. Il se précipita vers la cheminée pour attiser les braises tandis qu'elle retirait sa cape et son manteau recouverts de neige.

La jeune femme s'accroupit à côté de lui. Si la colère

était toujours présente, la raison prenait le dessus sur son impulsivité. Se jeter dans la gueule du loup ne l'aiderait pas à venger ses parents.

Daérion lui passa une couverture sur les épaules, laissant son bras un instant autour d'elle. Puis il le retira.

— Je suis vraiment désolé pour vos parents, Robyn. Stan m'a un peu parlé d'eux. Ils étaient des gens bien.

— On m'a toujours dit qu'ils étaient morts d'une épidémie de grippe.

— Stan a pensé que c'était mieux pour vous. La vérité peut parfois faire mal, surtout quand on est enfant.

Robyn haussa les épaules. À la place de Stan, qu'aurait-elle raconté à une enfant perdue à cause de la mort de ses parents ? La dure, la terrible vérité, ou bien un mensonge un peu plus doux ?

Elle resta un long moment assise près du feu. Soudain, sa tête oscilla sur son épaule. Elle se redressa en sursautant. Daérion était assis à côté d'elle, silencieux et immobile.

— Je vais me coucher. Bonne nuit, dit Robyn en se dirigeant vers l'escalier.

— Bonne nuit. Et évitez de sortir en douce, cette fois. J'aimerais dormir sur mes deux oreilles sans avoir à vous surveiller.

Elle leva les yeux au ciel et disparut dans l'ancien grenier.

Daérion resta un bon moment accroupi devant les flammes, puis il se leva pour s'allonger sur le canapé. Il lança un bref coup d'œil vers le grenier où brillait la lumière d'une bougie. Enfin, il se coucha et ferma les yeux sans être réveillé par une fenêtre grinçante.

CHAPITRE 10

— C'est donc ici que vous l'avez vue ?

Dès les premières lueurs du matin, Daérion et Robyn avaient filé vers le village. Le vent s'était calmé, laissant un paysage lavé de tout. De tout, sauf de l'inquiétude et de la peur qui flottaient dans les airs et s'accrochaient à la peau et aux vêtements, odeur rance et désagréable qui ne partait pas.

Daérion n'avait rien dit à Stan de la petite escapade nocturne de sa nièce, ni même qu'elle connaissait la vérité sur la mort de ses parents. Que son oncle continue de croire que Robyn ne savait rien, cela lui épargnerait bien des soucis. À son réveil, la jeune femme n'avait absolument rien laissé paraître, se contentant de se montrer bougonne, comme tous les matins. Seuls ses cernes témoignaient de sa mauvaise nuit, mais cela n'étonna pas Stan. Qui, dans tout Astaak, pouvait se vanter d'avoir connu un sommeil réparateur ?

Robyn avait passé la nuit à se tourner et à se retourner dans son lit, à revoir cette ombre, au coin de la rue, à tenter de se rappeler un élément qui pourrait les aider, les aiguiller. Dans son esprit se rejouaient également des scènes enfouies tout au fond d'elle-même pour la préserver. Elles étaient floues, imprécises, comme si elle avait vu ce qu'il s'était passé à travers un rideau aquatique. Elle n'entendait que des cris, et une voix, celle de son père certainement, qui lui criait : « Cache-toi, Robyn, cache-toi ! » Ou peut-être tout cela était-il le fruit de son imagination… Elle n'arrivait plus à démêler le vrai du faux. Elle imaginait ses parents, dont elle ne gardait aucun souvenir, baignant dans leur propre sang au fin fond d'une ruelle sombre et crasseuse.

Elle avait fini par sombrer dans le sommeil que très tard dans la nuit – ou plutôt très tôt le matin – pour être réveillée quelques minutes plus tard (c'est ce qui lui avait semblé), les yeux gonflés d'avoir tant pleuré et la gorge nouée de s'être retenue pour ne pas réveiller les deux hommes qui dormaient au rez-de-chaussée.

Ils avaient déjeuné en silence, puis Daérion et Robyn étaient partis.

Ils avaient trouvé un village silencieux, tremblant de peur derrière les fenêtres et les rideaux. Les guirlandes de lanternes étaient toujours tendues entre les maisons, bien que certaines aient été arrachées par la tempête, et la scène sur la place centrale n'avait pas été démontée. La douce ferveur et la joie de la veille avaient totalement disparu, noyées dans la terreur. Quelques rares passants filaient d'un pas pressé en jetant des coups d'œil apeurés autour d'eux. Le cri d'horreur de Romarik était dans tous les esprits et il y résonnerait encore longtemps.

Revenue à l'endroit où Robyn avait vu le monstre, la jeune femme expliqua en détail ce qu'elle avait vu.

— Elle se tenait là, expliqua-t-elle.

Joignant le geste à la parole, elle prit la place de la créature pour illustrer ses dires.

CHAPITRE 10

— Comment était-elle ? demanda Daérion. Grande ou petite ? Maigre ou grosse ? Qu'avez-vous vu exactement ?

— Je n'ai pas vu son visage, mais je dirais qu'elle a l'allure d'un humain. D'un enfant, pour être exact.

— À moins qu'elle n'ait été accroupie à ce moment-là.

— C'est possible.

Par acquit de conscience, Robyn regarda autour d'elle à la recherche de la moindre empreinte. Mais même s'il y en avait eu, le vent et la neige avaient tout effacé.

Daérion se plaça à côté de Robyn.

— De là, la créature pouvait vous voir, fit-il en désignant du doigt le coin de rue où Robyn avait dit s'être trouvée à ce moment-là. Mais elle pouvait également voir le corps.

Il pivota de quelques centimètres et montra la ruelle où Romarik avait été tué. Elle était à demi masquée par l'angle de la rue où s'était tenue Robyn, mais visible tout de même en se penchant un peu.

— Soit elle attendait dans l'ombre une nouvelle victime, soit elle voulait voir la réaction des villageois, réfléchit Daérion tout haut.

Ils retournèrent près de l'endroit où Romarik avait été trouvé. Le corps avait été enlevé et la tempête de la nuit avait tout effacé sur son passage : les empreintes et les marques de sang. Rien n'était exploitable.

Ils prirent la direction de la Surveillance, un bâtiment au centre de la ville où travaillait le commissaire. Les gens qu'ils croisèrent étaient mutiques et inquiets. Ce matin, les enfants avaient été accompagnés par leurs parents à l'école et les marins s'étaient rendus en groupe silencieux sur le port. Les femmes, quant à elles, étaient occupées à boucher tous les interstices de leurs maisons – comme si elles avaient peur qu'un esprit malin ne s'infiltre par là. Le forgeron avait interrompu toutes ses commandes d'armes et d'outils pour fabriquer serrures et loquets avec l'aide des villageois désormais trop vieux pour travailler. Le village ne comptant pas de vitrier parmi ses artisans, on se dépêcha de clouer des planches aux fenêtres des greniers, auxquelles les villageois ne mettaient quasiment jamais de carreaux. Aucun enfant trop jeune pour aller à l'école ne courait dans les rues. Les mères de ces petits se relayaient pour s'occuper d'eux. La peur planait sur Astaak.

Daérion poussa la porte de la Surveillance, ouvrit les rideaux pour laisser entrer la lumière. Sur le chemin, de rares villageois lui avaient demandé s'il avait des nouvelles. Il avait répondu avec honnêteté que la créature n'avait pas été retrouvée, mais qu'il ferait tout pour qu'elle le soit.

Le jeune homme conduisit Robyn jusque dans une arrière-salle où il faisait si froid que même les murs étaient recouverts de givre. Sur une table, au centre de la pièce, caché sous un drap, se trouvait ce que Robyn devina être le corps sans vie de Romarik. La jeune femme plissa les yeux. Ce ne serait pas la première fois qu'elle voyait un cadavre, mais c'était la première fois qu'elle était confrontée au corps de quelqu'un qu'elle connaissait. Elle s'approcha du défunt sans le toucher.

Daérion remonta ses manches jusqu'aux coudes. Robyn remarqua qu'il portait un épais bracelet de cuir au niveau du poignet. Il souleva lentement le drap et le replia à la hauteur de la poitrine du marin. Durant la nuit, Romarik avait été lavé : il ne restait plus une goutte de sang sur son corps. Seules les plaies, d'un rouge sanguinolent, prouvaient que l'attaque avait bel et bien eu lieu.

CHAPITRE 10

— Tout ce que je connais de la créature, je l'ai appris en regardant ses victimes. Elle a des griffes acérées, suffisamment, en tout cas, pour trancher la gorge d'un homme.

Il lui montra la plaie béante sur le cou de Romarik.

— Elle a deux rangées de dents qui peuvent sans peine déchiqueter la peau et couper les os.

Cette observation, Robyn l'avait faite dès que ses yeux s'étaient posés sur Romarik, dans la ruelle.

— Personne ne l'a jamais vue, poursuivit Daérion. Est-elle trop rapide pour l'œil humain ou simplement invisible ? Je ne sais pas.

— Je ne pense pas qu'elle soit invisible, intervint Robyn sans détacher son regard du corps de Romarik. Comment aurais-je pu la voir, sinon ?

— Peut-être qu'elle peut se rendre invisible à souhait et qu'elle n'a pas pensé à remettre ses protections après le meurtre.

— Ou alors c'est une sorte de caméléon…

— Une créature qui prendrait l'apparence de son environnement ? C'est une piste à explorer.

Robyn pinça les lèvres et son regard se fit plus dur. Ses parents, après avoir été froidement assassinés, avaient-ils été allongés sur une table et observés par des inconnus ? Ces mêmes inconnus avaient-ils tenté de comprendre qui était leur assassin avant d'abandonner, faute de preuve et d'explication logique ? Comme lisant dans ses pensées, Daérion lui dit doucement :

— Je n'abandonnerai pas. C'est une promesse.

Robyn laissa échapper un ricanement sceptique.

— Et comment allons-nous faire ? Il n'y a pas de traces, aucun indice. Comment peut-on trouver l'introuvable ? Ne le prenez pas mal, mais si les autres avant vous n'ont pas réussi à trouver leur assassin, je ne vois pas comment vous pourriez – comment nous pourrions – le faire.

— Les autres n'étaient pas moi, répliqua calmement Daérion. Les autres ne l'avaient jamais vue. Vous si. J'ai passé ma vie à emmagasiner des informations sur la créature. Contrairement à ce que vous pensez, je connais ses habitudes. Elle n'attaque que la nuit. Cela veut dire que la journée, elle dort ou bien se cache de la lumière.

— Super. Nous n'avons plus qu'à fouiller toutes les grottes et arbres creux des environs ! Nous habitons près d'une falaise, vous vous rendez compte du nombre de cavités que ça fait ? Et savez-vous combien d'hectares fait la forêt qui nous entoure ? Sans compter que la créature est potentiellement petite, elle pourrait se cacher dans un trou de renard, ou que sais-je ?

— Je sais qu'on peut la trouver, assura Daérion d'une voix calme, complètement à l'opposé de la tempête qui tourbillonnait dans l'esprit de Robyn.

Les deux jeunes gens se confrontèrent du regard. Colère et raison se battaient dans l'esprit de la jeune femme.

— On va y arriver, martela Daérion en la regardant droit dans les yeux par-dessus le corps de Romarik.

Ils passèrent les heures suivantes à répertorier sur une carte de la région d'Astaak les endroits où des attaques similaires avaient eu lieu. Puis Robyn – qui connaissait cette contrée par cœur – lui montra où le monstre pouvait se cacher, puisqu'il n'aimait apparemment pas la lumière. En milieu d'après-midi, on informa Daérion que des dizaines d'animaux avaient été retrouvés morts.

Le jeune homme pâlit, lança un regard navré à Robyn, qui garda un visage fermé en apprenant la nouvelle.

CHAPITRE 10

— Je vais aller voir, dit Daérion.

— Je vous accompagne, ajouta Robyn en se levant.

Avant que le jeune homme ne puisse dire non, Robyn lui lança :

— Vous avez bien dit que personne ne doit se promener seul, n'est-ce pas ? Si je ne vous accompagne pas, vous le serez. Et je le serai également. À quel point vous en voudrez-vous s'il m'arrive malheur ?

Daérion grogna quelque chose qui ressemblait fortement à une insulte, mais Robyn lui lança un regard innocent avant de passer devant lui et d'enfiler son manteau et sa cape.

— Alors, vous venez ?

Il leur fallut près d'une demi-heure avant d'atteindre le premier troupeau de bêtes qui avait été attaqué. Une vache n'y avait pas survécu.

— Elle était vieille, leur dit le fermier, toujours la dernière à rentrer dans l'étable.

Il avait attendu, mais la bête n'était jamais rentrée. Cela s'était produit la nuit avant l'assassinat de Romarik. Si les nouvelles de la mort d'un homme n'étaient pas parvenues jusqu'aux oreilles du fermier, il aurait pensé toute sa vie que la vieille vache avait été attaquée par un loup solitaire.

Le fermier les conduisit ensuite près de l'orée d'une forêt où il leur montra le cadavre d'un premier animal : un lièvre. Il portait les mêmes morsures que Romarik et avait eu la gorge tranchée. Plus loin, une chouette avait subi le même sort.

Au-delà de la forêt, leur guide refusa de les accompagner. Selon lui, la forêt était désormais maudite depuis le massacre perpétré par la créature. Il leur conseilla de ne pas s'enfoncer dans les bois, mais les jeunes gens n'étaient pas superstitieux.

Pour eux, seul comptait le tranchant d'une lame. Une forêt était une forêt, sans compter que Robyn avait passé des années à la parcourir.

Après le lièvre et la chouette, ils tombèrent sur un renard, éviscéré tout comme le premier animal. Selon les estimations de Daérion, le renard avait été tué cette nuit, après Romarik.

— Nous pouvons ajouter une autre caractéristique à cette créature : elle se déplace vite. Elle a parcouru la distance entre Astaak et ici très rapidement.

Ils tombèrent sur d'autres petits animaux. Soudain, Robyn plaqua sa main sur le bras de Daérion.

— Regardez, murmura-t-elle.

Droit devant eux, il y avait une grotte, le genre d'endroit qu'apprécierait un ours. Le genre d'endroit où un monstre qui ne se déplace que la nuit pourrait passer ses journées dans l'attente du massacre suivant… Dans sa quête de sang, la créature avait semé derrière elle un chemin de miettes de pain.

Robyn posa son index sur ses lèvres pour indiquer à Daérion de ne plus faire aucun bruit. Lentement, avec des gestes sûrs et mesurés, elle sortit son épée. Daérion l'imita. À pas de loup, ils s'approchèrent de l'entrée. Ils guettèrent le moindre son, mais il n'y avait aucun bruit.

Ils se placèrent chacun d'un côté de l'entrée de la grotte et, d'un même mouvement, se précipitèrent à l'intérieur. Ils ne virent rien. En revanche, une horrible odeur de charogne les fit reculer.

Daérion leva la main. Une petite flamme s'éleva, en suspension à quelques centimètres au-dessus de sa paume. Robyn, qui ignorait qu'il était magicien, lui lança un regard surpris. Elle ne fit toutefois aucun commentaire. Elle reporta son attention sur la grotte et ce qu'elle vit lui retourna l'estomac. Sur les parois de pierre, du sang et des viscères étaient étalés, tel un tableau macabre.

— Pas de doute, nous sommes bien dans l'antre du monstre, murmura Daérion.

Robyn recula de quelques pas. Elle en avait assez vu pour savoir que ce monstre devait être détruit à tout prix. Elle baissa les yeux vers le sol pour éviter de marcher dans le sang. Tâche impossible, il y en avait partout. Sur les parois, le sol, le plafond. Ses yeux accrochèrent une empreinte.

— Regardez ! lança-t-elle en désignant la trace au sol.

Ils se penchèrent tous les deux d'un même mouvement.

Elle aurait pu appartenir au pied d'un enfant si seulement, à la place des orteils, il n'y avait pas eu de profonds sillons. Le monstre avait des serres au bout des pieds.

— *Amsgarath*, murmura Daérion.

— Que dites-vous ?

Il n'eut pas le temps de répondre. Une ombre fondit sur eux.

CHAPITRE 11

— Attention ! hurla Robyn.

Elle se jeta sur Daérion, le renversant sur le sol recouvert de sang et d'entrailles. Son intervention le sauva de justesse. Au lieu de lacérer sa gorge, les serres tracèrent trois griffures profondes dans son épaule. Robyn ne resta pas plus d'une seconde à terre. Elle se releva d'un bond tout en relevant son épée et en dégainant le poignard de son père. Elle se plaça entre le jeune homme et le monstre.

C'était l'être le plus laid que Robyn ait jamais vu. Pourtant, elle avait croisé des individus singuliers et des créatures étranges durant ses voyages. Mais ce qui se tenait devant elle n'avait rien de comparable. Sa peau semblait faite de pierres, on aurait dit du grès noir comme la nuit. Ses yeux orange la fixaient. Ses mains et ses pieds se terminaient par cinq serres semblables à celles d'un aigle. Elles ruisselaient de sang. Sa gueule, pourvue de deux rangées de dents, tractait des relents de chair en décomposition. Malgré le dégoût qui lui soulevait l'estomac, Robyn resta campée face au monstre, une arme dans chaque main, solide sur ses pieds.

D'ÉCAILLES & D'OBSCURITÉ

La bête feula, comme un chat mécontent, sauf que ce cri était bien plus effrayant que celui d'un félin. Ses yeux descendirent vers les armes de Robyn. Elle semblait se demander s'il était vraiment sage de l'attaquer. Robyn ne lui laissa pas le loisir de tergiverser davantage. Elle se jeta sur la créature.

Cette dernière para son attaque en levant le bras. L'épée de Robyn ne fit que ripper sur sa peau de pierre en produisant un son crissant. De son autre main, le monstre essaya d'atteindre sa gorge. Il ne fit que trancher l'air. Robyn n'était déjà plus là. D'un saut, elle se retrouva derrière le monstre et, du poignard de son père, elle fendit l'air, laissant une plaie dans le dos de la créature qui se cabra de douleur.

La bête se tourna vers elle. Un éclair de surprise, bien vite remplacé par une haine sans limite, passa dans ses yeux orange. Sans demander son reste, elle s'enfuit. Robyn fit quelques pas pour la rattraper, mais la créature grimpa le long d'un arbre, hors de sa portée, puis sauta de branche en branche avec une agilité surprenante malgré sa blessure. La jeune femme tira une flèche de son carquois et visa. La flèche ricocha sur la tête de pierre du monstre sans lui faire le moindre mal. Elle s'élança à sa poursuite.

— Robyn, reviens ! lui hurla Daérion.

Mais elle l'ignora, courant après le monstre, gardant un œil sur sa course dans les arbres, un autre sur le sol inégal et glissant sous ses pieds. La créature était beaucoup trop rapide pour elle. Robyn dut s'arrêter. Elle avait perdu la bête, qui avait disparu dans la frondaison sombre des arbres. Elle resta un instant immobile au cœur de la forêt, guettant les bruits. Celle-ci, silencieuse jusque-là, se remplit peu à peu de ses sons habituels : oiseaux chantants, vent dans les feuilles. Le monstre était parti.

Chapitre II

Robyn se remit soudain en mouvement. La bête avait peut-être pris la fuite dans la direction opposée à la grotte, mais rien ne l'empêchait de faire un détour, de revenir sur ses pas et d'attaquer Daérion, blessé. Robyn rebroussa chemin en courant.

Le jeune homme leva son épée en l'entendant approcher. En voyant que ce n'était qu'elle, il baissa le bras, visiblement soulagé.

— Vous allez bien ? demanda-t-il en se relevant, inquiet.

De son bras libre, il la saisit par l'épaule pour s'assurer qu'elle n'avait aucune blessure.

— C'est à vous qu'il faut le demander, répondit-elle en lui désignant sa blessure à l'épaule.

Il saignait abondamment, maculant sa chemise de rouge. Le jeune homme ne lui répondit pas.

— Comment avez-vous fait ? demanda-t-il plutôt.

— Comment ça ?

— Le monstre. Comment avez-vous fait pour l'affronter ?

Robyn haussa les sourcils, intriguée.

— Eh bien j'ai pris mon épée et mon poignard, bout pointu vers l'avant… Vous êtes sûr que ça va ? Laissez-moi voir votre blessure, elle est peut-être empoisonnée.

Il se déroba.

— Vous ne comprenez pas ! Comment faisiez-vous pour savoir où porteraient ses coups ?

— Je ne vous suis plus, là…

Daérion avait-il pris un coup sur la tête ? Avait-il percuté le mur de la grotte lorsqu'elle l'avait bousculé pour qu'il échappe aux griffes du monstre ?

— Il était invisible ! s'exclama-t-il, à bout de patience. Comment pouviez-vous prévoir où il allait frapper ?

— Il n'était pas invisible, rétorqua Robyn.

Le commissaire la regarda avec des yeux ronds, comme si elle venait d'un autre monde.

— Vous l'avez vu ?

— Aussi bien que je vous vois, oui ! s'impatienta Robyn. Montrez-moi votre blessure, vous commencez à m'inquiéter.

— Je vais bien, vraiment. Seulement, vu d'ici, j'avais l'impression que vous vous battiez contre le vent. Pourquoi pouvez-vous le voir et moi non ?

— Je ne sais pas. Peut-être avez-vous mal regardé...

— Non, j'ai très bien regardé.

Robyn ne comprenait rien. Elle jeta un coup d'œil vers la cime des arbres, ne voulant pas que la créature les prenne de nouveau par surprise. Le soleil déclinait rapidement. Bientôt, elle serait de nouveau à son avantage au milieu des ombres de la nuit.

— Écoutez, je ne sais pas ce qu'il s'est passé, reprit-elle. Mais la nuit tombe et vous êtes blessé. Si la créature est plus forte la nuit, nous devons rentrer avant qu'elle ne revienne.

Elle le saisit par le bras, ne lui laissant pas le loisir de répondre, et le traîna derrière elle tout en ressassant son combat. Pourquoi Daérion n'avait pas vu le monstre, alors que, elle, elle le pouvait ? Qui était ce monstre ? D'où venait-il ?

CHAPITRE 12

La créature allait de branche en branche, sans s'arrêter, sans regarder en arrière. Son dos la cuisait. Jamais elle n'avait eu aussi mal.

Jamais personne n'avait *pu* lui faire de mal.

C'était elle qui mutilait, d'ordinaire. Comment l'humaine avait-elle pu la blesser ? Aucune arme ne le pouvait. Pire encore… Cette femme pouvait la voir. Elle qui était invisible, elle avait été vue. La fille l'avait regardée dans les yeux, elle s'était battue contre elle. L'humaine pouvait la voir et ça, c'était tout bonnement impossible.

La créature était si troublée qu'elle en oublia même d'avoir faim. Elle avait quelque chose à faire. Elle s'arrêta près du premier cours d'eau qu'elle rencontra. La fille avait arrêté de la suivre depuis longtemps. Pourtant, la créature voulait mettre le plus de distance entre elle et l'humaine. Pour la première fois, elle rencontrait quelqu'un capable de la vaincre.

Elle ne risquait plus rien, à présent. En claudiquant – décidément, sa blessure lui faisait un mal de chien –, elle se rendit près de l'eau et se pencha. Son reflet lui apparut.

D'ÉCAILLES & D'OBSCURITÉ

Le monstre se mit à grogner des incantations, des mots qu'il n'avait pas prononcés depuis longtemps. Sa langue avait bien du mal à les prononcer. Le silence s'abattit sur la forêt, comme si elle retenait son souffle. Une brise glaciale se faufila entre les troncs et glaça le monstre jusqu'à l'os.

La surface de l'eau se troubla, son reflet disparut, laissant place à l'obscurité. Cela aurait très bien pu être le ciel sombre de cette nuit froide, sauf qu'il n'y avait aucune étoile dans l'eau. Plus sombre que la nuit était le Vide.

La créature prit une inspiration avant de parler. Rien ne l'effrayait plus que la chose qui vivait tapie dans cette noirceur.

— On m'a vue, Votre Calamité.

Quand la créature ne grognait pas, elle avait une voix grave mais tremblotante, comme si une pierre vieille de plusieurs milliers d'années avait tenté de murmurer. Elle attendit un moment. Rien ne se produisit et la créature sentit le soulagement l'envahir. Si la Calamité ne lui répondait pas, elle n'aurait pas à expliquer ce qui s'était passé, ni même à se justifier. Toutefois, quand la voix s'éleva dans le silence, son soulagement fut soufflé, telle une bougie.

— Est-ce pour cela que tu me déranges, misérable ?

La voix menaçante fit reculer le monstre. Même après tout ce temps, cette voix lui faisait toujours aussi peur. C'était celle d'une femme pleine de cruauté et de mépris. Elle donnait à la créature l'envie de se boucher les oreilles et de partir en courant. Mais elle resta près de l'eau. L'appeler pour finalement s'enfuir aurait été une grave erreur.

— Cela ne s'est jamais produit, Votre Calamité. Mes sortilèges étaient pourtant en place et…

— Que dis-tu ?

— Je dis qu'une humaine m'a aperçu alors même que mes sortilèges d'invisibilité étaient levés.

Un silence accueillit ses propos. Un instant, le monstre crut que son interlocutrice l'avait abandonné. Son cœur tambourinait dans sa poitrine. Il se demandait ce qu'il devait faire : partir ou rester ?

— Suis-la, résonna finalement la voix. Je veux savoir qui elle est et pourquoi elle peut te voir. Je veux qu'elle sache qu'elle n'est pas invisible pour nous. Trace la Marque. Traque-la.

— Elle va me tuer, si je la suis. Elle a failli réussir ce soir.

— Si tu ne le fais pas, c'est moi qui te tuerai. Je te ferai brûler dans les mille feux de l'enfer d'où je t'ai sorti.

La colère dans la voix enfla et le monstre se recroquevilla sur lui-même.

— Non, Votre Calamité.

— Alors tu feras ce que je t'ordonne de faire. Tu sais que la mort que je t'offrirai ne sera pas douce, si tu me trahis.

— Oui, Votre Calamité.

La surface de l'eau se brouilla, le Vide disparut, remplacé par le reflet du monstre. Suivre l'humaine… Rien de plus facile. Il lui suffisait de suivre l'odeur du sang de son compagnon. Les humains avaient une étrange tendance à vouloir se secourir les uns les autres. Une autre de leur faiblesse.

Le monstre se mit en chasse, bien décidé à ne pas décevoir sa maîtresse.

CHAPITRE 13

Robyn passa l'essentiel du chemin de retour à sonder les environs et à vérifier que Daérion restait bien en selle. Il tenait son bras contre lui et son visage était crispé. La jeune femme se demandait si c'était à cause de la douleur ou de la déception de ne pas avoir vu la créature.

Ils arrivèrent à Astaak à la tombée de la nuit, au moment où les barricades en bois du village allaient se fermer – la première fois depuis des années. Dans le village, des patrouilles avaient été organisées. Dans ce petit hameau loin de toute agitation, la peur régnait désormais, et Robyn ne pouvait que comprendre les habitants. Elle avait vu le monstre. Elle l'avait vu se déplacer. Elle avait vu sa gueule remplie de deux rangées de dents et son épée incapable de lui faire le moindre mal. Elle l'avait vu grimper le long d'un arbre et sauter de branche en branche. S'il lui prenait l'envie de venir dans le village, la barricade en bois, les lances et les fourches des villageois ne l'arrêteraient pas.

Une fois arrivé devant la Surveillance, Daérion sortit un trousseau de clés et ouvrit la porte. Il habitait dans l'appartement du dessus. On y accédait par un escalier, presque caché dans l'ombre. Il fit signe à Robyn d'entrer avant de refermer derrière eux.

La maison de Daérion n'était pas beaucoup plus grande que celle de Stan et de Robyn. Une cheminée, un canapé et un fauteuil, une table et quatre chaises, une étagère avec des bocaux et des livres formaient la pièce principale.

La jeune femme resta debout, plantée comme un piquet, tandis que Daérion remplissait une bassine d'eau et attrapait des bandages pour soigner sa blessure.

— Asseyez-vous, je vais vous aider.

Avec un soupir, Daérion s'assit sur une chaise en continuant à presser sa main contre son épaule.

Robyn posa la bassine d'eau sur la table et tira une chaise face à lui, puis entreprit de nettoyer ses blessures. Elles n'étaient pas profondes, mais certainement douloureuses. Elle lui appliqua ensuite des cataplasmes qu'elle lui recommanda de changer le lendemain, à son réveil.

Le jeune homme exigea ensuite qu'elle lui décrive le monstre. Robyn ne se fit pas prier pour lui parler de ses dents tranchantes, de ses griffes comme des serres, de ses yeux orange et de sa peau pareille à de la pierre – que son épée n'avait d'ailleurs pas réussi à transpercer, contrairement à son poignard. Daérion demanda à voir le poignard en question. Robyn hésita un instant avant de lui montrer l'arme de son père. Elle avait l'étrange intuition que, moins cette arme serait vue, mieux ce serait.

— Il appartenait à mon père, l'informa-t-elle.

Après l'avoir observé sous tous les angles, Daérion le lui rendit. Il ne fit aucun commentaire sur l'aspect étrange du métal. Robyn le repassa à sa ceinture. Elle s'appuya contre le dossier de la chaise et ferma les yeux, comme pour essayer d'oublier ceux du monstre. Elle se rendit compte qu'elle était totalement épuisée.

— Sans vous, ce monstre m'aurait tué, chuchota Daérion.

— Et vous qui ne vouliez pas que je vous accompagne…

— Vous voulez que je vous fasse mes plus plates excuses ? Ou bien vous voulez une médaille ?

— Un simple merci et de la flatterie suffiront, lui assura Robyn, pince-sans-rire.

— Hors de question, rétorqua-t-il.

La jeune femme pouvait entendre le sourire dans sa voix sans avoir à regarder son visage. Un petit rire lui échappa.

— Mais vous êtes une petite cachottière…

Robyn rouvrit les yeux et se tourna vers lui.

— Pourquoi ?

— Vous ne m'aviez pas dit que vous étiez une Maître-Lame. J'ai vu le ruban noir sur votre épée. Pourquoi une Maître-Lame resterait uniquement capitaine ? Non pas que cette profession ne soit pas noble, ce n'est pas ce que je veux dire, mais vous pourriez être près de la famille royale, être au cœur du pouvoir, la servir…

— C'est justement pour cette raison que je ne veux pas travailler pour elle. Je veux être libre de mes choix et de mes actes.

— Je peux comprendre ça, soupira Daérion.

Un silence s'installa entre eux.

— Vous aussi, vous êtes un cachottier, riposta finalement Robyn. Vous êtes magicien.

Le jeune homme eut un pâle sourire.

— Je ne peux guère faire plus que ce que vous avez vu, vous savez.

— C'est déjà mieux que de ne rien savoir faire du tout.

Daérion haussa les épaules et fit une petite grimace de douleur. Il en avait presque oublié sa blessure.

— Vous avez dit un mot, dans la grotte du monstre, reprit Robyn. « Amsgarath. » Qu'est-ce que cela veut dire ?

— Je pense que c'est le nom du monstre. « Créature de pierre », en ancien langage.

— Comment le savez-vous ?

— Je l'ai lu dans un livre.

— Un de ceux-ci ?

Elle désigna les livres dans l'étagère.

— Non, répondit Daérion en souriant. Dans une immense bibliothèque.

— Et qu'est-ce que ce livre disait sur la créature de pierre ?

— J'ai seulement lu sa description. Un appétit insatiable, des pieds d'homme se terminant par des serres d'aigle. C'est en voyant les empreintes que je me suis rappelé ce mot. Je n'en sais pas plus.

Robyn se replongea dans ses pensées tandis que Daérion rassemblait les tissus souillés de son propre sang que la jeune femme avait utilisés pour soigner sa blessure.

Le bruit d'une chute d'un objet, au rez-de-chaussée, les fit vivement sursauter. Ils se remirent sur pied d'un même mouvement et descendirent à la hâte l'escalier qui menait à la Surveillance, armes au poing.

D'un claquement de doigts, Daérion alluma par magie toutes les chandelles de la pièce. Un pot en grès, qui contenait de l'encre, était éclaté sur le sol, son liquide sombre répandu sur le plancher. Robyn scruta les moindres recoins de la Surveillance, mais ne trouva personne. Elle ouvrit la pièce adjacente où le corps de Romarik avait été entreposé, mais ici, personne non plus. Même Romarik n'était plus là. Son corps avait été emmené dans l'après-midi pour être enterré. Plus de la moitié du village s'était rendue à ses funérailles.

— Il n'y a personne. Le pot devait être bancal, conclut-elle, pragmatique, en refermant la fenêtre de la petite pièce exiguë.

— Non, objecta Daérion depuis la pièce principale. Il y avait bien quelqu'un.

Robyn le rejoignit. Il passait l'index à quelques millimètres au-dessus d'une marque qui avait été faite sur son bureau. Celle-ci était encore chaude, ses bords noircis encore fumants. Elle représentait une spirale gravée non pas à l'aide d'un poignard, mais d'une griffe. Une de celles qui ornaient la main de l'Amsgarath.

— Il était là, murmura la jeune femme.

Elle regarda une nouvelle fois autour d'elle pour s'assurer qu'il n'y avait vraiment personne. Son cœur rata un battement lorsqu'elle aperçut un visage de pierre, orné de deux yeux orange et luisants à la fenêtre. La créature, l'Amsgarath, la fixait de ses yeux pleins de haine, semblant lire dans son âme. Un sourire mauvais étirait sa bouche.

Robyn se précipita à l'extérieur, son poignard levé, mais la créature n'était déjà plus là. Sa silhouette sombre s'éloignait en courant. La Maître-Lame courut dans la rue. Le monstre sauta sur le toit d'une maison et, comme elle l'avait fait dans la forêt avec une agilité bestiale, elle bondit de toit en toit, jusqu'à s'approcher de la barricade. D'un saut vertigineux, elle s'accrocha à la muraille et grimpa rapidement jusqu'au sommet. Arrivée tout en haut, elle se tourna vers Robyn, un rictus provocateur sur le visage, puis disparut de l'autre côté du mur.

— C'était lui ? lui demanda Daérion, qui l'avait suivie de près.

Il avait le teint pâle. Robyn ignorait si c'était à cause de sa blessure ou du fait que ce monstre se soit introduit chez lui avec une facilité déconcertante. Elle-même n'en menait pas large, le corps parcouru de frissons. Côte à côte, de la buée s'échappant de leurs lèvres, ils regardaient l'endroit où le monstre s'était évaporé dans la nuit, rejoignant les ombres.

— Il s'est enfui, finit par dire Robyn. Rentrons.

Dans la Surveillance, la marque était toujours là, gravée dans le bois.

— Il a attendu, nota la jeune femme en fixant la trace noircie. Il a fait tomber le pot exprès pour nous obliger à descendre et il a attendu à la fenêtre pour voir notre réaction en voyant sa marque. Il voulait qu'on le voie.

— C'est le signe qu'il est en chasse.

— Et il chasse qui, d'après vous ? Vous ou moi ?

— Probablement nous deux. Nous sommes certainement les premières personnes à lui échapper. Il ne doit pas y être habitué. Nous devons rester prudents, ouvrir l'œil. Ou bien il réussira à nous tuer tous les deux.

CHAPITRE 14

Robyn et Daérion restèrent un moment à contempler la marque. Robyn avait la désagréable sensation d'être salie, comme si ce n'était pas sur le bureau, mais sur sa peau que la marque avait été gravée. Ce monstre en avait après eux. N'importe quel prédateur se serait enfui, mais lui, il voulait les traquer. Pourquoi cette obstination ? Parce qu'elle pouvait le voir alors que les autres en étaient incapables, devenant pour lui une menace qu'il devait absolument éliminer ? Ou uniquement à cause de son instinct de chasseur qui ne supportait pas d'avoir laissé filer ses proies ? Quoi qu'il en soit, ils devaient partir. Rester signifierait mettre le village en danger. Le monstre leur avait montré que les barricades et les lances ne l'arrêtaient pas. Il était entré ici sans déclencher la moindre alerte.

La jeune femme fit part de ses pensées à Daérion, qui ne répondit pas. Ses yeux étaient toujours fixés sur la marque, ses doigts à quelques millimètres du tracé noirci.

— M'avez-vous au moins écoutée ? lança Robyn lorsqu'elle ne vit aucune réaction de sa part.

— Oui, j'ai entendu. Je suis d'accord.

La jeune femme fronça les sourcils. Elle ne pouvait pas – comme certains télépathes de l'Académie – lire dans les pensées, mais elle était suffisamment observatrice pour voir que quelque chose dérangeait Daérion. Elle ne dit rien, cependant. Peut-être était-il seulement inquiet à cause de cette marque. Après tout, une créature l'avait désigné comme sa future victime, et il ne pouvait même pas la voir surgir.

— À partir de maintenant, vous restez près de moi, ordonna-t-il. Je vous interdis de sortir seule. Me suis-je bien fait comprendre ?

Le ton dur qu'il employa eut le don de mettre la jeune femme en rogne. Elle n'avait pas besoin de sa protection. Surtout que c'était elle qui lui avait sauvé la vie dans la forêt. Il avait un certain culot de lui dire ça.

— Il en est hors de…

— Ce n'était pas une question, Robyn Fayne, la coupa-t-il. C'était un ordre.

— Faut-il également que je vous appelle « Monseigneur » ? le railla-t-elle en caricaturant une révérence.

Il se tourna vers elle. Ses yeux flamboyaient, littéralement. Robyn n'eut soudain plus du tout envie de se moquer de lui. Elle retint de justesse un mouvement de recul lorsqu'il la prit par les épaules en la maintenant face à lui et en plantant ses yeux de feu dans les siens.

— Cette marque n'est pas n'importe quelle marque. C'est bien plus que le signe d'une vulgaire créature des ténèbres.

— Que voulez-vous dire ?

— Je n'en suis pas sûr pour le moment.

Une fois de plus, elle n'insista pas, mais manifesta son mécontentement en croisant les bras et en levant les yeux au ciel. Elle en avait assez de ses cachotteries. Lui connaissait beaucoup d'elle – son oncle en était grandement responsable. Il avait su avant elle la vérité sur la mort de ses parents, il avait des informations sur ce monstre et sur cette marque.

Elle, elle ne savait rien de son rôle de commissaire, de la façon dont il était arrivé ici, ni de ses connaissances sur l'Amsgarath. Même à l'Académie, qui dispensait pourtant les meilleurs enseignements, elle n'avait jamais entendu parler de cette créature alors comment avait-il pu lire quoi que ce soit sur elle dans un livre ?

— Je suis sincèrement désolé de ne rien pouvoir vous dire. Mais je dois trouver des réponses avant de pouvoir vous dire la vérité.

— Et quand aurai-je l'insigne honneur de connaître cette vérité ? lança-t-elle sans masquer l'irritation dans sa voix.

— Dans peu de temps. Quand j'aurai compris ce qu'il se passe.

Il parut sur le point d'ajouter quelque chose, mais la flamme dans ses yeux s'éteignit et il laissa retomber ses bras le long de son corps, presque hébété. Il recula d'un pas en se passant une main dans les cheveux.

— Excusez-moi, dit-il. Nous ferions mieux d'aller dormir.

Comme si je pouvais décemment dormir avec toutes mes questions sans réponses, maugréa intérieurement Robyn.

— Je dois prévenir mon oncle. Il va se faire un sang d'encre si je ne rentre pas.

— N'ayez crainte, il est déjà prévenu.

Robyn haussa les sourcils d'un air interrogateur.

— Quand nous sommes partis pour la ferme, j'avais le pressentiment que ça durerait plus longtemps que prévu, alors j'ai fait prévenir votre oncle que vous resteriez à Astaak pour la nuit.

Robyn hocha la tête, puis monta les escaliers qui menaient jusque chez Daérion. Il lui laissa sa chambre et alla s'installer sur le canapé.

La jeune femme fit un brin de toilette avant de se coucher. Elle mit des heures à s'endormir. Des milliers de questions allaient et venaient, tel un véritable ouragan dans son cerveau. Qu'était exactement l'Amsgarath ? D'où venait-il et avait-il d'autre but que de se nourrir de chair fraîche ? Et cette marque, que signifiait-elle ? Robyn avait vu le regard que Daérion avait posé sur la trace noircie. Il la connaissait et lui avait caché sa signification. C'était forcément plus que la marque d'une simple créature de l'ombre, auquel cas Daérion lui aurait dit la vérité.

Et qui était Daérion ? Robyn avait fait de longues études. Elle avait appris beaucoup sur de nombreux sujets différents. La géographie du continent (bien qu'elle ait un sens de l'orientation épouvantable) n'avait aucun secret pour elle. Elle savait tout de la faune et de la flore de l'Archipel. Elle avait étudié les langues anciennes des humains, et même les runes qu'ils utilisaient avant qu'ils sachent véritablement écrire. Elle connaissait les symboles des différentes sectes de l'Archipel. Mais cette marque, elle ne l'avait jamais vue. L'Académie était la plus grande école de l'Archipel alors comment Daérion avait-il acquis toutes ses connaissances ? Auprès de quels érudits avait-il étudié ?

Robyn finit par s'endormir et eut une fois de plus l'impression de se réveiller un instant plus tard. Une migraine lui martelait les tempes, comme au lendemain d'une beuverie. De mauvaise humeur, plus irritée qu'inquiète quant au sort que leur réservait l'Amsgarath, elle se leva et ouvrit délicatement la porte de la chambre de Daérion pour ne pas le réveiller si jamais il dormait encore. Mais il n'y avait personne d'autre qu'elle dans la maison.

CHAPITRE 15

Robyn enfila rapidement ses bottes, son manteau et sa cape puis descendit à la Surveillance. Un homme qui n'était pas Daérion était assis au bureau. Robyn le reconnut comme étant l'un des officiers de la Surveillance qui aidaient à maintenir l'ordre et la paix dans le village et ses environs.

Il la salua d'un mouvement de tête. Il n'était pas du tout surpris de la voir descendre. Ou bien Robyn n'était pas la première fille qu'il voyait sortir tôt le matin du premier étage, ou bien le jeune homme l'avait prévenu qu'elle était en haut.

— Bonjour, le salua-t-elle. Vous savez où est Daérion ?

— Il est parti tôt pour faire sa patrouille, comme tous les matins.

Robyn regarda par la fenêtre. Le soleil se levait à peine, colorant de rose et d'orange le ciel. Ce serait une belle matinée d'hiver, fraîche et lumineuse. Difficile de croire que la veille ils avaient pourchassé et combattu un monstre que seule Robyn pouvait voir. Il était également compliqué de penser que ce même monstre était entré à leur insu pour tracer une inscription de la pointe de sa griffe.

D'ÉCAILLES & D'OBSCURITÉ

Robyn jeta un coup d'œil au bureau sur lequel était assis l'officier et remarqua qu'il avait été changé. Ce nouveau bureau était en bois plus foncé. Daérion avait dû le remplacer avant que ses hommes se mettent à poser des questions sur la marque gravée dans le bois.

— Si vous voulez l'attendre, il devrait être revenu dans une demi-heure environ.

— C'est gentil, mais je vais aller me promener, moi aussi.

— Vous ne devriez pas vous balader seule, la prévint l'homme.

— Je ne vais pas loin, rassurez-vous.

Elle quitta la Surveillance. À cette heure-ci, les rues du village étaient encore complètement vides. Aux fenêtres brûlaient des bougies. Les paysans devaient se préparer à aller aux champs ou sur le port, et les enfants allaient bientôt partir pour l'école. Robyn imaginait sans peine l'agitation dans les maisons.

Dans la nuit, de la neige était à nouveau tombée et Robyn repéra vite les traces de Daérion qui partaient de la Surveillance jusqu'à l'écurie adjacente au bâtiment, puis vers la sortie du village. Qu'allait-il faire en dehors des murailles ? C'était à l'intérieur qu'il devait aller patrouiller, à moins que...

À moins qu'il soit allé chasser l'Amsgarath seul. Cette pensée la mit hors d'elle. Quel fou !

Robyn se précipita vers l'écurie, sella Tanac et suivit les traces du jeune homme.

Elles allaient droit vers la forêt, mais pas en direction de la ferme et du repaire du monstre qu'ils avaient visités la veille. Robyn en fut immédiatement soulagée. Daérion n'était pas allé se jeter entre les griffes de l'Amsgarath. Elle imagina ce qu'il pouvait ressentir face à un ennemi qu'il ne pouvait pas voir...

CHAPITRE 15

Comment combattre l'invisible ? Et elle, pourquoi pouvait-elle voir l'Amsgarath ? Que voulait dire cette spirale gravée dans le bois ? Comment allait-elle pouvoir se débarrasser du monstre ? Elle se souvint de ses flèches se brisant sur la peau pareille à de la pierre. Tant de questions sans réponses qui se répétaient encore et encore dans sa tête, comme une litanie désagréable.

Elle pénétra dans la forêt, aux aguets. Même si, normalement, le monstre ne chassait que la nuit, elle préférait se tenir prête. Après tout, il faisait jour quand il les avait attaqués devant la grotte.

Une fois dans la forêt, suivre les traces de Daérion fut plus compliqué, mais Robyn était une traqueuse plutôt douée. Cela faisait partie de son entraînement de Maître-Lame. Une branche pliée, une empreinte à demi effacée, des feuilles dérangées, de la mousse arrachée… Autant de détails qui n'échappaient pas à son œil affûté.

Robyn avança pendant près d'un quart d'heure quand, soudain, elle tomba sur une empreinte qui n'avait rien à faire ici. Elle sauta de cheval, se pencha, passant les doigts dessus. Elle en avait vu tant de fois de ce type qu'elle ne pouvait pas se tromper. Les crottes, un peu plus loin, lui donnèrent raison.

Il y avait un dragon dans les bois.

Un très jeune dragon, au vu de la taille des traces, pas encore assez fort pour porter un humain sur son dos, ni même capable de cracher du feu. Mais si un dragon aussi petit vivait dans la forêt, où était donc sa mère ? Une dragonne ne se séparait jamais de ses petits avant qu'ils ne soient prêts à se débrouiller seuls. Robyn sonda le ciel bleu, qu'elle voyait par fragments à travers la cime des arbres. Rien.

D'ÉCAILLES & D'OBSCURITÉ

Daérion était-il un Chevaucheur ? Robyn ne l'avait jamais vu à l'Académie. Or, elle s'enorgueillissait de connaître quasiment tous les Chevaucheurs, ayant fait ses études, ayant travaillé avec eux et en ayant entraîné un certain nombre. Il ne pouvait pas en être un. Peut-être que le dragon n'avait rien à voir avec Daérion et qu'ils avaient seulement pris la même direction… Elle n'y croyait pas vraiment, d'autant que les traces du cheval de Daérion étaient aussi récentes que celles du dragon.

Elle continua à avancer et, bientôt, elle entendit des rires ainsi que de petits grognements de satisfaction. Robyn s'approcha à pas prudents et se cacha dans les buissons.

Daérion était là, avec un petit dragon rouge foncé. Il était encore très jeune, pas plus de trois mois, comme l'avait envisagé Robyn. Il était encore si petit que Daérion pouvait le faire tenir sur son épaule – celle qui n'était pas blessée. Il s'amusait à l'envoyer dans les airs. Ce dernier déployait ses ailes, mais il ne pouvait pas encore voler. Daérion le rattrapait au vol en riant.

— Non mais dites-moi que je rêve… lança Robyn d'une voix suffisamment forte pour que Daérion l'entende, mais pas trop pour ne pas effrayer le dragonneau.

Leurs deux têtes se tournèrent vers elle d'un même mouvement, ce qui amusa Robyn. Elle s'approcha doucement. La créature la regarda avec curiosité. Elle n'avait probablement jamais vu d'autres humains que Daérion.

La jeune femme s'assit pour lui montrer qu'elle n'avait aucune intention belliqueuse. Le dragon l'étudia attentivement, puis il se laissa flotter jusqu'au sol. Il n'était pour l'instant pas plus haut qu'un enfant de un an. Prudemment, il s'avança vers elle. Puis il fourra son museau dans la main tendue de Robyn, qui sourit en caressant ses écailles encore duveteuses. Dans quelques semaines, elles deviendraient plus solides que le plus robuste des aciers.

— Je peux savoir ce que vous fabriquez avec un dragon ? demanda Robyn. Vous ne l'avez pas volé à sa mère, au moins ?

Les dragonnes défendaient farouchement leur petit, jusqu'à la mort s'il le fallait. Qu'un imprudent s'approche trop près de son nid, alors le vent et le feu se déchaînaient et on ne retrouvait de l'imbécile qu'un amas de chair sanguinolente.

— Vous me prenez pour qui ? se renfrogna Daérion. Bien sûr que non ! Je l'ai trouvé.

— Comment ça, trouvé ?

— Pendant mon périple qui m'a conduit sur les traces de l'Amsgarath. Il errait, tout seul, mort de faim et de soif. J'ai cru qu'il s'était égaré, j'ai cherché son nid pour le rendre à sa mère, mais je n'ai trouvé qu'une ruine avec les œufs détruits. J'ai pensé que c'était l'Amsgarath qui avait fait ça.

— Non, ce n'est pas lui. Il arrive parfois que les mères détruisent leur nid quand elles sentent que les œufs ne donneront pas de dragonneaux en bonne santé.

— Mais il va très bien, lui fit remarquer Daérion. Elle a dû se tromper. Elle avait un bébé en bonne santé.

— Il est un peu petit pour son âge, lui dit gentiment Robyn.

Comme pour lui montrer qu'il était peut-être petit mais féroce, le dragonneau lui mordilla les doigts.

— Comment l'avez-vous appelé ?

— Mop.

— Mop ? répéta Robyn.

Les dragons portaient souvent des noms un peu moins… enfantins. Un garçonnet aurait choisi d'appeler son chiot Mop. Mais un dragon…

— Ce n'est pas moi qui l'ai choisi, c'est lui ! se défendit Daérion en interprétant sans mal l'expression de Robyn.

— Je n'ai rien dit.

— Inutile, votre visage parle pour vous. Je voulais l'appeler Raegon, Thrial, quelque chose comme ça, mais rien ne lui plaisait. Jusqu'au moment où j'ai plaisanté en lui proposant « Mop ». Il était fou de joie.

Guilleret jusqu'alors, Daérion fronça soudainement les sourcils et fit un pas vers Robyn, le regard de nouveau chargé de flammes, comme la veille.

— Je croyais vous avoir dit de ne pas sortir toute seule ! gronda-t-il.

— Sauf votre respect, monsieur, je vous rappelle que celui qui ne peut pas voir l'Amsgarath, c'est vous. Ce qui fait de moi la plus en sécurité de nous deux. Estimez-vous heureux que j'aie pris la peine de vous suivre. Quand comptiez-vous me parler de Mop ?

— Je ne vois pas en quoi ça vous…

Robyn croisa les bras et lui lança à son tour un regard noir. Daérion se radoucit.

— Très prochainement, finit-il par dire.

— Je suppose que ce dragon est sur la liste de toutes les choses que vous me cachez. Vous pouvez rayer cette révélation. Qui d'autre est au courant ?

— Personne. J'ai pensé que c'était mieux ainsi.

— Pour une fois, vous avez eu une bonne idée, lança-t-elle, acerbe.

Daérion lui répondit par un grondement menaçant qui n'impressionna pas Robyn, occupée à gratouiller Mop sous le ventre. Il se roulait sur le sol en ronronnant, comme un chat. Puis Daérion sortit de sa poche des bouts de viande qu'il présenta au dragonneau, qui les avala tout crus.

CHAPITRE 15

— Rentrons, suggéra-t-il finalement.

Il prit Mop entre ses bras et récupéra dans le creux d'un arbre plusieurs couvertures qu'il avait dû apporter pour que le bébé dragon soit au chaud.

— J'ai eu peur pour lui, je ne pouvais pas le laisser seul cette nuit. Même si cette forêt ne fait pas partie du terrain de chasse de l'Amsgarath, j'étais inquiet.

Robyn hocha la tête, encore étonnée de savoir que Daérion se promenait avec un dragonneau.

Ils reprirent la direction du village dans l'unique but d'en repartir au plus vite. La veille, Daérion et Robyn avaient décidé qu'ils ne passeraient pas une journée de plus à Astaak de peur que le monstre s'attaque aux villageois en représailles. S'ils s'éloignaient, l'Amsgarath les suivrait.

Ils ne firent donc qu'un aller-retour rapide entre la prairie de Mop et le village, n'emportant avec eux que le strict nécessaire. Daérion informa ses hommes que le monstre – dont il tut le nom – s'était éloigné du village et qu'il partait le traquer. Ils prirent ensuite la direction de la maison de Stan où le vieil homme semblait les attendre, comme s'il avait deviné.

Robyn monta préparer ses affaires, emportant avec elle des vêtements de rechange, sa brosse, un savon, un sac de couchage et une couverture, des pointes de flèche ainsi que de la corde au cas où celle montée sur son arc se casserait, divers bandages en cas de blessure et pour soigner celles que Daérion avait déjà. Elle regarda une dernière fois sa chambre. Ses yeux se posèrent sur le livre que lui avait offert le jeune homme. Elle hésita une seconde avant de s'en saisir. Il était petit et pas très lourd. De plus, cela l'occuperait. Elle ne savait pas pour combien de temps elle partait sur les routes. L'Amsgarath allait-il leur tomber dessus ou bien les laisserait-il croire qu'il avait abandonné sa traque ? Robyn avait vu le paquetage de Daérion. Il ne comptait visiblement pas rentrer de sitôt.

Elle serra son oncle contre elle, les yeux humides de devoir déjà partir après une si longue absence en mer.

— Fais bien attention à toi, lui recommanda-t-il en s'éloignant.

Il lui tendit une petite bourse de cuir. À l'intérieur tintèrent joyeusement des pièces de monnaie.

— Mon oncle, je n'en ai pas besoin, tu le sais. Tu devrais les garder pour…

— C'est un cadeau. Fais-en ce que tu veux. Tes gants ne sont plus de première jeunesse.

Il était vrai qu'ils étaient un peu usés, mais ils passeraient sans mal l'hiver.

— Oui, accepta-t-elle pour ne pas le contrarier. Toi, fais attention. Et barricade toutes les portes et fenêtres. Ne te promène pas seul la nuit. Si tu te rends en ville et que tu ne rentres pas avant le coucher du soleil, fais en sorte de dormir chez un de tes amis, d'accord ?

Stan sourit. C'était lui, le vieillard. Ce n'était pas à elle de lui donner des conseils pour prendre soin de lui.

— Je vous la confie, Daérion. Prenez bien soin d'elle. Elle est ce que j'ai de plus précieux.

En d'autres circonstances, Robyn aurait été gênée d'une telle déclaration, mais aujourd'hui elle ne l'était pas. Elle avait la terrifiante sensation que lorsqu'elle remettrait les pieds ici – si elle ne se faisait pas massacrer par un monstre invisible entre-temps –, tout serait différent, le monde et peut-être elle-même.

CHAPITRE 15

Elle tourna le dos à la maison non sans peine. Jamais cela n'avait été aussi dur de quitter cet endroit. Elle sentait que le monde bougeait, comme si, sous ses pieds, le sol s'était mis à trembler, annonciateur d'une ère nouvelle et effrayante.

CHAPITRE 16

La salle du trône du palais de la capitale était immense. Le sol, un damier de plaques de marbre noir et blanc des plus raffinés, était transpercé par des colonnes, également en marbre blanc, surmontées de chapiteaux dorés représentant des animaux sauvages et une végétation luxuriante. Elles soutenaient un plafond à caisson qui représentait diverses scènes historiques : le mythe de l'arrivée des humains dans l'Archipel ; les histoires des dieux ; des héros ; des grandes figures historiques de l'Archipel.

Le long de l'espace central qui menait tout droit au trône, des lustres, de cinquante bougies chacun, éclairaient les pas des visiteurs. Contre le mur à la droite du trône, des bustes et des statues d'hommes représentant les ancêtres du roi Job surveillaient d'un œil sévère les visiteurs. Des flambeaux étaient accrochés à intervalles réguliers entre les sculptures, soulignant leurs traits, les rendant plus sévères et plus majestueuses encore. En face de ce mur qui montrait l'illustre lignée du roi actuel, un autre était percé de larges fenêtres. Toute la pièce avait été pensée, organisée et construite pour que chaque personne entrant en ces lieux soit impressionnée, que ce soit sa première visite ou sa millième.

Le roi, assis sur son trône, connaissait la salle par cœur. Il y avait joué, enfant, lorsqu'elle était vide, puis avait assisté son père avant de finalement prendre sa place à sa mort. Et pourtant, il lui arrivait parfois de découvrir un nouveau détail dans les peintures qui ornaient le plafond, alors qu'il avait passé des heures à les contempler depuis le sol. Un angelot par-ci, un cavalier par-là, un animal fabuleux dans un coin… Ces peintures étaient fascinantes, elles abritaient des mystères et le roi adorait se plonger dans leur contemplation.

Du moins c'était le cas *avant*. Cela faisait des mois qu'il n'avait pas levé les yeux vers cette prouesse décorative pour laisser son regard dériver sur les dieux majestueux, les soldats courageux et les créatures fantastiques. Son esprit était trop occupé par les affaires de l'Archipel, et plus encore par la santé de son fils cadet. Depuis des semaines, un mal inconnu le rongeait. Un mal dont les plus grands médecins et magiciens de l'Archipel n'avaient pas su le libérer. Tous les jours, le prince, âgé de sept ans, souffrait le martyre. Il se montrait brave, tentait de ne pas pleurer, mais la douleur que le roi voyait dans ses yeux était la pire vision qu'on lui ait donnée de voir. Il aurait donné mille fois son trône, ses richesses et son palais pour voir cette lueur fiévreuse s'effacer de ses yeux.

Aux quatre coins de la salle, tapis dans l'ombre, si bien qu'on ne pouvait pas les voir, se tenaient des Maîtres-Lames. Ils étaient silencieux et immobiles. De véritables statues, comme celles qui ornaient le mur. Le roi savait pourtant qu'au moindre signe de danger ces hommes et ces femmes se transformeraient en véritables machines de guerre. Toutefois, le roi ne faisait pas attention ce jour-là aux Maîtres-Lames. Il attendait, tâchant de rester calme, alors qu'au fond de lui-même il bouillonnait.

S'il n'avait pas été roi, si le protocole n'avait pas régi le moindre de ses faits et gestes, Job aurait fait les cent pas. La reine Amia, à sa droite, était dans le même état. Elle se tordait les mains, scrutant la porte. Quand enfin on annonça l'arrivée de leur visiteur, le roi se pencha en avant, se retenant à grand-peine d'aller ouvrir la porte lui-même. Le souffle de la reine s'accéléra et Job posa sa main sur la sienne, ce qui ne la calma absolument pas.

Les portes s'ouvrirent et, imperceptiblement, les Maîtres-Lames s'agitèrent. Ils suivirent des yeux l'avancée de l'invité.

Grand, maigre, des yeux sombres et la peau pâle, de longs cheveux noirs striés de gris, vêtu d'une longue robe de toile beigeâtre, s'avançait Urugh, le dernier espoir des souverains.

Le pas d'Urugh était léger, comme s'il ne pesait rien. Il avançait à une allure modérée. S'il était nerveux de se retrouver en présence des souverains de l'Archipel, il ne le montrait pas. Il jeta à peine un coup d'œil aux sculptures des rois de jadis. Les Maîtres-Lames voyaient passer beaucoup d'invités dans cette salle et ils s'amusaient souvent à faire des paris : qui trébucherait ou bégayerait face au roi et son regard d'acier ? Cette fois, aucun d'entre eux n'avait osé – l'heure était trop grave pour cela. Le petit prince était bien trop apprécié pour qu'on songe à miser sur une potentielle chute d'Urugh. Si ce dernier avait exigé d'être porté sur un baldaquin jusqu'aux pieds des marches qui montaient au dais où étaient assis les souverains, les Maîtres-Lames s'en seraient acquittés avec empressement. Tout, plutôt que de voir le jeune prince souffrir encore et encore.

Arrivé à cinq mètres des trônes, Urugh mit un genou à terre avec lenteur et révérence.

— Je m'appelle Urugh, Vos Majestés. Je suis guérisseur.

— Relevez-vous, exigea le roi en masquant mal sa fébrilité. Vous savez pourquoi vous êtes ici, n'est-ce pas ?

— On m'a informé qu'un de vos princes était malade. Je ne sais si…

— Au diable le protocole et les belles paroles ! s'écria la reine en se levant. Il se meurt.

— Ma reine… commença le roi.

— Non, Job. Peu importent les convenances, je me moque de tout ça. Je veux que mon fils guérisse.

Sa voix claqua dans la salle du trône.

— Maréol se meurt, il souffre jour et nuit. Si cet homme peut le sauver, je n'attendrai pas que les formules de politesse soient dites.

Puis, se tournant vers le médecin qui s'était redressé, elle dit :

— Ma question est simple, Urugh : pouvez-vous sauver mon fils ?

— Il me faudrait le voir pour vous répondre, Majesté, répondit Urugh.

— Soit. Allons-y.

La reine prit la direction de la sortie de la salle du trône, et aussitôt les Maîtres-Lames se mirent en mouvement. Le roi se leva lui aussi et, à côté de la reine, il prit le chemin des appartements de son fils alité.

Amia avait tout fait pour que la chambre du jeune Maréol ne ressemble pas à celle d'un malade. Les rideaux étaient ouverts pour laisser passer la lumière et les bruits extérieurs. Ses jouets étaient à sa disposition, suffisamment proches de lui pour qu'il n'ait qu'à se redresser de quelques centimètres pour les attraper. Plusieurs livres aux couvertures colorées, spécialement commandés à son intention, étaient entassés près de lui. Des fleurs des champs étaient posées dans des vases, diffusant un parfum campagnard dans la chambre afin de rappeler au prince les odeurs de cette nature qu'il aimait tant. Sur sa table de chevet, il avait même une petite clochette. Un serviteur dormait jour et nuit dans la pièce adjacente pour répondre à tous les besoins du prince.

Quand ils entrèrent, Maréol n'était pas seul. Près de lui était assis Tylan, son grand frère, le fils aîné du couple royal, héritier de la couronne. Il se leva lorsque ses parents et Urugh entrèrent.

— Votre Altesse, le salua le nouveau venu.

Tylan hocha doucement la tête avant de s'écarter pour laisser la place au guérisseur. Un Maître-Lame vint aussitôt se poster près du lit du prince malade.

Ce dernier était presque aussi pâle que son visiteur. On disait le fils cadet du couple « beau comme un ange », et la maladie ne parvenait pas à lui ôter cette beauté. Brun, des yeux bleus et brillants, le sourire facile, Maréol était aimé de tous et sa lente agonie attristait tout le palais. Il souffrait depuis des semaines, sans aucune raison. Il n'avait aucune blessure apparente, il avait « mal à l'intérieur », comme il disait. Qu'il soit debout, assis, couché, la douleur était là. Son visage était émacié. Il ne mangeait presque plus, perdant ses forces à mesure que passaient les jours.

Urugh se pencha sur la poitrine du prince et écouta. Il se redressa, ouvrit le petit sac qu'il portait avec lui et que les Maîtres-Lames avaient bien pris soin de fouiller. Il en sortit un objet en métal qui ressemblait à une branche, vu de loin. Il passa la tige au-dessus du corps du petit prince, qui suivait ses gestes avec une curiosité manifeste. De tous les médecins qu'il avait vus, celui-là était bien le premier à se servir d'un bout de métal. La tige vibra légèrement en passant au-dessus de Maréol.

Urugh reposa son instrument dans son sac et, avec des gestes doux, plaça ses mains de chaque côté de la tête du prince. Ils restèrent tous les deux immobiles.

Le roi et la reine observaient leur fils et cet homme étrange. Les mains du roi étaient agitées de tremblements incontrôlables et celles de la reine étaient placées sur son cœur. Les Maîtres-Lames étaient immobiles, comme toujours, mais ils étaient plus nerveux que d'ordinaire. Tylan avait posé une main sur l'une des colonnes en bois du lit à baldaquin de Maréol. Il se mordait l'intérieur de la lèvre, ses yeux allant du visage de son frère à celui d'Urugh.

Un soupir de soulagement s'échappa des lèvres de l'enfant au bout de vingt minutes d'un silence pesant. Quand il ouvrit les yeux, toute trace de douleur avait disparu.

Amia plaqua ses mains sur sa bouche et ses yeux se remplirent de larmes.

— Comment avez-vous fait ?

Elle se laissa tomber de l'autre côté du lit de son fils et lui prit la main. Il lui sourit.

— J'ai déjà vu un enfant atteint du même mal, Majesté. Mais avec des soins réguliers, il devrait aller mieux et pouvoir vivre comme les autres enfants de son âge.

Un peu de couleur revenait sur les joues de Maréol. Si tout le monde dans la pièce restait silencieux, trop stupéfait ou ne voulant pas croire à ce miracle, la reine sanglotait doucement.

— Merci, Urugh, merci, répétait-elle sans relâche. Vous avez ma reconnaissance éternelle.

Chapitre 16

Urugh hocha la tête.

— Qu'a-t-il ? demanda Tylan. Qu'avez-vous compris qui a échappé aux autres ?

— C'est une maladie rare, expliqua-t-il. Très peu sont ceux qui ont vu ses ravages. On l'appelle *hiphém*. Cette maladie tétanise les muscles, répandant une intense douleur dans tout le corps.

— Mais d'où vient-elle ?

— Il ne l'a pas attrapée comme une vulgaire grippe, si telle est la question.

— Je suis né avec ? demanda Maréol.

— En quelque sorte, petit prince. Ta famille vit avec, depuis des générations. C'est une maladie qui vient d'une malédiction. Qui votre famille a-t-elle offensé pour que l'on vous jette un sort pareil ?

— Aucun membre de notre famille n'a jamais été atteint de ce mal, précisa le roi.

— Peut-être pas dernièrement, mais vos ancêtres, ou ceux de la reine, peut-être. C'est comme les yeux bleus d'un enfant dont les parents ont tous les deux les yeux marron. Les caractéristiques physiques peuvent sauter plusieurs générations et soudainement ressurgir, sans que l'on sache pourquoi.

— Ne peut-on pas lever ce sort ?

— Pour cela, il faudrait retrouver le sorcier ou la sorcière qui l'a jeté. Comme cela s'est passé il y a longtemps, je doute que cet individu soit encore en vie.

— Mais il est bien connu que la magie meurt avec celui qui la pratique, protesta Tylan en croisant les bras. Un sortilège s'interrompt à la mort de son lanceur.

— Dans la plupart des cas, oui. Mais il y a des exceptions, comme à toutes règles.

Tylan fit la moue. Il n'aimait pas vraiment cette explication qui n'apportait aucune réponse.

— Peu importe, pesta le roi en balayant l'interruption du prince héritier d'un battement de la main comme s'il voulait chasser une mouche. L'important est qu'Urugh puisse soulager Maréol.

Se tournant vers le guérisseur, il lui dit avec solennité :

— Mon palais est vôtre, aussi longtemps que vous souhaiterez rester ici. En fait, je vous conjure de rester ici pour le bien de mon fils. Le guérisseur royal est décédé il y a quelques mois et personne n'a encore pris son poste. Sa chambre et son infirmerie sont à vous. Vous serez nourri, logé et payé grassement. Si vous avez une demande, quelle qu'elle soit, faites-m'en part.

— Je ne requiers qu'une chose, Majesté.

— Dites-moi.

— L'assurance que je pourrai user de mes dons à l'extérieur du château sur quiconque en aura besoin.

— Bien entendu, cela vous est accordé.

— Dans ce cas, j'accepte de rester ici.

Quelques minutes plus tard, Tylan sortit de la chambre de son frère. Au milieu des Maîtres-Lames, de sa mère, de son père et du guérisseur un peu trop providentiel à son goût, il étouffait.

Il avança dans le couloir, s'éloignant suffisamment pour que personne ne l'entende, puis se tourna vers le Maître-Lame qui l'accompagnait.

— Antaï, je voudrais que tu me rendes un service.

— Lequel ?

D'une loyauté sans faille, Antaï était l'homme en qui Tylan avait le plus confiance sur cette Terre. Ils étaient amis depuis des années. Ils s'étaient rencontrés à l'Académie, faisant leurs classes ensemble. Tout prince devait avoir reçu une éducation digne de ce nom, parmi les gens du peuple. Tylan avait passé d'excellentes années à l'Académie, les meilleures de sa vie, se faisant de fidèles amis, tels qu'Antaï. Si le prince héritier avait étudié la diplomatie, la géopolitique, la géographie, l'histoire et toutes les compétences requises pour devenir un bon dirigeant lorsqu'il serait temps pour son père de passer la main, Antaï, lui, était devenu Maître-Lame. Jamais leur amitié ne s'était effritée et, quand Antaï avait reçu son ruban noir, il avait émis le souhait de devenir garde du corps de Tylan, son meilleur ami.

— Je voudrais que tu surveilles cet Urugh pour moi. Il ne m'inspire pas confiance.

— Moi non plus, approuva Antaï. Veux-tu que j'essaie d'en savoir plus sur lui ? Je peux envoyer des hommes mener une petite enquête sur ce qu'il a fait avant. Il a beaucoup parlé aux Maîtres-Lames qui l'ont fouillé. Vérifions si tout ce qu'il dit est vrai.

— Merci, Antaï.

Le Maître-Lame hocha la tête, puis emboîta le pas à son ami. Le temps qu'il trouve un de ses confrères pour protéger le prince héritier, et il collerait ce guérisseur aussi bien qu'une sangsue.

CHAPITRE 17

L'objectif principal de Robyn et de Daérion était de s'éloigner le plus possible d'Astaak. Si vraiment l'Amsgarath avait décidé de les prendre en chasse, mieux valait que personne d'autre ne se retrouve sur son chemin.

— J'espère qu'il nous suivra, pria Robyn.

Elle regarda derrière elle, comme si elle pouvait voir l'Amsgarath renifler leurs traces pour mieux les traquer. Elle ne cessait de jeter des regards autour d'elle, espérant apercevoir une ombre entre les arbres, sautant de branche en branche comme le monstre l'avait fait en échappant à ses flèches. Elle était en alerte, la main posée sur la poignée du poignard de son père, l'autre prête à jaillir vers son épaule d'où dépassait la garde de son épée.

Daérion avait juché Mop sur son épaule. Le dragonneau regardait de son perchoir la campagne environnante. Il n'avait pas eu l'occasion de voir autre chose que des arbres et il semblait curieux de tout, le plus dur étant de ne pas le laisser trop s'éloigner lorsqu'ils faisaient des pauses.

Si Tanac, le cheval de Robyn, avait un peu jappé avec

l'arrivée de ce nouveau compagnon de route, il avait vite compris que le dragonneau n'était pas dangereux.

— Comment saura-t-on que l'Amsgarath n'est pas resté au village ? demanda Robyn.

C'était sa pire crainte. S'ils n'étaient pas là pour défendre les villageois, qui le ferait ? La créature leur avait déjà montré que les barricades ne l'arrêteraient pas, et les harpons de ce peuple de pêcheurs encore moins.

— Il nous suivra, répéta pour la énième fois Daérion.

Il se montrait très silencieux depuis leur départ. Robyn savait que c'était par peur de trop en dire, mais elle n'avait aucune pitié et posait question sur question. Elle espérait qu'il craquerait avant qu'elle-même ne se lasse de ce silence.

Une chape de brouillard leur barrait l'horizon. La campagne était calme, contrastant étonnamment avec la quête dangereuse de Robyn et Daérion. Le sol était recouvert de givre, pas un oiseau ne volait dans le ciel – ou alors bien trop haut pour que les voyageurs ne le voient à travers le brouillard. C'était comme si le temps s'était arrêté.

— J'aime bien l'hiver, avoua soudainement Daérion.

Robyn sursauta. Il se murait depuis si longtemps dans son mutisme qu'elle était étonnée de l'entendre dire autre chose que « oui », « non », « il nous suivra ». La jeune femme hésita à réagir. Après tout, pourquoi s'embêter à faire la conversation alors qu'il ne voulait pas répondre à ses questions ? Puis elle décida que l'amadouer serait peut-être un bon moyen de lui faire cracher le morceau.

— Pourquoi ? demanda-t-elle poliment.

— Tout est si calme, si paisible. C'est comme si tout ce qui avait été avant s'effaçait pour laisser place à quelque chose de neuf.

CHAPITRE 17

— Ne dit-on pas que le printemps est la saison du renouveau ?

— C'est vrai.

Le silence pesa de nouveau sur eux et Robyn reprit son observation des alentours.

Ils finirent par s'arrêter quand la nuit tomba. Robyn entreprit de faire un feu, mais le bois humide ne voulait pas s'enflammer.

— Un peu d'aide ne serait pas de refus, lança-t-elle à Daérion, qui s'occupait des chevaux.

Le jeune homme se baissa, passa la main au-dessus du bois. Une étincelle apparut au milieu des branches qu'ils avaient ramassées sur leur chemin, puis le feu prit rapidement et une belle flambée les éclaira.

— Merci ! s'exclama Robyn en approchant ses mains des flammes.

Elle observa Daérion.

— Vous savez, je pense que vous pouvez faire beaucoup plus qu'allumer un feu de bois, dit-elle.

— Comment ça ?

— Si ce petit feu de bois était réellement la limite de votre magie, vous auriez besoin de beaucoup plus de temps pour le faire apparaître et vous seriez fatigué.

— Comment le savez-vous ?

Robyn soupira, comme si c'était la question la plus stupide qu'elle n'ait jamais entendue.

— J'ai étudié à l'Académie, vous vous rappelez ? Oui, parce que moi je n'essaie pas de cacher qui je suis, contrairement à d'autres.

Daérion n'eut aucune réaction face à la provocation de Robyn, ce qui eut le don d'agacer la jeune femme, qui ne se démonta pas pour autant. Dans la formation de Maître-

Lame, de longs mois étaient consacrés aux interrogatoires de criminel. Les apprentis devaient faire face à toutes sortes de situations et de personnages : des criminels dangereux, des manipulateurs, des calmes, des violents, des silencieux… La première des règles était de rester maître de ses émotions, et Robyn avait toujours excellé à ce jeu-là. Daérion était peut-être coriace, mais elle l'était tout autant. Alors, pour faire bonne figure, elle colla un sourire angélique sur son visage et poursuivit sur le ton de la conversation :

— Bref. Tout ça pour dire que j'ai été entourée de nombreux magiciens, et c'est ce qui me fait dire que vous pouvez faire beaucoup plus qu'allumer un petit feu.

Cela étant dit, elle se leva brusquement et alla s'occuper de Tanac. Elle prit une brosse dans son sac de voyage et lui brossa les poils, la mâchoire serrée. Elle détestait les mensonges, elle détestait les non-dits.

Elle détestait Daérion.

— J'aimerais que vous arrêtiez de vouloir savoir ce que je ne veux pas dire, se plaignit enfin Daérion dans son dos.

Il parlait d'une voix dure, comme s'il croyait réellement pouvoir l'impressionner. Elle pivota vers lui, la brosse dans une main, les sourcils froncés.

— Et moi j'aimerais avoir des réponses… Nous sommes dans une impasse.

— Ce n'est pas par plaisir que je tais certaines choses.

— Et ce n'est pas par plaisir que je cherche à vous soutirer des informations.

Daérion se leva.

— Êtes-vous toujours aussi agaçante ? Je ne peux rien vous dire, voilà tout ! Quand vous en aurez assez de me poser des questions, vous me le direz !

Chapitre 17

Robyn ne répondit rien et se tourna vers Tanac. Lui, au moins, était digne de son attention. Pourvu que l'Amsgarath leur tombe dessus rapidement afin qu'elle puisse enfin laisser cet homme derrière elle. Elle détestait ses mensonges, certes, mais par-dessus tout elle détestait qu'il puisse en savoir plus qu'elle. Un jour, un de ses professeurs d'histoire de l'Académie lui avait dit que le savoir était le plus important des pouvoirs. Elle lui avait rétorqué que le pouvoir, c'était d'avoir une épée acérée dans son fourreau et de savoir s'en servir. « Vous verrez qu'un jour vous constaterez que j'avais raison », lui avait-il répondu avec un sourire mystérieux. Ce jour était arrivé. Daérion en savait plus qu'elle et elle se sentait idiote, inférieure. Elle détestait ce sentiment, également. Elle n'avait qu'une envie : laisser le commissaire se débrouiller seul face à l'Amsgarath. Elle verrait alors s'il ferait toujours autant le malin.

— Bien, voilà qu'elle boude, à présent ! lança Daérion.

Robyn se tourna vers lui, les yeux étincelants de colère.

— Je ne boude pas. Je rumine. Il y a une différence.

— Laquelle, je vous prie ?

Un sourire féroce se peignit sur les traits de Robyn.

— Lorsqu'on boude, on pense à ce qui fait que la personne nous énerve. Lorsqu'on rumine, on cherche à trouver comment faire pour se venger.

— Donc vous êtes en train d'échafauder une stratégie imparable contre moi.

— Exactement.

— Je vois. Et à quoi dois-je m'attendre ?

— Vous le verrez bien assez tôt.

Elle retourna à la brosse de Tanac et entreprit d'effacer de son pelage la poussière et les saletés accumulées pendant le voyage. Elle entendit Daérion se déplacer juste derrière elle, si proche qu'elle pouvait sentir son souffle sur sa nuque.

— Vous devez comprendre que je ne fais pas ça par plaisir, annonça-t-il d'une voix douce censée l'amadouer.

Robyn détestait également cette voix. Déjà qu'elle ne se sentait pas fière d'en savoir moins que lui, elle ne supportait pas qu'il s'adresse à elle comme si elle était une enfant capricieuse qu'il tentait de raisonner.

— Je ne peux *vraiment* rien vous dire, insista-t-il.

— Vous savez quoi ? C'est exactement ce que disent les menteurs compulsifs.

— Je ne suis pas un menteur. J'obéis à des ordres.

Une nouvelle fois, Robyn se tourna vers lui. Elle le repoussa pour qu'il s'éloigne d'elle.

— Je me moque de ce que vous êtes, ou de ce que vous n'êtes pas. Sachez seulement que j'ai été extrêmement gentille jusque-là.

— Gentille ? répéta Daérion en haussant les sourcils avec un sourire un coin.

Depuis qu'il la connaissait, elle l'avait envoyé balader dans une taverne (bon, là, il l'avait mérité, il le reconnaissait), l'avait traité d'idiot, elle s'était tant saoulée qu'il avait dû la porter jusqu'à son lit, elle n'obéissait à rien ni personne, avait failli le faire mourir de froid quand elle s'était rendue dans l'écurie en pleine tempête de neige. Elle le harcelait toute la journée pour avoir des réponses qu'il aurait aimé lui fournir mais qu'il avait promis de taire. Elle était insolente, ironique à l'extrême, moqueuse, turbulente, manipulatrice lorsqu'elle voulait l'enjôler avec ses sourires qui étaient tout, sauf innocents. Le seul moment où elle était calme, c'était lorsqu'elle se plongeait dans un livre, qu'elle s'occupait de Tanac, où qu'elle prenait soin des différentes armes parsemées un peu partout sur son corps. Et même dans ces moments-là, il lui arrivait de lever des regards assassins vers lui.

Ils n'avaient pas exactement la même notion de la gentillesse.

— Oui. Gentille. Vous savez que je suis Maître-Lame. Vous savez que les Maîtres-Lames entrent souvent au service de la famille royale. Vous savez également que certaines personnes veulent faire du mal à cette famille. Les Maîtres-Lames sont là pour les arrêter et les interroger. Je connais toutes les ficelles de l'interrogatoire. Je sais comment faire plier le plus dur à cuire. Je suis rompue à la torture. On me l'a infligée pour que je sache y faire face, mais je sais aussi donner la douleur. Je peux faire souffrir un homme sans qu'il s'évanouisse ou qu'il ne meure. Je peux tuer qui je veux sans avoir à lui faire verser une seule goutte de sang. Je suis une Maître-Lame. Comme je le disais, jusqu'ici, j'ai été gentille.

— C'est une menace ? gronda Daérion en se redressant de toute sa hauteur.

— Non, c'est simplement une mise au point de votre culture générale sur les Maîtres-Lames. Au cas où on aurait oublié de vous parler de la détermination de mon ordre là où vous avez appris toutes ces choses merveilleuses sur l'Amsgarath.

Elle lui adressa un regard tout aussi menaçant que ses propos, et Daérion ne douta pas un instant qu'elle était capable de faire tout ce qu'elle disait. Il avait en effet étudié les Maîtres-Lames et leur entraînement intensif qui s'étalait sur plusieurs années. Cette voie n'était proposée qu'aux meilleurs, et la plupart de leurs exercices n'étaient connus que par ceux qui les avaient pratiqués. À la fin, il ne restait que les plus résistants, les plus courageux, les plus doués. C'était un ordre d'élite à nul autre pareil. Daérion avait tout intérêt à faire attention à ne pas trop irriter la jeune femme, auquel cas il goûterait au fil aiguisé de son épée.

Elle lui fourra la brosse de Tanac dans les mains avec brusquerie. Il faillit la laisser tomber. Robyn eut un petit rictus moqueur, impitoyable.

— Vous prenez le premier tour de garde, ordonna-t-elle.

Elle alla s'allonger près du feu en laissant Daérion debout, pantelant. Mop le dragon le regarda avant de lui tourner fermement le dos, comme s'il lui en voulait lui aussi de ne rien dire à Robyn, puis il se lova près de la tête de la jeune femme.

— Quoi ? Toi aussi tu m'en veux ? lança Daérion.

Ni la jeune femme ni le dragon ne daignèrent se tourner vers lui.

Il secoua la tête, comme pour émerger des paroles cinglantes de la guerrière.

Il s'empara de son épée et s'assit sur sa couverture, les yeux et les oreilles à l'affût. Il regarda la silhouette allongée de Robyn. Elle lui tournait le dos, tout comme Mop, qui avait visiblement choisi son camp. Pouvait-il comprendre les motifs de la dispute des deux humains ? En se couchant avec Robyn, le dragonneau lui signifiait-il qu'il était un idiot ?

J'en ai déjà conscience, merci, maugréa intérieurement Daérion.

En vérité, il brûlait de tout dire à Robyn, mais alors accepterait-elle toujours de le suivre ? Rien n'était moins sûr. Il valait mieux un mensonge qui la maintiendrait près de lui, plutôt qu'une vérité qui la ferait fuir. Il avait promis de la protéger et c'était ainsi qu'il s'y prenait. Pour le moment. Il ne pouvait pas lui dire ce qu'était cette marque sur le bureau, il ne pouvait répondre à toutes les questions qu'elle lui posait. Il ne détenait pas encore toutes les clés. Pour l'instant, ils devaient éliminer l'Amsgarath. Ensuite, il verrait quelle part de vérité il pourrait lui révéler.

L'Amsgarath n'attaqua pas cette nuit-là et la tension de Robyn monta d'un cran. Et si le monstre avait profité de leur absence pour massacrer tout le village ? Si cette marque – qui les avait désignés comme les futures victimes de l'Amsgarath – n'était qu'un leurre, un stratagème pour les faire partir du village et ainsi tuer ses habitants en toute tranquillité ? Et si, à quelques milles de là, les corps ensanglantés des villageois gisaient sur le sol gelé, recouverts de neige ?

En allant chercher de l'eau au ruisseau le plus proche, Robyn tomba sur un écureuil éventré. Il avait dû être tué cette nuit. Le sang était encore frais. Le monstre ne s'était même pas nourri, il s'était contenté de le massacrer. C'était un indice pour leur signifier qu'il était là. Robyn pouvait aisément l'imaginer juché au sommet d'un arbre, attendant le meilleur moment pour leur sauter à la gorge.

— Montre-toi ! hurla Robyn à la face de la forêt. Tu ne sais que t'attaquer aux écureuils, hein ? Montre-toi qu'on en finisse !

Rien ne lui répondit. Pas un cri, pas même le froissement des feuilles des arbres. Elle était seule près du ruisseau, elle le sentait. Si l'Amsgarath était passé par là, il n'y était plus à présent. Elle frissonna à l'idée qu'il ait pu les regarder dormir.

Des pas se firent entendre derrière elle. Robyn se retourna vivement, le poignard de son père à découvert. Daérion leva les mains en signe de paix.

— Tout va bien ? Je vous ai entendue crier.

Robyn se calma. La colère qu'elle ressentait envers lui depuis la veille s'envola. Il n'avait pas hésité à se précipiter vers elle-même s'il ne pouvait pas voir le monstre. Il était peut-être menteur, mais au moins il était courageux.

— L'Amsgarath est dans les parages, déclara-t-elle en montrant l'écureuil du doigt.

— Dommage que ce ne soit pas un lapin. Ça nous aurait fait notre repas de midi.

La jeune femme grimaça.

— Hors de question que je touche un animal tué par ce monstre.

— C'était une blague.

Robyn haussa un sourcil.

— Peu importe, dit-elle finalement. Je pense que nous devrions rester ici. L'Amsgarath sait qu'on est là. Autant ne pas s'épuiser à marcher.

— Au moins il n'est pas resté au village.

— Exactement. Il va attaquer, je le sens.

Elle n'aimait pas attendre que le monstre leur tombe dessus. Elle aurait préféré être celle qui mène la danse. Ses nerfs étaient à vif.

— Vous avez raison. Avancer nous rapprocherait trop d'autres villages et reculer est impossible. Nous devrions chasser. Qui sait combien de temps nous resterons ici ?

— Vous avez dit que vous vouliez un lapin pour le déjeuner, si je ne me trompe pas ? demanda la jeune femme.

Ils partirent donc à la chasse. Robyn fabriqua un piège à lapin et Daérion ramassa des baies d'hiver ainsi que des racines racornies, mais délicieuses, selon lui. Ils firent cuire le tout et mangèrent avec appétit.

CHAPITRE 17

— Bien, il est temps de vous entraîner, à présent, lança Robyn en se levant, pleine d'entrain.

— Merci, mais je sais me défendre, répliqua Daérion.

— Contre le visible, peut-être, mais la chose qui nous traque ne l'est pas. Alors, debout !

— Je viens juste de terminer de manger, on ne pourrait pas…

— Faut-il que je vous botte le derrière pour vous forcer à vous lever, commissaire ? le coupa-t-elle.

Daérion se leva en maugréant.

— Vous êtes un vrai tyran ! déplora-t-il.

— Je sais, mes étudiants m'appellent « la Terreur ».

— Ça vous va à merveille.

— Et encore, vous n'avez rien vu.

Elle lui adressa un sourire carnassier, puis sortit un bandeau en tissu sombre de son sac.

— Je ne savais pas que vous étiez friande de ce genre de pratiques. Il y a les cordes qui vont avec ?

— Fermez-la et mettez-le.

Daérion obéit, passa le bandeau devant ses yeux et fit un nœud à l'arrière de son crâne.

— Bien, vous êtes maintenant aveugle, comme vous l'êtes face à l'Amsgarath.

— Au moins, même s'il est invisible, je sais où je pose mes pieds, grommela-t-il.

— Tss, tss. Ça vous fera un bon exercice d'équilibre, en plus du reste.

Elle lui tendit un bâton et lui tapota l'épaule avec son extrémité pour qu'il l'attrape. Mieux valait ne pas commencer avec de vraies épées, ou Daérion perdrait quelques doigts avant la fin de la journée.

— Bien. N'avez-vous jamais remarqué que les aveugles ont le pas parfaitement assuré ? Certains parviennent même à vous regarder droit dans les yeux quand ils s'adressent à vous. D'après vous, comment font-ils ?

— Ils prennent des cannes et tapent autour d'eux jusqu'à atteindre les mollets de leurs interlocuteurs ? lança Daérion avec toute l'ironie dont il était capable.

Il trouvait cet exercice particulièrement ridicule.

Pour toute réponse, Robyn le frappa sur les fesses avec son bâton.

— Aïe ! Ça fait mal !

— En plus d'être un idiot, vous avez le fessier délicat, se moqua Robyn. Je répète, comment fait l'aveugle ?

— Je l'ignore, je n'en ai jamais rencontré ! s'énerva-t-il.

Robyn poussa un soupir.

— Il se sert de ses autres sens. Lorsqu'un sens disparaît, les autres deviennent plus aiguisés, comme si la nature voulait équilibrer les choses. Le toucher d'un aveugle est bien plus aigu. Il peut faire la différence entre un grain de sel et un grain de sucre. La même chose se passe pour son ouïe. Elle s'affine. C'est comme en pleine nuit : comme on y voit moins bien, les sons sont amplifiés. C'est ce que vous allez travailler. Vous ne pouvez pas voir l'Amsgarath, mais vous pouvez l'entendre. Il vous suffit seulement d'écouter.

Le jeune homme ne disait plus rien. Le raisonnement de Robyn n'était pas dépourvu de sens. Il tint le bâton plus fermement dans sa main et prêta attention à ce que disait la Maître-Lame.

— Nous allons jouer à un petit jeu, poursuivit Robyn en lui tournant autour en traînant les pieds exprès pour qu'il puisse la repérer. Vous êtes l'aveugle et je suis l'Amsgarath. Vous allez devoir parer mes coups en vous focalisant uniquement sur ce que vous entendez.

La jeune femme se mit en garde et frappa Daérion au niveau du bras. Il ne fit pas un mouvement pour l'en empêcher.

— Vous avez entendu ce que j'ai dit ? questionna Robyn, ignorant la grimace du jeune homme.

Plusieurs fois elle réitéra l'action, lui tournant autour de plus en plus silencieusement, choisissant de nouveaux endroits où frapper. Daérion levait toujours son bâton trop tard.

— Vous n'êtes pas concentré ! le gronda Robyn.

Daérion arracha son bandeau et cligna quelques secondes des yeux pour se réhabituer à la lumière.

— Je ne suis pas aveugle ! Mes oreilles ne sont pas aussi affûtées que vous le dites.

— Bien sûr que si, seulement vous ne faites pas d'efforts.

Daérion croisa les bras.

— Puisque vous êtes si maligne, faites-le, vous !

Pour simple réponse, Robyn tendit la main pour prendre le bandeau qu'elle passa devant ses yeux.

— Je ne vois plus rien. Je vous attends, allez-y.

La jeune femme se concentra. Elle avait seulement conscience du sol plat sous ses pieds, du vent dans les arbres et du chant des oiseaux. Elle chassa ces sons de son esprit pour se focaliser sur ceux qui se trouvaient beaucoup plus près d'elle. Elle oublia les hennissements des chevaux et leurs queues qui battaient l'air, mit de côté les bruits que faisait Mop en jouant avec une pomme de pin. Elle entendit le bruissement de l'herbe, à sa gauche. Un léger déplacement, suffisant pour qu'elle sache que Daérion bougeait, tentant d'être le plus silencieux possible. Il cherchait à la mettre en difficulté. Robyn était immobile. Elle pouvait presque « voir » le sourire victorieux de Daérion. Il s'imaginait certainement qu'il allait l'humilier avec facilité. Elle allait lui montrer. Un autre bruissement : celui du tissu en mouvement. Daérion avait levé le bras. Nouveau frottement du tissu : Daérion abattait son bâton au niveau de ses hanches. Le bois ne la toucha jamais. Il heurta son propre bâton. Un sourire de triomphe s'étala sur le visage de Robyn.

Daérion enchaîna les coups. Robyn les para à chaque fois. Elle parvint même à le toucher à l'épaule gauche, l'épaule droite n'étant pas encore tout à fait guérie. Le jeune homme finit par abandonner. La guerrière retira son bandeau.

— Comment faites-vous ?

Il ne chercha pas à masquer son admiration.

— Je me concentre, je trie, j'écoute et j'analyse.

— C'est vraiment… prodigieux. Oui, c'est le mot.

— Non, c'est de l'entraînement, rectifia Robyn. Pour devenir Maître-Lame, il faut savoir se défendre et défendre autrui dans n'importe quelle situation : dans le sable, dans l'eau, dans le noir, dans la boue, en hauteur…

— Ça ne devait pas être facile tous les jours, cet entraînement.

— Non, ça allait.

Daérion éclata de rire.

— En tout cas, la modestie ne fait pas partie de votre apprentissage.

Robyn haussa les épaules.

— Ça n'a rien à voir avec de la modestie ou de la prétention. Je ne fais que dire la vérité. À quoi bon nier que tous les exercices à l'épée étaient faciles pour moi ? Ce serait de la fausse modestie, ce que je trouve hypocrite.

— Vous avez raison, convint Daérion, une fois de plus étonné par la franchise déroutante de Robyn.

CHAPITRE 17

— Je n'ai aucun mal à dire que j'avais en revanche de gros problèmes en géométrie. Allez savoir pourquoi, je suis nulle. On recommence ?

Elle lui tendit le bandeau. Daérion s'en saisit, bien décidé à réussir à parer au moins un coup. Il ne pouvait pas rester sur un échec. Robyn sourit devant son air déterminé. Ils avaient au moins l'esprit de compétition en commun.

Il lui fallut près d'une demi-heure avant de parer un des estocs de Robyn, et encore, ce fut de la chance. Une heure de plus lui fut nécessaire pour parer un coup sur deux, et une autre supplémentaire pour les parer tous. Il ne pouvait se battre comme Robyn les yeux fermés, mais au moins parvenait-il à se défendre un minimum.

L'Amsgarath n'attaqua pas la nuit suivante non plus. Daérion et Robyn avaient l'impression d'être des animaux en cage, épiés par ces yeux orange qui brillaient de haine. Le moindre bruit les faisait se retourner, épée levée. Ils étaient tendus, fatigués, irrités. Leur silence n'était brisé que par le craquement du feu et les hennissements des chevaux, nerveux eux aussi. La nuit, même si l'un des deux montait toujours la garde, le second ne pouvait dormir sereinement.

Le matin, ils chassaient, et l'après-midi, la jeune femme entraînait Daérion. Ils passèrent à un terrain plus accidenté que la clairière où ils avaient élu domicile. La forêt offrait en outre des obstacles : des souches, des racines, des branches basses, des petits buissons… Autant d'éléments qu'il fallait éviter tout en pensant à se concentrer sur les bruits de l'assaillant. Daérion avait des hématomes un peu partout à cause de ses entraînements, mais il ne se plaignait pas, les appréciant presque. Robyn était une professeure exigeante, mais jamais méchante et, même s'il lui arrivait parfois de perdre patience, Daérion savait que c'était dans son intérêt. L'Amsgarath n'attendrait pas qu'il se relève après avoir buté contre une racine pour l'attaquer de nouveau.

Contrairement à ce qu'il pensait, Robyn n'était ni arrogante ni prétentieuse. Elle connaissait seulement ses forces et savait pertinemment qu'à l'épée elle était imbattable. Si elle adorait prendre des airs supérieurs durant leurs conversations – dans le seul but de l'irriter et de le pousser à donner le meilleur de lui-même ensuite – tout cela s'envolait quand elle endossait son rôle de professeure, et elle se révélait excellente conseillère.

Enfin, la troisième nuit, l'Amsgarath attaqua.

Ce n'était pas une nuit différente des autres, mais le monstre, en chasseur qu'il était, avait certainement voulu attendre que ses proies s'épuisent. Il avait choisi le moment du repas, celui où il pensait que les deux humains seraient le moins attentifs, mais Robyn était une guerrière expérimentée et Daérion tout aussi vigilant. La règle d'or, celle qu'ils avaient tous les deux apprise la première fois qu'ils avaient tenu une épée de bois entre leurs mains, était la suivante : ne jamais baisser sa garde. Aussi, quand les feuilles d'un buisson explosèrent, ils étaient prêts, malgré les apparences.

La créature s'attaqua à Daérion en premier, comme les jeunes gens l'avaient envisagé. Il était le plus facile à tuer puisque le monstre était invisible à ses yeux.

— Droite ! cria Robyn.

Même sans son cri d'avertissement, Daérion aurait placé son épée au bon endroit. L'entraînement avait porté ses fruits. Un choc sourd lui indiqua que les griffes de l'Amsgarath avaient heurté le fer de son épée.

Chapitre 17

Robyn bondit entre lui et le monstre. À la garde de son épée, le ruban noir des Maîtres-Lames luisait à la lumière des flammes ; son poignard à l'acier étrange miroitait, comme habité d'une lumière qui lui était propre.

L'Amsgarath semblait mal en point. Il était tout tordu, certainement à cause du coup de poignard que Robyn lui avait donné. Sous sa peau de pierre saillaient ses côtes. Cela ne faisait que deux jours qu'il ne s'était pas nourri correctement, on aurait pourtant dit que cela faisait beaucoup plus longtemps, comme en témoignaient ses yeux orange, avides de chair fraîche et remplis de haine.

Le monstre claqua sa mâchoire dans laquelle brillaient ses deux rangées de dents. Robyn resta immobile. Jusqu'à ce que la créature attaque. Alors seulement, elle se mit en mouvement. Cette fois, elle était prête. Elle savait à quelle créature elle avait affaire. Elle n'était pas surprise par son apparence, elle l'avait vue trop de fois en cauchemar. Elle savait que son épée, contrairement au poignard, ne serait d'aucun effet.

Il lui fallut deux secondes pour la tuer.

À la première seconde, elle écarta la main griffue tendue vers elle de son épée. La seconde suivante, elle plantait le poignard de son père dans le corps de pierre de l'Amsgarath, qui laissa échapper un hoquet presque humain.

Le monstre recula, ses mains plaquées sur sa blessure mortelle de laquelle s'écoulait un sang rouge, plus sombre que celui de Robyn et Daérion.

— Je peux le voir ! s'exclama le jeune homme.

Le monstre tomba en arrière. Daérion se précipita vers lui.

— Qui est ton maître, créature de pierre ? lui demanda-t-il.

Le monstre se contenta de ricaner.

— Dis-le-moi ! hurla-t-il.

— La Calamité vous anéantira tous ! répondit-il d'une voix rocailleuse.

Du sang sombre inonda la bouche du monstre, qui s'écroula l'instant d'après. Daérion le laissa retomber avec une mine de dégoût. Il essuya ses mains souillées sur l'herbe. Mop choisit cet instant pour le renifler, mais le jeune homme le tira en arrière.

— N'y touche pas, lui ordonna-t-il.

Robyn essuya son poignard dans l'herbe. Elle regarda le cadavre qui ressemblait à un petit tas de pierres sombres, à présent que ses yeux orange étaient fermés et qu'il ne faisait plus claquer ses horribles et dangereuses mâchoires. Seules ses griffes – éclats blancs au milieu de son corps sombre – luisaient dans la nuit.

Daérion était toujours agenouillé à côté du monstre. Il portait Mop dans ses bras, qui tendait le museau vers le corps de l'Amsgarath.

— Voilà une bonne chose de faite ! clama Robyn avec un air de satisfaction dans la voix. J'aime quand ça se termine bien !

— Rien n'est terminé, répliqua Daérion sans aucune méchanceté. Je crois que ça ne fait que commencer.

CHAPITRE 18

Daérion et Robyn s'éloignèrent de la prairie où ils avaient attendu l'Amsgarath durant ces derniers jours. Même si le jeune homme l'avait un peu fait déchanter avec ses prédictions, Robyn se sentait sereine. Ce monstre qui avait semé la mort sur son chemin, qui les épiait depuis des jours, les narguant en leur montrant qu'il était là sans toutefois attaquer, était enfin mort. Quoi qu'en dise Daérion, la fin de cette traque avait un délicieux goût d'achevé.

Les chevaux étaient ravis de se mettre en route, tout comme Mop. Leur immobilité forcée avait mis leur patience à rude épreuve, surtout pour le dragonneau qu'il avait fallu empêcher d'explorer un peu trop les environs. Contre un renard, il pouvait s'en sortir, mais contre un monstre de pierre, ce n'était pas certain.

Tenant les chevaux par la longe, ils circulèrent entre les troncs d'arbre avant de s'arrêter près d'un ruisseau pour boire et se nettoyer du sang de l'Amsgarath. Ils laissèrent leurs montures se désaltérer, Mop sonda les environs comme le ferait un chiot curieux, et les deux voyageurs s'accroupirent près du cours d'eau.

Une fois débarrassée du sang du monstre, Robyn mit ses mains en coupe pour boire tandis que Daérion restait immobile, à deux mètres d'elle, le regard perdu dans ses pensées.

— Il faut que j'en apprenne plus sur cette marque, dit-il enfin.

Daérion fixait le ruisseau. Le monstre était mort, mais il était encore plus préoccupé qu'avant. Il s'était muré dans un silence buté, sourcils froncés, mâchoire contractée.

— Vous ne croyez pas qu'il serait temps de m'en dire un peu plus ? lança Robyn en s'asseyant en tailleur sur l'herbe. C'est moi qui ai tué l'Amsgarath, alors j'ai le droit d'en savoir un peu plus.

Le jeune homme poussa un soupir à fendre l'âme. Il s'assit à son tour, caressant distraitement le dos de Mop qui était venu se lover à côté de lui, puis il se tourna finalement vers Robyn.

— Cette marque a été faite par l'Amsgarath, mais ce n'est pas la sienne. C'est *la* marque. Celle des sbires de Stalgar et de Rizal. Vous connaissez leur histoire ?

Robyn hocha la tête affirmativement. Avant l'attaque de l'Amsgarath, pendant la fête de l'Hiver, le conteur de l'auberge avait parlé de ce Chevaucheur devenu fou et de son dragon de ténèbres. À croire que le vieil homme était devin.

— Rizal avait beaucoup de fidèles qui lui avaient juré allégeance. Des sorciers, des guerriers, un tas de gens fort peu sympathiques avides de pouvoir et de destruction. Ils faisaient régner la loi et la terreur sur l'Archipel. Les faibles étaient écrasés et ceux qui luttaient étaient pourchassés à travers tout l'Archipel. Le but était de semer la crainte, de faire en sorte que toute rébellion soit matée avant même d'éclater. Lorsqu'un village devenait un peu trop indépendant à leur goût, ils traçaient la Marque sur ses murailles ou bien sur la porte d'un habitant malchanceux, choisi au hasard dans la masse. La pire peur des habitants de l'Archipel était de rentrer chez eux et de l'apercevoir, gravée sur leur porte. Cette inscription n'avait qu'une signification : la mort, des vies broyées, perdues, massacrées dans la spirale de Stalgar et Rizal.

— Mais Stalgar et Rizal n'ont jamais existé, ce sont des légendes créées pour apprendre aux enfants que se tourner vers les forces obscures n'apporte que la mort et la destruction, répondit Robyn.

— Ils ne sont pas moins réels que ne l'étaient Légaci et sa dragonne Eyna, le premier duo humain et dragon. Les hommes ont souvent tendance à faire de leurs histoires les plus sombres des légendes afin de se dédouaner. Pourtant, Stalgar et Rizal ont bel et bien existé, tous les textes des plus grands historiens l'affirment.

— J'ai lu les textes des plus grands historiens et ils affirment que non.

— Vous n'avez pas lu les bons textes, la contredit Daérion avec un sourire amusé. Je suis certain que l'Académie ne conserve que les textes « autorisés », ceux qui ne monteront pas à la tête de jeunes étudiants sans cervelle. Il y a des endroits où, toutefois, les textes les plus dangereux de notre histoire sont gardés sous haute sécurité. Seuls les plus grands érudits y ont accès. J'en ai lu certains.

— Et vous parliez de ma modestie… grogna Robyn.

Elle avait du mal à admettre que les heures qu'elle avait passées dans la bibliothèque de l'Académie avaient débouché sur des informations, sinon fausses, du moins incomplètes. C'était inenvisageable. L'Académie représentait pour elle le plus haut lieu de savoir et d'apprentissage. Elle avait toujours été fière d'avoir été admise dans la plus grande école de l'Archipel. Et cet homme sorti d'elle ne savait où venait lui dire qu'elle était loin d'avoir tout appris ? Une fois de plus, elle se demanda qui était vraiment Daérion.

— Admettons qu'ils aient vraiment existé, ils sont morts depuis longtemps. Pourquoi cette marque réapparaîtrait aujourd'hui ?

— Vous l'avez vous-même remarqué : l'océan est agité, l'Archipel tout entier est secoué par des changements. Je pense que la magie noire est à l'œuvre. Elle n'a jamais vraiment disparu – malgré toutes les tentatives pour l'exterminer – elle se faisait discrète depuis des années, pour nous amener à baisser notre garde. C'est ce que la plupart d'entre nous avons fait, oubliant les erreurs et les enseignements du passé, faisant des pires heures de notre ère de simples légendes destinées à inculquer des valeurs à nos enfants. Mais on ne peut le nier : la magie noire revient, elle s'agite, comme des braises sous la cendre n'attendant qu'un souffle d'air pour renaître et devenir brasier.

Robyn frissonna et, malgré elle, baissa la voix pour demander :

— Vous pensez que quelqu'un veut prendre la place de Rizal ?

— Oui. L'Amsgarath n'est pas arrivé là par hasard. Ce sont des créatures qui ne naissent pas naturellement, comme les animaux ou les humains. Ils sont créés. C'est un vieux sortilège, sanglant et horrible, d'après ce que j'ai lu. L'Amsgarath est un amalgame de pierre dans lequel a été emprisonnée l'âme d'un démon. Seul un sorcier au pouvoir immense peut en créer, et il ne pourra en faire qu'un au cours de sa vie, tant la dépense d'énergie pour le faire naître est importante, ce qui fait que ces créatures sont très rares, heureusement. Invisibles, ils étaient utilisés par leurs maîtres pour faire le plus de victimes possible. L'Amsgarath n'a que trois buts dans la vie : obéir, détruire et s'abreuver de sang. Leur faim n'a aucune limite, ils sont insatiables. Il n'a pas d'autre choix que d'obéir à son créateur. Nous savons maintenant que l'acier normal ne peut rien contre l'Amsgarath, il faut un métal spécial, celui de votre poignard, pour le tuer.

— Ce qui veut dire que ce n'est pas tant l'Amsgarath que son maître qui a tué mes parents, constata Robyn d'une voix dure.

Toute satisfaction d'avoir tué le monstre avait disparu, cédant place à cette colère noire qu'elle ressentait depuis qu'elle avait appris que ses parents avaient été assassinés.

— Oui…

Daérion fixa la jeune femme. Elle tourna vers lui un regard étincelant de fureur contenue.

— Il faut qu'on sache qui a créé l'Amsgarath.

— Je suis d'accord.

— Et une fois que ce sera fait, je le détruirai.

Sa voix était froide, calculatrice. Daérion pouvait voir les rouages de son cerveau imaginant la manière dont elle pourrait tuer le sorcier qui avait fabriqué une pareille engeance. Elle le ferait sans aucune hésitation si elle parvenait à le retrouver. Soudain, le jeune homme eut peur pour elle, peur de ce que sa vengeance pourrait lui faire faire.

— Les sorciers sont très forts, Robyn. On ne peut pas les tuer « comme ça ».

Il claqua des doigts pour agrémenter ses paroles.

— Je m'en fiche. Ce sorcier a tué mes parents et je ne sais combien d'autres personnes. Je me fiche qu'il soit difficile à tuer, je le suis moi aussi, or nous sommes mortels tous les deux. Dans le pire des cas, ça fera un beau spectacle.

Daérion ne cessa pas de la regarder. Avait-il bien fait de lui dire une partie de la vérité ? Elle ne semblait pas être du genre à abandonner un but qu'elle s'était fixé. Tuer un sorcier n'avait rien d'une promenade de santé. Elle avait beau être une Maître-Lame, elle ne pouvait se défendre qu'avec la force de son bras. Un mage noir pouvait faire bien plus que cela, en particulier s'il était capable de créer un Amsgarath. Elle se ferait tuer avant de pouvoir lever le petit doigt.

— Alors, où est cette fameuse bibliothèque où tant de secrets sont cachés ? demanda-t-elle de sa voix revenue normale, comme si elle parlait du temps qu'il allait faire demain.

Daérion fut tenté de lui dire que leurs chemins se séparaient ici, qu'il allait faire des recherches sans elle et sa soif de vengeance. Mais il n'était pas dupe et en quelques jours, il avait pu se faire une idée de son caractère. Robyn était entêtée et, en colère, pleine de ressources. S'il tentait de l'empêcher de l'accompagner, elle trouverait un autre moyen d'apporter des réponses à ses questions. Si elle restait avec lui, il pourrait la garder à l'œil et lui éviter de faire des bêtises. Il était prêt à tout pour lui éviter de courir à une mort certaine : la ligoter et la jeter en prison, la faire enfermer dans un endroit sans porte ni fenêtre pour s'échapper, la droguer, l'assommer… Tous les moyens seraient bons pour la protéger. Il l'avait promis à Stan. Il se l'était promis.

— Eh bien… Celle où j'avais l'habitude d'aller me sera refusée.

La jeune femme leva un sourcil.

— Qu'avez-vous fait comme bêtise ?

— Disons que j'ai enfreint certaines règles, avoua-t-il évasivement.

Chapitre 18

Robyn leva les yeux au ciel. Tant de mystères… Il n'en avait pas assez ? Néanmoins, elle ne dit rien. Elle le ferait céder à force de patience. Elle glanerait des informations petit à petit, comme on le lui avait appris à le faire.

— D'accord, alors où ?

— Ça ne va pas vous plaire.

— Dites toujours.

Puis Robyn comprit pourquoi *ça* n'allait pas lui plaire.

— Non, dit-elle catégoriquement.

— Oh si.

— Nous n'irons pas au palais. Hors de question. Et de toute façon, j'ai passé de longues heures dans cette bibliothèque, je vous assure qu'il n'y a aucun livre sur l'Amsgarath ou sur la magie noire.

— C'est pourtant là que nous trouverons les réponses. Et puis, vous y avez vos entrées, à ce qu'il paraît.

— À l'époque, oui. Depuis, on voit d'un mauvais œil ma présence là-bas.

— Qu'avez-vous fait comme bêtise ? demanda Daérion, imitant Robyn.

Elle se retint de le frapper et se mordit les lèvres. La liste des choses qu'elle avait faites – ou pas faites – était assez longue, bien qu'elle ne regrette rien.

— Il se peut que j'aie *légèrement* froissé et menacé le roi, lorsqu'il a voulu m'obliger à entrer au service de sa famille, avoua-t-elle.

Daérion eut un mouvement de recul, comme si elle était contagieuse.

— Menacé le roi ? Vous êtes sérieuse ?

Robyn haussa les épaules avec un air innocent sur le visage. C'était le roi qui l'avait cherché, pas elle.

— J'ai commencé par refuser poliment son invitation, se défendit-elle. Il a voulu me forcer, j'ai de nouveau décliné fermement. Il m'a menacée, je l'ai menacé. Depuis, il s'évertue à vouloir me faire croire que je suis à son service en m'envoyant en mission de reconnaissance lors de mes voyages sur le *Céleste*. Je ne crois pas être la mieux placée pour vous permettre d'accéder à la bibliothèque.

Daérion la regardait avec des yeux ronds. Cette fille avait un culot incroyable. Menacer le roi...

— Mais... poursuivit-elle avec un sourire espiègle, je viens de me rappeler que le roi veut me voir à propos de je ne sais quelle affaire ennuyante ! Je n'aurais qu'à lui faire un peu de chantage : s'il veut me parler, il devra nous laisser un libre accès à la bibliothèque. Ça devrait marcher.

Elle disait ça si simplement ! Faire du chantage au roi, comme s'il s'agissait du premier idiot venu. Daérion éclata de rire. Si réellement elle pouvait faire vaciller le roi avec un simple chantage, qui était-elle vraiment ? À quel point était-elle douée ? Il regarda le ruban noir sur son épée. Existait-il un titre au-delà des Maîtres-Lames ? Les surpassait-elle tous ? Il l'avait vue combattre contre l'Amsgarath sans peur sur le visage. Elle était presque détendue. Ses mouvements étaient alors rapides, maîtrisés. Daérion avait l'absolue certitude qu'elle n'avait pas montré le quart de ce qu'elle savait faire. Combien de surprises lui réservait-elle encore ?

— Va pour le palais, alors, accepta Daérion en se demandant dans quelle aventure il se lançait réellement.

CHAPITRE 19

Antaï eut beau suivre Urugh, le vieux guérisseur ne lui donna pas matière à l'arrêter. Il prenait soin du petit prince Maréol sans jamais restreindre ses efforts. L'état du garçon s'était considérablement amélioré. Il pouvait de nouveau courir les couloirs en compagnie des enfants des autres serviteurs, il avait repris ses balades dans les jardins qu'il aimait tant et, même s'il ne pouvait pas encore monter à cheval pendant des heures, il reprenait ses tours de manège en restant toujours au pas. Il sortait de ses séances d'équitation et de ses courses dans le château épuisé – il devait alors se reposer de longues heures –, mais au moins il ne souffrait plus, au grand soulagement de Tylan et de ses parents.

Les rires retrouvés de Maréol redonnaient de l'allant à tout le monde. Job avait réinvesti ses fonctions de roi à plein temps, tout comme la reine. Tylan suivait son père dans toutes les négociations, tout en gardant un œil suspicieux sur Urugh.

Ce dernier avait pris ses quartiers dans l'infirmerie, comme le lui avait proposé le roi. Il recevait et soignait tous ceux qui avaient besoin de soins, que ce soient les membres du personnel du château ou bien les habitants de la capitale qui recouvrait les flancs de la colline sur laquelle le palais était perché. Tous les matins, il faisait le tour de la ville, s'arrêtant dans les maisons où l'on avait besoin de lui. Jour après jour, il prodiguait au prince les soins dont il avait besoin.

Antaï s'était évertué à savoir si tout ce qu'il avait dit aux Maîtres-Lames à son arrivée était vrai. Pour l'instant, il n'avait décelé aucun mensonge. Il s'était même fait porter malade – prétextant des maux de ventre – pour se rendre à l'infirmerie. Avec discrétion, il avait posé des questions au guérisseur sur où et comment il avait acquis toutes ses connaissances, adoptant un air admiratif et lui affirmant que, s'il n'avait pas été Maître-Lame, il aurait aimé être guérisseur. Urugh lui répondit patiemment, et avec le sourire ! Un modèle d'humanité.

Pourtant, Antaï était certain que quelque chose n'allait pas. Il le sentait dans toutes les fibres de son être, sans parvenir à mettre le doigt sur ce qui le dérangeait. Au bout d'un moment, il ne put plus passer son temps à espionner Urugh, devant honorer ses devoirs de Maître-Lame, notamment protéger le prince héritier. Durant les heures qu'il passait avec lui, il ne cessait de fomenter des théories sur le guérisseur.

Parfois, il lui était impossible de suivre Urugh, notamment lorsqu'il était avec la reine. Ces derniers faisaient de longues promenades ensemble, dans les jardins. Il ne pouvait alors pas se tenir près d'eux. Les Maîtres-Lames devaient toujours garder un œil sur les souverains, mais à distance respectable pour ne pas gêner leur intimité.

Avec le froid, les balades dans les jardins se faisaient plus rares. Toutefois, ils se retrouvaient dans les jardins intérieurs, l'espace très privé de la reine où personne ne pouvait entrer sans son invitation expresse, pas même les Maîtres-Lames, qui en gardaient pourtant toutes les entrées et sorties.

Tylan s'offusquait de ces entrevues secrètes. Non pas qu'il accusait sa mère d'entretenir une relation plus qu'amicale avec le guérisseur – le roi et la reine, bien que leur mariage ait été arrangé, s'aimaient tendrement, ce qui était rare dans l'histoire de la royauté – mais parce que lui, qui aimait tant les jardins privés, s'en voyait refuser l'accès. Pour la première fois, sa mère avait des secrets. Lorsqu'il s'approchait d'eux pour participer à leurs conversations, ils se taisaient subitement en échangeant des sourires entendus.

Urugh s'entendait bien avec le roi également. En fait, il s'entendait bien avec tout le monde. Maréol le voyait comme son nouveau héros, son père comme un conseiller avisé qui lui dévoilait la pensée de son peuple sans prendre de pincettes, comme pouvaient le faire certains de ses conseillers, et la reine comme un confident. Urugh avait aussi voulu se lier d'amitié avec le prince héritier. Tylan l'avait laissé faire. En l'amadouant, peut-être parviendrait-il à percer ses secrets. Ses intentions étaient un peu trop pures à son goût. Tout le monde attendait quelque chose de la famille royale et Tylan avait appris à se méfier dès son plus jeune âge. Urugh ne ferait pas exception à la règle malgré ses sourires et son amabilité.

CHAPITRE 20

Pour atteindre la capitale, il fallait une bonne semaine de chevauchée. Avec la neige qui leur arrivait au-dessus des genoux – gênant même les chevaux – le temps de voyage serait beaucoup plus long, ce qui ne dérangeait pas vraiment Robyn.

Elle était partagée entre son aversion envers le roi et son désir d'arriver rapidement au palais pour trouver des réponses à ses questions. Là-bas, elle pourrait peut-être apprendre la nature du sortilège qui avait servi à créer l'Amsgarath et connaître les dernières nouvelles de l'Archipel. Au centre du pouvoir, elle et son compagnon seraient plus à même de connaître les fluctuations magiques dans le royaume et parviendraient peut-être à comprendre qui en était à l'origine. Mais revoir le roi et les autres membres de la cour lui procurait déjà un sentiment de colère.

— Pourquoi le roi accéderait à votre chantage ? interrogea un jour Daérion.

— Parce qu'il a peur de moi, c'est pour ça qu'il me veut à son service. Pour me contrôler.

— Mais vous, vous ne lui voulez aucun mal ? s'assura-t-il.

Il ne voulait pas devenir le complice d'un régicide.

— Bien sûr que non. Tant qu'il me laisse tranquille, je le laisse tranquille. C'est ainsi que nous fonctionnons.

— On dirait une querelle d'amoureux.

Robyn le regarda, dégoûtée.

— Ne dites plus jamais ça. Rien que d'y penser…

Elle fit semblant de vomir par-dessus sa selle.

— Berk ! Vous avez vraiment d'étranges pensées à mon égard.

Daérion se mit à bafouiller, ce qui fit rire Robyn, qui poursuivit sur sa lancée :

— Je veux seulement être libre de mes choix et de mes mouvements. Un Maître-Lame au service du roi et de sa famille lui voue sa vie entière. Si le roi bouge, il bouge. Il doit le suivre dans ses batailles, dans ses déplacements à travers tout l'Archipel. Lors des négociations, il est là aussi. Parfois, un Maître-Lame est envoyé chez un gouverneur pour livrer un message de la plus haute importance. Il se voit parfois même contraint de devenir garde du corps de ces gouverneurs. C'est un privilège d'avoir un Maître-Lame près de soi. Certains gouverneurs nous achètent, comme les esclaves des temps jadis, rien que pour pouvoir dire qu'ils ont un Maître-Lame à leur solde. C'est le roi qui signe les accords d'achat de Maîtres-Lames. Nous nous sommes entraînés toute notre vie, nous nous améliorons sans cesse pour finalement être vendus comme des objets… Ce n'est pas la vie dont je rêve et je ne veux pas offrir ma vie à quelqu'un qui en fera ce qu'il veut.

— Un Maître-Lame ne peut-il pas dire non, tout simplement ?

CHAPITRE 20

— Non, il ne le peut pas. Dès que nous jurons fidélité au roi, une sorte de serment ancestral nous lie à lui. Notre vie lui appartient.

— Le roi est un vrai fou, alors !

— Je crois que c'est la première fois que vous dites quelque chose de sensé ! répliqua Robyn avec un sourire. À sa décharge, le roi Job n'a jamais imposé quoi que ce soit à ses Maîtres-Lames, contrairement à ses prédécesseurs. Ceux qui acceptent de se faire vendre le font en connaissance de cause et, si vraiment personne ne veut y aller, il trouve un stratagème avec son gouverneur pour qu'il renonce à acheter un Maître-Lame. La plupart ne sont pas assez riches, de toute manière. Mais ce que je veux vous faire comprendre, c'est que nos vies sont liées à celle des souverains. Si l'envie les prend, ils peuvent faire ce qu'ils veulent de nous. Je ne veux pas être un objet qu'on utilise à sa guise.

— Pourquoi être devenue Maître-Lame, dans ce cas-là ?

— Honnêtement ? Parce que je ne savais pas quoi faire d'autre. Je voulais être Chevaucheuse, je ne peux pas l'être. Je ne suis bonne qu'à manier une épée.

Daérion nota une profonde tristesse dans sa voix.

— Vous savez, ajouta-t-il, c'est rare de trouver ce en quoi on est vraiment doué.

Dans ses propos aussi, il y avait de la tristesse.

— Vous êtes douée avec une épée, continua-t-il, mais surtout vous choisissez d'en faire ce que vous voulez. Vous pensez par vous-même, vous avez choisi de mener votre propre existence, malgré ce que l'on attendait de vous. C'est une grande qualité, vous savez.

— Merci, Daérion. Et vous, qu'auriez-vous aimé devenir ?

— Vous allez rire.

— Promis, je ne me moquerai pas !

Il se passa une main dans les cheveux, gêné.

— Mon rêve c'est… d'explorer les étoiles.

Robyn leva instinctivement les yeux vers le ciel.

— Mais comme je ne suis pas un oiseau, j'ai décidé d'explorer les étoiles d'une autre manière : en lisant des traités d'astronomie.

— Avec un dragon, vous pouvez vous rapprocher des étoiles plus que n'importe qui, commenta Robyn.

— C'est vrai, mais j'ignore si Mop acceptera que je monte sur son dos. Pour l'instant il reste avec moi parce qu'il ne peut pas prendre soin de lui seul. Mais, lorsqu'il sera assez grand, voudra-t-il que je monte sur son dos ? Je ne suis pas Chevaucheur.

— Seul le temps vous le dira.

Pour appuyer les propos de Robyn, Mop frotta sa joue contre celle de Daérion. Comme une promesse. Robyn sourit. Entre Mop et Daérion, le lien était fort. Elle était prête à parier qu'il le laisserait un jour monter sur son dos. Daérion se racla la gorge, embarrassé d'en avoir dit autant. C'était peut-être la première fois qu'il se livrait à ce point.

— Et qu'avez-vous appris d'autre dans cet endroit secret ?

— La botanique, la chimie, les mathématiques, l'histoire, la géographie…

— Je n'ai jamais aimé les mathématiques.

— Pourtant, les chiffres, c'est fascinant.

— Je préfère les mots.

— Les leçons commencent ce soir, décida Daérion. Je suis intarissable sur le sujet.

— Je sens qu'on va passer des soirées palpitantes… railla Robyn.

CHAPITRE 20

Elle attrapa un bout de viande séchée dans une poche de son sac.

— Très bien. Alors, en échange, je vais moi aussi vous donner des leçons, déclara-t-elle.

— Vous savez, je ne suis pas le roi, on ne me fait pas de chantage à moi. Les coups de bâton durant les leçons d'escrime à l'aveugle m'ont amplement suffi.

— N'empêche que ça vous a servi, répliqua Robyn en haussant les épaules. Mais ce n'était pas de ça que je voulais parler.

Elle sortit de son sac de voyage du bois sec qu'ils avaient ramassé dans la dernière forêt qu'ils avaient traversée en prévision d'un feu de bois à faire au milieu de la neige. Elle prit une branche et la tendit à Daérion, qui s'en saisit.

— Comme je vous l'ai déjà dit, je suis persuadée que vous pouvez faire bien plus qu'allumer un petit feu de bois. Vous allez essayer d'enflammer ce bâton. Le but est de maîtriser la flamme, tantôt petite, tantôt grosse.

— Je ne sais pas créer de grosses flammes, lui rappela Daérion.

— Justement, vous allez apprendre. J'ai côtoyé de nombreux magiciens et magiciennes à l'Académie. Lorsqu'ils atteignaient leurs limites, ils étaient fatigués, transpirants… De vraies larves ! Vous, avec vos petites flammes, vous ne dépensez aucune énergie, ce qui m'amène à penser que vous pouvez faire bien plus. Donc, allez-y, entraînez-vous.

— Jusqu'à ce que je devienne une larve, si j'ai bien compris.

— Exactement. Pensez que plus vous serez puissant, plus il sera facile de communiquer avec Mop, donc de monter sur son dos… donc de vous rapprocher des étoiles.

D'ÉCAILLES & D'OBSCURITÉ

Les jours qui suivirent se déroulèrent tous de la même manière : la journée, ils voyageaient en silence. Le soir, pendant qu'ils soignaient les chevaux et préparaient à manger, Daérion parlait de mathématiques : les formules les plus connues, les mathématiciens de génie, ceux qui avaient eu tout faux... Puis, sur les conseils de la jeune femme qui tentait tant bien que mal de l'aiguiller, Daérion débuta son entraînement. Ne possédant pas une once de magie, Robyn ne pouvait pas parfaitement lui faire comprendre comment aller puiser dans ses ressources. Elle ne pouvait que répéter ce que ses amis magiciens lui avaient expliqué sur leur pratique, ce qui était assez flou pour elle.

Puis, au bout de près de dix jours de chevauchée et de marche, le palais apparut au loin.

Il était impossible de le manquer. Juché au sommet d'une colline, il se voyait à des kilomètres à la ronde. Depuis leur position, Robyn et Daérion discernaient déjà les tours du château ainsi que les murailles. Le palais semblait flotter sur un nuage du fait de la fumée des cheminées des habitations sur les flancs de la colline.

Robyn soupira. Elle, qui s'était pourtant promis de ne plus se rendre au palais, s'y voyait finalement contrainte. Quelle belle ironie !

Ils entamèrent la dernière partie de leur voyage qui les conduisit jusqu'aux portes de la première muraille de la ville – il y en avait trois en tout. La première était un haut mur de pierre de près de quatre mètres. Il y avait deux entrées : la première au nord de la ville, celle par laquelle Daérion et Robyn voulaient entrer, et la deuxième au sud. C'était par cette porte-là que rentraient les marchands ayant accosté à Port-la-Royale – un immense port marchand – et qui désiraient vendre leur marchandise dans la cité royale.

Des soldats surveillaient les deux entrées. Il y en avait également sur le chemin de ronde du mur d'enceinte. Robyn et Daérion passèrent sans encombre par la première porte. Ils se retrouvèrent dans la ville basse. Les rues étaient recouvertes de terre battue. En permanence se croisaient charrettes, passants, commerçants, vendeurs ambulants. Pour circuler plus aisément, les voyageurs descendirent de cheval.

La ville basse était un dédale de rues bordées de magasins et d'habitations. Des enfants couraient entre les rues, les négociants hélaient les passants. Chaque quartier était réservé à une activité en particulier : la rue des forgerons et ferrailleurs ; celle des boulangers et pâtissiers (la préférée de Robyn) ; celle des teinturiers (la rue la moins fréquentée du fait de l'odeur nauséabonde qui s'en dégageait) ; celle des couturiers et des tailleurs... On trouvait de tout, dans cette ville. Des camelots étaient également présents, proposant des produits venant de par-delà l'océan. Robyn s'arrêta dans une boutique de fruits et légumes. Son ventre gargouillait et elle connaissait la saveur exquise des pommes venues des champs et des vergers de la ville. La capitale avait cette particularité : sur le flanc ouest de la colline s'étalait une immense prairie où poussaient divers fruits et légumes – en fonction des saisons. En cas de besoin, les éleveurs y faisaient également paître les bêtes. Les bâtisseurs avaient voulu la capitale ainsi : en cas de siège, la ville aurait toujours des récoltes et ses habitants ne mourraient pas de faim.

Après la ville basse venait le deuxième mur d'enceinte. Les entrées n'étaient pas placées en face de celles de la barricade extérieure pour des raisons stratégiques : ralentir les éventuels ennemis contraints de progresser dans le dédale de rues pour aller plus loin. Robyn, qui connaissait la ville par cœur, les conduisit vers la porte la plus proche, leur faisant emprunter des petites ruelles pour éviter la foule des rues commerçantes.

Ils se retrouvèrent enfin devant une porte, elle aussi gardée. Ils pénétrèrent dans la ville haute. Les rues étaient ici bien plus propres. Tous les matins, les rues étaient nettoyées par les employés de la capitale. Dans cette partie, on trouvait les habitations des plus riches marchands ainsi que des émissaires, des conseillers du roi, ses généraux et tous les hommes de haut rang qui gravitaient autour de lui. Plus l'habitation était proche du palais, plus elle coûtait cher, et plus la famille qui l'habitait était importante.

Les rues étaient pavées de pierres grises, des fleurs étaient accrochées aux fenêtres des maisons. Ces dernières possédaient un petit jardin propret où poussaient des plantes odorantes qui embaumaient les rues. Des badauds se promenaient en tenues chics, bien loin de la joyeuse cohue de la ville basse. Robyn et Daérion, avec leurs vêtements de voyage usés et leur allure un peu négligée, faisaient peine à voir au milieu de ces gens bien habillés qui les dévisageaient avec curiosité ou dégoût.

Généralement, les habitants de la ville basse ne venaient jamais ici. Non pas qu'ils n'en aient pas le droit, mais ils avaient beaucoup trop à faire. Selon Robyn, la ville basse était bien plus intéressante que la ville haute et ses belles maisons. La jeune femme adorait s'y perdre. Elle se délectait devant les vitrines des boulangers, s'extasiait devant les créations des couturières, s'émerveillait devant les productions des armuriers. Elle pouvait passer des heures à regarder un souffleur de verre travailler, mais évitait toutefois la rue des tanneurs, l'odeur lui soulevant l'estomac. Dans les rues de la ville haute, il n'y avait rien à voir, rien à observer, sinon l'architecture des maisons. Cependant, lorsqu'on en avait vu une, on les avait toutes vues. Elles étaient toutes construites sur le même modèle, seule la peinture des murs changeait.

Ils arrivèrent finalement devant le troisième mur d'enceinte. Celui-ci n'abritait qu'une seule porte. Les soldats étaient tout aussi nombreux qu'aux autres murailles. Mais là, les portes étaient fermées. Les arrivants devaient décliner leur identité. Les gardes les fouillaient ensuite tandis qu'un autre courait vers le palais pour annoncer les visiteurs.

Ne décelant rien d'anormal chez les voyageurs, les soldats donnèrent l'ordre d'ouvrir les portes. Ce ne serait que près de la petite muraille un peu plus loin – aisément franchissable par une armée décidée et qui, de ce fait, ne pouvait porter le nom de « mur d'enceinte » – qu'ils devraient déposer leurs armes.

Ils remontèrent un chemin sinueux entouré de haies. Des sentinelles, debout, se tenant très droit, étaient postées tous les quatre mètres, de chaque côté. Elles regardèrent passer les visiteurs. Robyn savait que derrière les haies se cachaient les jardins, les écuries, les baraquements des soldats et les terrains d'entraînement.

Ils arrivèrent devant la petite muraille et, de nouveau, ils déclinèrent leur identité. Un messager était déjà allé avertir le roi de l'arrivée de deux étrangers. Daérion et Robyn durent laisser toutes leurs armes à l'entrée. Ils ne les récupéreraient qu'en sortant, ou une fois que les Maîtres-Lames se seraient assurés de leur bienveillance. Ils laissèrent aussi les chevaux, qui seraient conduits dans l'écurie. Le palefrenier prendrait soin d'eux.

Enfin, on les laissa pénétrer dans la cour d'honneur du palais. C'était un large espace carré dédié à l'accueil des carrosses lors des bals donnés au château. À droite et à gauche se trouvaient deux couloirs percés d'arcades où les serviteurs et les membres du personnel du palais se pressaient : il faisait bien trop froid pour rester dehors par plaisir et les courants d'air glaçaient les plus résistants jusqu'à l'os. Le reste de l'année, en revanche, c'était un endroit agréable. Les quelques érudits qui vivaient ici lisaient à l'ombre des arbres, près des arcades, sur des bancs. On tendait des guirlandes entre les murs et les divers parterres de fleurs se paraient de mille couleurs. Les proches de la famille royale y paressaient alors, les femmes exhibant leurs jolies toilettes et les hommes leurs plus beaux atours.

Pour l'heure, il n'y avait personne d'autre qu'un homme courant vers eux, à bout de souffle, les joues et le nez rougis par le froid.

— Le roi a été informé de votre présence, il va vous recevoir. Entrez, je vous en prie. Vous devez être gelés.

Robyn et Daérion le suivirent et, lorsque la jeune femme posa ses pieds sur le sol de marbre sombre, son cœur se mit à battre plus vite. Elle se mit à penser qu'elle était mieux dehors, là où les monarques ne risqueraient pas un orteil.

— Avant de paraître devant le roi, ferez-vous un brin de toilette ?

Si sa proposition était tournée comme une question, elle sonnait fortement comme un conseil avisé qu'il fallait respecter. On ne se présentait pas sales et dépenaillés devant le roi à moins d'une urgence.

— Avec plaisir, répondit Robyn, plus pour gagner du temps que par réel souci de faire bonne figure.

Chapitre 20

— Votre chambre vous attend toujours, mademoiselle Fayne.

— Il ne fallait pas vous donner cette peine.

— Le roi a insisté, au cas où vous changeriez d'avis.

— Comme c'est aimable à lui.

Le serviteur coula un regard vers elle, se demandant probablement si elle le raillait ou non. Tout le monde au palais connaissait le différend entre le roi Job et la Maître-Lame qui avait refusé de se mettre à son service, déclenchant sa fureur.

— Monsieur Oscrate, une chambre vous a également été allouée près de celle de Robyn.

Robyn se rendit compte qu'avant ce jour elle n'avait jamais entendu le nom de famille de celui qui avait débarqué dans sa vie alors qu'elle pensait couler un hiver calme et heureux auprès de son oncle.

Le jeune homme semblait assez étonné de la politesse avec laquelle le serviteur s'adressait à lui. Il se demandait si on lui aurait rendu les mêmes hommages s'il s'était présenté sans Robyn à ses côtés.

— Merci, se contenta-t-il de dire.

Le serviteur hocha la tête et leur fit signe de le suivre. Il les conduisit au premier étage, dans l'aile ouest, celle des invités. Robyn se souvenait parfaitement du chemin et, quand elle ouvrit la porte de sa chambre, elle reconnut l'endroit, qui n'avait pas du tout changé. Elle n'avait dormi qu'une seule fois dans cette chambre : c'était la nuit où elle avait décidé de ne pas entrer au service du roi.

— Les souverains vous recevront dans une demi-heure, environ. Je viendrai vous chercher. Nous nous doutions que vous ne seriez pas très fringants à voir, aussi nous avons pris la liberté de vous faire couler un bain et de vous préparer des vêtements propres. Il y a quelques fruits sur les tables et une cruche de vin si vous désirez boire ou manger. À tout à l'heure.

Le serviteur fit une rapide courbette et s'éloigna dans le couloir. Daérion lança un coup d'œil étonné à Robyn, qui haussa les épaules et entra dans sa chambre. Elle savait que c'était l'une des plus grandes chambres de l'aile des invités. Au fond de la pièce, un immense lit trônait, si grand que quatre personnes pouvaient aisément y dormir sans se gêner. Il était entouré de deux tables de chevet. Sur l'une il y avait un chandelier, sur l'autre un bouquet de fleurs. À la droite du lit, il y avait une porte-fenêtre qui donnait sur un balcon, qui lui-même surplombait les jardins. Une petite commode avec une vasque, surmontée d'un miroir, et divers accessoires pour se coiffer, était disposée à côté. Contre le mur de gauche avait été placée une grande armoire du même bois massif que la table et le lit. Devant ce dernier, il y avait un coffre pour ranger ses effets personnels et, à quelques mètres de là, en face de la porte d'entrée, une grande table entourée de six chaises à haut dossier. Un feu de cheminée brûlait à l'extrémité opposée à celle du lit. Un canapé et deux fauteuils étaient installés devant. Le sol était en pierre et, pour ne pas que les habitants de cette chambre aient froid, des tapis avaient été posés un peu partout : devant la cheminée, sous la table, entre la table et le lit et sur les deux côtés du lit. Les murs, également en pierre, étaient recouverts de tapisserie représentant des scènes bucoliques brodées de fil d'or. Une merveille de tissage que Robyn ne se lassait pas d'admirer.

Elle posa son sac sur une chaise et se dirigea vers la salle d'eau dont la porte se trouvait à côté de l'armoire. Cette pièce aussi n'avait pas changé. Toujours cette mosaïque au sol représentant des vagues et cette baignoire en fer à cheval assez grande pour accueillir deux personnes. Une eau fumante s'en échappait.

La jeune femme se débarrassa rapidement de ses vêtements humides et se plongea dans l'eau avec délice. Un savon avait été mis à sa disposition. Elle se frotta énergiquement la peau, puis passa à ses longs cheveux, qui avaient grand besoin d'être lavés. Entre l'eau glacée des ruisseaux et la crasse, elle avait, pour la première fois de sa vie, choisi la seconde. Daérion avait fait le même choix qu'elle. Elle se demanda soudain si, avec ses pouvoirs, le jeune homme pourrait faire chauffer de l'eau. Une question à creuser.

Enfin propre, elle sortit de la baignoire et s'enveloppa dans une serviette. Elle retourna dans la chambre pour enfiler les vêtements qu'on lui avait prêtés. Elle grogna en apercevant l'uniforme des Maîtres-Lames au service du roi. Ce dernier n'abandonnerait-il jamais ou cherchait-il à la défier ?

Robyn mit de côté le manteau noir d'encre, brodé de l'écusson des Maîtres-Lames du roi : une épée surmontée d'une couronne. Elle enfila en revanche la chemise blanche, neutre de toute inscription, et le pantalon noir, qui n'avait aucune marque non plus. Ses bottes de voyage, fichues à cause de la neige, n'avaient pas fière allure. Elle se résolut à mettre celles fournies par la famille royale qui portaient l'écusson des Maîtres-Lames, cherchant un moyen pour le masquer. Elle n'en trouva pas et les laissa donc telles quelles. C'était une petite victoire pour le roi.

Elle passa par-dessus sa chemise un pull en laine qu'elle avait ramené d'Astaak, puis voulut passer son ceinturon, avant de se rappeler qu'elle l'avait laissé, ainsi que toutes ses armes, à la muraille. Elle se sentait un peu nue sans ses vêtements habituels et, surtout, sans ses armes.

Elle se dirigea vers la commode, prit une brosse et démêla ses cheveux qu'elle laissa libres sur ses épaules. Puis elle attendit que le serviteur vienne la chercher, ne touchant pas à la nourriture. Elle avait l'estomac trop noué pour cela. Une bonne rasade de vin l'aurait tentée, mais elle voulait avoir les idées claires devant le roi.

Enfin, on toqua à sa porte. Robyn se mit sur pied, comme montée sur un ressort. Elle rejoignit Daérion, qui l'attendait. Il avait revêtu un pantalon marron, une chemise blanche et un pourpoint de cuir.

— Prête ? lui demanda-t-il en ajustant sa chemise.

— Pas vraiment. Mais bon. À la guerre comme à la guerre !

Et tous deux emboîtèrent le pas au serviteur, qui les conduisit dans la salle du trône.

Ils s'arrêtèrent devant une large porte gardée par deux Maîtres-Lames. Le serviteur s'éloigna tandis que ces derniers vérifiaient que Robyn et Daérion n'avaient aucune arme cachée sur eux. Ils adressaient de grands sourires à Robyn, visiblement contents de la revoir.

— Ça fait bien longtemps, Robyn Fayne. Qu'est-ce qui t'amène là ? demanda l'un d'eux.

— La malchance, répondit-elle, pince-sans-rire.

Les Maîtres-Lames pouffèrent avant d'ouvrir la porte. Daérion lui pressa le poignet furtivement, puis tous deux firent leur entrée dans la salle du trône.

Comme la première fois qu'elle était entrée dans cette pièce, Robyn fut émerveillée. Les colonnes surmontées de ces chapiteaux luxuriants, les caissons peints du plafond, les bustes et les portraits des prédécesseurs du roi Job... C'était toujours aussi beau. Visiblement, Daérion était lui aussi impressionné.

Ils avancèrent lentement jusqu'aux souverains, s'arrêtant à quatre mètres d'eux. À chaque coin de la salle veillaient des Maîtres-Lames. Le roi et la reine étaient assis dans sur leur trône. Robyn remarqua un autre personnage qu'elle ne connaissait pas, assis en retrait. Le roi était vêtu de son habituel manteau d'hermine qu'exécrait Robyn. Il portait sa couronne, un fin anneau d'or, sur ses cheveux sombres. Sur sa chemise noire était épinglée au niveau de son cœur une broche représentant un oiseau aux ailes déployées. C'était le blason de la famille de la reine Amia, une preuve indiscutable de l'amour que le roi portait à sa femme. Cette dernière était vêtue d'une robe bleu pâle par-dessus laquelle elle avait passé un châle blanc, tout en finesse et brodé de perles.

Amia était de loin la plus belle femme que Robyn n'ait jamais rencontrée. Elle avait la peau pâle, des yeux verts et des cheveux blonds. Un petit sourire en coin retroussait toujours ses lèvres et sa voix avait la douceur de la soie. Robyn aimait bien Amia, la seule à s'être montrée compréhensive face à la décision de la guerrière. Peut-être comprenait-elle son désir de liberté, elle qui était enfermée dans son palais doré.

La jeune femme salua les souverains, inclinant le buste, une main sur le cœur. Daérion l'imita.

— Robyn Fayne, annonça le roi. Jolies bottes.

— Roi Job, répliqua Robyn. Joli manteau.

La reine leva les yeux au ciel. La querelle entre Robyn et le roi remontait à plus de trois ans, et pourtant ils se toisaient comme si elle datait d'hier.

— Robyn, je suis ravie de te revoir, intervint la reine. Je vois que l'air marin te réussit, tu es plus resplendissante que jamais.

— Merci, Votre Majesté. Je suis également heureuse de vous revoir.

— Présente-nous donc ce jeune homme qui t'accompagne. Est-il capitaine de navire, lui aussi ?

— Non, Majesté, expliqua Daérion en s'inclinant de nouveau. Je m'appelle Daérion Oscrate et je suis le commissaire d'Astaak.

— Bienvenue, j'espère que notre région vous plaît, monsieur Oscrate.

— Oui. Malgré le froid, cette ville est surprenante, tout comme ce palais.

— Vous êtes le bienvenu chez nous. Les amis de Robyn sont nos amis.

Le roi lâcha un bref grognement, puis se tourna vers Amia :

— Tu en as fini avec les politesses ?

— Oui, à l'instant.

— Bien. Robyn Fayne, cela fait plusieurs semaines que je t'ai demandé de venir. Ton insubordination est toujours d'actualité.

— Oh, vous savez, je n'ai pas fait exprès. Le mauvais temps, une attaque dans mon village, la traque d'une créature de l'ombre, tout cela m'a *malencontreusement* déviée de mes devoirs envers vous.

Le roi parut sur le point de répliquer une remarque bien sentie lorsque les propos de Robyn parvinrent jusqu'à ses oreilles.

— Une créature de l'ombre ?

— Oui. Un Amsgarath, si j'en crois les dires de mon ami ici présent. C'est un éminent érudit.

Le roi pâlit, tout comme la reine. Ils savaient de quoi la jeune femme parlait.

CHAPITRE 20

— A-t-il fait beaucoup de victimes ? demanda la reine.

Ce fut Daérion qui répondit.

— Un certain nombre. Je le traque depuis des mois et, sans Robyn, je serais encore à ses trousses.

— C'est horrible, dit la reine.

— C'est ce qui nous amène ici, indiqua Robyn. Nous devons savoir comment sont créées ces créatures et nous venons aux nouvelles afin de savoir si les espions de Vos Majestés ont appris quelque chose sur une personne pratiquant la magie noire.

Le roi avait perdu son air arrogant. Il avait beaucoup de défauts, mais il se souciait du bien-être de son peuple.

— Nous n'avons reçu aucun rapport à ce sujet-là, dit-il.

— Nous n'avons demandé à personne de s'y intéresser, nuança doucement la reine en posant une main apaisante sur son bras. Nous allons y remédier dans l'heure. Racontez-nous tout.

Daérion se chargea de relater toute l'histoire. Il parla des différentes rumeurs qui couraient sur le continent sur les supposées créatures de l'ombre jaillissant des ténèbres. Il raconta sa traque de l'Amsgarath et la victoire de Robyn contre lui.

— Nous devons avoir accès aux livres parlant de cette magie. Il nous faut comprendre, martela-t-il. S'il vous plaît.

— Bien entendu, vous aurez accès à toutes les archives, à tous les livres interdits qui sont parvenus jusqu'à nous, accepta le roi.

— Merci, Majesté. Le plus tôt sera le mieux.

— Je vais faire quérir des messagers, des espions et mes soldats pour qu'ils tendent l'oreille et cherchent à savoir si un ou des sorciers sévissent sur nos terres. Nous ne laisserons pas ce crime impuni, je peux vous l'assurer. Nous vous donnerons les clés de la bibliothèque du palais, vous êtes nos invités aussi longtemps que vous le souhaiterez.

Daérion salua les souverains et Robyn fit de même. Elle n'avait même pas eu besoin de faire du chantage au roi. Elle allait partir quand le roi tonna :

— Une minute, Robyn Fayne !

Elle se retourna, la mâchoire contractée. Elle aurait dû se douter que le roi n'en resterait pas là.

— Ta lettre m'est parvenue, mais elle était quelque peu… expéditive. Je veux que tu m'en dises plus.

— Il n'y a rien de plus à ajouter, riposta-t-elle sur un ton un peu raide. Le gouverneur de l'île Malt est toujours votre fidèle serviteur. Il se réjouit de venir à l'anniversaire de la reine, dès qu'il sera possible de naviguer, bien entendu, ce qui devrait être le cas dans un mois et demi environ, une fois que les tempêtes hivernales seront passées. Les habitants de l'île ont l'air plutôt satisfaits. Il n'y a aucun souci à se faire à propos de Malt. Toutefois, comme je vous l'ai déjà dit, un émissaire aurait eu de meilleures réponses que moi. Je n'ai que brièvement rencontré le gouverneur et je n'ai pas pu parler plus que cela avec les îliens. C'est donc tout ce que je peux affirmer.

— Je vois.

— Est-ce tout, Majesté ?

— Pas vraiment. J'aimerais parler seul à seul avec toi. Dans un endroit où l'on ne nous dérangera pas. Veux-tu bien venir avec moi ?

Robyn haussa les sourcils. C'était bien la première fois que le roi Job ne lui donnait pas d'ordre. Elle en fut si étonnée qu'elle en oublia de dire non par principe. Elle lança un coup d'œil à Daérion, puis à la reine, qui lui sourit gentiment. Elle jeta un regard derrière elle avant de quitter la salle du trône. L'homme dans l'ombre sortit de l'obscurité pour se pencher vers la reine, lui murmurant des paroles imperceptibles.

Deux Maîtres-Lames leur emboîtèrent le pas tandis que le roi la conduisait dans un couloir au sol recouvert d'un long tapis pourpre. Il poussa la porte d'une salle surveillée par deux soldats qui le saluèrent à son approche. Les deux gardes du corps qui les suivaient s'arrêtèrent à l'entrée.

La pièce était petite. Il y avait une cheminée et une table circulaire entourée de quatre chaises, c'était tout. Sur la table était étalée une carte de l'Archipel. Le roi s'appuya contre l'âtre de la cheminée. Il avait soudainement l'air plus vieux, ses épaules étaient un peu voûtées, comme si un poids immense lui pesait dessus.

— J'ai bien compris que tu ne comptes pas te mettre à mon service, Robyn. Seulement, ce que je veux te demander va au-delà d'une demande personnelle. Il en va du bien de l'Archipel, et je sais à quel point tu aimes notre pays. Ce n'est pas un stratagème pour te faire pencher de mon côté de la balance, crois-moi. Si je pouvais employer quelqu'un d'un peu moins insupportable, je le ferais.

Il avait momentanément retrouvé sa langue acérée et Robyn envisagea de lui faire avaler la carte qui se trouvait sur la table.

— J'aimerais qu'au printemps tu partes en expédition sur l'île Jéju. Il s'y passe des choses étranges.

— Je sais que vous y avez envoyé un Chevaucheur, continua Robyn. Je l'ai croisé en rentrant chez moi.

— En effet.

— Mais que se passe-t-il sur cette île qu'il n'ait pu résoudre ?

— Je ne sais pas, et le Chevaucheur Josh n'a pas su m'en dire plus. Tout le monde sait que les Chevaucheurs sont les alliés du roi. J'ai besoin d'un espion, d'une espionne, qui puisse parler avec les rebelles.

— Des rebelles ? Contre vous ?

— Contre la monarchie de l'Archipel.

— Qu'est-ce qui vous fait croire que je pourrais m'approcher d'eux ? Une capitaine à la solde du roi ne recevra pas plus de confessions qu'un Chevaucheur.

— C'est que tu n'auras pas pour mission de dire, cette fois, que tu es là sur mes ordres. Tu seras la capitaine d'un navire marchand comme les autres. À bord du *Céleste*, il y aura des marins, mais aussi un ou deux Maîtres-Lames, quelques soldats sous couverture et des cargaisons bien sûr. De la soie, de l'encens… Toutes ces choses qui intéressent les îliens pour ne pas éveiller leurs soupçons.

« Tu dois comprendre, Robyn, que l'île Jéju a été l'une des dernières à accepter la monarchie. Cela fait près de trois cents ans que l'Archipel est unifié, mais il reste des groupes de résistance. Ils n'étaient qu'une petite minorité peu menaçante, mais ils sont toujours plus nombreux. Si plusieurs îles s'allient contre l'île Kasmal, je ne sais pas combien de temps nous pourrons tenir. Je veux que tu comprennes quelles sont leurs revendications, est-ce qu'ils ont un chef à leur tête, savoir si on peut les raisonner et est-ce qu'il sera possible de les mater si la diplomatie devait échouer. Je veux savoir ce qui les motive, qui les motive, combien sont-ils, si ce phénomène est seulement sur Jéju ou étendu à d'autres îles ? Je dois le savoir, je ne risquerais pas une guerre civile au sein de l'Archipel. Avec ces phénomènes de magie noire qui s'y produisent, ce n'est vraiment pas le moment d'avoir à gérer deux fronts à la fois.

CHAPITRE 20

Robyn regarda la carte. Prises séparément, les îles de l'Archipel ne constituaient pas un danger, mais unifiées elles pouvaient faire bien des dégâts.

— Dès le printemps, je prendrai le chemin de Jéju, vous pouvez compter sur moi cette fois.

Le roi hocha la tête, visiblement soulagé.

Robyn prit congé du monarque et se dirigea vers la bibliothèque, se demandant si l'on avait déjà remis la clé des archives interdites à Daérion. Elle entra dans cette pièce sombre. C'était un vrai dédale d'étagères pleines de livres. Des tables d'études étaient installées entre les rayons et dans des petites alcôves. Le vieux bibliothécaire était assis à un bureau entouré d'une collection de livres anciens qu'il étudiait pour savoir si oui ou non ils avaient besoin d'être restaurés. Il salua d'un mouvement de la tête Robyn, qui lui rendit le salut avant de chercher Daérion dans les rayons. Elle le retrouva en train de lire. Il ne l'avait pas entendue et, lorsqu'elle s'assit en face de lui, il sursauta.

— Tout va bien ? demanda-t-il. Que vous a dit le roi ?

— Il veut m'envoyer en mission, au printemps. Apparemment, il y a des soulèvements sur l'île Jéju. Qu'est-ce que vous lisez ?

— Un traité sur les créatures anciennes. Nous n'aurons les clés des archives que dans deux jours, le vrai bibliothécaire – celui-là est son remplaçant – est parti dans une autre ville pour restaurer des livres en mauvais état.

Robyn s'appuya contre sa chaise et s'étira. Deux jours… Pourquoi diable le bibliothécaire avait-il décidé d'entreprendre un pareil voyage par ce temps ? Les livres devaient certainement être très précieux. Elle entendit la porte de la bibliothèque s'ouvrir. La vision sur l'entrée était masquée par plusieurs étagères. Elle se leva et prit un ouvrage traitant du même sujet que celui de Daérion. *Vie et habitat des monstres de jadis*, auteur au nom effacé. Le livre était rouge, relié de cuir, et plein d'illustrations dessinées par la main de l'auteur. Elles représentaient des créatures toutes plus horribles les unes que les autres. Robyn vit des chèvres à cou de serpent, des poissons à queue de scorpion, des vaches au dos hérissé de piquants.

— Sérieusement ? De telles créatures ont déjà existé ? interrogea-t-elle en montrant les illustrations à Daérion.

— Robyn ?

Ce n'était pas la voix du jeune homme. La jeune femme sentit son cœur rater un battement. Elle releva lentement la tête, puis se tourna vers celui qui avait prononcé son prénom.

Tylan, prince héritier, se tenait entre deux étagères, un livre dans une main, deux autres calés entre son bras droit et son torse. Il regardait Robyn comme si elle surgissait de nulle part.

— Salut, Tylan, répondit Robyn en lui adressant un sourire crispé.

— Je ne savais pas que tu étais revenue.

Les yeux de Daérion allaient de l'un à l'autre. Leurs regards semblaient ne pas pouvoir se détacher.

— Robyn ! s'exclama une autre voix, bien plus juvénile, qui rompit le contact entre eux.

Un petit garçon aux cheveux ébouriffés sauta dans les bras de Robyn. Elle le reçut dans l'estomac avec un bruit étouffé.

— Tu avais promis que tu reviendrais jouer avec moi ! Ça fait longtemps que j'attends !

— Je suis là, maintenant.

Elle passa ses doigts dans les cheveux bouclés du garçon.

— Tu vas bien ? demanda-t-elle. Tu as l'air un peu… pâle.

CHAPITRE 20

— J'étais malade, mais ça va beaucoup mieux maintenant ! Je peux de nouveau courir et j'ai presque plus mal ! Dis, tu viendras t'entraîner avec moi ? Et tu viendras aux écuries avec moi ?

— Maréol, laisse-la respirer, intervint Tylan. Et puis, tu sais que tu ne dois pas trop en faire.

— Mais je suis en forme !

Il montra le muscle de son bras à son frère, comme pour lui prouver qu'il était capable de tout.

— On fera tout ça, mais un peu plus tard, lui promit Robyn pour le calmer. Regarde, le soleil se couche, on ne va plus rien y voir.

— C'est pas grave, j'ai pas peur du noir !

— Peut-être, mais moi oui.

— Alors je te protégerai ! Je veux devenir Maître-Lame, comme toi !

— Je suis sûre que tu y arriveras, approuva-t-elle en riant, mais les apprentis Maîtres-Lames s'entraînent la journée, pas le soir.

Maréol fit la moue.

— C'est vrai, reconnut-il.

Il s'assit sur le banc, en face de Daérion, et jeta un coup d'œil au livre que Robyn avait posé sur le bureau.

— Depuis quand es-tu revenue ? demanda Tylan.

— Quelques heures.

Alors Tylan aperçut la présence de Daérion. Il fronça les sourcils. Robyn se tourna vers lui, les joues un peu plus roses que d'habitude.

— Tylan, je te présente Daérion. Daérion, voici Tylan, le prince héritier, et Maréol, son petit frère.

Daérion se leva et salua les deux princes.

— Bonjour, répondit simplement Tylan.

— Daérion et moi voyageons pour tenter de comprendre ce qui se passe sur le continent. Voilà pourquoi nous sommes ici.

— Je vois.

Daérion surprit de la déception dans la voix du prince. Robyn regardait ailleurs. Le jeune homme eut la certitude qu'il s'était passé quelque chose entre eux.

— Maréol, tu viens ? On doit réviser une dernière leçon avant que tu sois libre de faire ce que tu veux.

— J'arrive ! Robyn, demain, on va faire du cheval !

— Promis !

Elle regarda les deux princes s'éloigner, puis se laissa retomber sur sa chaise. Elle poussa un soupir, comme si elle avait oublié de respirer durant cet échange.

— Avouez que ce n'est pas à cause du roi que vous ne vouliez pas revenir ici, dit Daérion, désarmant de perspicacité.

— Ça ne vous regarde pas.

— Trop tard, j'ai déjà tout compris.

Il en ressentait un petit pincement. Il chassa cette désagréable sensation de ses pensées. Elle revint en force. Il regarda Robyn. Elle avait les joues en feu, les yeux brillants. Il pouvait presque entendre son cœur battre la chamade. Quelle était la nature exacte du lien qui les unissait ?

Robyn tourna les pages pour s'occuper les mains et l'esprit. Pour les mains, cela fonctionna. Pas pour l'esprit. Il semblait s'être envolé loin, très loin. Elle referma le livre d'un claquement sec.

— Il n'y a rien d'utile là-dedans ! Tant que nous n'aurons pas les clés des archives interdites, nous ne trouverons rien.

Elle rangea le livre à sa place avant de s'éloigner de la table d'étude, puis de la bibliothèque. Daérion s'empressa de remettre son propre livre là où il l'avait trouvé avant de courir à sa suite.

— D'accord, qu'est-ce que vous voulez qu'on fasse, en attendant ?

— Je n'en sais rien ! Mais je ne vais pas me tourner les pouces !

— On peut aller voir votre prince, si c'est ça qui vous met dans un tel état…

— Lâchez-moi avec vos insinuations.

— Très bien, alors qu'est-ce qu'on fait ?

Robyn se tourna vers lui, un sourire sur les lèvres.

— La cité royale n'est pas uniquement le cœur de l'Archipel. C'est aussi là que se trouve la taverne qui sert la meilleure bière du monde !

— Sérieusement ? Ce que vous voulez faire, là, tout de suite, c'est boire de la bière ?

Robyn lui adressa un hochement de tête plus que déterminé. Une voix s'éleva derrière eux :

— Mon cher ami, sachez que l'on ne peut pas passer par la capitale sans s'arrêter à *La Liqueur dorée.*

Daérion se retourna vers celui qui venait de l'appeler « cher ami ». Il portait l'uniforme noir des hommes qu'il avait déjà aperçus aux quatre coins de la salle du trône. Un Maître-Lame.

— Antaï ! s'exclama Robyn, débordante de joie.

Encore un amoureux ? se demanda Daérion en se demandant combien de cœurs éperdus Robyn avait laissés dans son sillage. Toutefois, la manière dont ils se prirent dans les bras était plutôt amicale. Une franche camaraderie liait ces deux-là.

— Daérion, voici Antaï, un Maître-Lame avec qui j'ai fait mes classes.

— Elle n'a jamais réussi à me vaincre, claironna le guerrier sur un ton complice.

— Tu n'as jamais réussi à me vaincre non plus ! rétorqua Robyn.

Antaï pouffa et Daérion apprécia immédiatement cet homme plein d'entrain.

— Alors va pour *La Liqueur dorée.* Je ne veux surtout pas rater ça, fit Daérion. Vous venez avec nous ?

— Il se trouve que, justement, j'ai ma soirée de libre.

Une demi-heure plus tard, après qu'Antaï eut ôté ses vêtements pour passer plus inaperçu dans les rues et eut dégoté à Robyn une nouvelle paire de bottes, ils étaient dans la taverne. Ce n'était pas un endroit miteux comme ceux que l'on trouvait dans les bourgades désertées par les voyageurs. Il n'y avait pas la moindre trace de crasse, les serveuses étaient joliment habillées et les verres aussi propres que s'ils venaient d'être fabriqués. Quant à la bière, elle était tout bonnement délicieuse.

Robyn éclata de rire à une blague racontée par Daérion qui mettait en scène un hippocampe, une pieuvre et une tortue. En temps normal, elle aurait seulement levé les yeux au ciel avec un air désabusé face à la nullité absolue de cette boutade. Et d'ordinaire, jamais Daérion n'aurait raconté cette boutade absurde au possible. Mais la bière qui coulait à flots rendait superflues ce genre de pensées.

Robyn avait la tête qui tournait, le cœur en joie et le rire facile. Quand des musiciens entamèrent un morceau de musique chaloupé, elle se leva, prit Daérion et Antaï chacun par une main et les entraîna sur l'espace aménagé pour les danseurs. D'autres personnes aux tables voisines les rejoignirent et, quelques minutes plus tard, toute la taverne résonnait de frappes dans les mains, de rires et de chansons paillardes.

Après une heure de danse effrénée et de verres de bière bus, Robyn retourna s'asseoir. Elle était épuisée, mais une douce joie coulait dans ses veines. Cela faisait bien longtemps qu'elle ne s'était pas laissée aller de la sorte. Quand Daérion et Antaï la rejoignirent à leur table, elle dormait, la tête entre les mains.

— On la ramène au palais ? demanda Daérion à Antaï.

— Non. Aide-moi à la conduire chez elle.

— Elle a une maison ici ?

— Oui, dans la haute ville. À trois on la soulève. Un, deux… trois !

Robyn fut remise sur pied. Sa tête ballotta sur l'épaule d'Antaï, puis sur celle de Daérion. Il lui tapota la joue pour la réveiller.

— Allez, debout !

La jeune femme ouvrit les yeux et, d'une voix pâteuse et alcoolisée, elle lui beugla à la figure :

— Si tu me frappes encore une fois, j'te jure que j'te mets les doigts dans le nez !

— Voilà qui est très effrayant, répliqua Daérion sans relever le tutoiement.

Ils quittèrent l'auberge. Robyn s'était rendormie.

— Ce n'est pas très loin, précisa Antaï, comme pour s'encourager lui-même.

Ils passèrent les portes de la ville haute, puis bifurquèrent dans une ruelle pour finalement s'arrêter devant une belle maison blanche construite sur un étage. Antaï toqua à la porte et, après quelques minutes, un serviteur au regard endormi ouvrit la porte.

— Maître Antaï, que faites-vous ici ? demanda-t-il en reconnaissant son visiteur tardif.

Pour toute réponse, le Maître-Lame s'écarta pour qu'il puisse voir Robyn.

— Je vois. Entrez. Je vais préparer des serviettes, de l'eau et une mixture pour faire passer la gueule de bois.

Robyn se prit les pieds dans la marche de l'entrée et se serait étalée sur le sol si la poigne de Daérion ne l'avait pas maintenue contre lui.

— Bon sang, cette fille est plus lourde qu'un âne mort quand elle boit ! jura-t-il entre ses dents.

— Sa chambre est par ici, indiqua Antaï en montant un escalier qui menait au premier étage.

Il ouvrit une porte sur une pièce qui ne comportait qu'un lit, une armoire, une cheminée et une commode. Daérion la laissa tomber sur le lit en soupirant de soulagement.

— Je croyais qu'elle avait ses quartiers au palais, objecta Daérion.

— Oui, mais Robyn y séjourne le moins possible. Elle préfère de loin la liberté que lui offre la ville. Elle a acheté cette maison lorsqu'elle est devenue Maître-Lame, pour être proche du château, mais suffisamment loin pour s'en échapper à loisir. Je crois que l'idée de vivre dans un château ne lui plaît pas tellement, malgré le magnifique appartement que le roi laisse à sa disposition.

— Et elle préfère rester loin du prince Tylan. Que s'est-il passé entre eux ?

Le Maître-Lame haussa les épaules.

— Ils étaient ensemble, et ils se sont séparés. Nous étions tous les trois en même temps à l'Académie. Pourquoi, comment, quand ils se sont séparés, je ne sais pas, mais ils étaient le petit couple parfait tous les deux. Le prince héritier et la meilleure Maître-Lame de sa génération, promise à un avenir brillant… Et puis un jour, tout s'est arrêté, Robyn est partie.

Le serviteur entra avec des serviettes, un verre d'eau et un autre rempli d'une mixture épaisse.

— Je dois rentrer, je me lève à l'aube demain, annonça Antaï. Ça va aller avec elle ?

— Oui, oui. Merci.

— À plus tard !

— À plus tard.

Daérion observa la jeune femme. Complètement alcoolisée, elle n'avait plus rien de la Maître-Lame invincible.

— Bon, allez ! Au lit, la saoularde.

— Je ne veux pas aller au lit, je ne suis pas une enfant.

— Une enfant est bien plus sage que toi. Toi, tu es pénible.

— Tu t'es pas regardé.

Daérion soupira. Même à demi ivre, elle gardait son fichu caractère. Il lui ôta ses nouvelles bottes malgré ses protestations et la força à se coucher sous les couvertures. Elle se débattit et il songea très sérieusement à l'assommer. Quand enfin elle fut calme, Daérion transpirait à grosses gouttes. Il s'assit sur le bord du lit pour souffler un peu.

Puis il se leva pour trouver un endroit où dormir.

— Hé, le crétin ! l'appela-t-elle.

— Je m'appelle Daérion, grogna-t-il.

— Daérion-le-crétin, viens par là.

Le jeune homme soupira. Cette soirée prendrait-elle fin un jour ou Robyn allait-elle le torturer jusqu'à ce qu'il en meure ?

— Qu'est-ce que tu veux ? lui demanda-t-il un peu sèchement.

— Approche-toi.

Il se mit près du lit.

— Plus près, je vais pas te manger !

On ne sait jamais, pensa Daérion. Il se baissa vers elle. Robyn le saisit par la nuque et approcha son visage du sien. Elle le regarda dans les yeux.

— Tu sais, t'es plutôt pas mal pour un menteur.

— Euh, merci…

Robyn était bien la seule fille qu'il connaissait à pouvoir placer un compliment et une insulte dans une même phrase aussi facilement qu'elle pouvait parler du beau temps.

Elle lui lança un de ces sourires carnassiers qu'elle lui réservait toujours. Ce n'était pas le sourire crispé pour le prince héritier, ce n'était pas le sourire de gaieté qu'elle envoyait aux autres, c'était le sourire qui le mettait sans cesse au défi.

— Si tu ne me mentais pas autant, j'aurais bien envie de t'embrasser… balbutia-t-elle.

— Robyn, tu ne…

— Quoi ? Tu veux pas ?

Daérion se plongea dans le regard d'acier de Robyn, leurs visages à quelques centimètres l'un de l'autre. Si près que le jeune homme pouvait sentir son souffle sur son cou. Il résista à l'envie de se rapprocher un peu plus. Au même instant, Robyn plongea en avant. Pas sur sa bouche, mais sur le côté du matelas où elle vomit abondamment, éclaboussant les pieds de Daérion. Il jura en la repoussant. Elle s'essuya la bouche d'un air nonchalant, puis se laissa tomber sur les oreillers et se mit à ronfler doucement.

Il se redressa en pestant. Entendant le cri de Daérion, le serviteur qui leur avait ouvert la porte se précipita dans la chambre. D'un seul coup d'œil, il comprit le problème.

Chapitre 20

— Allez dans la salle de bains. Je vais chercher de quoi nettoyer.

Daérion ne se le fit pas dire deux fois. Le cœur encore battant un peu plus vite qu'à l'accoutumée, il s'éloigna de la chambre de Robyn, les bottes souillées.

CHAPITRE 21

Robyn se réveilla en ayant l'impression qu'une fanfare jouait dans sa tête, cognant contre les parois de son crâne. Elle ouvrit les yeux et mit deux secondes à reconnaître l'endroit où elle se trouvait, sans toutefois comprendre comment elle était arrivée là. Elle se laissa retomber sur ses coussins en poussant un gémissement de détresse.

— Tout va bien, mademoiselle ?

Robyn tourna lentement la tête vers la porte. Elle reconnut Dimitri, le majordome qui s'occupait de la maison lorsqu'elle n'était pas là. Il était assis sur une chaise et lisait un livre.

— Bonjour, Dimitri. Oui, merci.

— Si je puis me permettre, mademoiselle, vous n'avez pas très bonne mine. Vous avez de l'eau sur la commode et le petit déjeuner est prêt.

Sur ces mots, Dimitri se leva de sa chaise et quitta la chambre. Robyn se dépêtra difficilement de ses couvertures et prit un verre d'eau. Elle avait la bouche pâteuse et un arrière-goût désagréable sur la langue. Elle fit une grimace et eut un mouvement de recul en se voyant dans le miroir.

— Bonjour les dégâts... murmura-t-elle.

Elle se passa les doigts dans les cheveux pour y mettre un semblant d'ordre. Peine perdue. Elle se promit de ne plus jamais boire. Puis elle descendit dans la salle à manger. Du café très chaud fumait dans une théière. Il y avait du pain frais et de la confiture sur la table. Robyn s'affala sur une chaise.

— Eh ben, t'as une sale tête, lui dit Daérion en entrant dans la pièce, frais et dispos.

— Je sais, on me l'a déjà dit.

Puis elle releva la tête vers lui.

— Depuis quand tu me tutoies ?

— C'est toi qui as commencé, tu ne te rappelles pas ?

Elle se passa une main dans les cheveux. *Je ne te poserais pas la question si c'était le cas.* Elle ne dit rien et avala une bonne rasade de café. Daérion la regardait avec un petit sourire narquois. Combien de choses stupides avait-elle dites, avait-elle faites, durant la soirée ? Elle tâcha de rester digne, avala en vitesse une tartine de confiture puis monta rapidement prendre un bain qui acheva de la réveiller. Quand elle redescendit, c'était comme si rien ne s'était passé, mis à part le petit sourire narquois de Daérion.

Ils s'habillèrent chaudement avant de prendre la route du château. Daérion voulait lire à la bibliothèque et Robyn avait une promesse à tenir. Ils se séparèrent devant les écuries royales.

La jeune femme prit la direction du terrain d'entraînement après avoir cherché le petit prince dans les écuries sans le trouver. C'était un endroit vaste, couvert de terre battue et entouré d'un petit mur. Il était divisé en plusieurs secteurs : celui des archers, des lanciers, des combats à mains nues, des épéistes, de la masse d'arme… Maréol était assis sur un muret et regardait l'agitation avec une moue ennuyée. En apercevant Robyn venir à lui, son visage s'éclaira d'un grand sourire.

— Je pensais que tu m'avais oublié ! s'exclama-t-il.

— Jamais, lui opposa Robyn.

D'un regard circulaire, elle fit le tour du terrain. Maîtres-Lames et soldats s'exerçaient là, ensemble, en apparence, mais à bien y regarder les soldats s'entraînaient avec les soldats et les Maîtres-Lames entre eux.

— Alors, par quoi veux-tu commencer ? demanda Robyn.

— Le tir à l'arc.

Ils se dirigèrent vers la zone de tir à l'arc. Maréol prit un arc et un seau rempli de flèches qu'il posa à côté de lui. Il se mit face à une cible de libre et banda son arc.

— Tu as déjà tiré ? lui demanda Robyn.

— Une ou deux fois, avant que je ne sois malade.

À la façon dont le garçon le lui annonça, Robyn comprit qu'il n'avait pas eu un simple petit rhume. Comme il ne semblait pas vouloir s'étendre sur le sujet, la jeune femme n'insista pas.

— D'accord, alors écarte tes jambes, tu auras un meilleur équilibre. Non, pas tant que ça ! Place ta main un peu plus près de la flèche, tu viseras mieux. Ne retiens pas ton souffle, au contraire, respire. Et ouvre les deux yeux.

Le petit prince appliqua immédiatement ses consignes.

— Bien, maintenant, tu vises et tu tires.

La flèche passa à trois bons mètres au-dessus de la cible. Le prince afficha une moue déçue.

— C'est normal de ne pas y arriver du premier coup, lui assura Robyn. Le tir à l'arc est l'une des disciplines les plus difficiles à apprendre.

— Tu as mis combien de temps, toi ?

— Longtemps, mentit-elle.

Le prince se mit en mouvement pour aller chercher sa flèche.

— Si je me souviens bien, tu n'as mis que quelques heures à tirer dans le mille.

Robyn sursauta. Concentrée à donner des consignes, elle n'avait pas entendu Tylan arriver.

— Nous avons tous cru que tu avais menti en affirmant que tu n'avais jamais tiré à l'arc.

La jeune femme se souvenait parfaitement de ce jour-là. C'était leur première leçon sur le terrain à l'Académie, elle avait quatorze ans. Leur maître d'armes les avait alignés chacun face à une cible et avait demandé qui auparavant avait déjà tiré. Quelques-uns avaient timidement levé la main, dont Tylan, qui était allé plusieurs fois à la chasse avec son père. Robyn n'avait jamais manié l'arc. Elle préférait de loin l'épée. Sa première flèche, tout comme celle de Maréol, était passée à trois mètres de la cible. La deuxième s'était fichée dans le cercle circulaire en bois, et les suivantes toujours plus près du centre. Finalement, au bout de deux heures, plus aucune de ses flèches ne passait à côté de la cible, et elle mettait dans le mille presque à chaque fois.

— Qu'est-il arrivé à ton frère, Tylan ? Il a été malade, mais à quel point ?

Elle avait déjà croisé des enfants ayant attrapé un rhume ou la grippe. Ils étaient certes un peu fatigués et un peu pâles, mais pas de la même manière que Maréol. Une lueur brillait dans ses yeux : celle de la peur. La peur de quoi ? Et il était également plus mince que la dernière fois que Robyn l'avait vu.

— Gravement. Si bien que tout le château a cru au pire, et qu'un sculpteur a même commencé à tailler le gisant de son tombeau.

— Qu'est-ce que c'était ?

— Nous avons cru à un virus, au départ. Fièvre, toux... Puis c'est allé de mal en pis.

Maréol tira une nouvelle flèche qui ne passa qu'à quelques centimètres de la cible. Robyn le félicita. Tout à son entrain, les deux autres flèches filèrent au loin, dans le champ qui bordait le terrain d'entraînement.

— Il... Il hurlait parfois de douleur. Il disait que ça venait de ses jambes, de sa tête. Seuls les calmants les plus forts le soulageaient. Il souffrait en permanence, si bien qu'il n'a plus quitté son lit pendant des mois. Nous l'avons fait examiner par des dizaines et des dizaines de médecins. Rien à faire. Puis l'un d'eux est venu et, d'un simple geste, il a réussi à le guérir. Depuis, mon frère vit presque normalement. Une fois par semaine, ce fameux médecin – Urugh, c'est son nom – le consulte et fait toujours le même geste pour que la douleur ne revienne pas.

— Nous pouvons remercier ce médecin.

Robyn comprenait à présent la lueur de peur dans les yeux du jeune prince. Il craignait que sa lente et douloureuse agonie revienne le hanter.

Sa flèche finit par atteindre la cible en bois et Maréol effectua une danse de la victoire.

— Allons, est-ce une façon de se comporter ? gronda la voix de la reine Amia.

Dans la phrase, il y avait un reproche, mais dans la voix, un sourire. Ce n'était pas une remontrance.

— Regardez, Mère, j'ai mis la flèche dans le mille ! s'exclama le garçon.

Robyn salua la reine, qui lui adressa un petit signe de la tête.

— Le « mille » c'est le centre, si je ne m'abuse, commenta-t-elle en souriant.

— Je le toucherai bientôt. Savez-vous tirer, Mère ?

— Je n'étais pas mauvaise, plus jeune.

— Montrez-moi.

La reine ne se fit pas prier et avança d'un pas vers son fils cadet. Robyn sentit Tylan se raidir à côté de lui. Elle lui jeta un coup d'œil. Il fixait un homme en bordure du terrain d'entraînement qui s'avançait lentement vers eux. C'était un homme malingre, aussi pâle qu'un noyé, les yeux sombres et les cheveux noirs, striés de gris, un peu gras. Il se tourna vers Tylan et baissa le torse.

— Robyn, je te présente Urugh. Le médecin providentiel de Maréol.

La jeune femme sentit de la colère dans la voix du prince héritier. Urugh la détaillait comme un acheteur contemple un morceau de viande dans la vitrine d'un boucher. Elle frissonna. Urugh n'avait pas laissé couler son regard sur elle plus de quelques secondes. Pourtant, c'est comme s'il avait laissé courir ses doigts pâles sur sa peau.

La Maître-Lame n'aimait pas ce qui se dégageait de cet homme.

— Enchanté, Robyn.

— Moi de même, répondit-elle en masquant son dégoût. J'ai entendu dire que vous aviez soigné Maréol.

— En effet.

— Quelle chance que vous soyez venu juste à temps pour le sauver !

— Et quelle chance que vous soyez là pour l'entraîner.

— Oui, il est bon de savoir se protéger contre tous ses ennemis.

Urugh et Robyn s'affrontèrent du regard, une animosité réciproque les liant immédiatement. Le médecin fut le premier à céder lorsque la reine revint vers lui. Il peignit alors une expression mielleuse sur son visage, bien loin de la froideur réservée à Robyn. Il suivit la reine lorsque celle-ci quitta le terrain d'entraînement et se retourna pour jeter un dernier coup d'œil à Robyn.

— Tu t'es fait un nouvel ami, on dirait, remarqua Tylan.

— On dirait bien. Qui est ce type ? Il est…

— Étrange ? Suspicieux ? Trop sympathique avec la reine ? Arriviste ?

— C'est à peu près ça, oui.

— Je suis d'accord, et cela depuis le premier jour où je l'ai vu. Antaï et moi avons cherché ce qui pourrait clocher chez lui, mais nous n'avons rien trouvé. Il est trop parfait. Je veux dire, on a tous des secrets, des choses que l'on ne veut pas dire, des petites étrangetés sans grand intérêt. Antaï a une passion pour la botanique et les poisons ; j'aime traîner des heures dans la bibliothèque pour lire des livres que j'ai déjà lus – mon père a même cru pendant un temps que j'avais une défaillance de la mémoire ; toi, tu es presque ivre morte au bout de deux verres de vin…

— Oh, pitié… lâcha Robyn.

Antaï avait visiblement vendu la mèche.

— On a tous quelque chose qui nous rend un peu bizarre ou suspect aux yeux de ceux qui ne nous connaissent pas, poursuivit Tylan en ignorant le regard de Robyn. Lui non. Le matin, il joue au bon samaritain en faisant le tour de la cité pour s'enquérir des gens qui auraient besoin de ses talents, puis il rejoint ma mère pour une de leurs discussions secrètes. Il rentre le midi pour manger sa soupe. L'après-midi, il s'occupe de ses patients à l'infirmerie s'il en a. Il participe à certains des conseils de mon père, mais reste silencieux, comme tout bon spectateur doit l'être dans ces moments-là. Il a des messagers qui l'informent de l'état de ses patients, et même un apprenti qui les surveille lorsqu'il n'est pas là. Il passe du temps avec mon petit frère…

— Il s'incruste partout.

— J'ai l'impression qu'il est comme du sable, tu vois ? Peu importe le nombre de fois où l'on époussettera ses vêtements, il en restera toujours. Urugh est un grain de sable particulièrement tenace. Je ne sais pas ce qu'il cherche, je ne sais pas ce qu'il veut, et peut-être même que je me fais des idées.

Robyn haussa les épaules. Urugh n'inspirait pas la confiance. Tout maigre, ayant davantage l'apparence d'un cadavre que celle d'un vivant, les yeux scrutateurs… Mais après tout, Robyn avait déjà croisé des hommes à l'apparence peu engageante, mais qui cachaient un cœur d'or, comme ce marin à qui il manquait un œil et aboyait sur tout ce qui ne lui plaisait pas. Le contraire était également possible. Combien d'hommes à l'apparence irréprochable masquaient un esprit perverti par l'arrogance et la débilité ?

Maréol tira encore de nombreuses flèches, mais aucune n'atteignit la cible. La jeune femme finit par laisser les deux princes tandis qu'elle-même se rendait à la bibliothèque. Elle retrouva Daérion assis à la place qu'il avait occupée la veille. Il avait entassé des livres et des rouleaux de parchemin. Contre le mur près duquel la table d'étude était installée, il avait épinglé une carte et y avait dessiné des points rouges et noirs.

Il avait également de nombreuses plumes et des fioles d'encre ainsi que des feuilles pour noter ses trouvailles.

Il était en grande discussion avec le bibliothécaire remplaçant qui lui répondait par de grands gestes, semblant lui indiquer les dispositions des différents rayons de livres. Il connaissait sa bibliothèque par cœur.

Robyn se trouva une place au milieu de la montagne de livres et de parchemins, déplaçant le moins possible tout ce que Daérion avait installé. Tout cela était certainement bien rangé dans son esprit, même si Robyn n'y comprenait rien.

Daérion finit par se tourner vers elle. Il avait de l'encre sur les doigts et les yeux rouges d'avoir beaucoup lu.

— Tu as trouvé quelque chose ? demanda-t-elle.

— Des mentions de monstres dans les récits historiques, mais rien de très probant. En revanche, j'ai enfin réalisé cette carte des attaques en fonction de toutes les informations que j'ai glanées ces dernières années.

Il montra la carte.

— Les points noirs sont les premiers lieux des attaques de l'Amsgarath. Comme je te l'ai dit, il a marqué quelques années de pause avant de revenir à la charge. Cette deuxième vague d'attaques est symbolisée par les points rouges.

Sur la ville d'Astaak, il y avait deux points : un noir et un rouge. Un pour ses parents, un pour Romarik. En tout, il y avait plus d'une vingtaine de points. Au moins vingt morts, sans compter ceux dont Daérion n'avait pas eu vent.

Robyn suivit du doigt les attaques. Il n'y avait aucune logique entre elles. L'Amsgarath n'avait pas conçu de plan, il attaquait là où il trouvait de la nourriture, visiblement. Élucideraient-ils un jour le mystère qui entourait le monstre ?

D'ÉCAILLES & D'OBSCURITÉ

Ils passèrent le reste de la journée à lire. Robyn parcourut le récit passionnant d'une bataille qui avait eu lieu à l'orée de la Forêt Profonde et qui avait opposé une armée de monstres à une autre d'humains. Le narrateur ne disait rien au sujet des monstres, mais relatait les exploits des héros du champ de bataille.

Daérion reposa un livre et se frotta les yeux. Il se leva, s'étira et fit quelques pas, jetant un coup d'œil par la fenêtre qui donnait sur les jardins recouverts de givre. Il regarda Robyn, plongée dans sa lecture, le front plissé par la concentration. Elle finit par reposer l'ouvrage à son tour.

— Je me demande à quoi ressemblent les archives et ce que nous allons y trouver, confessa-t-elle.

Elle rejoignit Daérion près de la fenêtre.

— Allons faire un tour, proposa-t-il. On aura les idées plus claires pour reprendre nos lectures.

Robyn accepta sans hésiter. Elle se pencha vers les grimoires sur la table d'étude pour les ranger, mais Daérion posa la main sur son bras.

— Inutile, le bibliothécaire m'a autorisé à tout laisser en place.

Ils quittèrent la bibliothèque pour les jardins. Ces derniers étaient composés de bassins, d'arbustes, de statues qui ponctuaient la promenade. Au printemps, les massifs se paraient de fleurs et des oiseaux chantaient dans les branches des arbres. En plein hiver, les branches avaient perdu leurs feuilles et les oiseaux étaient partis pour des territoires plus chauds. Il ne restait plus que le froid, une petite brume qui flottait sur les bassins, créant des mirages.

Robyn et Daérion marchèrent plusieurs minutes sans rien se dire. Tous deux appréciaient le silence. Soudain, le jeune homme s'immobilisa :

CHAPITRE 21

— Tu entends ? demanda Daérion.

Robyn dressa l'oreille.

— Non, rien.

— Mais si, écoute !

Robyn n'entendait rien. Elle regarda autour d'elle, puis se tourna vers son compagnon. Daérion s'était figé, une expression crispée plaquée sur le visage. Elle le vit se tendre. Sur son visage apparurent les premières marques de douleur. D'un coup, il se mit à hurler de douleur.

— Daérion ? ! s'alarma Robyn en le prenant par les épaules.

Il tomba à genoux, les mains crispées sur ses oreilles. La jeune femme l'accompagna au sol, tentant de comprendre ce qu'il lui arrivait. Il était à genoux, la tête entre les mains, hurlant toujours. Elle prit son visage entre ses mains, elle ne savait pas quoi faire. Il criait encore, toujours plus fort. La jeune femme regarda autour d'elle, en quête d'aide.

— Au secours ! !

Mais il n'y avait personne autour d'eux. Elle se tourna de nouveau vers Daérion, qui était à présent courbé en deux, le visage plaqué contre l'herbe humide. Que lui arrivait-il ? Une nouvelle fois, elle se redressa pour regarder autour d'elle, mais il n'y avait personne. Personne. Personne. Qui aurait eu envie de se balader dehors par un temps pareil ? Et les fenêtres fermées pour conserver la chaleur dans le palais rendaient tout appel à l'aide inaudible. Même les cris terribles de Daérion ne perceraient pas les murs épais.

Elle se tourna vers le château et ses fenêtres. Quelqu'un pouvait voir qu'elle avait besoin d'aide. Elle serrait Daérion contre sa poitrine, tremblante. Ce contact le calma et son corps se décrispa. Les cris se turent. Il se mit à respirer plus calmement.

— Daérion ? l'appela-t-elle.

Il serra sa main sur son poignet, mais sans répondre. Il peinait à reprendre son souffle.

— Je vais t'aider à te relever, on rentre.

Elle le hissa sur ses pieds avec difficulté. Le jeune homme était bien plus grand et plus lourd qu'elle. En ahanant, elle le porta autant qu'elle le traîna jusque dans le château. Sauf que c'était pire dans le palais que dans le silence des jardins. Les couloirs résonnaient de cris. Elle vit une servante recroquevillée dans un coin. Elle avait lâché les draps qu'elle portait et plaquait ses mains contre ses oreilles, des larmes plein les yeux. Plus loin, un soldat avait jeté son casque dans le couloir. Du sang coulait entre ses doigts.

Robyn les enjamba, pâle d'inquiétude. Elle aurait voulu les aider, les emmener avec elle, mais Daérion s'appuyait sur elle comme si toute force avait abandonné son corps. Que se passait-il ? Une épidémie ? Un sortilège ? Robyn ne ressentait rien, n'entendait rien.

Dans les couloirs, quel que soit l'endroit où elle posait son regard, elle voyait des gens recroquevillés sur eux-mêmes, sanglotant, criant. Les soldats n'étaient plus que des petites choses tremblotantes, les serviteurs avaient laissé tomber ce qu'ils avaient entre les mains. Du linge, des paniers de fruits, des éclats de verre recouvraient les dalles de pierre. Les bottes de Robyn firent craquer les morceaux de verre d'une bouteille de vin éclaté sur le sol. Son liquide formait une tache sombre sur le sol.

Elle finit par arriver à l'infirmerie. Elle était bondée. Certains serviteurs avaient réussi à se traîner jusque-là. Le guérisseur, Urugh, était dans le même état que ses patients. Les yeux fermés, le visage complètement crispé de douleur, il n'était pas en mesure de soigner qui que ce soit.

CHAPITRE 21

Robyn allongea Daérion sur un lit déjà occupé par un soldat et se précipita vers les autres personnes dans l'infirmerie. Elle ne comprenait rien à ce qu'il se passait. Elle se noyait dans cet océan de cris qui avait envahi le château. Elle songea à Tylan et Maréol. Où étaient-ils ? Étaient-ils atteints par le même mal ? Le vieux palais résonnait des cris de ses habitants.

Du sang coulait des oreilles de Daérion. La douleur l'avait repris. Il hurlait à ne plus savoir que faire. Puis, aussi soudainement que les hurlements avaient commencé, tout s'arrêta. Un silence aussi épais que du miel, quasiment palpable, s'installa, presque plus angoissant que les cris. C'était un silence de mort, celui qui précède le danger. Robyn posa sa main sur son épée, ce geste rassurant qu'elle faisait lorsqu'elle sentait qu'elle perdait le contrôle de la situation. Son cœur battait fort dans sa poitrine, bien plus rapidement qu'à l'ordinaire.

Par les fenêtres de l'infirmerie, elle vit des milliards d'oiseaux s'envoler, ceux qui ne craignaient pas le froid et restaient donc tout l'hiver dans la région. Leurs cris emplirent le ciel, la terre, firent même trembler les fenêtres. Dans les jardins, des lapins détalèrent, terrorisés, pour se mettre à l'abri. Robyn vit également un cheval s'enfuir à vive allure, une lueur de folie dans le regard.

Sous les pieds de Robyn, le sol se mit soudainement à trembler. Elle fléchit les jambes pour garder son équilibre, regardant autour d'elle, ne sachant que faire. Au-dessus de sa tête, de la poussière tombait du plafond. Le sol tremblait toujours, produisant un bruit effroyable. Après les humains, la terre hurlait à son tour sa douleur, comme écartelée de l'intérieur. Le monde se déchirait, le château allait leur tomber sur la tête et personne n'était en mesure de s'enfuir pour y échapper.

Robyn regarda par la fenêtre. Un arbre tomba, puis un deuxième. Les eaux des bassins et des fontaines qui avaient gelé craquaient. La statue d'un ancien roi, un ancêtre de Job, perdit sa tête puis un bras avant de s'écrouler en mille morceaux. Les carreaux des fenêtres se brisèrent. La jeune femme se protégea le visage d'un bras et les éclats éraflèrent sa main.

Elle reporta son attention sur l'extérieur. Soudain, très loin vers l'est, un éclair de lumière déchira le ciel, l'aveuglant un instant, produisant un bruit de tonnerre aussi puissant que si la foudre s'était abattue à dix mètres de la jeune femme.

Puis, de nouveau, le silence revint, plus lourd qu'avant.

CHAPITRE 22

L'éclair disparut, le sol cessa de trembler, l'eau des bassins redevint calme. Le cœur de Robyn continuait de battre la chamade. Que se passait-il ? Le tout avait duré une poignée de minutes tout au plus. Pourtant, Robyn se sentait vidée de toute énergie. Et étrangement alerte, également.

Daérion releva la tête. Il était blême, les yeux rouges. Du sang coulait de ses oreilles. Il avait du mal à respirer. Robyn posa une main sur son épaule. Si le calme était revenu, de la poussière tombait toujours du plafond ainsi que des débris de pierre.

— Il faut sortir d'ici, lança-t-elle à tout le monde. Sortez dans la cour, maintenant. Prenez avec vous tous ceux que vous croiserez sur votre chemin, dépêchez-vous.

Autour d'elle, les gens se relevèrent, hébétés et titubants. Une pierre plus grosse que les autres s'abattit au centre de la pièce, à quelques centimètres à peine d'un enfant qui pleurait en silence. Un nouveau tremblement, plus faible que ceux ressentis plus tôt, secoua l'infirmerie, entraînant une cohue. Tout le monde se leva, en proie à la panique. Robyn aida une femme à se remettre sur pied et la conduisit jusqu'à l'entrée de l'infirmerie.

— Dépêchez-vous ! les pressa-t-elle.

Elle fut la dernière à sortir de l'infirmerie. Daérion l'attendait, appuyé contre l'encadrement de la porte, le visage si pâle que Robyn crut qu'il allait s'effondrer. Elle l'attrapa par le bras et l'entraîna avec elle dans la cour. Atour d'eux, de grandes crevasses s'ouvraient dans les murs en un retentissement de craquements assourdissants.

Ils jaillirent à l'extérieur du château, au milieu de la fumée et des quintes de toux. Nobles et serviteurs, tous se tenaient à distance respectable des murs, hagards, des coulures de sang au niveau des oreilles.

Tylan fondit sur elle aussitôt qu'il la vit.

— Te voilà ! Tu n'as rien ? demanda-t-il en la prenant par les épaules.

— Oui, ça va.

En vérité, elle avait l'air d'aller beaucoup mieux que tout le monde. Elle n'avait pas entendu ce bruit strident qui avait terrassé tous les habitants du château. Aucune goutte de sang ne sortait de ses oreilles.

— Et toi ? ajouta-t-elle.

Elle n'eut pas le temps d'entendre sa réponse. Un nouveau tremblement les projeta à terre. Des tuiles provenant des tours du château dégringolèrent du ciel et s'écrasèrent au sol.

— Éloignez-vous des murs ! hurla quelqu'un.

Une autre voix s'éleva parmi les autres :

— Maréol ? !

Tylan se redressa le premier. La reine passait entre les membres du personnel et les nobles, cherchant son jeune fils. Des larmes inondaient ses joues.

CHAPITRE 22

— Il n'était pas avec vous ? demanda Tylan en regardant à son tour autour de lui.

— Non ! hurla Amia.

Robyn observa chaque groupe. Il y avait des enfants, mais aucun n'était Maréol. Elle jeta un coup d'œil à Tylan, puis à Amia.

— Je vais le chercher, décida Robyn.

— Moi aussi, répliqua Tylan.

— Je viens avec vous, rectifia Daérion.

— Tu tiens à peine debout, reste là, le rabroua Robyn avec un peu moins de tact qu'elle ne l'aurait voulu. Allons-y, Tylan.

Ils se mirent à courir tous deux vers le château. Lorsqu'ils croisaient du personnel hébété, ils leur hurlaient d'en sortir. Ils ouvraient porte après porte, fouillant chaque pièce avec rapidité. Ils trouvèrent ainsi un riche conseiller – qui n'avait plus rien de noble – roulé en boule et sanglotant dans un salon d'apparat. Des cris les avertirent qu'une femme était coincée dans un placard à balais, qu'une pierre avait bloqué. Ils déplacèrent la pierre et la femme partit en courant.

Dans les couloirs, un mélange d'effets personnels, de pierres et de poussière recouvrait le sol. Tylan regardait les lieux avec un air fermé : c'était sa maison qui s'écroulait devant ses yeux. Un nouveau tremblement les fit tituber, mais ne les arrêta pas pour autant.

Ils croisèrent Antaï, qui aidait un autre Maître-Lame, blessé par la chute d'une pierre. Il leur cria de faire demi-tour, qu'il n'y avait plus personne dans les couloirs, mais Robyn et Tylan continuèrent leur course, dévalant les escaliers, ouvrant des portes à la volée, hurlant, appelant, traversant des couloirs. Lorsqu'un nouveau tremblement de terre ébranla les vieux murs, ils entendirent un bruit d'éboulement un peu plus loin. Le château ne tenait plus, ses forces l'abandonnaient.

— On doit partir, ordonna Robyn.

— Mais mon frère…

— Il n'est pas là ! Il est peut-être dans les écuries, sur le terrain d'entraînement, mais plus ici.

Tylan hésita. Des pierres s'écrasèrent au bout du couloir où ils s'étaient arrêtés.

— On part, maintenant ! décida Robyn.

Elle attrapa Tylan par sa chemise et le poussa devant elle avec force. Ils déboulèrent dans les jardins, sautèrent pardessus un arbre tombé en travers du chemin. Le lieu était méconnaissable. Les buissons avaient été écrasés par la chute de branches et d'arbres. Les statues qui ornaient les allées n'étaient plus que des fragments de pierre blanche éparpillés sur le sol. On aurait dit qu'un géant avait écrasé le jardin de son pied énorme.

— Regarde ! fit Robyn en saisissant le poignet de Tylan.

Près du chenil, un enfant s'échinait sur le cadenas de la porte. Les chiens aboyaient et sautaient en tous sens, affolés.

— Maréol ! cria Tylan.

Il se précipita vers son frère, talonné par Robyn. Il le fit pivoter vers lui.

— T'es idiot ou quoi ? On te cherchait !

Derrière eux, le château émit un énième craquement. On aurait dit une montagne en train de tomber en morceaux et hurlant sa douleur d'être ainsi disloquée.

— Je voulais sauver les chiens ! geignit Maréol.

Robyn dégaina son épée et donna un grand coup dans le cadenas, qui se brisa. Les portes du chenil s'ouvrirent et les chiens s'enfuirent aussitôt.

CHAPITRE 22

Robyn, Tylan et Maréol retournèrent dans la cour en prenant garde de rester loin des murs du château. Dans la cour, de nombreux yeux étaient fixés sur le palais, où le prince héritier et la meilleure Maître-Lame de l'Archipel avaient disparu. Le roi Job fut le premier à les voir et il se précipita vers eux, étreignant ses deux fils. Robyn n'avait jamais vu le roi ainsi. Amia arriva à son tour et, après un sourire de gratitude pour Robyn, elle les prit dans ses bras, les grondant et les serrant contre elle en même temps.

— Robyn !

Elle se retourna.

Daérion vint jusqu'à elle en claudiquant. Il slaloma entre les différentes personnes agenouillées sur le sol, qui tentaient de reprendre leurs esprits. Deux filets de sang séché avaient coulé sur les côtés de son visage. Ses cheveux étaient couverts de poussière.

— Ne me refais plus jamais ça, Robyn Fayne, dit-il en l'attirant brusquement contre lui.

Il la tint ainsi pendant quelques secondes. Robyn s'appuya contre lui. Par-dessus son épaule, elle vit le regard de Tylan. Elle s'écarta précipitamment de Daérion en remettant une mèche de cheveux derrière son oreille.

— Tu n'es pas blessée ?

— Je n'ai rien. Et toi ?

— Pareil.

Son bras glissa le long de celui de Robyn. Il serra son poignet.

— Tu m'as fait une belle frayeur. Promets-moi de ne plus jamais te précipiter dans un édifice qui menace de s'effondrer.

— Je n'aime pas faire des promesses en l'air, répliqua-t-elle.

Son sourire disparut aussi soudainement qu'il était venu. Elle fronça les sourcils et prit un air sérieux.

— Je ne comprends pas ce qu'il s'est passé. Tu t'es écroulé d'un coup, comme tout le monde dans le château.

— Tout le monde, sauf toi, rectifia Daérion en la fixant.

Robyn lui prit le bras et l'entraîna un peu à l'écart.

Dans la cour, les Maîtres-Lames et les soldats commençaient à s'organiser. Cela faisait plusieurs minutes que le sol ne tremblait plus, mais il fut convenu d'attendre le lendemain avant d'entrer dans le château. Malgré les horribles craquements qui avaient retenti dans le palais, les dégâts ne semblaient pas trop importants. Un mur effondré ici, une pierre détachée par là… Par mesure de précaution, on dépêcha tout de même des maçons et des architectes pour s'assurer que le château tenait encore. Il fallait également s'enquérir des habitants de la ville ainsi que du reste de l'Archipel. Les Maîtres-Lames furent envoyés dans les villes alentour, d'autres à l'Académie, à deux heures de cheval d'ici, pour que des Chevaucheurs aillent explorer l'île Kasmal et apportent leur aide s'il le fallait.

Robyn et Daérion observèrent les Maîtres-Lames tenter de retrouver les chevaux qui s'étaient enfuis de l'écurie. Des brancards furent amenés dans la cour pour soigner les blessures qui, heureusement, étaient sans gravité.

La jeune femme se tourna vers Daérion, gênée.

— Je ne tiens pas à ce que tout le monde sache que je suis… bizarre.

Malgré lui, Daérion ne put retenir un rire.

— Bizarre ? Tu appelles ça être bizarre ? Robyn, ce bruit horrible, c'était de la magie noire à l'œuvre. Et toi, tu peux résister à cette magie. Je n'appelle pas ça être bizarre. Résistante, brillante, exceptionnelle, tout ça, peut-être. Quoique j'en fasse un peu trop, là, tu vas prendre la grosse tête. Mais bizarre, non.

CHAPITRE 22

— Exceptionnelle ? releva la jeune femme avec un pâle sourire.

— Je me suis emballé, je t'ai dit. Mais le fait est que tu as résisté à cette magie.

— De la magie noire, dis-tu ?

— Oui, j'en suis certain. Je l'ai sentie. Je la sens encore.

Il frissonna au souvenir de ce son strident dans ses oreilles. Tel un vieil écho, il l'entendait encore dans un coin de sa tête. Il avait eu l'impression que son sang, son cerveau, tout ce qui faisait de lui un être humain, s'étaient transformés en plomb en fusion et avait fondu doucement.

— Mais toi, elle ne t'a fait aucun effet. Tu as un don, Robyn. Tu es sûre que tu n'es pas magicienne ?

— Je n'ai jamais réussi à faire quoi que ce soit de magique, donc j'en suis plutôt sûre.

Daérion resta pensif tandis qu'ils rejoignaient les autres pour aider les blessés.

Dans les jours qui suivirent, Robyn et Daérion furent embrigadés dans les différentes troupes qui allaient vérifier les villes alentour. La majeure partie des habitants avait réussi à se réfugier sur des parterres vides de tout mur qui auraient pu leur tomber dessus. Par miracle, il n'y avait aucun décès. En revanche, les blessés étaient nombreux. Les principaux dégâts étaient d'ordre matériel. Beaucoup de maisons avaient été détruites. Le tremblement de terre avait été senti dans tout Kasmal, tout comme ce bruit strident. Personne n'avait été épargné.

Des maçons furent dépêchés partout où on en avait besoin pour aider à la reconstruction. En attendant que les maisons soient rebâties, le palais fut ouvert et les différentes chambres mises à disposition de ceux qui en avaient besoin. L'hiver était rude et les laisser vivre dehors serait revenu à les condamner à mort.

Des Chevaucheurs furent envoyés dans toutes les villes de la côte sud, la plus durement touchée, et plus loin encore dans les îles de l'Archipel pour se rendre compte des dégâts. Pendant quelques jours, on craignit que le tremblement de terre puisse engendrer un tsunami. Les récits étaient nombreux sur des villes englouties par des eaux tumultueuses. Heureusement, il n'y eut aucune répercussion.

Pendant des jours, soldats, maçons, Chevaucheurs et Maîtres-Lames aidèrent à la reconstruction des habitations détruites.

Simultanément, dans le plus grand secret, Robyn et Daérion avaient été convoqués dans le bureau du roi. On rapportait des phénomènes de plus en plus étranges sur l'île. Des rivières coulant à l'envers, des animaux se changeant en pierre, des créatures de l'ombre se déplaçant la nuit. Tous ces phénomènes avaient pour source la Forêt Profonde et c'était également là que l'éclair éblouissant avait frappé pendant le séisme. Rapidement, une escouade fut mise en place pour se rendre compte de ce qu'il se passait là-bas.

Les questions étaient nombreuses. Qu'est-ce qui avait provoqué ce bruit atroce et le tremblement de terre ? Quant à Robyn, elle se demandait pourquoi elle n'avait rien entendu alors que personne à travers l'île Kasmal n'avait été épargné.

Ce fut dans cette atmosphère d'absolue incompréhension que le bibliothécaire revint de son voyage. Il était affolé, s'inquiétant davantage de l'état de ses livres que de celui des gens. Heureusement, ni la bibliothèque ni les archives n'avaient été impactées.

Chapitre 22

Robyn ne savait pas à quoi s'attendre en entrant dans cette salle qu'elle convoitait depuis plusieurs jours. Elle imaginait des livres renfermant des mystères sur le monde, des grimoires enchantés, des couloirs poussiéreux, des étagères auxquelles les livres interdits étaient enchaînés pour qu'on ne puisse pas les emporter, une atmosphère glauque, des frissons sur la peau…

Elle fut grandement déçue. Les archives étaient juste une extension de la bibliothèque, quoique beaucoup plus petite, de la taille de la maison de Stan à Astaak. Pour le reste, les tables d'étude étaient les mêmes, tout comme les étagères. Les fenêtres, en revanche, avaient été condamnées, remplacées par des murs de brique afin que personne ne puisse y entrer, sinon par la porte en bois massif dont le bibliothécaire était le seul à détenir la clé.

Quand Robyn ouvrit un livre choisi au hasard, elle comprit que les sujets traités ici étaient bien différents de ceux de la bibliothèque à laquelle tout le monde avait accès. La première page sur laquelle elle tomba expliquait comment réduire un homme au silence sans le tuer : en lui arrachant son âme. Robyn grimaça. Elle n'imaginait pas sort plus terrible qu'être en vie sans pouvoir penser, condamné à vivre telle une coquille vide jusqu'à ce que la mort veuille enfin du pauvre supplicié. Le procédé pour y parvenir était particulièrement abject. La jeune femme reposa le livre en s'essuyant les mains, comme si elle avait été souillée.

— J'espère que tu as l'estomac bien accroché, dit-elle à Daérion, qui passait son doigt sur les tranches des livres tout en déchiffrant les titres.

Ses yeux passaient d'un livre à l'autre, comme s'il voulait tous les lire en même temps.

— Je n'ai presque rien mangé au petit déjeuner, ça tombe bien, répondit-il d'un air absent, absorbé par ce qu'il voyait.

Il regarda autour de lui. La pièce était presque étouffante, uniquement éclairée par une lampe à huile qui se balançait au-dessus de la table d'étude devant eux. Robyn n'aimait pas particulièrement les endroits refermés comme celui-ci, mais le bibliothécaire avait été clair : aucun livre ne devait sortir d'ici sous peine de n'être plus autorisé à venir. Même le roi n'avait pu le faire fléchir.

Les archives étaient beaucoup moins bien rangées que la bibliothèque. Des livres s'entassaient à même le sol, ou sur des tables d'étude. Il n'y avait aucun ordre ni aucune classification apparente.

— Bon, eh bien, c'est parti ! soupira Daérion.

À la lueur de la lampe à huile qui faisait danser des ombres sur les murs, ils entreprirent de trier livres et parchemins, créant quatre tas : Histoire, Magie, Créature et Autre. La catégorie « Autre » contenait tous les documents écrits dans une langue étrangère qu'ils ne connaissaient pas ou dont le titre comprenait un mot inconnu tel que *La Physario*, écrit par un certain Norbert Pium. Ni Robyn ni Daérion n'avaient entendu ce mot auparavant. Il en existait bien d'autres ainsi, comme « métamagie », « juripacide »… Ce travail de tri leur prit la journée. Ils sortirent des archives le soir avec un mal de gorge à force d'avoir respiré de la poussière.

Voulant être au plus près de la bibliothèque pour y revenir demain à la première heure, Robyn et Daérion avaient décidé de loger au palais, l'aile des invités ayant été épargnée. De plus, la maison de Robyn dans la ville haute était pleine à craquer, transformée en dortoir pour accueillir le plus de monde possible dans les meilleures conditions.

CHAPITRE 22

Arrivée devant sa chambre, Robyn souhaita la bonne nuit à Daérion. Son regard se porta sur les tapisseries, les tapis luxueux, le feu ronflant dans la cheminée. Elle n'aimait pas cette chambre digne d'une princesse. Elle lui rappelait certains souvenirs qu'elle préférait laisser au passé.

— *Tu sais, je pense à quelque chose depuis un moment, maintenant.*

Robyn ferma les yeux. Les souvenirs venaient la happer, la ramenant quelques années en arrière.

Robyn était assise sur le lit, reboutonnant sa chemise, ses cheveux longs en pagaille. Les meilleurs d'entre les Maîtres-Lames se trouvant au château près de la famille royale, c'était tout naturellement qu'elle était venue là pour parfaire sa formation et recevoir son ruban noir. Subjugué par ses talents, le roi avait fait rénover cette chambre magnifique spécialement pour elle. Il lui avait aussi promis des privilèges qui lui avaient sérieusement donné matière à réfléchir, la laissant pendant de longues nuits pensive, fixant le plafond de son ancienne chambre dans le baraquement des soldats. Durant ces journées passées aux côtés des Maîtres-Lames, elle avait observé leur quotidien… et s'était rendu compte que ce n'était pas de cette manière qu'elle envisageait son avenir. Elle ne voulait être enchaînée à personne.

Elle avait levé les yeux vers Tylan, qui bouclait la ceinture de son pantalon.

— Et à quoi est-ce que tu penses ?

Elle lui avait parlé de son désir de refuser l'offre du roi. Elle ne deviendrait pas sa Maître-Lame. Elle lui avait demandé conseil sur la manière de le lui dire sans lui faire ombrage. Bien que déçu, Tylan lui avait répondu que, quelle que soit la manière dont elle amènerait son refus, le roi serait offusqué.

— Je sais que tu ne veux pas être enchaînée à la famille royale. Je l'ai compris, mais…

Il l'avait regardée fixement. Soudain, Robyn avait eu un très mauvais pressentiment, qui s'était confirmé dès que Tylan avait continué de parler.

— Mais je t'aime, Robyn. Je t'aime et je te jure qu'avec moi tu ne seras pas enchaînée. Tu seras libre d'aller où tu veux. Tu ne veux pas devenir un garde du corps de la famille royale, mais deviens ma femme.

Encore torse nu, il s'était agenouillé devant Robyn, lui prenant les mains.

— Tu pourras aller où tu voudras. On ira où tu voudras. On restera sur l'île Kasmal ou bien on partira sur l'île Jéju. On prendra un bateau et on naviguera sans jamais s'arrêter, si c'est ce que tu veux…

— Tylan…

— Ou nous achèterons une maison à la campagne. Tu t'y rendras quand tu le désireras. Deviens ma femme et tu seras la plus libre…

— Tylan, je t'en prie…

— Ne dis pas non, Robyn. Tu seras heureuse, je te le promets.

Robyn avait retiré ses mains de celles de Tylan avec douceur, mais fermeté. Le visage du prince héritier s'était voilé d'un masque de peine mêlée de colère.

— Je ne doute pas d'être heureuse avec toi, avait-elle dit. Tu es un grand homme, peut-être même le meilleur d'entre tous. Mais, en devenant ta femme, je n'en serais pas moins enchaînée à cette cour que je déteste, à tous ces fards que j'abhorre. Ce monde n'est pas le mien.

Chapitre 22

— Tu ne m'aimes pas comme je t'aime.

— Je ne te parle pas d'amour, mais de liberté.

— Si tu m'aimais, tu sacrifierais ta liberté.

C'était au tour de Robyn de froncer les sourcils et de se mettre en colère.

— Tu vois ! Tu parles déjà de brimer ma liberté. Ce n'est pas ainsi que je conçois l'amour.

Tylan s'était relevé. Il avait pris sa chemise et, d'un geste rageur, l'avait enfilée.

— Tu vis dans un monde d'idéaux impossibles, Robyn. Personne n'est parfaitement libre. On est toujours attaché à quelqu'un, à un lieu. Seuls les rêveurs pensent pouvoir changer le monde.

— Alors, je serai une rêveuse. Peut-être que j'échouerai, mais au moins j'aurai essayé d'atteindre mon rêve. Et si j'échoue, je ne regretterai rien. Je regarderai derrière moi et je n'aurai aucun regret. Je ne peux pas devenir ta reine, Tylan.

C'était il y a trois ans. Ils ne s'étaient pas revus après cette nuit-là. Plusieurs heures après cette discussion, confortée dans l'idée qu'elle ne resterait pas au palais, elle s'était disputée avec le roi. Elle n'avait pas été très diplomate, encore échauffée par sa dispute avec le prince héritier, et le roi n'avait pas été des plus fins non plus. Robyn était partie dans l'après-midi en ne disant au revoir qu'à la reine et à Maréol, à qui elle avait promis de revenir. Quelques mois plus tard, elle faisait l'acquisition du *Céleste* et effectuait son premier voyage dans l'Archipel. À son retour sur Kasmal, elle envoyait son premier compte rendu au roi. Des mots brefs, jetés sur du papier à la va-vite. Robyn avait très bien compris que, même si elle avait refusé de devenir garde du corps de sa famille, le roi lui signifiait par cette tâche qu'elle restait à son service, aussi loin qu'elle aille.

La jeune femme soupira. Où était Tylan en ce moment ? Pensait-il à ce fameux matin qui avait tout changé ? Elle ouvrit la porte. Elle n'avait pas envie d'être seule et Antaï étant parti avec Tylan, il ne lui restait pour ami que Daérion. Elle toqua à sa porte, frissonnant dans le couloir froid. Il lui ouvrit, étonné de la voir devant le pas de sa chambre.

— Je n'arrive pas à penser à autre chose que ces horreurs que j'ai vues dans les livres des archives, mentit-elle.

Daérion s'écarta pour la laisser entrer. Sa chambre était bien plus petite que celle de Robyn. On n'y trouvait pas de tapisseries richement tissées, mais des tapis moelleux. Les murs blancs étaient décorés de moulures dorées. Un lit à baldaquin aux rideaux rouge sang brodés d'or trônait au fond de la pièce. Les fenêtres donnaient sur la cour.

— Euh… J'allais me mettre à lire, répondit Daérion.

Il se passa une main dans les cheveux, un peu gêné.

— Pas un livre des archives, rassure-toi, mais un autre de la bibliothèque. Un livre de contes.

— Ça fait longtemps que je n'ai pas lu de contes.

— Je… Je peux te faire la lecture.

Daérion regretta aussitôt d'avoir dit ça. C'était stupide, humiliant, enfantin…

— Bonne idée, dit Robyn avec un sourire. Je suis incapable de lire quoi que ce soit après cette journée dans l'obscurité et la poussière, je ne sais pas comment tu fais !

— Je suis un génie.

Robyn ricana.

— Rappelle-moi combien de fois tu as éternué ?

— Pas autant de fois que toi.

Chapitre 22

Il s'assit sur le sofa de velours rouge et tapota du plat de sa main la place à côté de lui. Robyn le rejoignit et Daérion prit le livre posé sur la table, avant de s'asseoir à côté d'elle.

— Lequel tu préfères ? *Yvan et l'Ours d'or des montagnes* ou bien *Sola, la paysanne qui portait une épée.*

— Sola, répondit Robyn sans hésiter.

Daérion sourit.

— Je me demande pourquoi je t'ai posé la question. Je connaissais déjà la réponse.

Alors, il raconta l'histoire de Sola.

Sola était une fermière possédant un troupeau de moutons. Un jour, certains d'entre eux furent attaqués, volés et tués par des brigands. Le lendemain, Sola décida de se déguiser en homme pour pouvoir porter une épée, car il était interdit aux femmes d'avoir des armes. Convaincue que les bandits reviendraient, elle les attendit et, quand ils apparurent, elle était prête. Elle les mit en fuite, mais décida d'en suivre un qui, peut-être, la conduirait jusqu'à son campement où ses moutons étaient peut-être encore en vie. Sur place, il n'y en avait pas, mais un homme accroché à un arbre par une corde. Il avait été enlevé par les brigands. Il était sale, portait une barbe de plusieurs jours et ses vêtements avaient connu des jours meilleurs. Sola l'avait détaché et, toujours sous son déguisement d'homme, elle l'avait emmené chez elle, sans prononcer un mot pour ne pas être trahie par sa voix. Mais l'homme n'était pas dupe. Il ne dit cependant rien sur son accoutrement ni sur son port de l'épée. Cette femme l'avait sauvé et c'était le plus important. Une fois propre et nettoyé, l'homme avait pris congé de sa sauveuse pour rentrer chez lui. Quelques jours plus tard, cet homme était de retour alors que Sola, redevenue femme, prenait soin de son troupeau. Il était là, paré des plus beaux vêtements qu'elle ait jamais vus et elle le reconnut enfin : c'était le prince du royaume. Elle crut tout d'abord qu'il était venu pour l'exécuter. Après tout, elle était une femme et elle avait une épée. La loi était claire : elle devait mourir. Mais le prince n'était pas venu avec un ordre d'exécution. Il avait cependant apporté deux objets avec lui. Le premier était un texte de loi voté deux jours plus tôt et qui autorisait désormais les femmes à porter autant d'armes qu'elles le souhaiteraient. Le second était une bague. Ainsi, Sola, la fermière qui avait porté une épée et qui avait sauvé un homme, un inconnu, devint la reine de ce grand pays.

Quand Daérion referma le livre, Robyn avait posé sa tête sur son épaule et, bercée par sa voix grave, elle s'était endormie.

— Hors de question que je te porte jusqu'à ton lit aujourd'hui, murmura-t-il.

Il la repoussa doucement, calant sa tête contre des oreillers. Il étendit ses jambes sur le canapé et lui remonta une couverture jusque sous le menton. Il attisa les braises de la cheminée, puis alla lui-même se coucher.

CHAPITRE 23

Les deux semaines suivantes s'écoulèrent de manière plutôt monotone. Le matin, Daérion prenait la direction des archives tandis que Robyn prenait celle du terrain d'entraînement où elle donnait des cours en maniement des armes à Maréol. Souvent, la reine et son inséparable ombre, Urugh, assistaient aux séances. Robyn frissonnait à chaque fois que cet homme posait les yeux sur elle, et il ne la lâchait que très rarement du regard depuis le tremblement de terre. Personne ne s'était rendu compte qu'elle n'avait pas été impactée par le bruit strident, mis à part Urugh, qui ne s'était pas privé de le lui demander d'un ton doucereux. Elle s'était contentée de hausser les épaules, arguant que son entraînement de Maître-Lame, plus abouti que celui de n'importe qui, l'avait peut-être protégée.

La jeune femme aurait voulu l'ignorer, mais elle préférait l'avoir dans son champ de vision lorsqu'il était dans les parages. Son tout premier maître d'armes à l'Académie lui avait appris une règle salutaire : ne jamais tourner le dos à son ennemi. C'était le meilleur moyen pour éviter un coup de poignard entre les omoplates.

D'ÉCAILLES & D'OBSCURITÉ

Dans les archives, les recherches de Daérion avançaient bien. Il avait compulsé de nombreuses informations sur l'Amsgarath dans de vieux grimoires poussiéreux qui sentaient le moisi. Il avait notamment découvert la façon d'en créer un. C'était un procédé odieux, effroyable, qui fit faire de mauvais rêves à Robyn lorsqu'il le lui montra. Pour créer un monstre pareil, il fallait le corps d'un enfant décédé depuis moins de trois jours – au-delà l'Amsgarath devenait incontrôlable. On ouvrait alors sa poitrine afin d'y loger l'âme d'un démon qu'on avait convoquée. Le sorcier devait refermer la plaie en la cousant avec du fil trempé dans le sang de la jeune victime, puis attendre trois jours de plus, le temps que le corps se putréfie et que l'esprit démoniaque puisse prendre place dans son hôte de manière définitive. La transformation était achevée lorsque le corps était totalement recouvert de pierre. L'Amsgarath devenait alors invincible et obéissait à tous les ordres de son maître.

Un détail éveilla l'attention de Daérion. On ne pouvait pas convoquer l'âme d'un démon n'importe comment. La lune devait être pleine, et il fallait se trouver à des endroits précis : le lac Sans-Fond de l'île Malt, la caverne de la Pierre-Sang de l'île Roc et – c'est là que les recherches devenaient enfin concluantes – la Colline Chauve dans la Forêt Profonde de l'île Kasmal. Cette même forêt d'où sortaient des créatures de l'ombre, où l'éclair avait frappé et près de laquelle l'escouade du prince Tylan était partie en reconnaissance.

Lorsque ce qu'il lisait devenait insoutenable pour son esprit, Daérion s'accordait une pause en menant des recherches sur le métal du poignard de Robyn. Seule cette arme, forgée dans ce métal inconnu et miroitant, avait été capable de transpercer la carapace de l'Amsgarath. Connaître l'origine de ce métal et construire d'autres armes à partir de ce matériau pourrait s'avérer utile pour affronter d'autres créatures semblables. Même si un sorcier ne pouvait créer qu'un seul Amsgarath dans sa vie, et qu'il fallait être d'une puissance redoutable pour cela, il n'était pas exclu que plusieurs mages noirs arpentent l'Archipel. Il fallait anticiper, se tenir prêt. Daérion pressentait que les choses étaient en mouvement et que ce tremblement de terre n'était que le prélude de grands bouleversements.

Robyn rejoignait Daérion pour ses recherches après les entraînements de Maréol. À chaque fois avant de venir, elle s'enquérait de ce qu'il advenait de la petite troupe de Tylan et Antaï. Cela faisait plusieurs semaines qu'ils étaient partis et ils n'avaient aucune nouvelle d'eux. Au départ, personne ne s'était inquiété. Avec la neige qui formait une couche épaisse et encombrante, un messager pouvait mettre du temps à arriver. Mais, après plus de deux semaines et demie de silence, l'inquiétude commençait à poindre. Les soldats scrutaient l'horizon et Robyn montait plusieurs fois par jours sur les créneaux, espérant de tout cœur voir revenir son plus féroce adversaire, Antaï, et son ancien amant, le prince héritier.

Elle avait un mauvais pressentiment qu'elle partagea avec le roi. Il commença par éventer ses suspicions de la main, comme s'il voulait éloigner de lui un insecte gênant. Lorsqu'elle fit irruption dans un conseil du roi pour faire part de ses soupçons, il se mit dans une colère noire qui ne fit pas frémir Robyn d'un cheveu. Car, sous la colère du roi, se cachait l'inquiétude d'un père, une faiblesse qu'il ne pouvait montrer à ses ministres et conseillers, hommes avares de privilèges qui s'engouffreraient dans la moindre faille de la part du monarque.

D'ÉCAILLES & D'OBSCURITÉ

Robyn restait donc préoccupée, tendant jour et nuit l'oreille pour entendre les trompettes annonçant le retour du prince héritier. Elle en parla également à Daérion, qui la rassura. Les soldats avaient raison : la neige était épaisse et, plus on s'aventurait au nord, plus elle était compacte. Mais, les jours passant, l'inquiétude de Robyn grandissait. Daérion lui-même finit par admettre qu'ils auraient dû être revenus depuis un moment déjà.

— Je crois que tu as raison. Nous devrions aller dans la Forêt Profonde, proposa Daérion, trois semaines après le départ de l'escouade.

Robyn releva la tête. La veille, elle s'était donné un ultimatum : si le lendemain le roi ne prenait pas la décision d'envoyer une troupe à la recherche de celle de Tylan, elle irait elle-même. Ce ne serait pas la première fois qu'elle désobéirait à ses ordres. Elle ne pouvait pas rester au château, au chaud, alors que ses amis étaient peut-être blessés, mourant de froid dans la neige. Une fois de plus, elle se martela qu'elle aurait dû les accompagner, mais Tylan lui avait demandé de rester au palais pour tenir Urugh à l'œil.

— On doit voir de nos propres yeux ce qu'il se trame là-bas.

— Et c'est là-bas que sont Antaï et Tylan, ajouta Robyn.

— Aussi, oui.

L'humeur de Daérion se faisait exécrable dès qu'elle mentionnait le nom du prince. Robyn ne lui avait rien raconté de son passé avec Tylan, mais Daérion était loin d'être stupide. Souvent, alors qu'il traversait les couloirs pour se rendre aux cuisines, il avait entendu les servantes glousser sur leurs prétendues aventures. Daérion ignorait si les amours entre ces deux-là étaient toujours d'actualité ou non. Il avait bien vu la manière dont ils s'étaient regardés lorsqu'ils s'étaient revus dans la bibliothèque, et l'intérêt de Robyn à l'égard du prince l'agaçait toujours plus. Rien n'était terminé entre eux. Mais ces derniers temps, Daérion et Robyn avaient passé énormément de temps ensemble. Après chaque journée de recherche, ils allaient se balader, mangeaient, puis s'asseyaient sur le canapé pour lire. Le prince absent, Robyn n'était rien qu'à lui. Quand il serait de retour, continuerait-elle à venir lire avec lui le soir ? Poursuivraient-ils leurs promenades dans les jardins ou dans la cité royale ? Daérion aimait la joie de vivre de Robyn, sa repartie, ses réponses cinglantes, ses sourires carnassiers, sa férocité. Il ne voulait pas qu'elle partage cela avec un autre. Le plus difficile était de ne pas savoir ce que pensait véritablement Robyn… Non, le pire était qu'il songeait à ça continuellement, et que ça le rongeait.

Pourtant, deux jours plus tard, c'était bien vers son prince que la jeune femme filait, Daérion à ses côtés.

Ils n'étaient pas seuls à partir. Le roi avait finalement décidé d'envoyer une troupe de soldats beaucoup plus imposante que l'escouade de Tylan. Tant pis pour la discrétion, la vie du prince héritier était peut-être en jeu. Montant des chevaux entraînés à parcourir de longues distances en peu de temps, vêtus de pied en cap, Daérion, Robyn et les soldats étaient bien décidés à comprendre ce qui se jouait actuellement.

Au bout de quelques jours de chevauchée, ils comprirent à quel point ils avaient été en sécurité derrière les murailles du château et combien les messagers dépêchés aux quatre coins de l'île avaient minimisé la situation. L'un d'eux avait parlé de « petites attaques ». Les soldats se rendirent compte que les escarmouches n'avaient pas tué deux ou trois bêtes égarées, mais bien des troupeaux entiers. Plus les soldats se rapprochaient de la Forêt Profonde, plus les récits d'attaques se multipliaient. Les villageois vivaient dans la peur permanente.

La colère grondait chez ces paysans qui vivaient isolés. Tout au long de leur route, l'escouade passa près de champs cultivés où les travailleurs les regardaient d'un air mauvais. Des insultes fusaient vers eux. Un laboureur lança même une pierre sur un des soldats, l'atteignant à l'épaule. Il fallut toute la sagesse et la diplomatie du chef de troupe pour que l'incident ne tourne pas en bagarre. Pour une raison qui leur échappait encore, les fermiers nourrissaient une certaine colère à leur égard, et agresser un paysan ne ferait pas remonter les hommes du roi dans leur estime.

Robyn et Daérion furent dépêchés dans un village. Ne portant aucun blason royal, ils n'alimenteraient aucune haine. Ils y glanèrent des informations. Pour le moment, il n'y avait eu aucune perte humaine. Les créatures n'osaient pas s'approcher des humains. En revanche, certains troupeaux avaient été décimés, faisant craindre une famine. Les monstres n'attaquaient que la nuit et leurs traces menaient jusqu'à la Forêt Profonde, dans laquelle plus personne n'osait entrer. Les palissades, abandonnées depuis que la paix était revenue sur l'île Kasmal, avaient été reconstruites, renforcées. Quand les monstres n'auraient plus de bétail à se mettre sous la dent, les villageois savaient très bien qui leur servirait de repas.

— L'inaction du roi leur fait penser que la capitale ne se préoccupe pas de leur sort, expliqua Daérion aux soldats. Si le souverain ne fait rien, il perdra la loyauté de ses sujets les plus isolés. Les riches propriétaires locaux leur ont déjà proposé des armes, de se réfugier chez eux en cas d'attaques et de former des patrouilles privées pour surveiller les campagnes. Si la guerre se déclare contre les créatures, ils se tourneront vers eux et alors, ces nobles, auréolés de la confiance des villageois, pourront faire du chantage au roi. Leurs troupes en échange de droits et privilèges, par exemple.

Il venait de dire le mot que tout le monde évitait de prononcer. « Guerre. » Il était sur toutes les lèvres mais, par peur que cela devienne trop réel, on évitait de le proférer à haute voix.

Les soldats avaient installé leur campement dans un pré, près de l'orée d'un petit bosquet, en retrait de la route pour ne pas être aperçus par des villageois. Ils ne voulaient pas être pris à partie en pleine nuit.

Les tours de garde furent distribués et, comme chaque soir, chacun vaqua à ses occupations. Robyn, seule femme du groupe – les femmes n'étant pas admises dans l'armée royale – avait le droit à sa propre tente, les autres devant partager les leurs. Elle s'y réfugia pour échapper au froid et finit par s'endormir à la chaleur du feu de bois. Elle s'emmitoufla dans son sac de couchage et ferma les yeux.

C'est à ce moment-là, au cœur de la nuit, qu'eut lieu l'attaque.

Un cri étouffé, puis un hurlement : « Ils sont là ! », déchira le silence. Robyn saisit son épée et se mit debout avant même d'avoir ouvert les yeux. Elle se précipita hors de sa tente. Déjà, le bruit de l'acier résonnait dans l'obscurité. Robyn se précipita dans la mêlée, venant en aide à ceux qui montaient la garde, tandis que les autres émergeaient plus ou moins lentement du sommeil.

Le premier monstre qu'elle affronta était un humanoïde à tête de cochon. Deux défenses, aussi grandes que la main de Robyn, sortaient de sa gueule. Il était vêtu d'une tunique et d'un pantalon couleur de boue. Armé d'un gourdin en bois hérissé de pics en acier, il grognait en abattant son arme de fortune. Il hurla en se précipitant vers elle, gourdin en l'air. Elle abattit son épée avant qu'il n'ait pu faire quoi que ce soit et lui sectionna le bras.

Elle regarda autour d'elle. À présent, tous les soldats étaient debout, arme au clair. Elle chercha Daérion, mais ne le vit pas. Elle se rappela qu'il avait pris le tour de garde. Il devait être aux limites du campement. Elle se mit à le chercher, tuant sur son passage les monstres qui avaient le malheur de la prendre pour cible. S'ils étaient de forme plutôt humanoïde, tous n'avaient pas une tête de cochon comme le premier ennemi qu'avait affronté Robyn. Certains ressemblaient davantage à des vaches qu'à des porcs, d'autres n'avaient aucun point commun avec un animal, se contentant seulement d'être abominables. Ils étaient animés par la même volonté : massacrer autant que faire se peut.

Robyn repéra Daérion. Elle sauta par-dessus le corps d'une créature pour se rapprocher de lui. Il la vit à son tour, soulagé de la voir en vie. Ils échangèrent un regard, puis se remirent à l'ouvrage, tranchant, évitant, feintant et pourfendant, jusqu'à ce qu'il ne reste plus un seul ennemi autour d'eux.

— Bon sang, mais c'est quoi ces trucs ? lança un soldat en retournant l'un d'entre eux d'un coup de pied, résumant l'humeur générale.

— Des orques, répondit Daérion en essuyant son épée sur un coin d'herbe qui n'était pas recouvert de sang.

Il avait vu de nombreuses gravures de ces aberrations pendant ses études et en épluchant les archives du palais.

— Ils ont longtemps vécu sur une île, loin de l'Archipel, expliqua-t-il. Elle aurait disparu à cause de l'éruption d'un volcan. Rizal avait fait d'eux ses alliés. Lors de sa chute, la plupart ont été tués, les autres ont été enfermés dans le monde des démons, avec tous ses sbires. On croyait leur espèce éteinte.

— Pour des créatures éteintes depuis longtemps, je les trouve bien vivantes, grommela un homme en observant une estafilade sur son avant-bras.

— Les orques sont exclusivement carnivores, poursuivit Daérion comme s'il récitait un texte appris par cœur. Il existe une hiérarchie très précise chez eux : il y a les subordonnés et leur chef, qui ne peut le devenir qu'après avoir tué le commandant précédent. N'importe quel orque peut le défier quand il le souhaite mais, si jamais il perd il est tué après des heures de torture et finalement mangé par les membres de sa tribu, le cœur étant pour le chef, car c'est le meilleur morceau.

— Je comprends pourquoi les villageois sont effrayés, commenta Robyn en observant le corps d'un des monstres.

En vérité, Robyn ne paraissait pas apeurée du tout. Elle était à peine essoufflée, et ses deux épées ornées d'un ruban noir luisaient du sang de ses ennemis. En tout, une trentaine d'orques avaient attaqué la troupe. Seul un soldat, celui qui avait monté la garde et sonné l'alarme au moment où le premier était apparu, le prenant par surprise, avait été sérieusement blessé.

Soudain, un mouvement attira l'œil de Robyn. Elle tourna la tête juste à temps pour voir une lance à la pointe grossièrement taillée foncer droit vers Daérion. Elle se mit en action, vive comme l'éclair, alors que tous les autres étaient immobiles.

Un instant plus tard, la lance se serait fichée dans le dos du jeune homme. Là, elle se planta dans un arbre, derrière lui, vibrant sous la force de l'impact. L'épaule gauche de Robyn craqua fortement lorsqu'elle tomba, heurtant une pierre qui dépassait de quelques centimètres du sol. Elle se redressa toutefois, tira un poignard et le lança droit devant de son bras valide. Un bruit sourd, accompagné d'un cri de douleur, lui indiqua qu'elle avait touché sa cible.

Le groupe de soldats se mit alors en mouvement, se scindant en trois : ceux qui couraient vers la cible de Robyn pour s'assurer qu'elle était morte, ceux qui se déployaient autour du campement pour être certains qu'aucun orque ne viendrait les surprendre et ceux qui eurent la tâche ingrate de rassembler les corps pour les faire brûler.

Daérion se tourna vers Robyn.

— Tu vas bien ?

— Oui, oui.

Elle se redressa en tenant son bras blessé contre elle. Elle serrait les dents. Cela faisait un mal de chien ! Daérion l'observa, tâta son bras. Elle s'écarta de lui avec un petit gémissement de douleur.

— Viens avec moi.

Il l'entraîna dans la tente qu'elle occupait et la fit asseoir sur la couverture qu'elle avait jetée dans un coin en se levant précipitamment.

— Enlève ta chemise.

— Tu dis ça à toutes les filles ? demanda-t-elle.

Sa plaisanterie tomba à l'eau, sa voix tremblotant sous l'effet de la souffrance. Elle s'exécuta, frissonnant dans le froid tandis que Daérion la contournait pour se placer dans son dos.

Il posa sa main sur l'épaule de Robyn, qui frissonna de nouveau, mais pas à cause du froid cette fois. Il lui fit lever son bras blessé.

— À trois… Un… Deux…

CHAPITRE 23

Il tira avant que le chiffre trois n'arrive. Robyn poussa un cri de douleur, l'abreuvant d'une flopée de jurons fleuris que Daérion n'avait jamais entendus. Vivre en compagnie de marins avait grandement enrichi son vocabulaire.

— C'est très gentil, tout ça, ironisa-t-il.

Il enleva sa ceinture.

— Tu devrais te calmer, riposta Robyn, pince-sans-rire.

— Tu vas te taire, oui ? s'impatienta Daérion.

Robyn grimaça, puis, de son bras valide, elle chercha sa chemise à tâtons et l'enfila, requérant l'aide de Daérion pour passer son bras blessé. Quand elle fut rhabillée, le jeune homme passa sa ceinture sous le bras de Robyn et attacha la boucle derrière sa nuque.

— Ça fera l'affaire en attendant de trouver mieux. Tu la gardes une semaine, et on verra comment va ton épaule tous les jours.

— Oui, docteur.

Elle remua, grimaçant malgré le soutien que lui apportait la ceinture.

— C'est grâce à toi que je suis vivant, dit-il. Merci.

— Oh, ce n'est rien. Ce n'est que la troisième fois que je te sauve la vie.

— Troisième fois ?

— Oui. Aujourd'hui, puis devant la grotte de l'Amsgarath, et le jour où je l'ai tué, énuméra-t-elle sur ses doigts.

— Qui pense à compter ?

Robyn haussa les épaules, puis grimaça de nouveau en se rappelant qu'elle était blessée. Soudain, Daérion fit l'unique chose à laquelle Robyn ne s'attendait pas : sa bouche heurta la sienne avec un peu plus de violence qu'il ne l'aurait voulu.

La jeune femme recula, étonnée.

— Je peux savoir ce que tu fais ? demanda-t-elle avant de se rendre compte que sa question était d'une stupidité sans borne.

— La bonne réponse serait « je t'embrasse » mais, vu la tête que tu fais, je vais plutôt dire que c'est thérapeutique. Tu penses à ça et pas à la douleur.

Il se passa la main dans les cheveux.

— Excuse-moi, je n'aurais pas dû le faire.

Il se releva et se détourna. Il avait été idiot. Elle était avec le prince, c'était dans sa direction qu'elle chevauchait avec tant d'empressement.

— Attends ! lança Robyn.

Elle se releva et se dressa devant lui.

— J'ai vraiment très mal, tu sais… murmura-t-elle en désignant son bras de sa main valide et en lui adressant son fameux sourire plein de défi.

Un défi que Daérion releva sans hésiter. Il franchit le mètre qui la séparait d'elle et, une main sur sa nuque, l'autre sur sa taille, il attira son visage vers le sien. De nouveau, leurs lèvres se touchèrent, avides. Cette fois, ce fut Daérion qui mit fin au baiser. Il recula d'un pas, observa le visage de Robyn, puis balbutia :

— Je vais voir si les autres ont besoin de moi, d'accord ?

— D'accord, répondit Robyn, qui aurait préféré qu'il reste un peu plus longtemps.

Il s'amusa de son air boudeur, puis se dirigea vers la sortie de la tente.

— Si je te surprends à être aussi bon docteur avec les autres, je te jure que le bras qu'il me reste sera suffisant pour te flanquer une dérouillée, dit-elle avant qu'il ne parte.

Il se tourna vers elle et lui adressa un sourire franc.

— Tu es la seule que j'ai envie de soigner comme ça. Repose-toi, maintenant.

Il quitta la tente et Robyn s'assit par terre, un sourire flottant sur les lèvres. Elle se coucha, prenant bien garde à ne pas s'appuyer sur son bras blessé.

CHAPITRE 24

Ils reprirent la route le lendemain matin, laissant derrière eux le monticule encore fumant des corps des orques derrière eux. Les visages étaient crispés, les regards attentifs et les soldats sursautaient au moindre mouvement dans les fourrés. L'attaque de la veille avait laissé des traces et l'idée absolue que plus personne n'était en sécurité. Les monstres avaient décidé que les bêtes n'étaient plus des mets assez satisfaisants.

La journée s'écoula dans un silence épais, mais pas un seul orque n'apparut. Robyn chevauchait tant bien que mal. Son bras la faisait souffrir et, même si elle était assez bonne cavalière pour guider son cheval avec un seul bras, garder le bras en écharpe était assez inconfortable. Si elle était inquiète en quittant la capitale, désormais, elle se rongeait les sangs. Et si Tylan et Antaï étaient tombés dans une embuscade ? La jeune femme les savait assez doués pour se défendre, mais peut-être avaient-ils affronté un groupe numériquement supérieur au leur ? À chaque détour, elle craignait de tomber sur un charnier laissé par les orques.

Elle redoutait de voir ses amis, gisant dans la neige, le crâne défoncé par un gourdin.

— Regardez ! s'exclama un des soldats en pointant un doigt droit devant lui.

Une fumée noire et épaisse s'élevait vers le ciel, tel un voile de deuil emporté par le vent. Ils accélérèrent l'allure, Robyn se cramponnant de sa main libre à ses rênes. Ils parvinrent au sommet d'une butte, une des dernières de la région vallonnée qu'ils traversaient depuis le matin. Ils avaient à présent vue sur toute la vallée et sur la Forêt Profonde.

L'effroi les saisit. Ce qui les frappa en premier, c'était cette proéminence, au milieu de la Forêt Profonde. On l'appelait la Colline Chauve parce qu'aucun arbre ne poussait sur son sommet. Les anciens racontaient que c'était à cause des grandes batailles qui y avaient eu lieu : le sol, gorgé du sang des combattants et noyé de la magie des sorciers, était devenu stérile. Les fourrés avaient été les premiers à disparaître, puis l'herbe, et enfin les arbres eux-mêmes s'étaient ratatinés et étaient tombés en poussière, laissant une surface presque parfaitement circulaire et vide de toute vie. Pendant longtemps, on n'avait vu que de la terre mais, à présent, une pierre sombre, de la même couleur que l'Amsgarath, recouvrait le sommet de la Colline Chauve. Sa surface fumait, laissant échapper cette vapeur noire que les soldats avaient vue de loin.

Le regard de la troupe dévia sur la plaine et sur l'unique bourg entouré de remparts en bois qui le protégeaient des attaques extérieures. À la place de la neige aveuglante qu'ils voyaient depuis plusieurs jours, un mélange infâme de boue, de sang et de corps mêlés recouvrait le sol.

— Par les dieux… murmura un soldat.

CHAPITRE 24

Sans même se concerter, ils descendirent tous la colline au pas de charge, armes à la main. Si ennemi il y avait, cette fois ils ne seraient pas pris par surprise.

— Il y a des hommes sur la palissade ! remarqua un des soldats alors qu'ils approchaient de la muraille.

Par mesure de précaution, le porte-étendard brandit le drapeau gravé du blason de la famille royale : un soleil rougeoyant percé d'une couronne d'or. Les surveillants du bourg les laissèrent approcher sans les cribler de flèches. Robyn remarqua avec soulagement que les corps dans la neige étaient des orques.

Les soldats du roi entrèrent dans le village, plongé dans le silence. Des habitants aux traits tirés, aux visages pâles, les accueillirent dans un silence de plomb. L'attaque qu'avait subie le hameau avait dû être foudroyante, comme l'éclair qui s'était abattu sur la Forêt Profonde.

La troupe mit pied à terre. Immédiatement, un homme vint vers eux. Son visage portait les marques d'une fatigue extrême et un bandage entourait sa cuisse droite. C'était le bourgmestre. Le chef des soldats, un certain Fay, s'avança et serra la main de l'homme.

— Le prince héritier était certain que vous viendriez, dit le bourgmestre.

— Vous l'avez vu ? demanda Robyn.

L'homme se tourna vers elle, visiblement surpris de voir une femme au bras en écharpe avec une épée de Maître-Lame au milieu de tous ces soldats.

— Oui, il est ici. Il va bien.

Un soupir de soulagement s'échappa des lèvres de Robyn.

— Suivez-moi, je vais vous conduire à lui, annonça-t-il.

La jeune femme descendit de cheval et lui emboîta aussitôt

le pas, suivie par les soldats et Daérion. Il les conduisit dans ce qui devait être la surveillance qui, pour l'occasion, avait été transformée en infirmerie. Elle était surpeuplée. Les lieux avaient été divisés en deux parties : les blessés légers et les blessés graves. Des femmes et des hommes circulaient entre les lits de fortune, apportant leur aide quand ils le pouvaient.

— Nous avons été attaqués, il y a de cela une semaine, expliqua le bourgmestre. Ils ont surgi de la forêt, hurlant, se fracassant contre nos murailles, tentant de les escalader. Des dizaines de monstres brandissant des gourdins, les yeux brillants de folie et de haine. Les hommes armés du village ont essayé de les arrêter, mais il en venait toujours plus. Nous étions en passe d'être anéantis. Mais le prince héritier et ses hommes sont soudain apparus, comme par magie. Ils ont bravement combattu les monstres, donnant un regain d'espoir à nos guerriers. Deux des vôtres ont été tués, et un Maître-Lame blessé.

Daérion sonda la foule des blessés des yeux. L'attaque avait été d'une violence inouïe, le carnage qu'ils avaient vu de loin le prouvant.

Soudain, parmi ceux qui pouvaient encore bouger, il y eut du mouvement. Les gens se baissaient pour saluer un prince héritier bien loin de l'allure royale qu'il adoptait en général. Une barbe de plusieurs jours lui mangeait les joues. Ses yeux, cernés d'ombres noires, s'éclairèrent en voyant les soldats de son armée.

— Altesse, firent les soldats en s'inclinant d'un même mouvement.

— Allons, pas de cérémonie, relevez-vous. J'étais certain que vous viendriez.

— Comment allez-vous, Altesse ? demanda le général Fay.

CHAPITRE 24

— Moi je vais bien, mais, Général, deux de vos hommes sont tombés et un autre est très mal en point.

— Je veux le voir, indiqua le général.

— Par ici, suivez-moi, dit timidement une infirmière en levant les yeux vers le général qui la suivit.

Une femme d'un âge plus avancé se posta d'un pied assuré devant les soldats. D'une voix ferme – on aurait dit le coassement d'un corbeau –, elle leur dit :

— L'infirmerie est suffisamment pleine comme ça. Alors, si vous n'êtes pas blessés ou si vous n'avez aucune compétence médicale, décampez !

Tous les soldats sortirent sauf un, qui assura que, même s'il était loin d'être chirurgien, il savait recoudre des plaies et poser des bandages. C'était d'ailleurs lui qui avait veillé au bras de Robyn après que Daérion le lui eut remis en place.

— Tu devrais faire voir ton bras à un médecin, chuchota ce dernier à Robyn.

Alors seulement, tandis que les soldats quittaient la surveillance, Tylan aperçut Robyn. Il se précipita vers elle et la serra contre lui. Elle étouffa un cri lorsque son épaule fut un peu trop secouée. Elle se dégagea de son étreinte pour ménager son bras.

— Ces monstres, Robyn… Tu ne peux pas les imaginer, ils sont…

Le prince était blanc. Il perdait toute contenance.

— Je sais, lui dit Robyn. On a été attaqués nous aussi.

Elle désigna du menton la ceinture de Daérion qui maintenait toujours son bras en place.

— Excuse-moi. Je ne t'ai pas fait mal ? Tu vas bien ?

— Je suis mal tombée. Ce n'est rien.

Derrière elle, Daérion, qui s'était penché vers un homme ayant perdu un doigt dans la bataille, se releva.

— Daérion, le salua le prince.

— Tylan, répondit-il.

Entre eux, pas de surnom protocolaire. Daérion aurait dû l'appeler « Altesse » et Tylan « Monsieur ». Robyn se tourna vers l'un et l'autre. Le souvenir du baiser de Daérion, qui remontait à près de trois jours, était encore vif dans son esprit. Depuis, c'était à peine s'ils avaient échangé trois mots... Finalement, le baiser était peut-être réellement thérapeutique. Une partie d'elle était déçue, bien qu'elle ne l'aurait avoué pour rien au monde. Elle ne montrait rien à Daérion, qui semblait avoir adopté la même stratégie.

Ils virent passer le médecin du village. Tout comme le bourgmestre, il avait la mine de celui qui n'avait pas dormi depuis plusieurs jours. Tylan lui demanda d'examiner le bras de Robyn, qui fut alors conduite sur un lit, dans un coin libre de l'infirmerie.

Daérion d'un côté et Tylan de l'autre, le médecin avait bien du mal à se faire de la place pour pouvoir correctement examiner la jeune femme.

— Mais vous allez vous pousser, oui, espèces de coqs en rut !

Puis se rappelant à qui il avait affaire, il se dépêcha de dire :

— Mes excuses, Altesse, mais vous me gênez.

Robyn était rouge de honte. Elle baissa la tête, ne voulant ni croiser le regard du médecin, ni celui des deux hommes qui la regardaient comme si elle était à l'article de la mort.

— Ce n'est qu'un bras déboîté, vous pouvez partir ! finit-elle par dire, exaspérée.

Ils ne bougèrent pas d'un pouce. Le médecin et elle poussèrent à l'unisson un soupir excédé.

CHAPITRE 24

— La personne qui vous a rafistolée a fait du bon travail. Une petite semaine avec le bras immobilisé et vous regagnerez vite votre vigueur.

— Est-ce que je pourrai manier une épée de nouveau ? demanda Robyn.

Son bras blessé n'était pas son membre principal. Elle pouvait très bien mettre à terre n'importe qui avec un seul membre.

Le médecin, malgré sa fatigue, pouffa.

— C'est bien la première fois qu'une jeune fille s'inquiète de ça. D'ordinaire, elles se demandent si elles pourront de nouveau coudre ou broder.

— Robyn est très particulière dans son genre, précisa Daérion sur le ton de la confidence.

La Maître-Lame lui lança un regard noir tandis que le médecin remplaçait la ceinture de Daérion par une attelle en bonne et due forme.

— La réponse est oui, vous pourrez toujours vous servir de votre bras pour vous battre, déclara le médecin, mais doucement, dans les premiers temps.

— Merci, docteur.

Il hocha la tête et se redressa.

— Je vous laisse. J'ai à faire.

Le médecin s'éloigna et Robyn se releva, lissant le tissu de son attelle.

— Robyn, je ne t'ai pas dit, commença Tylan, mais Antaï…

— Il va bien ? s'inquiéta aussitôt la jeune femme.

Il lui désigna un coin de la pièce.

Robyn slaloma entre les corps, poussa un rideau et fronça les sourcils. Elle eut du mal à reconnaître son ancien camarade de classe et rival de toujours. Ses cheveux, qu'il portait toujours coiffés en catogan, tombaient librement sur ses épaules et, comme Tylan, il avait une barbe de plusieurs jours.

Elle s'approcha de lui. S'il était dans cette partie-là de la surveillance, c'est que son état n'était pas préoccupant. Elle s'accroupit en face de lui. Il releva la tête.

— Salut, Robyn, dit-il. Il me semblait bien t'avoir aperçue au milieu des soldats. Je vois que tu es amochée. Qu'est-ce que t'as encore fait ? T'as encore voulu étriper trois mecs en même temps avant de te rendre compte que tu n'avais que deux mains ?

Une vieille histoire qui remontait à leurs années à l'Académie où la jeune et arrogante Robyn avait voulu faire la maligne en lançant un défi à des élèves plus âgés qu'elle. Dès son arrivée, Robyn avait eu le don d'exaspérer ceux qui étaient à l'Académie depuis plus longtemps qu'elle pour devenir Maître-Lame ou soldat dans l'armée du roi. Elle leur faisait mordre la poussière un par un et était devenue la préférée de tous les professeurs, reléguant au rôle de figurants les meilleurs d'entre eux. Trois élèves avaient cherché à la provoquer. La diplomatie et le sang-froid n'étant pas les plus notables de ses qualités, elle leur avait répondu qu'ils n'étaient qu'une « bande de crapauds visqueux incapables de la vaincre même en s'y mettant à plusieurs ». Elle n'avait pas réussi à mettre les trois élèves à terre. Mais, sur les trois, deux avaient perdu quelques dents, ainsi que leur dignité. Robyn elle aussi s'était retrouvée à l'infirmerie, mais uniquement parce que le troisième élève l'avait attrapée par-derrière. Occupée à maintenir les deux autres loin d'elle, une épée en bois dans chaque main, elle n'avait pas réussi à se défendre. Depuis cet épisode, Antaï n'avait eu de cesse de se moquer d'elle, lui disant qu'elle ne savait pas additionner un et deux.

CHAPITRE 24

Toutefois, aujourd'hui, la plaisanterie tomba à l'eau. Ses yeux étaient éteints, sa voix monotone. Un énorme bandage recouvrait sa main gauche, qu'il laissait pendre à côté de sa cuisse, comme si elle ne possédait plus de vie.

— Toi aussi, on dirait que tu as été amoché.

Il n'y avait aucune ironie dans sa voix, seulement de la compassion et une profonde inquiétude pour son ami. Antaï avait toujours été enjoué, même quand tout n'allait pas pour le mieux. Il était le parfait camarade de classe, un véritable boute-en-train. Excellent élève, camarade d'exception, il avait toujours été là pour Robyn, que ce soit lors de leurs virées nocturnes ou bien pour lui remonter le moral quand celle-ci se perdait dans ses vieux souvenirs. Véritable rayon de soleil, il avait le don de calmer n'importe qui d'un simple sourire. D'une plaisanterie, il pouvait faire revenir la joie. C'était l'être le plus lumineux que Robyn ait jamais rencontré. Avec ses cheveux sales et emmêlés, sa barbe qui lui rongeait les joues, les traces de sang qu'il n'avait pas pris la peine de nettoyer, il ne ressemblait pas à l'homme avec qui elle avait grandi.

En entendant la remarque de Robyn, il leva son bras et serra sa main meurtrie contre sa poitrine, comme pour la protéger… ou la masquer au regard des autres. Il baissa la tête, attitude que Robyn ne l'avait jamais vu adopter.

— Qu'est-ce qu'elle a, ta main ? demanda-t-elle.

— J'ai deux doigts brisés et, selon le médecin, ils ne guériront jamais. Robyn, je ne peux plus tenir d'épée, je suis fichu.

— Je t'ai déjà dit que c'était loin d'être fichu pour toi ! gronda Tylan. Il y a un tas de soldats qui peuvent se battre avec deux doigts en moins.

Les bras croisés, le regard sombre, le prince héritier regardait son ami et protecteur. Visiblement, ce n'était pas la première fois qu'ils avaient cette discussion.

— Je ne suis pas un soldat, moi, je suis un Maître-Lame ! Si je ne peux plus tenir d'épée, je ne suis plus rien ! s'écria Antaï.

Plusieurs visages se tournèrent vers eux avant de retourner à leur occupation comme si de rien n'était.

Robyn plaça sa main sous le menton du Maître-Lame, fit pivoter son visage vers elle et le força à la regarder dans les yeux.

— Nous aurons cette conversation qu'une seule fois, Antaï, martela-t-elle d'une voix ferme. Tu *es* un Maître-Lame.

— Mais je…

— Tu es un Maître-Lame, insista-t-elle avec tant de conviction que même Daérion aurait pu le croire si elle le lui avait dit.

Antaï et Robyn se regardèrent silencieusement pendant quelques secondes, comme s'ils communiquaient par la pensée. Daérion et Tylan se jetèrent un bref coup d'œil, isolés de la conversation muette.

— Tu as deux doigts brisés ? La belle affaire ! Il t'en reste trois autres en bon état de fonctionnement, que je sache ? le tança Robyn. Tu te rappelles Bjorn-le-Boiteux ? Il avait une jambe de bois à la place de sa jambe gauche. Ça ne l'empêchait pas d'être un excellent combattant.

Comme si les paroles de la jeune femme faisaient enfin sens dans le cerveau d'Antaï, il hocha doucement la tête.

— Tu as raison, dit-il, un faible sourire étirant ses traits.

— Comme toujours, répondit-elle, fataliste. Ce ne sera pas la première fois qu'un homme se bat avec deux doigts en moins. Il faudra juste que tu apprennes à tenir ton épée autrement, voilà tout. Pour le reste, rien ne change, ni toi ni même ton statut de Maître-Lame. Nous nous entraînerons jour et nuit s'il le faut, mais je te jure que tu sauras te battre aussi bien qu'avant. Même mieux, puisque je serai ton professeur, ajouta-t-elle avec un sourire carnassier.

Malgré lui, Antaï se mit à rire.

— Ça ne m'empêchera pas de te battre, se moqua-t-il.

— Ça fait des années que tu dis ça, j'attends toujours.

Leur vieille querelle reprenait. Il n'y avait rien de mieux qu'une discussion – aussi courte soit-elle – entre Maîtres-Lames pour se redonner courage. Ils avaient subi les mêmes épreuves, suivi les mêmes cours, appris les mêmes choses. L'entraînement des Maîtres-Lames était long, éprouvant et rigoureux. On les laissait rarement se reposer. Ces deux élèves d'exception étaient allés plus loin que bon nombre de leurs camarades, devenant toujours plus forts, toujours plus doués. Un esprit de compétition permanent les liait. C'est ce qui leur avait permis de toujours donner le meilleur d'eux-mêmes, de s'améliorer sans cesse. Ces deux-là avaient toujours été là l'un pour l'autre, deux doigts en moins ne changeraient rien à leur amitié.

Robyn se releva et lui tendit la main. Antaï s'en empara de sa main valide.

— Voilà qui est mieux, apprécia-t-elle avec un hochement de tête satisfait.

CHAPITRE 25

Cela faisait près d'une semaine qu'ils étaient dans le petit village. Les personnes valides avaient été réquisitionnées pour soigner les blessés, enterrer les morts, entasser les corps des orques puis les brûler, réparer ce qui avait été détruit, consolider la palissade qui entourait le village. L'aide des nouveaux soldats avait été salutaire. En effet, cette arrivée des forces royales avait mis du baume au cœur et conjuré les peurs, même si le traumatisme de l'attaque ne se dissiperait pas avant des mois, des années peut-être.

En tout, c'était plus d'une centaine de monstres qui avaient foncé sur le village : des orques pour la plupart, mais également des entités ailées dont Daérion n'avait jamais entendu parler. Selon les descriptions des villageois, ils étaient plus grands que les orques, plus rapides, plus agiles, plus difficiles à tuer. Il avait fallu plusieurs flèches pour en venir à bout. Cette armée éclectique avait déferlé telle une vague, surprenant les villageois dans leur sommeil, semant la mort sur leur chemin. Sans l'aide de la petite escouade menée par le prince héritier, le village aurait certainement été rayé de la carte et tous ses habitants massacrés.

Le choc initial étant passé, il fallait parler stratégie. Si les monstres avaient attaqué une fois, ils pouvaient très bien recommencer, et ce à tout moment, en plus grand nombre. Des messagers avaient été envoyés au palais pour demander plus de troupes, voire un ou deux Chevaucheurs.

Dans cette partie de l'île Kasmal, qui était peu hospitalière pour les humains, les villageois avaient appris à vivre seuls depuis de nombreuses générations. Mais, face à ce nouveau type d'invasion, force était d'admettre qu'ils ne pouvaient plus compter sur leur indépendance.

Tylan, Antaï, Robyn, Daérion, le général Fay et le bourgmestre se retrouvèrent dans la maison du maire de la ville. Antaï avait récupéré une carte qu'il déroula sur le bureau. Le Maître-Lame proposait de renforcer la palissade qui entourait le village, mais également de restaurer l'ancien mur qui entourait jadis la Forêt Profonde.

La forêt avait toujours eu mauvaise réputation. Du temps de la grande guerre qui avait déchiré l'Archipel, les bois avaient été le théâtre d'une terrible et sanglante bataille qui avait opposé les forces de l'Archipel à la magie noire pendant d'interminables jours. Durant cette période sombre, la nuit avait été constamment illuminée par les éclairs que se lançaient les sorciers. Le feu avait ravagé une partie de la forêt. Par les nuits les plus sombres et les plus longues, lorsque le vent se levait et soufflait fort, on pouvait entendre les cris des suppliciés qui avaient perdu la vie. Le folklore disait que même les animaux de la forêt étaient maudits. Pour protéger l'île des êtres maléfiques qui hantaient les bois, telles des âmes en peine, on avait érigé un mur tout autour de la Forêt Profonde.

CHAPITRE 25

Les années passant, les vieilles rumeurs se tarirent et le mur – pourtant surveillé et entretenu pendant des décennies – fut abandonné et tomba en ruine. C'était ces fondations, ou du moins ce qu'il en restait, dont voulait se servir Antaï. Avec des Chevaucheurs pour convoyer les pierres afin de le reconstruire, des maçons et des magiciens pour le renforcer, les vestiges renaîtraient rapidement de leurs cendres et pourraient très certainement empêcher l'infiltration de monstres dans le territoire.

Ces derniers pouvaient aussi passer par les monts de glace, tout à l'est de l'île. Ils étaient bien protégés grâce aux avant-postes et aux Montagnards – un peuple de nomades vivant dans les hauteurs enneigées – connus pour ne pas aimer voir arriver des étrangers chez eux. Il faudrait tout de même leur envoyer des messagers pour leur recommander d'ouvrir l'œil, plus que jamais.

Comment les orques avaient-ils pu venir jusque sur l'île Kasmal ? Aucun navire n'avait été aperçu. De plus, l'existence de créatures ailées changeait la donne. On ignorait si elles pouvaient survoler une longue distance, si elles étaient nombreuses ou non. Il fallait non seulement surveiller la terre et la mer, mais aussi le ciel.

Une fois la décision prise et adoptée par le prince héritier, un messager fut aussitôt dépêché vers la capitale pour prévenir le roi au plus vite.

Robyn finit par enlever son attelle. Avec Antaï, ils prirent l'habitude de s'entraîner doucement. C'était assez laborieux. Robyn ne pouvait pas faire de grands mouvements et Antaï avait passé les premières séances à laisser tomber son épée, par manque de poigne. Mais petit à petit, le Maître-Lame avait développé de nouveaux réflexes, une façon différente de répartir sa force entre ses doigts valides, une nouvelle manière d'encaisser les coups. Tout comme chez Robyn, l'art de la guerre coulait dans son sang. Ses amis avaient raison : deux doigts en moins ne l'empêcheraient pas d'accomplir ce pour quoi il était doué.

À toute heure de la journée, la Colline Chauve émergeait des arbres de la Forêt Profonde, telle une sentinelle effrayante et omniprésente. Elle semblait surveiller les environs de sa silhouette inquiétante. Même quand Robyn se trouvait entre quatre murs, elle avait l'impression que des yeux la fixaient, la surveillaient sans relâche. L'océan lui manquait. L'horizon à perte de vue, le ressac, le vent dans ses cheveux, la certitude d'être libre d'aller où elle le souhaitait… Sur mer, il n'y avait aucune Colline Chauve pour l'épier, les mouettes, tout au plus. Elle était maîtresse à bord de son navire. Sur terre, il se passait trop d'événements hors de son contrôle, des bouleversements qu'elle ne comprenait pas…

Un matin, elle quitta le village, se campa à une distance respectable de l'orée de la forêt et observa l'obscurité des arbres dans l'espoir de percer le mystère qu'elle cachait. Elle entendit quelqu'un venir derrière elle et reconnut le pas décidé de Daérion.

— Elle m'agace, cette forêt, pesta-t-elle en croisant les bras.

Il s'arrêta près d'elle, fixant la Colline Chauve d'un regard sombre, comme s'il voulait la détruire d'un simple coup d'œil. Des orques, des monstres volants… D'où venaient-ils, que voulaient-ils ? Tant d'ignorance était frustrant pour un érudit de sa trempe.

Il s'était promis de découvrir ce qui se jouait dans cette forêt, mais au final ne savait rien de plus que lors de son départ du palais.

CHAPITRE 25

— Je veux m'approcher de cette colline, grommela-t-il.

C'était tout bonnement impossible. Avec les autres soldats, ils avaient tenté plusieurs excursions, partant à la nuit tombée pour ne pas se faire repérer. Ils avaient dû rapidement rebrousser chemin. La forêt grouillait de monstres. On aurait dit une fourmilière géante. Il était impossible de s'approcher de la colline, qui semblait être devenue une véritable forteresse. Du peu qu'ils avaient pu voir, ces abominations entraient et sortaient en permanence de la Colline Chauve.

Comment avaient-ils pu venir ici sans que personne ne les remarque ?

Des Chevaucheurs, arrivés quelques jours plus tôt, avaient également tenté de s'approcher par voie aérienne de cette obscure forteresse, mais, dès qu'ils étaient suffisamment proches, la colline crachait des nuages de fumée noire toxique et des monstres ailés s'élevaient dans les airs pour faire barrage.

La Colline Chauve était devenue un véritable bastion. Des orques, des ogres, des monstres ailés, s'affairaient autour d'elle, coupant chênes, bouleaux et tout arbre massif pour construire ou alimenter ils-ne-savaient-quoi. Il semblait chaque jour y en avoir davantage.

Le constat était le suivant : le secret de cette Colline Chauve était bien gardé et ce voyage ne leur avait rien appris. Certes, ils avaient retrouvé Tylan, Antaï et tous les autres ; ils avaient mis en place des hommes et échafaudé un plan pour ralentir les monstres, mais ceux-ci restaient imprévisibles et, surtout, semblaient surgir de n'importe où.

— Je veux savoir ce qu'il se passe là-dedans ! martela Daérion.

Robyn partageait sa frustration.

— De retour au palais, nous n'aurons plus qu'à chercher davantage sur la Forêt Profonde, déclara-t-elle. Un détail a dû nous échapper.

— Peut-être que tout n'est pas dans ces livres… murmura Daérion.

— Qu'est-ce que tu veux dire ?

— Rien, pour le moment. Mais je commence à croire que nous ne cherchons pas au bon endroit.

Il croisa les bras et se tut, retournant dans le silence dans lequel il se murait depuis plusieurs jours, dressant une barrière entre Robyn et lui. Elle avait de plus en plus de mal à cacher la déception qu'il lui inspirait. Ils avaient tout de même traversé l'île Kasmal ensemble, combattu un démon invisible, passé des heures dans la bibliothèque. Ils avaient parlé de leurs frasques, de leurs espoirs et de leurs réussites. Il était un des seuls à en connaître autant sur elle. La blessure intérieure créée par la mort de ses parents, l'amour qu'elle portait à son oncle, sa passion pour l'océan et le *Céleste*. Elle lui avait parlé des merveilles qu'elle avait vues sur les différentes îles qu'elle avait visitées. Un jour, il lui avait même demandé si elle accepterait de lui montrer tous ces endroits fabuleux, et elle avait accepté, lui promettant même de ne pas lui faire payer sa place trop cher sur son navire. Ils s'étaient embrassés dans une tente, au milieu de nulle part. Mais c'était comme si rien n'était advenu. Daérion se comportait avec elle comme s'ils n'avaient rien partagé d'intime, comme s'il n'y avait jamais eu de discussions profondes au coin du feu et de blagues lancées dans la neige froide afin de rendre le voyage moins fastidieux. Il agissait comme s'ils étaient de parfaits étrangers. Pourtant, cela faisait plus de deux mois qu'ils se côtoyaient tous les jours.

Chapitre 25

Robyn le regarda à la dérobée, ouvrit la bouche pour parler, puis se ravisa. Elle n'était pas femme à courir après les gens et elle ne commencerait pas aujourd'hui. Il n'était pas le seul homme charmant de l'île Kasmal. Néanmoins, la colère ne la quittait pas.

Elle finit par se détourner de lui et repartit vers le village, le cœur vide, une impression de grande solitude dans la poitrine.

Elle se dirigea vers la maison du bourgmestre et se pencha sur la carte qu'Antaï avait étalée sur le bureau. Elle était retenue aux quatre coins par une petite statuette en forme de cheval, un sablier, un encrier et une pierre. Des petites croix bleues indiquaient les endroits où les armées royales étaient déployées : à la capitale, un peu partout sur l'île Kasmal, dans les contreforts des monts de glace et, nouvellement, dans ce petit village sans nom qui semblait être devenu le centre du monde. On l'avait même baptisé Mur, en référence à la construction qui allait être érigée pour séparer la Forêt Profonde du reste de l'île. Le mur, aussi dérisoire que soit cette idée, était devenu la solution la plus appropriée pour le moment. L'impression d'agir, d'avoir pris une décision concrète, l'emportait sur l'apparente fragilité de ce plan.

Des généraux étaient arrivés la veille pour discuter défense de l'île Kasmal. Ils semblaient croire que le mur, en s'aidant de Chevaucheurs, suffirait à contenir les monstres. Le prince Tylan s'évertuait à leur faire comprendre que ce n'était qu'une solution provisoire, qu'ils finiraient par créer une brèche. Les généraux n'avaient que faire des récits des villageois, des soldats qui avaient combattu. Ces hommes du roi avaient vécu toute leur vie en paix, loin de la guerre et du labeur, profitant de privilèges acquis par leurs ancêtres. Ils n'étaient pas compétents pour gérer une situation comme celle-ci.

Noyés dans leur arrogance et leur fierté, ils ne voyaient pas que l'inaction les mènerait à leur perte. Même le récit du prince héritier ne les convainquait pas que ces mesures étaient insuffisantes.

Antaï était occupé à reprendre des forces pour manier de nouveau convenablement l'épée de sa main blessée. Robyn et lui se retrouvaient seuls à devoir affronter ces messieurs aigris qui ne supportaient pas que ces jeunes puissent leur donner des ordres.

En plus d'être parfaitement incompétents, ils étaient d'une misogynie sans borne. Ils ne prenaient pas la peine d'écouter Robyn. Elle avait beau leur parler de la hargne qu'avait mis l'Amsgarath à vouloir la tuer, de la haine dans le regard des orques, de leur soif de sang, ils n'entendaient rien. Elle savait bien qu'en entrant dans le bureau du bourgmestre elle allait de nouveau perdre plusieurs heures à essayer de convaincre des hommes qui voulaient seulement se complaire dans leur vie confortable, insensibles à ce qui se passait autour d'eux.

Tous ces hommes la prenaient pour une gamine capricieuse qui n'avait pas voulu servir le roi. Ils lui jetèrent à peine un regard lorsqu'elle approcha. Ils étaient assis dans des fauteuils moelleux et sirotaient du thé, comme si tout était normal. Tylan lui fit un signe de la tête, un air las sur le visage. Lui aussi en avait plus qu'assez. L'heure n'était plus à boire du thé et à parler du beau temps, plus depuis que des villageois avaient été massacrés devant ses yeux.

Une fois de plus, il se lança dans un dialogue de sourds, tentant de leur faire comprendre que le mur n'était qu'une solution provisoire, qu'il fallait des soldats en plus, des Chevaucheurs, des magiciens, des armes.

CHAPITRE 25

Robyn écouta le monologue cent fois entendu de Tylan. Elle observait les généraux engoncés dans leurs costumes chics alors que dans la maison d'en face l'infirmerie regorgeait de villageois estropiés.

Elle sentait la colère embraser son sang. Ces discussions étaient stériles, ces hommes étaient aveugles. Leur immobilité, leur fainéantise, conduiraient l'Archipel à sa perte.

— Le mur les arrêtera un temps, pas indéfiniment, dit-elle, intervenant pour la première fois depuis le matin.

Sa patience s'étiolait.

— Si on met un mur, ils ne pourront pas passer et l'affaire sera réglée, répondit sèchement un des généraux.

Robyn se leva lentement, fixant chacun des conseillers un à un. Tant de bêtises… Aucun n'avait reçu ne serait-ce qu'une petite formation militaire. Ils tenaient leur charge de leurs illustres ancêtres, ou bien l'avaient achetée comme on achète une nouvelle paire de bottes.

— Que faites-vous des monts de glace ? De l'océan ? demanda-t-elle.

— L'océan n'est pas praticable.

— Il le sera dès les tempêtes hivernales achevées.

— Nous ignorons s'ils possèdent des navires.

— S'ils ne savent pas naviguer, ils savent marcher, et les monts de glace peuvent être traversés. Les montagnards ne pourront pas les contenir seuls. Voulez-vous également construire un mur dans les montagnes, monsieur Halmin ?

Halmin était un homme bedonnant qui avait passé plus de temps sur les bancs de banquets que sur un terrain d'entraînement. La garde de son épée était parée d'or et de pierres précieuses, des éléments décoratifs qui ne feraient que le gêner s'il devait s'en servir pour se battre. Le deuxième général était grand et maigre. Répondant au nom de Garuin, il était l'exact opposé physique de son comparse Halmin. Le troisième était un homme d'une quarantaine d'années, un peu trapu et silencieux. Il n'avait pas encore dit un mot aujourd'hui. Il se contentait de remuer le contenu de sa tasse de thé. Il s'ennuyait.

— Les murs, ça se casse. Ce qu'il faut, ce sont des avant-postes tous les deux ou trois kilomètres avec une garnison à l'intérieur prête à intervenir, comme il en existe dans les monts de glace. Il n'y a que comme ça que nous pourrons répondre aux attaques. Il faut que nous déterminions comment détruire ces monstres à la source. Il faut arriver à savoir ce qu'ils trafiquent dans la Colline Chauve. Allez-vous agir ?

— Pour qui te prends-tu... commença le général Garuin.

— Dès que l'océan sera redevenu calme, nous devrons affréter des navires pour qu'ils sillonnent et surveillent les côtes de la Forêt Profonde.

— Mais nous n'avons pas les ressources nécessaires ! objecta le général Halmin.

— Étrangement, le budget n'est jamais limité pour tous vos banquets et vos orgies ! s'exclama Robyn. Vendez donc votre petite épée ridicule, vous pourrez acheter un navire avec elle.

— Je ne permettrai pas qu'une gamine m'insulte ! tonna-t-il.

— Et moi je ne permettrai pas que l'île Kasmal soit envahie à cause d'imbéciles de votre trempe ! répliqua la jeune femme, à bout de patience. Il ne faut pas qu'un mur, il faut des hommes, il faut des armes, il faut surveiller, il faut se battre ! Il faut comprendre pourquoi ils sont là, pourquoi ils réapparaissent tout à coup, ce qui les a réveillés et qui les guide. Nous n'avons pas le temps d'attendre. Lorsque vos châteaux ne seront plus que des cendres, vos femmes et vos enfants réduits en esclavage ou pire, il sera trop tard.

Chapitre 25

Robyn se tourna vers Tylan :

— Prince héritier, vous vouliez mes conseils, les voici : ces personnes sont des incapables et, si nous voulons tous garder nos têtes sur nos épaules, il est urgent de nommer de nouveaux généraux. Des généraux *compétents*.

Elle insista sur ce dernier mot, appuya sa déclaration d'un regard mauvais, puis quitta le bureau du bourgmestre.

— Veuillez m'excuser, fit le prince en suivant Robyn.

Il la rejoignit alors qu'elle atteignait à grandes enjambées l'écurie. Il la saisit par le poignet.

— Robyn, tu…

— Un prince ne doit pas s'excuser, jamais ! lança-t-elle, hors d'elle en se tournant vers lui, ses cheveux lui fouettant le visage. Surtout pas auprès de cette bande d'ahuris !

— Ces ahuris, comme tu dis, sont les meilleurs généraux de mon père et…

— Ton père a été stupide de vendre ces places plutôt que de les offrir à des gens vraiment bons.

Le prince héritier soupira et se passa une main sur le visage.

— Je le sais.

La fureur de Robyn tomba d'un coup. Elle venait de remarquer les cernes sombres sous les yeux de Tylan. Il se faisait du souci pour le peuple qui serait un jour sous sa responsabilité. Robyn l'avait vu trimer comme les autres hommes du village pour empiler les corps des monstres, elle l'avait vu réconforter ceux qui avaient perdu un être cher pendant l'attaque, il avait aidé les médecins à soigner les blessés sans prendre une minute de repos. Il ferait un grand roi, à n'en pas douter… s'il survivait jusque-là. Robyn n'avait pas le droit de l'accuser des méfaits de son père.

Il se laissa tomber sur une botte de foin, épuisé. Robyn resta debout devant lui, les mains sur les hanches.

— Tu fais de ton mieux, tu sais ça ? dit-elle d'une voix plus douce.

— J'essaie, mais visiblement je ne suis pas un grand chef de guerre.

— Si, tu l'es. Ce sont tes hommes qui sont mauvais.

— J'ai cru comprendre que tu ne les aimais pas beaucoup. Quelle diplomatie, comme toujours.

Robyn eut un petit sourire fugace qui disparut vite.

— Le temps n'est plus à la diplomatie, mais à l'action. Il faut arrêter de parlementer. Fais ce qui te paraît juste et bon pour ton peuple, pour l'Archipel. Il ne s'agit plus de contenter quelques nobliaux, il s'agit de survie.

— Que veux-tu que je fasse ? Que je les tue tous pour en mettre d'autres à la place ?

— Oh, les tuer c'est un peu exagéré. Mais une bonne raclée ne leur ferait pas de mal, si tu veux mon avis. Ils sont idiots, ce n'est pas vraiment leur faute. En revanche, tu peux les remplacer. Donne-leur une charge moindre qui leur fera croire qu'ils sont toujours dans tes bonnes grâces tandis que tu t'entoures de loyaux et compétents généraux.

— Je ne sais pas si tu l'as remarqué, mais ça ne court pas les rues, les gens compétents dans l'art de la stratégie militaire.

— Tu te moques de moi ? Tous tes Maîtres-Lames le sont. On nous forme à ça. Parmi les soldats, il y a aussi de très bons lieutenants et de très bons négociateurs.

— C'est vrai, mais mon père…

— S'il veut garder son trône, ton père aurait plutôt intérêt à se taire, grogna Robyn.

CHAPITRE 25

— Toi tu ferais une bonne générale. Têtue, intelligente, sans pitié… Tu pourrais faire vaciller des empires à toi toute seule.

— Ne me tente pas.

— Je ne plaisante pas. Deviens ma générale. Tu connais le terrain, tu as voyagé, tu as des relations dans toutes les îles de l'Archipel, on te respecte.

Robyn resta silencieuse.

— Écoute, je… commença-t-elle.

— Cela n'a rien à voir avec ce que je ressens… ressentais pour toi, je te l'assure, dit précipitamment Tylan. Comme tu l'as dit, il faut des personnes compétentes et loyales. N'est-ce pas ton cas ?

— Je ne suis pas une bureaucrate, riposta Robyn.

— Je te donnerai des troupes, tu iras au front si tu le désires. Je t'en prie, réfléchis à ma proposition.

— Un prince ne supplie jamais, murmura Robyn.

Tylan lui prit les mains et les serra entre les siennes.

— Et pourtant tu es l'unique personne que je supplierai, Robyn Fayne. J'ai besoin de toi. En tant que prince qui veut garder son peuple en vie.

Il se leva. Il mesurait une bonne tête de plus qu'elle et elle avait toujours eu l'impression d'être minuscule à ses côtés. Doucement, il l'attira contre lui, comme avant. Elle commença par le repousser, mais il chuchota :

— Juste quelques secondes, d'accord ?

Robyn cessa de se débattre. Tylan posa son front sur son épaule et resta immobile. Robyn le sentait perdu, mais par-dessus tout décidé à faire ce qui s'imposait. Il ne savait seulement pas comment s'y prendre. Enfin, lentement, le prince se redressa et s'éloigna. Elle se rendit alors compte qu'elle n'avait pas respiré tout le long de son étreinte. Elle reprit son souffle, qui dessina des nuages froids et blancs devant sa bouche.

— Réfléchis à ma proposition. Celle de devenir générale, crut-il bon de préciser avec un sourire gêné.

Il fit quelques pas en arrière, puis finit par quitter l'écurie. Robyn s'assit sur la meule que le prince venait de quitter, appuya son dos contre le mur en bois, pencha sa tête en arrière et ferma les yeux en soupirant. Elle ne vit pas Daérion quitter silencieusement l'écurie par la porte opposée à celle où elle se trouvait.

Chapitre 26

Une troupe de soldats quitta Mur le lendemain. Ils devaient raccompagner le prince héritier à la capitale. Antaï, Robyn et Daérion faisaient partie du voyage. Tylan devait occuper son poste à nouveau, organiser la défense de l'île, quoi que son père dise. Quant à Robyn et Daérion, ils devaient poursuivre leurs recherches. Robyn n'aurait jamais cru que face à une guerre imminente, ce serait dans une bibliothèque qu'elle allait se terrer. Sa formation de Maître-Lame lui avait appris la stratégie, le combat, l'action. Elle était davantage habituée au terrain qu'aux rayonnages poussiéreux d'une salle d'archives.

En cette nouvelle matinée d'hiver, le ciel était dégagé pour la première fois depuis des jours. Il annonçait une belle journée, ne reflétant en rien l'humeur générale de la troupe. L'air était empli de morosité. Ceux qui partaient laissaient derrière eux une forêt regorgeant de monstres, des hommes qu'ils ne reverraient peut-être jamais. C'était comme abandonner des innocents sous la hache d'un bourreau. Heureusement, de nouveaux Chevaucheurs étaient arrivés deux jours auparavant, prêts à se battre aux côtés des villageois et des soldats si une nouvelle offensive devait avoir lieu.

Tylan avait écouté les conseils de Robyn. Il avait nommé les généraux « maîtres de chantier », un rôle qui ne voulait rien dire, car au final seuls les maçons savaient quoi faire. Peut-être que rester auprès du danger, loin des fastes de la cour, les ferait changer de comportement. Ils apprendraient ce que voulait dire le mot « travailler ». Robyn les imaginait déjà coupant du bois en râlant que personne ne le fasse à leur place, et cette vision lui mettait du baume au cœur. Arrivé à la capitale, Tylan s'entourerait de nouvelles personnes.

Le prince était en tête du convoi. En disant bonjour à Robyn ce matin-là, il n'avait pas mentionné leur discussion de la veille. Devant ses hommes, il agissait avec elle comme d'habitude, et elle lui en était reconnaissante, ne mentionnant pas sa proposition de faire d'elle une générale.

Robyn donna un faible coup de talon à Tanac, son fidèle cheval, et alla se placer à côté d'Antaï, évitant soigneusement le regard de Tylan. Elle lui tendit un poignard en bois qu'elle avait demandé au menuisier du village.

— Tu veux que je fasse quoi avec ça ? lui demanda-t-il.

— Tu te souviens de ce vieil exercice ?

Elle sortit un autre poignard de sa botte, à croire qu'elle cachait des armes partout sur elle – ce qui était vraiment le cas –, et fit tournoyer la lame entre ses doigts. C'était un vieil exercice de Maître-Lame qui aiguisait la dextérité. Si l'on ne se concentrait pas assez, si on hésitait, la douleur était vive. Bien sûr, au début, ils ne s'entraînaient jamais avec une lame tranchante. Un poignard en bois, comme celui que Robyn venait d'offrir à Antaï, était utilisé. Puis ils passaient à une lame émoussée – le but n'étant pas de perdre des doigts –, et enfin, lorsqu'ils la maîtrisaient, ils s'exerçaient avec un véritable poignard. Robyn fit tournoyer son arme avec dextérité, sans même regarder sa main, un sourire insolent sur le visage.

— Arrête de faire la maligne, le rabroua Antaï.

— Et toi, entraîne-toi.

— Oui, cheffe !

Il se saisit du poignard en bois de sa main blessée et, répétant un geste qu'il avait accompli des milliers de fois, commença à faire tourner l'arme entre ses doigts. Elle tomba immédiatement. Il descendit de cheval pour la ramasser, puis se remit en selle.

— Je m'entraînerai ce soir, grommela-t-il, rouge de honte.

— Ça va revenir, tu verras, le réconforta Robyn.

Elle regarda autour d'elle. La neige était étincelante sous le soleil, l'obligeant à plisser les yeux pour ne pas être éblouie. Elle croisa le regard sombre de Daérion, qui le détourna aussitôt.

Depuis la veille, son air renfrogné s'était mué en silence buté. Il ne souriait pas, il avait à peine salué Robyn ce matin. Il chevauchait au milieu du convoi sans adresser un mot à personne et, vu sa mine, personne ne chercher à entamer une conversation avec lui. Les soldats le regardaient de biais, comme s'il était une étrange créature qu'il fallait surveiller. Robyn fronça les sourcils en se demandant ce qui lui arrivait. Son comportement distant l'énervait au plus haut point, surtout qu'elle ignorait pourquoi il était ainsi.

Dans l'après-midi du quatrième jour de route, ils virent voler des silhouettes au-dessus d'eux. Six dragons et leurs Chevaucheurs allaient renforcer les rangs près de la Forêt

Profonde. Un peu plus tard, ils croisèrent également une troupe de soldats, de maçons, de bâtisseurs, d'architectes, de magiciens, de tailleurs de pierre… Le messager demandant davantage de renforts au roi était bien arrivé au palais.

Les nouveaux venus formaient une procession hétéroclite détonnant fortement dans cette campagne isolée. Les soldats portaient un nombre impressionnant d'armes : épées, lances, arcs et masses d'arme. Tout n'était pas pour eux, ils en apportaient une partie pour les villageois, qui ne possédaient pour seules armes que quelques épées et des fourches. Les architectes avaient emporté avec eux des sacs d'où dépassaient grandes règles, rouleaux de parchemins, et des besaces contenant crayons et autres instruments de mesure. Les maçons marchaient avec tous leurs outils, plus ou moins encombrants.

Les deux troupes partagèrent un repas, s'échangeant quelques nouvelles, puis chacune reprit sa route, prenant des directions opposées.

Le lendemain, le palais apparut, et avec lui la promesse d'un feu de cheminée et d'un bain chaud. L'hiver était toujours aussi glacial et semblait vouloir s'éterniser, pour le plus grand plaisir de Robyn, qui ne souhaitait pas repartir en mer pour accomplir la mission que le roi lui avait confiée.

Avec tout ce qui se passait sur l'île Kasmal, elle préférait de loin rester ici plutôt que d'aller s'informer sur une potentielle rébellion sur l'île Jéju. Elle était une Maître-Lame, une soldate, pas une émissaire et encore moins une diplomate. Son rôle était de rester ici et de défendre l'Archipel – en tant que générale ou soldate, elle n'avait pas encore décidé.

Ils franchirent les portes de la capitale. Des trompettes annoncèrent leur arrivée. Ils traversèrent la ville basse puis la ville haute, puis pénétrèrent dans la cour du palais où des palefreniers se précipitèrent vers eux pour s'occuper de leurs montures, tout autant épuisées que leurs cavaliers. Fourbus, les voyageurs descendirent de cheval avec la satisfaction d'être arrivés sans qu'il n'y ait eu d'incident sur la route.

Le roi descendit les marches du palais pour accueillir son fils, entouré de ses Maîtres-Lames et de quelques soldats. Robyn décrocha son paquetage de sa selle et caressa le museau de Tanac, qui l'avait si bravement conduite jusqu'ici avant qu'un palefrenier ne l'emmène.

— Il a le droit à une double ration d'avoine ! lança Robyn au palefrenier en souriant.

— Bien entendu, mademoiselle ! Ils auront tous le droit à une double ration.

Elle passa son sac sur son dos en grimaçant : il était gelé et lourd, et elle était frigorifiée et fatiguée. Monter les marches jusqu'à sa chambre serait un véritable supplice, mais le bain qui l'attendait valait bien des efforts supplémentaires.

— Saisissez-vous d'elle !

L'ordre fusa. Robyn comprit hélas trop tard. Son paquetage tomba à terre tandis qu'elle reculait malgré elle. Deux Maîtres-Lames, entourés de soldats, l'attrapèrent chacun par un bras.

— Qu'est-ce que vous faites ? demanda Robyn en ne cherchant même pas à se débattre.

Elle connaissait ces Maîtres-Lames et l'idée de se défendre - et donc de leur faire mal - ne lui traversa pas l'esprit. Ils lui lièrent les mains dans le dos. Elle pensa à une mauvaise farce… jusqu'au moment où le roi annonça :

— Robyn Fayne, vous êtes accusée d'avoir empoisonné le prince Maréol. Vous serez conduite dans les cachots en attendant que l'on décide de votre sort.

La jeune femme ne put s'empêcher de rire. C'était une blague. Elle ne voyait que ça. Mais le roi était sérieux, et les Maîtres-Lames affichaient une expression fermée, ne la regardant pas dans les yeux. Ils serrèrent la corde pour qu'elle ne puisse pas se libérer et, d'une pression sur les épaules, ils l'engagèrent à avancer. Ils ne parlaient pas, certainement honteux d'avoir laissé une empoisonneuse entrer dans leurs rangs.

Robyn comprit que c'était très sérieux. Ça n'avait rien d'un test que feraient subir les Maîtres-Lames aux nouveaux venus pour juger leur réaction.

La jeune femme commença à paniquer. Si l'on croyait vraiment qu'elle avait tenté d'empoisonner le prince, la sentence serait la mort. Elle se débattit enfin, luttant contre les Maîtres-Lames qui l'entraînaient vers le palais.

— Non, attendez, vous faites erreur !

Elle enfonça ses pieds dans la neige de la cour pour tenter de freiner les Maîtres-Lames. Personne ne s'interposa. Les uns la regardaient passer avec de la colère dans les yeux, les autres, avec de l'étonnement. Tous connaissaient l'attachement de Robyn pour le jeune prince. Ils l'avaient vue jouer avec lui, lui apprendre à se battre, lui faire la lecture, le poursuivre dans les couloirs ou les jardins, si bien que souvent on s'était demandé qui de Robyn ou de Maréol était l'enfant chez ce duo improbable.

Daérion fut le premier à s'ébrouer, comme émergeant d'un rêve particulièrement stupide. Il se mit en mouvement alors que Robyn et les deux Maîtres-Lames qui l'escortaient atteignaient presque les portes du palais.

— Attendez, ce n'est pas possible ! lança-t-il en s'avançant.

Mais les soldats qui étaient restés près du souverain lui barrèrent la route.

Chapitre 26

— Respectez ma loi ou vous finirez vous aussi dans les cachots, lui intima le roi.

Daérion s'immobilisa. Le monarque le fixa. Il se demandait si l'érudit allait lui poser des problèmes. Mais, voyant que le jeune homme ne faisait aucun geste menaçant, il se détourna, regagnant son palais, suivi de ses Maîtres-Lames et de ses soldats.

— Père, vous vous trompez ! fit Tylan en emboîtant le pas au roi. Robyn n'aurait jamais fait ça !

— L'attirance absurde que tu ressens pour cette fille t'a empêché de voir à quel point elle est maléfique !

— Robyn n'est pas maléfique, elle est…

Aucune qualification ne lui vint à l'esprit.

— Elle n'a rien fait, finit-il par dire.

— Ma décision est prise, martela le roi.

— Il y a forcément une erreur ! contra Tylan.

Leur discussion enflammée se poursuivit longtemps et leurs voix finirent par s'éteindre à mesure qu'ils montaient dans les étages. Daérion resta au milieu de la cour. Il regardait la grande porte par laquelle avait disparu Robyn.

— Mais qu'est-ce qui se passe, bon sang ? fit Antaï en se postant à ses côtés.

— Aucune idée, mais ce qui est certain c'est que Robyn n'aurait jamais fait de mal à Maréol.

Les Maîtres-Lames poussaient Robyn pour qu'elle cesse de se débattre. Toutefois, ils n'y mettaient pas tout leur cœur, Robyn le voyait bien. Elle était bien placée pour savoir de quoi était capable un Maître-Lame et, même s'ils la tenaient fermement, ils ne cherchaient pas à lui faire de mal. Robyn était trop observatrice pour ne pas avoir vu les regards qu'échangeaient les deux Maîtres-Lames qui la tenaient chacun par un bras. Elle pouvait lire le doute en eux. Ils étaient partagés entre les ordres de leur roi et ce qu'ils savaient de Robyn.

En traversant le hall pour aller jusqu'au cachot, ils croisèrent de nombreux serviteurs qui se tassèrent contre les murs pour les laisser passer. Derrière elle, Robyn entendait alors des chuchotements précipités. Elle aurait empoisonné le petit prince. Était-ce pour cela qu'elle avait refusé de servir le roi et sa famille ? Les détestait-elle au point de vouloir tuer le gentil Maréol ? Bientôt, tout le palais résonnerait de la rumeur. La meilleure Maître-Lame que l'Archipel ait connue, celle pour qui le roi avait fait préparer et réserver une chambre des plus fastueuses, la seule personne à qui il ait expressément demandé d'entrer à son service plusieurs fois, était en fait une criminelle.

Robyn ne chercha pas à s'enfuir, même si elle aurait pu y parvenir facilement. Elle sentait que les mains sur son bras droit ne la tenaient pas fermement. Même les cordes qui retenaient ses poignets n'étaient pas si serrées. Une simple pirouette, et elle serait libre de courir. Mais, trop sonnée pour faire quoi que ce soit, elle se laissait conduire. Fuir ne ferait qu'aggraver la situation et Robyn était bien décidée à se défendre d'un crime qu'elle n'avait pas commis.

Une fois le hall traversé, ils ne se dirigèrent pas vers le grand escalier, mais vers une petite porte dans l'ombre. La porte des cachots. L'un des deux Maîtres-Lames tapa trois fois sur le bois, puis attendit une réponse en silence. Robyn profita de cet arrêt.

— Vous savez que je n'ai rien fait, commença-t-elle.

Ce n'était pas une question, mais une affirmation. Ils ne lui répondirent pas, comme s'ils avaient peur d'avouer que le roi faisait fausse route. Leur serment leur interdisait de lui désobéir.

La porte s'ouvrit finalement, et le trio avança le long d'un petit escalier sombre. Ils arrivèrent devant une nouvelle porte. Un homme la gardait, assis à une petite table en train de jouer aux cartes.

— C'est de très loin la prisonnière plus mignonne que j'ai jamais eue, fit le gardien en reluquant Robyn de la tête aux pieds.

— Il vous est interdit de la violenter, de la toucher ou même de la regarder, gronda un des Maîtres-Lames, finissant de convaincre Robyn qu'ils ne la croyaient pas coupable.

Ce sentiment la rassura au plus haut point. Les Maîtres-Lames étaient comme sa deuxième famille. Même si elle ne les connaissait pas tous, faire partie du même ordre les liait davantage que les liens du sang. Ils avaient eu le même entraînement, ils avaient affronté les mêmes épreuves.

— Et sur ordre de qui ? lança le gardien.

Le Maître-Lame à la gauche de Robyn s'avança d'un pas, dominant le gardien des cachots de toute sa hauteur.

— Sur mes ordres, rétorqua-t-il d'un air menaçant. Si j'apprends que tu lui as fait le moindre mal, je te jure que je t'enfonce tes cartes où je pense. C'est clair, moucheron ?

— Ça l'est, répondit le gardien.

Il ouvrit précipitamment la porte et laissa entrer les Maîtres-Lames. Ils avancèrent, passant devant le gardien qui n'osait plus respirer de peur de se retrouver face aux foudres du Maître-Lame.

— Un petit peu plus et il te faisait la révérence, lança Robyn. Tu lui as fichu une de ces frousses !

— Tais-toi, petite. L'heure est grave pour toi.

D'ÉCAILLES & D'OBSCURITÉ

Les cachots s'alignaient en enfilade de petites pièces fermées par des grilles en métal, séparées les unes des autres par des murs épais en pierre. Les premières devant lesquelles ils passèrent étaient occupées. Robyn savait très bien quel genre d'individus on gardait ici : les voleurs, les violeurs et les assassins. Si les premiers sortaient rapidement, les autres étaient envoyés dans la Maison aux Mille Portes, la plus sinistre des prisons de l'Archipel. Là-bas, ils ne pouvaient voir ni parler à personne. Ils passaient leur vie dans une cellule si petite qu'on pouvait à peine s'y tenir debout. La lumière du jour n'atteignait jamais les cellules et la seule compagnie qu'ils pouvaient espérer trouver, c'était celle des rats qui pullulaient entre ces murs. À la Maison aux Mille Portes, tout espoir était réduit à néant. On ne servait pas les repas à heures fixes afin que le prisonnier perde toute notion du temps. On ne lui donnait aucune date d'exécution afin que chaque jour puisse être le dernier. Robyn préférait mourir plutôt que de devoir finir ses jours dans un endroit pareil.

Si jamais on l'enfermait là-bas, elle ne survivrait pas. Le crime, ou la tentative de crime, contre la couronne était puni de torture, puis d'exécution. Les geôliers de la Maison aux Mille Portes se feraient un véritable plaisir de la faire souffrir, d'autant plus que les Maîtres-Lames étaient reconnus pour être particulièrement résistants à toute forme d'interrogatoire.

Le Maître-Lame ouvrit une des grilles dans un grincement sinistre et il poussa Robyn à l'intérieur. Elle fit quelques pas dans la cellule, puis se tourna vers les deux Maîtres-Lames.

— Je n'ai rien fait ! Pourquoi m'accuse-t-on ? D'où leur vient cette idée complètement absurde ?

Pour toute réponse, il referma la porte de la geôle.

CHAPITRE 26

Robyn recula en regardant autour d'elle. Son pied heurta le rebord d'une dalle de pierre. Elle trébucha. Son dos toucha les pierres humides entre lesquelles suintait un liquide indéterminé. Robyn s'empressa de se redresser et d'essuyer ses mains sur son pantalon.

— Écoute-moi bien, Robyn, dit le Maître-Lame. On t'accuse d'avoir lancé une malédiction contre le prince Maréol, ce qui lui a valu des mois et des mois de souffrance. C'est très grave, alors je te conseille, pour ton bien et celui de ta tête, de ne pas traiter tes juges et le roi « d'absurdes ».

— Mais je n'ai rien fait ! Je n'étais même pas là quand Maréol est tombé malade, j'étais en mer, loin d'ici !

Le Maître-Lame soupira et leva les yeux au ciel.

— Nous, nous le savons. Les autres l'ignorent encore. Ça va être à toi de leur prouver qu'ils se trompent. Montre-toi polie, patiente, diplomate. Sois tout ce que tu n'es pas d'habitude.

Le gardien du cachot tapa contre la porte d'un air impatient.

— Nous devons y aller. Rappelle-toi : politesse, patience, diplomatie.

Puis le Maître-Lame laissa la jeune femme seule, s'éloignant avec le second qui n'avait rien dit. Il lui jeta un coup d'œil désolé avant de disparaître de sa vue.

Robyn passa la main à sa ceinture. On l'avait dépouillée de toutes ses armes, y compris le poignard de son père et les deux petites lames cachées dans ses bottes. Elle n'avait rien que ses vêtements sur le dos.

Elle regarda autour d'elle. La cellule était minuscule. Deux mètres sur deux mètres, tout au plus. Elle pouvait se tenir debout, ce qui n'était pas le cas de toutes. Celle en face de la sienne était occupée par un homme aux yeux cruels. Son visage était plaqué aux barreaux de sa cellule et il la regardait fixement avec un air malsain. Robyn frissonna en serrant ses bras contre elle.

— Tu veux peut-être que je te réchauffe, ma puce ? lui demanda le prisonnier d'en face.

Plusieurs rires retentirent et Robyn se tassa au fond de sa cellule, dans l'obscurité. Là, les flambeaux ne pourraient pas l'éclairer, et elle se soustrairait au regard de l'homme en face. Elle s'assit, releva les genoux contre sa poitrine et se prit la tête dans les mains. Comment allait-elle pouvoir s'en sortir ?

CHAPITRE 27

— Père, je vous assure que Robyn n'aurait jamais pu faire cela. Laissez-la sortir de ces cachots, vous savez quel type de vermine y est enfermé et…

— La discussion est close ! Cette fille sera jugée et condamnée pour tous ses crimes.

Le roi rangeait des livres dans la bibliothèque de son bureau. La pièce était carrée, faite de boiseries et de fauteuils confortables en velours. Un feu brûlait dans la cheminée. Un grand bureau en bois massif aux pieds richement ornés occupait le centre de la pièce. Il séparait Tylan de son royal père.

— Vous voulez dire condamnée puis jugée, n'est-ce pas ? lança Tylan.

Le roi se tourna vers lui. S'il n'avait pas été son fils, une telle insinuation lui aurait valu de se retrouver dans une cellule voisine de celle de Robyn.

— Vois la mauvaise influence qu'elle a sur toi ! cracha-t-il. Elle a accaparé ton cœur et ton esprit, a voulu prendre la vie de ton frère, et tout ce que tu veux c'est la sortir de prison pour qu'elle réitère ses méfaits.

— Vous vous trompez, père. Robyn n'est pas comme ça. Elle est peut-être insupportable, insolente et malpolie, mais ce n'est pas une meurtrière.

— Les preuves sont formelles !

— Quelles preuves ? Robyn a vécu des années loin d'ici ! Et quand elle est revenue, elle aurait eu mille occasions de s'en prendre directement à moi, à Maréol ou même à vous ! Elle s'est retrouvée seule avec chacun de nous à maintes occasions. Vous savez tout comme moi qu'aucun Maître-Lame ne l'égale. Elle n'en a jamais rien fait. Elle est innocente, voyez les choses en face, père !

— Alors pourquoi a-t-on trouvé ceci dans sa chambre ? demanda le roi en pointant une boîte en verre posée sur son bureau.

La boîte renfermait un morceau de papier. Tylan le prit entre ses doigts et lut rapidement les premiers mots écrits sur la feuille. Ce n'était pas une langue qu'il connaissait, même s'il avait déjà croisé ces symboles dans certains textes anciens.

— Qu'est-ce que c'est ? demanda-t-il.

— Une malédiction.

Ce ne fut pas le roi qui lui répondit, mais Urugh, qui était entré dans le bureau sans y avoir été invité. Depuis quand était-il ici, à écouter leur conversation ? Depuis quand ne s'annonçait-il plus, comme s'il était ici en seigneur et maître ? Même Tylan devait se faire annoncer pour solliciter une conversation avec son père.

Urugh le salua furtivement. Il avait abandonné sa vieille robe marron en tissu rêche pour une autre bien plus luxueuse, d'un rouge sombre et brodée d'or. Ses grandes manches masquaient ses mains blafardes pareilles à de pâles araignées.

Chapitre 27

— Une malédiction, répéta Tylan. Robyn n'est pas magicienne.

— C'est ce qu'elle a voulu vous faire croire, mon prince, fit Urugh en se plaçant près de la fenêtre, à quelques pas derrière le roi.

— Robyn voulait devenir Chevaucheuse plus que n'importe quoi d'autre, poursuivit Tylan, comme si Urugh n'était pas intervenu. Elle n'aurait caché à personne sa magie pour le devenir.

— Une fois de plus, ce n'était qu'un mensonge.

— C'est n'importe quoi ! Et ce papier-là, ce n'est pas son écriture.

— Elle l'a arraché dans un livre, vraisemblablement.

Urugh s'approcha du bureau où Tylan avait laissé tomber la feuille. Le prince se força à ne pas s'écarter du chemin du guérisseur, bien qu'il déteste se trouver aussi près de lui. Comme si Urugh lisait dans ses pensées, il lui lança un sourire mauvais que le jeune homme fut le seul à voir. Il aurait aimé mettre son poing dans la figure de cet homme, mais ce n'était certainement pas le meilleur moyen pour sortir Robyn de prison.

— Je croyais que la malédiction avait été lancée sur notre famille il y a plusieurs générations, reprit Tylan en fixant Urugh. Vous l'avez dit vous-même. Robyn est bien trop jeune. À moins qu'elle ne soit capable de lancer des sortilèges avant même d'être née…

Il mit autant de mépris qu'il le pouvait dans cette dernière phrase.

— Je me suis trompé en réalisant l'examen de votre frère et je m'en excuse. La malédiction à laquelle je pensais était la bonne, seulement elle n'a pas été lancée sur l'un de vos ancêtres, mais bel et bien sur le prince Maréol. Je ne comprends pas comment on peut en vouloir à un enfant si gentil…

Il était parfait. Son air désolé, sa voix hésitante, son attitude légèrement voûtée, le ton mielleux de sa voix… Cette attitude fonctionnait peut-être sur son père et sa mère, mais Tylan n'était pas dupe.

— Non mais vous vous entendez ! s'écria Tylan. Vous mentez comme vous respirez ! Père, cet homme est… Il ment !

— Majesté, je pense que votre fils a fait un long voyage, s'interposa Urugh. Il est épuisé et ne parvient pas à avoir les idées claires. Je vous assure que ses insinuations n'auront aucune conséquence sur le bien que je veux à votre famille et sur le travail que je mène auprès de vous.

Tylan ricana.

— Le mal s'est abattu sur notre famille au moment même où vous avez mis les pieds dans cette ville ! s'époumona-t-il.

— Il suffit, Tylan, le coupa le roi Job d'une voix ferme. Urugh a raison. Monte te reposer, les servantes ont dû te préparer un bain chaud. Nous nous verrons demain, quand tu te seras éclairci les idées.

Tylan ouvrit la bouche pour répliquer.

— La discussion s'arrête là, coupa son père.

Le roi fit le tour de son bureau, suivi d'Urugh. Les Maîtres-Lames qui attendaient devant sa porte lui emboîtèrent le pas. Tylan finit lui aussi par quitter le bureau, emportant avec lui la feuille de papier que son père lui avait montrée. D'un pas furieux, il s'engagea dans le couloir. Antaï émergea de derrière une statue et se mit à la hauteur de Tylan.

— Robyn n'a pas pu accomplir un crime pareil. Urugh est derrière tout ça ! fulmina Tylan.

Chapitre 27

Il ouvrit la porte de sa chambre. Antaï entra derrière lui.

— Nous ne pouvons pas le prouver, regretta-t-il.

— Alors quoi ? On va regarder Robyn se faire torturer pour avouer un meurtre qu'elle n'a pas commis ? Qu'elle n'a même jamais envisagé ? s'exclama Tylan.

— Ce n'est pas ce que j'ai dit, corrigea calmement Antaï. Ce que je dis c'est qu'il sera difficile de prouver qu'Urugh est le coupable. D'ailleurs ce n'est peut-être pas lui. Quoi qu'il en soit, tes parents lui mangent dans la main. Le plus simple serait donc de prouver que Robyn est innocente. C'est le plus urgent.

— Comment allons-nous faire ?

Un sourire malicieux éclaira les traits d'Antaï.

— Je ne préfère rien te dire pour le moment. Je ne veux pas que tes parents pensent que tu inventes des choses pour la sortir de là. Le mieux serait que tu ne cherches pas à l'innocenter, cela ne peut que lui nuire, pour le moment. Ton père est persuadé qu'elle t'a ensorcelé. Alors, ne dis plus rien et évite de la défendre devant lui.

— Je ne vais pas rester les bras croisés ! le prévint Tylan.

— Ça j'en suis persuadé. Mais ne fais rien qui puisse mettre ton père en colère, ça risquerait de retomber sur Robyn. À partir de maintenant, il faut que je sois libre de mes mouvements.

Tylan comprit immédiatement ce qu'Antaï voulait dire.

— Je vais demander à Tauros de te remplacer, dit le prince. Après tout, tu es éreinté par le voyage et ta main te fait souffrir, n'est-ce pas ?

— Je n'aurais pas dit mieux.

Dix minutes plus tard, Antaï quittait la chambre du prince et un autre Maître-Lame avait pris place devant sa porte.

Antaï prit la direction de la chambre de Daérion en agissant le plus naturellement du monde.

Lorsqu'il arriva dans le couloir des invités, il vit deux soldats devant la porte de l'érudit. Le Maître-Lame s'avança, tentant de paraître naturel. Les soldats lui barrèrent la route.

— Le prince m'envoie chercher Daérion. Il doit continuer ses recherches sous bonne garde.

Les soldats ne bougèrent pas.

— Faut-il que j'aille chercher le prince pour vous faire bouger de là ? Il est très énervé en ce moment, mais peu importe. Donnez-moi vos noms, qu'il puisse se défouler sur vous plutôt que sur moi.

— Nous sommes chargés de le surveiller, répondit un soldat.

— Je ne vous demande pas d'abandonner votre poste, seulement de me laisser l'escorter jusqu'à la bibliothèque.

Les soldats parurent hésiter. Antaï sortit un morceau de papier de sa poche.

— Très bien. Vos noms, je vous prie…

— C'est bon, entre.

Antaï frappa quatre coups secs à la porte. Une seconde plus tard, Daérion ouvrit. Il était manifestement dans une grande agitation. Ses cheveux, toujours ébouriffés, l'étaient encore plus que d'habitude.

— Antaï, qu…

— Je viens te conduire à la bibliothèque, annonça-t-il d'une voix neutre. Ordre du prince.

— Mais je…

Le regard appuyé d'Antaï le fit taire. Quoi que le Maître-Lame ait en tête, Daérion avait tout intérêt à jouer le jeu.

— Je veux savoir ce qui arrive à Robyn, dit-il en le suivant.

CHAPITRE 27

Les gardes leur emboîtèrent le pas, les surveillant de si près qu'ils auraient entendu une conversation faite de murmures.

— Elle est en prison.

— Ça je sais, mais elle n'a rien fait.

— Ce n'est pas ce que semble croire le roi.

— Pourquoi le roi pense-t-il cela ?

— Je ne peux pas te le révéler.

Daérion grommela. Il jouait parfaitement son rôle bien que son état agité ne soit pas du tout feint. Ils se rendirent à la bibliothèque, puis dans les archives, un endroit où les soldats ne pouvaient pas les suivre.

— Antaï, je n'ai pas le temps de faire des recherches, je dois…

— Je sais, tiens-toi tranquille ! chuchota Antaï.

Dans le même temps, il prit un gros volume et le posa lourdement sur la table, faisant un boucan impossible.

— Fais attention, ce livre est fragile ! chuchota précipitamment Daérion, l'érudit amoureux des livres prenant le dessus.

— C'est pour les soldats. Je dois bien leur faire croire que tu fais des recherches.

— Ils ne sont pas si stupides, tu crois vraiment qu'ils ont cru un traître mot de ce que tu as dit ? Ils savent bien que le prince n'enverrait pas quelqu'un faire des recherches. Je crois qu'il a autre chose en tête, là tout de suite. Comme faire sortir Robyn des cachots.

— J'ignore s'ils sont stupides, mais le fait est qu'ici personne ne peut entrer sauf nous. Alors qu'ils se doutent de quelque chose ou non, ils n'auront aucune preuve.

— D'accord. Écoute, je suis persuadé que Robyn ne ferait jamais une chose pareille.

D'ÉCAILLES & D'OBSCURITÉ

Antaï s'assit et fit signe à Daérion de faire de même.

— Je le sais, tu le sais, Tylan le sait. Tous les Maîtres-Lames le savent. Seulement, ils ont retrouvé dans sa chambre une feuille sur laquelle est inscrite une malédiction qui déclenche les mêmes symptômes dont a souffert Maréol pendant des semaines !

— Robyn n'a pas pu lancer ce sortilège, objecta Daérion.

— Oui, je le sais, elle n'est pas magicienne.

— Non, mieux que ça, ou pire – je ne sais pas : elle est insensible à toute forme de magie.

Antaï resta interdit.

— Je ne vois pas la différence. Elle ne peut pas produire de magie, un point c'est tout.

— Tu ne comprends pas. Elle ne peut pas faire de magie… Mais la magie ne lui fait aucun effet non plus. Tu te souviens, nous t'avons parlé de l'Amsgarath.

— Oui, le monstre invisible.

— Il ne l'était pas pour Robyn. J'ai commencé à avoir des soupçons sur elle à ce moment-là, mais je n'en étais pas sûr. Mais rappelle-toi le jour du tremblement de terre… C'était dû à la magie. Tout le monde a été touché par le bruit, sauf elle.

— Parce que la magie n'a aucun effet sur elle, comprit Antaï. Et si elle ne peut ni la ressentir ni la pratiquer, alors elle ne peut lancer aucune malédiction.

— Exactement.

— Il suffit de le dire à son procès !

Daérion secoua la tête.

— On ne peut pas juste dire qu'elle ne peut pas être à l'origine de la magie et que la magie ne l'atteint pas. On nous répondrait qu'elle fait semblant, qu'elle ment, qu'elle a engagé quelqu'un pour lancer la malédiction sur Maréol à sa place. On pourrait même l'accuser d'avoir fait souffrir tout le château avec ce bruit horrible. Non, il nous faut des preuves. Y a-t-il un magicien au château ?

— Il y a des télépathes… proposa Antaï.

— Non, il faut une preuve physique. La magie d'un télépathe ne se voit pas, on pourrait tout aussi bien lui dire qu'il ment. Et de toute manière, la magie des télépathes n'opère pas sur tout le monde, on penserait que Robyn fait partie de ces gens-là.

— Toi, tu es bien magicien, non ?

— Tu parles… Toi non plus tu ne sentirais rien si je te brûle avec mes flammichettes.

Pour lui prouver ses dires, il lança une flamme sur son bras. Celle-ci était si petite que, lorsqu'elle l'atteignit, elle ne causa pas plus de douleur à Antaï qu'une piqûre de moustique.

— Je vois, en effet, c'est ridicule. Désolé… Je suis mal placé pour juger, je ne peux pas faire de magie non plus.

— Non, tu as raison, c'est ridicule, grommela Daérion. Il nous faut un vrai magicien.

— Allons à l'Académie, dans ce cas. N'importe lequel fera l'affaire. Mais nous devons y aller tout de suite. Le jugement de Robyn ne va pas attendre…

— Que fait-on des soldats ?

— Je m'en occupe.

— D'accord, on commence par quoi ?

— Tout d'abord, tu vas retourner dans ta chambre.

Devant l'air d'incompréhension de Daérion, Antaï sourit de toutes ses dents. Quel bonheur de se sentir de nouveau Maître-Lame ! Deux doigts en moins n'y changeaient rien, Robyn avait raison.

D'ÉCAILLES & D'OBSCURITÉ

Daérion ressortit des archives, puis, toujours escorté par Antaï et les soldats, il fut reconduit dans sa chambre. Il se retrouva seul pendant plusieurs heures, uniquement accompagné de son impatience.

Lorsque l'un des carreaux de sa chambre explosa, il était prêt, assis paisiblement sur son lit. Alertés par le bruit, les soldats déboulèrent dans sa chambre, épées dégainées. L'un mit Daérion en joue, un air suspicieux sur le visage. Le deuxième faisait le tour de la chambre.

— Essaie seulement de t'échapper et tu finiras dans les cachots, toi aussi.

Une seconde plus tard, le soldat s'effondra, assommé par Antaï qui était entré silencieusement dans la chambre par la fenêtre. Le deuxième soldat eut à peine le temps de se retourner qu'il subissait le même sort que son camarade.

— Partons avant que le bruit n'ameute du monde !

Daérion prit son sac de voyage qu'il avait glissé sous son lit et suivit le Maître-Lame. Ils fermèrent la porte de la chambre pour ne pas attirer les soupçons. Le château, plongé dans l'obscurité, leur offrait des cachettes parfaites dès qu'ils croisaient un serviteur ou un garde. En quelques minutes à peine, ils étaient dans les jardins, courant vers l'écurie. Un instant plus tard, ils détalaient dans la nuit.

Chapitre 28

Tylan descendit l'escalier qui menait aux cachots. Il n'avait jamais aimé cette partie du château. Son père l'y avait emmené pour la première fois lorsqu'il avait quatre ans et, à cet âge comme aujourd'hui, il détestait descendre dans les entrailles du palais.

Les cachots étaient l'une des parties les plus anciennes de la grande bâtisse. Avant de devenir un palais résidentiel, le château était une forteresse conçue pour soutenir un siège. Dans les plans conservés à la bibliothèque, on voyait distinctement les anciens tracés de la forteresse. À l'époque, elle comptait un donjon de plusieurs étages. Tous les malfrats de la région y étaient alors enfermés. Dans les étages supérieurs – dont les cellules comportaient des fenêtres – on enfermait ceux qui n'avaient pas commis de grands crimes : les voleurs, principalement. Les plus grands criminels étaient enfermés dans les sous-sols. Lorsque la forteresse était devenue un château, la prison avait été détruite et on avait uniquement conservé la partie souterraine. Celle-ci ne servait que de lieu de transit pour les criminels. Désormais, tous les prisonniers du royaume condamnés à la prison ferme étaient envoyés dans le bâtiment austère sous haute sécurité qu'on appelait la Maison aux Mille Portes, en référence aux mille cellules qu'elle contenait.

Le sous-sol des cachots était un endroit froid, humide, infesté de rats. Il n'y avait pas de lumière, sinon celle dansante et inquiétante des flambeaux. Tylan pensait à tous ces gens dangereux qui avaient été enfermés ici ces derniers siècles. Leurs âmes putrides semblaient avoir laissé des marques dans les murs suintants, dans les portes grinçantes, dans l'odeur de pourriture. Et Robyn était enfermée là-bas avec les fantômes des monstres du passé et du présent.

Tylan toqua quatre fois à la première porte. Le garde qui lui ouvrit fut surpris de voir le prince héritier. Il ne fit toutefois pas de commentaire. Le jeune homme descendit les escaliers. Derrière lui se tenait Tauros, le Maître-Lame imposant qui remplaçait Antaï.

Ils arrivèrent devant la deuxième porte. Le gardien des cachots jouait toujours aux cartes. Il se leva précipitamment en voyant le prince, tenta de cacher son jeu et lissa les plis de sa tenue chiffonnée.

— Pas un mot à vos supérieurs sur vos occupations si en retour pas un mot ne sort quant à ma visite.

— Oui, Altesse, obéit le gardien.

— Ouvrez la porte, maintenant.

— Oui, Altesse.

Tylan s'avança rapidement entre les cellules. Il savait qui étaient les hommes gardés ici en attente de la mort. Il avait participé à leur procès. L'un des prisonniers cracha à ses pieds. Tauros s'empressa de taper contre les barreaux de sa cellule, mais Tylan ne fit même pas attention à lui. Il ne cherchait qu'une seule personne.

Chapitre 28

Il la trouva tout au bout du couloir lugubre, recroquevillée dans un coin, sale, les cheveux emmêlés. Elle avait passé une nuit horrible, ponctuée du rire fou des autres prisonniers, des quolibets plus que graveleux de l'homme en face de sa cellule. Elle avait froid, elle avait faim et, malgré son détachement devant les Maîtres-Lames qui l'avaient conduite ici, elle était inquiète.

— Robyn… murmura Tylan.

La jeune femme leva la tête. Son regard s'éclaira. Elle se précipita vers les barreaux froids et humides qu'elle serra entre ses mains aux ongles sales.

— Dis-moi que tu es venu me sortir de là, Tylan…

— Je suis désolé. Pas encore. Je harcèle mon père toute la journée, je t'assure.

Il attrapa sa main, ignorant la crasse qui s'était accumulée sur sa peau. Derrière lui, le prisonnier lubrique siffla. Tauros s'empressa de taper contre la grille avec un regard menaçant. Le détenu se tassa contre le mur du fond, telle une bête apeurée.

— Robyn, je vais te sortir de là. On y travaille avec Antaï. Je persécute tellement mon père à ton sujet qu'il te fera bientôt libérer pour avoir la paix. Ou alors il m'enverra ici, je ne sais pas.

— Ça me fera une meilleure compagnie que ceux-là… essaya de plaisanter Robyn en désignant du menton les autres prisonniers.

Mais sa voix, empreinte de fatigue, ne réussit pas à mettre une intonation d'humour à ses paroles.

— Robyn, tu as été piégée. Quelqu'un a placé un papier dans ta chambre sur lequel est écrite une malédiction en langue ancienne.

— Mais je ne peux pas faire de magie, protesta-t-elle.

— C'est ce que j'ai dit, mais selon mon père et Urugh, tu as menti. Ils semblent décidés à te rendre coupable de la malédiction de mon frère.

La jeune femme baissa la tête, abattue.

— Jamais je ne ferais de mal à ton frère, Tylan. Jamais.

Tylan passa son autre main à travers les barreaux et caressa la joue de Robyn.

— Je le sais.

Il retira sa main.

— Je t'ai apporté de quoi tenir.

Il lui fit passer une couverture, une bougie et des pierres à feu. Robyn passa aussitôt la couverture sur ses épaules et serra la bougie et les pierres dans ses mains.

— Merci, Tylan, dit-elle.

Ils restèrent silencieux quelques secondes, à se regarder, puis Robyn posa la question qui lui brûlait les lèvres :

— Et Daérion ? Ils ne lui ont rien fait, n'est-ce pas ?

— Non, il a seulement été placé sous bonne garde.

— Où est-il ?

— Je ne sais pas, je ne l'ai pas vu depuis que les soldats t'ont emmenée. Je crois qu'il est parti en même temps qu'Antaï.

— Il est parti… murmura la jeune femme.

Tylan tenta d'ignorer que, au fin fond d'une cellule obscure, elle en venait à penser à Daérion, un autre homme que lui. Il essaya d'ignorer son regard lourd de déception à l'idée qu'il n'était même pas venu la voir.

— Il cherche certainement des preuves, lui aussi, la consola-t-il tout de même.

— Non, il est parti, affirma-t-elle d'une voix plus ferme, plus forte, plus triste encore. Je le sais. Toi aussi tu devrais y aller. Si ton père s'aperçoit que tu es venu me voir, il fera…

Je ne sais pas ce qu'il fera. Je ne le comprends pas, lui non plus.

Elle dégagea sa main de celle de Tylan et recula jusqu'au mur contre lequel elle s'était prostrée toute la nuit, si bien qu'elle ne serait pas étonnée qu'il ait gardé la marque de son dos.

— Robyn, je reviendrai te voir.

— Tu ne devrais pas.

— Je le ferai quand même. On fait tout pour te sortir de là. Je…

Le gardien cogna contre la porte pour lui faire comprendre que l'entrevue était terminée. Tylan s'éloigna, la mort dans l'âme et la rage au ventre.

Robyn se rassit, la couverture serrée contre elle et les bougies dans l'autre main. Le prisonnier d'en face se mit à grincer des dents. De temps en temps, un ricanement lui échappait.

Elle l'ignora, se tourna contre le mur du fond et laissa de nouveau couler ses larmes. Daérion était parti. Il la croyait coupable. Il la pensait monstrueuse. La fureur remplaça bien vite la peine. Elle donna un coup de poing dans le mur, ne réussit qu'à s'érafler les phalanges. Le sang coula. Son corps fut secoué d'un sanglot.

Daérion l'avait abandonnée dans une cellule puante, miteuse et humide. Elle le haïssait. Elle le détestait pour lui avoir fait croire qu'il tenait à elle, pour l'avoir embrassée, pour avoir fait semblant de si bien la comprendre et de l'apprécier. Elle le détestait.

Elle le détestait.

Elle le détestait.

Elle le détestait ?

CHAPITRE 29

Dans cette cellule sombre que ne venaient troubler ni la lumière du soleil ni celle des étoiles, impossible de savoir si c'était le matin ou l'après-midi. Même les repas n'étaient pas servis à heure fixe. Il pouvait s'écouler quatre ou huit heures entre chaque assiette glissée sous la porte.

Que se passait-il au château, à quelques mètres seulement au-dessus de sa tête ? Personne n'était venu le lui dire. Tylan n'était pas revenu. Son père avait peut-être été prévenu de son escapade dans les cachots et avait de ce fait interdit qu'il ne revienne.

Robyn restait assise, immobile. Elle alternait entre moments de calme où elle se sentait épuisée et moments de grande agitation où, s'il n'y avait pas eu ces barreaux pour la retenir, elle aurait été capable de courir des kilomètres sans s'arrêter. Parfois, une immense tristesse l'assommait lorsqu'elle pensait à l'abandon de Daérion. Puis la rage la prenait, une fureur intense qui la consumait de l'intérieur. Elle se promettait alors que, si jamais elle sortait, elle le retrouverait et elle lui ferait payer d'avoir joué ainsi avec elle. Et si jamais elle était exécutée, elle reviendrait sous la forme d'un fantôme et le hanterait jusqu'à la fin de ses jours.

Elle ignorait où en était Antaï, s'il était parvenu à rassembler des preuves qui l'innocenteraient. Pour la première fois de sa vie, elle n'avait d'autre choix que de remettre sa vie entre les mains de quelqu'un d'autre, et elle détestait ça, elle qui avait tant besoin de tout contrôler.

Le point positif était que son voisin de cellule était parti. Exécuté ? Remis à la Maison aux Mille Portes ? Elle n'en savait rien mais, au moins, ses paroles graveleuses ne résonnaient plus dans l'obscurité et son rire démoniaque non plus.

La porte des cachots s'ouvrit. Robyn n'alla même pas voir de qui il s'agissait. Elle était assise contre le mur, perdue dans ses pensées, la couverture de Tylan sur les épaules. Pourtant, c'est devant sa cellule que les pas s'arrêtèrent.

Elle releva la tête. Elle devait faire peur avec sa peau et ses cheveux sales, ses vêtements souillés. Depuis son arrivée – à quand remontait son arrivée, d'ailleurs ? –, elle n'avait pris qu'un seul bain. Si l'on pouvait appeler ça un bain. Il s'agissait surtout d'un seau d'eau à l'odeur douteuse qu'on lui avait lancé en pleine figure. Elle ne s'offusqua donc pas que les deux hommes se pincent le nez lorsqu'elle s'approcha d'eux.

— Bonjour, les salua-t-elle.

Elle reconnaissait le premier, Tauros le Maître-Lame, celui-là même qui était avec Tylan lors de sa première et unique visite. En revanche, le second lui était inconnu.

— Bonjour, Robyn Fayne. Je m'appelle Erik Maag, votre défenseur.

— Mon défenseur ? répéta Robyn.

Chapitre 29

Elle jeta un coup d'œil au Maître-Lame.

— Ton jugement est pour demain, lui expliqua Tauros. Comme le veut la loi, un avocat t'a été commis d'office. Il va être chargé de te représenter devant les juges afin que tu obtiennes la peine la moins lourde.

— Vous voulez dire : est-ce qu'on va me condamner à la décapitation, nette, précise et quasiment indolore, ou bien à l'écartèlement ? Une mort douloureuse, longue et beaucoup plus impressionnante ?

Elle trouvait dans l'humour noir un grand réconfort en cet instant.

— Allons, je ne veux pas de telles pensées négatives ! lui reprocha Erik Maag en remuant un doigt réprobateur vers elle. Nous allons nous en sortir !

Son ton optimiste était complètement déplacé dans un endroit aussi sordide que les cachots, tout comme son air propre sur lui.

— Excusez-moi, monsieur Maag, mais combien d'affaires pour tentative de meurtre sur personne royale avez-vous traitées ? demanda-t-elle.

— Aucune, mademoiselle, reconnut-il. À vrai dire, vous êtes ma toute première affaire.

Robyn s'en doutait. Son défenseur était très jeune, inexpérimenté. Elle était persuadée qu'il était même plus jeune qu'elle, vu son regard candide, comme s'il était normal de parler à travers les barreaux d'un cachot miteux à une fille tout aussi miteuse.

— Eh bien, espérons que la chance du débutant soit avec nous ! lança-t-elle.

— Si je puis me permettre, mademoiselle, je suis le meilleur de ma promotion.

— Si je puis me permettre, monsieur, ces juges que nous allons affronter vous et moi voudront tous se faire bien voir par le roi. Aucun ne prendra le risque d'aller contre ce qu'il désire. Je ne doute aucunement de vos talents. Je sais à quel point le métier d'avocat est difficile. Néanmoins, que vous soyez premier ou dernier de votre promotion ne changera rien à l'issue de ce procès truqué. C'est dans la fosse aux lions que nous allons nous jeter, vous en avez conscience ? En prenant mon parti, mes ennemis deviendront les vôtres.

Elle marqua un temps d'arrêt avant de reprendre :

— Vous ne vous êtes pas porté volontaire pour me défendre, n'est-ce pas ? Ils ont fait comment pour vous choisir ? Menace de mort ? Tirage au sort ?

— Tirage au sort, murmura le défenseur, surpris par l'ardeur et l'éloquence de Robyn.

— Au moins vous n'êtes pas idiot, vous avez eu le bon sens de ne pas vous porter volontaire.

Robyn croisa les bras sur sa poitrine.

— Tu es dure avec lui, Robyn, dit Tauros.

— Non, je suis réaliste. Je veux qu'il sache dans quoi il s'embarque en se dressant à mes côtés face à des juges corrompus.

— Robyn, tu...

— Laissez, Tauros, le coupa soudain Erik. Elle n'a pas tort. Je ne me suis pas porté volontaire. Comme elle l'a dit, je ne suis pas un idiot et je sais très bien que la défendre peut réduire ma carrière en miettes.

De Tauros, son regard passa à Robyn.

— Seulement, si je suis devenu défenseur, c'est parce que je crois en la justice et, même si les juges ne sont pas de notre côté, que personne ne l'est, j'agirai selon ma conscience. Je ferai ce qu'il faut pour prouver votre innocence, ou du moins alléger votre sentence le plus possible. Ce sera difficile, ardu, non sans peine, mais faites-moi confiance, je vous en prie. Je suis peut-être un novice, mais je connais mon travail.

Robyn le considéra un instant, tentant de savoir s'il était vraiment sûr de lui ou si ce n'était que du paraître. Son défenseur n'était pas ce que l'on peut qualifier d'homme impressionnant. Il était assez petit, il avait une calvitie naissante sur la tête, et son petit visage faisait penser à un furet égaré. Pourtant ses yeux brillaient. Il croyait en ce qu'il disait. Il était déterminé.

— Je vous aurai prévenu, Erik Maag. À partir d'aujourd'hui, surveillez vos arrières car, si l'on voit que vous arrivez à faire en sorte que mon jugement ne se termine pas par une condamnation à mort, votre tête sera à son tour mise à prix, comme l'est la mienne.

— La discussion est close sur ce point. Je vous défendrai.

— D'accord. Alors par où allons-nous commencer ?

— Par prouver que vous ne pouvez pas faire de magie, donc que vous ne pouvez pas lancer de malédictions.

— Ça, tout le monde le sait déjà. Pourtant, je suis ici. Tout le monde me traite de menteuse, de manipulatrice.

— Oui, j'ai guetté les bruits de couloir, c'est d'ailleurs pour cela que j'ai mis autant de temps à venir. Je voulais entendre les différentes opinions que les gens ont de vous.

— Certains disent que, même si elle ne peut pas lancer de sort, elle a très bien pu demander à quelqu'un de le faire à sa place, intervint Tauros.

— Comment comptez-vous prouver que je n'y suis pour rien ? demanda poliment Robyn à Erik. Nous ne pouvons pas interroger toutes les personnes qui ont croisé mon chemin, n'est-ce pas ?

— Non, c'est vrai, concéda-t-il. Mais nous ne pouvons pas non plus prouver que vous avez demandé à quelqu'un de le faire. Comme vous l'avez si justement dit, nous ne pouvons pas retrouver toutes les personnes à qui vous avez adressé la parole.

Un sourire éclaira les traits de Robyn. Elle aimait cette façon de penser.

Ils passèrent les deux heures suivantes à parler de stratégie, à penser aux arguments imaginaires que la cour pourrait mettre en avant, allant de la preuve tangible, telle que ce bout de papier arraché d'un livre, au témoin affirmant qu'il l'avait vue s'adresser à un individu louche.

Ils avaient peu de temps pour préparer le procès, mais avoir quelques heures ou des semaines ne changeait pas vraiment l'issue du jugement, selon Robyn. Erik Maag, l'éternel optimiste, ne voyait pas les choses sous cet angle.

Le lendemain, au matin du jugement, on autorisa Robyn à prendre un bain et à enfiler une tenue correcte. Ainsi débarrassée de sa crasse, elle avait l'impression d'être une nouvelle femme. Le bain ne put hélas pas effacer les larges cernes sous ses yeux. Elle n'avait pas dormi de la nuit. Tant de choses pouvaient mal tourner. Un témoin un peu trop convaincant, des preuves irréfutables… Elle se demandait aussi ce qu'avaient manigancé Urugh et le roi. Et si jamais il n'y avait pas d'exécution, Robyn était certaine de finir à la Maison aux Mille Portes, cet édifice sinistre. Les rares personnes à en être sorties vivantes étaient changées à tout jamais. Pour l'avoir visité pendant sa formation de Maître-Lame, elle savait que les geôliers prenaient un malin plaisir à torturer et briser l'âme des prisonniers. Robyn imaginait déjà la plaque de la cellule gravée à son nom.

CHAPITRE 29

Elle attacha ses longs cheveux en une queue-de-cheval haute. Elle enfila une chemise blanche et un pantalon noir. Erik n'avait en revanche pas trouvé de bottes à sa taille. Elles étaient un peu trop grandes. Mais, pour rester assise sur une chaise, elle n'avait pas besoin qu'elles soient parfaitement ajustées.

Erik l'attendait à la sortie du cachot, accompagné d'une dizaine de Maîtres-Lames. Il marqua un temps d'arrêt en la voyant.

— Un problème ? demanda-t-elle.

— Non, c'est juste que... vous paraissiez plus âgée dans votre cellule.

— La crasse cache la jeunesse, c'est bien connu, répliqua Robyn.

— Peut-être bien, mais nous allons pouvoir jouer de ça. Détachez vos cheveux, vous aurez l'air plus fragile.

Un des Maîtres-Lames pouffa. Quiconque avait déjà affronté Robyn savait que le mot « fragile » était celui qui lui convenait le moins. La jeune femme défit tout de même sa queue-de-cheval. Ses cheveux cascadèrent dans son dos. Erik saisit le bas de la chemise de Robyn, qui arrêta sèchement son geste d'une poigne de fer. Si elle portait un coup sec vers la droite, son poignet craquerait sinistrement.

— Les juges doivent vous prendre en pitié, dit le défenseur.

Une goutte de sueur coulait le long de sa tempe. Quand Robyn le lâcha, il poussa un petit soupir de soulagement. Visiblement, sa notoriété de guerrière implacable courait même dans les sphères de la justice.

— « Fragile », qu'il disait, murmura le Maître-Lame qui avait déjà ri auparavant.

Robyn sourit à son tour. Erik reprit le tissu entre ses mains et le déchira sur quelques centimètres.

— Le mieux aurait été qu'elle soit un peu plus sale, objecta-t-il en la regardant d'un air critique.

— J'en avais un peu marre de sentir le putois, ironisa Robyn en croisant les bras.

— Certes, mais… Puis-je ?

Il lui désigna ses cheveux. Elle hocha la tête et le laissa lui ébouriffer ses boucles brunes. Puis il se pencha, prit un peu de saleté sur le sol et en mit sur le haut de son front, sur sa joue gauche ainsi que sous le menton. Il lui en mit également sur le poignet et les mains.

— Ils doivent vous prendre en pitié. Si on montre que vous avez été maltraitée, ça les incitera peut-être à être magnanimes.

— Vous auriez dû récupérer l'eau de mon bain. C'était une horreur.

Le défenseur eut un pâle sourire.

— J'y penserai pour ma prochaine affaire.

— Espérons que votre prochaine affaire ne me concernera pas.

Robyn et Erik furent entourés par les vingt Maîtres-Lames qui devaient l'escorter afin qu'elle ne s'échappe pas. Le roi avait employé les grands moyens. Il craignait une évasion. Contre cinq ou six Maîtres-Lames, elle aurait pu réussir à s'enfuir. Mais pas contre vingt armés jusqu'aux dents alors qu'elle-même ne possédait pas une seule petite lame, pas même un caillou.

— Rappelez-vous, ne parlez que lorsqu'on vous interroge. Gardez votre calme, restez polie. Vous êtes innocente, mais ils chercheront à prouver le contraire. Ils essaieront de vous pousser à la faute en vous défiant.

Robyn hocha la tête. Son cœur battait la chamade alors qu'ils arrivaient près de la salle du trône où aurait lieu le jugement.

CHAPITRE 29

— Ça va bien se passer, l'assura Erik en s'arrêtant devant les portes.

Il était livide.

— Oui, ne vous inquiétez pas, confirma Robyn. Dites-vous que, vous, vous ne risquez pas de perdre la tête. Au sens littéral du terme, j'entends.

Erik leva les yeux au ciel.

— Je ne veux pas entendre ce ton ironique pendant ce procès, c'est bien clair ? Et effacez donc ce sourire arrogant de votre visage ! Par les dieux mais êtes-vous toujours aussi insolente ?

— Oh, oui, soupirèrent certains Maîtres-Lames sans pouvoir s'en empêcher.

Erik leur jeta un coup d'œil, puis se tourna de nouveau vers Robyn.

— Ayez l'air triste, épuisée. Pleurez, s'il le faut, mais chassez cet air-là.

Robyn lui renvoya un menton tremblotant, comme si elle était sur le point de craquer.

— Voilà qui est mieux.

Les mains du défenseur tremblaient. Robyn se rendit compte que les siennes aussi. Elle avait beau se montrer ironique, elle n'avait qu'une envie : partir loin d'ici en courant. Derrière les portes en face d'elle l'attendait une horde de personnes qui ne doutaient pas de sa culpabilité. Lorsqu'elle repasserait par ces portes – dans une heure, deux heures, peut-être trois –, elle serait ou libre ou condamnée.

Des Maîtres-Lames lui posèrent une main rassurante sur l'épaule. Elle les regarda, les yeux pleins de gratitude. Elle se rendit compte que, dans cette salle, elle ne serait pas tout à fait seule. Il y aurait les Maîtres-Lames qui, eux, étaient certains de son innocence. Même si l'issue de ce procès tournait en sa défaveur, tout le monde n'approuverait pas la décision des juges, et c'est cette pensée qui l'accompagna jusque dans la salle du trône.

CHAPITRE 30

Robyn avait vu la salle du trône se métamorphoser maintes fois. Salle d'audience, salle de bal, salle de réception… Jamais encore elle ne l'avait vue en tribunal. Pour l'occasion, des gradins en bois avaient été dressés de chaque côté en arc de cercle, masquant les fenêtres et les visages des ancêtres du roi Job. On aurait dit un théâtre, comme si ce procès était une mascarade, un spectacle, et que l'on n'allait pas décider de la vie ou de la mort d'une jeune femme innocente.

Tout au bout, le roi était sur son trône. La reine était assise à sa droite. À sa gauche, le siège était vide. C'était là qu'aurait dû être Tylan, mais visiblement il ne souhaitait pas se tenir du côté des bourreaux. Il s'était installé sur un banc au premier rang des gradins de droite, entouré de Maîtres-Lames. Ils étaient là, tous ceux qui croyaient en Robyn.

Au centre se tenaient deux fauteuils, face aux souverains. Pour Robyn, un grand fauteuil à haut dossier, toutefois plus modeste que le trône du roi. Pour son défenseur un plus petit, ainsi qu'une table pour poser tous ses papiers.

D'ÉCAILLES & D'OBSCURITÉ

Robyn s'avança doucement. Dans la foule, elle chercha en vain Daérion. Il n'était pas venu la voir en prison, il n'assisterait pas non plus à son procès. Cette constatation lui fit d'autant plus mal.

Elle alla s'asseoir sur le fauteuil qui lui était réservé. Elle n'avait plus besoin de feindre la tristesse.

Elle leva les yeux sur la foule autour d'elle. Il y avait plus d'une cinquantaine de personnes, des membres de la cour, principalement. Les juges, ceux qu'elle devrait convaincre, étaient assis sur des fauteuils confortables, drapés de soieries, de chaque côté de l'allée qui menait aux trônes, telle une haie d'honneur. Une longue table était placée devant eux. Ils observaient Robyn. La jeune femme les regarda à son tour, sans trop insister. Elle ne voulait pas paraître effrontée. Puis elle se tourna vers le roi.

Jamais Robyn n'avait eu aussi peu de respect pour son souverain. Il avait cru bon de mettre en scène ce procès. Pour les uns, c'était sans doute le gage de sa puissance. Pour Robyn, ce n'était rien de plus qu'une énième farce. Tout, depuis son arrestation, n'était qu'une farce. Elle allait forcément se réveiller et constater que tout cela n'était qu'un mauvais rêve.

Elle se tourna vers la reine. Cette dernière l'observait aussi. Des deux monarques, c'était elle qui parvenait le mieux à rendre son visage indéchiffrable. Le roi était un vrai livre ouvert. La reine était d'un tout autre acabit. Robyn l'avait toujours appréciée et elle espérait qu'elle ne croyait pas un mot de ce qu'on lui avait dit.

Un sourire fugace éclaira les traits de la reine. Robyn remarqua alors qu'elle était assise un peu en retrait de son mari, montrant ainsi à ceux qui savaient observer qu'elle était en désaccord avec lui.

CHAPITRE 30

Les portes s'ouvrirent de nouveau. Tous les visages se tournèrent vers le nouveau venu, abandonnant Robyn l'espace de quelques secondes.

Urugh entra. Vêtu de sa nouvelle robe rouge sombre brodée d'or, il s'avança jusqu'au gradin, passa près de Robyn jusqu'à la frôler. Il s'assit alors sur le siège qu'aurait dû occuper Tylan.

Des murmures s'élevèrent dans la salle. Robyn fronça les sourcils. Que s'était-il vraiment passé durant son séjour dans les cachots ? Elle jeta un coup d'œil à Tylan, qui se contenta de hocher la tête en souriant d'un air crispé. C'était sa manière de la rassurer à distance.

— Bien, fit le roi. Le procès peut à présent commencer.

Les murmures cessèrent aussitôt.

CHAPITRE 31

Daérion et Antaï avaient chevauché trois jours durant, ne se reposant qu'à l'occasion de brèves haltes pour faire manger et boire les chevaux. Le procès de Robyn pouvait avoir lieu à tout moment. Plus vite ils auraient un magicien à disposition, plus vite ils rentreraient et prouveraient qu'elle était incapable de lancer ce sort.

Ils arrivèrent à l'Académie le matin du troisième jour… et trouvèrent une école presque vide. Les élèves dormaient encore. Les professeurs n'étaient pas arrivés. Peu leur importait, ils n'avaient besoin ni des uns ni des autres. Antaï comptait choisir un des meilleurs magiciens, et qui de mieux qu'un Chevaucheur ?

Antaï connaissait les lieux par cœur. Il contourna sans hésitation l'ancienne forteresse devenue école. Daérion observa ce lieu qui avait accueilli tant d'élèves, qui contenait tant de savoirs et où Robyn avait vécu un certain nombre d'années. Il l'imagina bougonnant, comme elle le faisait parfois le matin, prendre le chemin du petit déjeuner puis des classes.

D'ÉCAILLES & D'OBSCURITÉ

Ils contournèrent le terrain d'entraînement, un espace entouré d'un muret, recouvert de sable et divisé en plusieurs espaces où se déroulaient les différentes activités : le tir à l'arc, les combats à mains nues, ceux à la lance… Non loin, il y avait une écurie avec un manège et deux prés réservés aux chevaux, un pour qu'ils puissent brouter paisiblement, l'autre pour les combats à dos de cheval.

Antaï ne s'arrêta pas là non plus. Il désigna à Daérion les monts de glace au pied desquels l'Académie était implantée. Il emprunta un petit sentier. Des hurlements retentissaient dans l'aube naissante, à chaque pas plus distincts. Mop, que Daérion avait repris avec lui après l'avoir laissé aux bons soins du palefrenier durant son périple à la Forêt Profonde, dressa les oreilles.

Le sentier montait en pente douce, puis soudain redescendait abruptement. Daérion en eut le souffle coupé. Devant lui s'ouvrait une immense vallée parsemée ici et là de petites maisons servant à abriter le matériel des formateurs et des Chevaucheurs. Et partout il y avait des dragons. Des verts, des marron, des rouges, des violets, des bleus. Mop ne tenait plus en place. Il battait des ailes avec virulence. C'était la première fois qu'il voyait des membres de son espèce.

Soudain il décolla. Il fut si surpris qu'il retomba aussitôt, mais se releva et cette fois se maintint en l'air. Il vacilla d'abord, puis comprit comment aller à droite, à gauche, comment monter et descendre. Il poussa un cri victorieux et piqua vers la vallée, Daérion et Antaï le suivirent.

À l'approche des cavaliers, les dragons ouvrirent à peine les yeux. Mais en voyant le petit dragon rouge, ils relevèrent la tête. Certains d'entre eux se mirent même debout et poussèrent des rugissements. Loin d'être impressionné par leur taille démesurée, Mop virevolta entre eux.

CHAPITRE 31

Antaï et Daérion, figés en bas du sentier, regardaient le dragonneau montrer ses prouesses. Il avait beaucoup grandi ces derniers jours. Il faisait la même taille que Daérion à présent et il ne lui était plus possible de grimper sur son épaule. Il trouvait sa nourriture seul, désormais. Il ne lui manquait plus que de voler pour être parfaitement autonome, et c'était chose faite. Daérion ressentit un pincement au cœur. Mop n'avait plus besoin de lui.

— C'est quoi ce raffut ? lança un homme en émergeant d'une maison, le visage encore endormi et les cheveux en bataille.

Antaï s'avança, un sourire sur les lèvres.

— Antaï ? le reconnut l'homme.

— Salut Bakjar. Je suis content que tu sois de garde aujourd'hui. J'ai besoin de ton aide, mon ami.

Cinq minutes s'écoulèrent. Cinq minutes pendant lesquelles Antaï raconta à son vieil ami pourquoi ils étaient là : Robyn avait des ennuis, il leur fallait un Chevaucheur qui puisse les aider à prouver que la Maître-Lame était innocente. Pas une fois Bakjar ne l'interrompit.

— Bien, acquiesça Bakjar.

Pour lui non plus, l'innocence de Robyn ne faisait aucun doute. Elle avait souvent traîné dans les arènes des dragons, les regardant avec envie.

— Fanir est là, justement, il sera ravi de…

— Non, pas Fanir. C'est un excellent ami de Robyn. On l'accusera de vouloir l'épargner.

— Josh alors ?

— Pas lui non plus. Depuis le temps qu'il rêve de carboniser Robyn, il refusera de nous aider. Il nous faut quelqu'un que Robyn ne connaît pas, à qui elle n'a fait ni de bien ni de mal.

Quelqu'un qui se moque de sa vie ou de sa mort. Un jeune Chevaucheur, ou bien un plus vieux, quelqu'un que nous n'avons jamais côtoyé.

— Soit, j'ai justement une Chevaucheuse qui s'ennuie un peu. Mais il faudra demander l'autorisation à Jack.

Antaï soupira.

— Qui est Jack ? demanda Daérion.

— Celui que nous allons devoir convaincre pour prendre avec nous un de ses Chevaucheurs.

Et au ton qu'employait Antaï, cela ne serait certainement pas chose aisée. Le Maître-Lame lui raconta à quel point cet homme était désagréable. Daérion fronça les sourcils. Il n'avait rien à faire de ce Chevaucheur grisonnant et aigri. Il n'attendrait pas d'avoir son autorisation pour sauver Robyn.

— Allons le voir, dit-il.

— Mais, il n'est peut-être pas encore levé.

— Je m'en moque, nous ignorons combien de temps il reste à Robyn !

Antaï et lui prirent la direction de la petite maison qu'occupait Jack au milieu des dragons.

— C'est lui, chuchota Antaï à Daérion quand ils arrivèrent devant ladite maison.

Au moins, il ne dormait pas. Il était assis sur la petite marche qui menait à sa porte d'entrée et laçait ses chaussures.

L'érudit avança vers lui d'un pas décidé.

— Bonjour, monsieur. Excusez-moi de vous déranger si tôt, mais j'ai besoin que vous autorisiez un de vos Chevaucheurs à aller au palais.

Jack cligna deux fois des yeux et le regarda. Même sans les avertissements d'Antaï, Daérion aurait compris que cet homme n'était pas d'un caractère facile. Ses sourcils étaient en permanence froncés, comme s'il était toujours en colère.

— Les Chevaucheurs ne sont pas à la disposition des civils, répondit le vieil homme en se détournant de lui.

— Ce n'est pas pour moi, mais pour le prince héritier que je suis là.

— Vous avez un ordre écrit ? demanda-t-il.

— Non, monsieur, la situation est urgente. Il n'en a pas eu le temps. Nous sommes partis du palais en chevauchant le plus rapidement possible jusqu'ici.

Jack se tourna vers Antaï, qu'il reconnut. Tout le monde savait qu'il était le Maître-Lame attitré du prince héritier.

— Il m'a envoyé avec son Maître-Lame pour prouver sa bonne foi, improvisa Daérion. Vous savez bien qu'il est impossible pour un Maître-Lame d'aller contre la volonté de celui qu'il a juré de protéger, n'est-ce pas ?

Robyn lui avait parlé d'une sorte de contrat qui liait le Maître-Lame à son bienfaiteur. Il espéra que les termes de ce contrat étaient vraiment définitifs.

— Le Chevaucheur que vous enverrez ne sera pas absent longtemps, promit Antaï. Il ne restera que quelques heures au palais, tout au plus. Le prince héritier pourra même vous écrire un mot pour vous remercier de votre compréhension, je vous l'assure.

Il y avait tant de sincérité dans son regard que Jack accepta.

— Si je m'aperçois que vous m'avez menti, jeune homme, le prévint-il toutefois, je vous assure que je vous ferai rechercher dans toute l'île et par-delà les mers s'il le faut.

— Marché conclu.

Peu après, une fille montée sur un dragon rouge s'approcha d'eux. Elle s'appelait Lauren. Elle n'avait jamais vu Robyn et prit directement la route du palais tandis que les deux hommes remontaient sur leurs montures.

— Une dernière chose, Daérion l'homme pressé. D'où sors-tu ce dragon ? interrogea Jack.

Il désigna Mop, qui s'était finalement posé pour manger un peu de viande.

— Je l'ai sauvé alors qu'il était tout petit, répondit Daérion en toute franchise.

— Et il te suit partout depuis ce jour-là ?

Comme si Mop comprenait qu'on parlait de lui, il trottina jusqu'à Daérion et se campa à ses côtés.

— Oui, monsieur.

— Tu n'es pas un Chevaucheur.

— Non, monsieur.

— Mais le dragon te suit. Tu as des pouvoirs ?

— Guère peu, monsieur.

— Je vois.

Il jeta un coup d'œil à Mop.

— C'est un petit dragon, il ne doit pas lui falloir beaucoup de magie… murmura-t-il pour lui-même.

Mop grogna et montra les crocs. Il n'appréciait pas qu'on dise de lui qu'il était petit, visiblement.

— Il peut rester ici s'il le souhaite, ou partir avec toi.

Daérion se tourna vers Mop.

— Qu'est-ce que tu veux faire, mon gros ?

Le dragon lui donna un coup de tête dans l'épaule. La réponse était claire : il le suivrait. Daérion sourit malgré lui : il était plus que soulagé. Le dragonneau faisait partie de sa vie au même titre que son bras ou sa jambe, à présent.

— Alors en route.

CHAPITRE 32

Les premières vingt minutes du procès furent consacrées à l'énumération des différents chefs d'accusation contre Robyn : utilisation de la magie noire à des fins meurtrières, tentative de meurtre sur une personne royale, consultation de fichiers illégaux, atteinte à la couronne. Comme le lui avait conseillé Erik le défenseur, la jeune femme ne dit rien, se contentant de fixer tour à tour le roi et les juges.

Le roi expliqua la manière dont le document qui révélait toute la félonie de Robyn avait été découvert. Alors qu'une servante faisait le ménage dans la chambre de la Maître-Lame, elle avait trouvé sous le lit une feuille roulée en boule. Elle l'avait dépliée, constatant que ce n'était pas un simple mot, mais quelque chose de bien plus étrange. Elle en avait aussitôt averti le roi. C'était Urugh qui avait compris que ces écrits portaient la marque de la magie noire. Après avoir tenté de les déchiffrer nuit et jour, il en avait conclu que c'était une malédiction qui décrivait en tous points les symptômes qu'avait manifestés le prince Maréol, l'emmenant aux portes de la mort.

— En conséquence de cet acte odieux et après concertation avec les juges, déclara le roi, nous sommes convenus que la peine encourue serait la mort par décapitation. Nous allons maintenant entendre ce que la coupable et son défenseur ont à nous raconter.

Robyn tressaillit. La sentence avait déjà été prononcée avant qu'elle n'ait pu se défendre. Elle voulut ouvrir la bouche, mais Erik fut plus rapide qu'elle.

— Robyn n'est pas encore déclarée coupable, messieurs les juges, Majesté, objecta-t-il d'une voix ferme. Dois-je vous rappeler que Robyn Fayne ne peut pas faire de magie ? Elle n'a, par conséquent, pas pu lancer cette malédiction, ce qui rend votre jugement nul et non avenu.

— Qui nous prouve qu'elle ne peut effectivement pas faire de magie ? demanda un juge dont les cheveux ressemblaient davantage à un toit de chaume. Tout cela est peut-être un mensonge.

— Je vous répondrai par une autre question, monsieur le juge, répondit Erik. Si Robyn était capable de magie, pourquoi le cacherait-elle ? Tous ceux qui la connaissent ici savent que son but premier, en entrant à l'Académie, était de devenir Chevaucheuse. C'était son plus grand rêve. Pourquoi aurait-elle menti au risque de ne jamais le réaliser ?

— Elle aurait menti pour tuer le prince sans que personne ne la soupçonne. Personne ne peut prouver qu'elle n'est pas magicienne, comme elle l'affirme.

— Personne ne peut prouver qu'elle l'est non plus, monsieur le juge, répliqua le défenseur.

Sa voix claqua dans la salle du trône. Malgré elle, Robyn fut impressionnée par ce jeune défenseur. Aucune hésitation, aucun tremblement. Il était peut-être bien le meilleur de sa promotion, après tout.

CHAPITRE 32

— Soit, reprit le juge. Admettons qu'elle ne puisse effectivement pas recourir à la magie. Elle a très bien pu s'adresser à une autre personne.

— Tout cela n'est que supposition. Le fait est que rien ne prouve que Robyn est coupable.

— Et ce bout de papier, alors ? lança Urugh depuis le fauteuil sur lequel aurait dû s'asseoir Tylan.

Erik eut un petit sourire crispé.

— N'importe qui peut l'avoir mis sous son lit, protesta-t-il.

— Cette réponse est trop facile, rétorqua Urugh.

— Vraiment ? Messieurs les juges, je vous conseille de regarder sous vos fauteuils.

Ces derniers se regardèrent avant de plonger la main sous leurs lourds fauteuils capitonnés de velours. Chacun en tira une petite boule de papier froissé. Des murmures parcoururent la salle.

— Voyez comme il est facile de dissimuler une feuille sous un fauteuil, ou bien sous un lit. Il m'a suffi de venir quelques minutes avant tout le monde pour placer sous chacun de vos fauteuils une boule de papier. Pourtant, les lieux sont sécurisés, n'est-ce pas ? Je crois qu'il serait encore plus facile de s'introduire dans la chambre d'une invitée de la couronne qui n'est pas souvent présente.

Les murmures n'en étaient plus. On commençait à entendre les mots « tromperies », « acharnements », diffusés par les Maîtres-Lames à qui Erik avait proposé de se disséminer parmi les spectateurs afin de lancer des rumeurs.

Le roi regarda autour de lui, comprenant que le procès ne tournait pas comme il l'avait espéré. Il jeta un coup d'œil à son fils, Tylan, qui, les bras croisés, affichait un sourire goguenard.

Robyn se tordait les mains sous la table. Erik était génial. Jouer le jeu du roi en mettant lui aussi en scène ce procès. Elle se força à ne pas regarder les juges d'un air de défi, ni même le roi. Elle gardait les yeux obstinément fixés sur le bois de la table tout en écoutant ce qu'il se disait. Elle ne voulait pas commettre d'impair, pas maintenant que toutes les personnes présentes commençaient à pencher en sa faveur.

— Comme je le disais, ce procès ne rime à rien, asséna Erik.

Il se rassit. Pour lui, la partie était gagnée.

— Ce procès est loin d'être achevé ! s'écria le roi.

Les visages se tournèrent vers lui. La plupart tentaient d'afficher une mine polie, mais le mépris se lisait sur ceux qui parvenaient le moins à cacher leurs émotions.

— Robyn Fayne n'a peut-être pas tenté de tuer le prince Maréol, mais elle a délibérément et en toute connaissance de cause ridiculisé son roi à maintes reprises.

— Là n'est pas le sujet de ce procès, lança Tylan de sa place.

— Nous sommes en plein dedans. « Atteinte à la couronne », vous vous souvenez ?

Le silence revint sur l'assemblée. À côté de Robyn, Erik avait légèrement blêmi. Il ne s'attendait pas à ça. Ses mains se remirent à trembler, son assurance se fissura comme du verre.

— Plusieurs fois, Robyn s'est moquée de la couronne, refusant de prêter allégeance, refusant de travailler pour la famille royale.

— Ce… Ceci n'est en aucun cas punissable de décapitation, balbutia Erik.

Mais toute la hargne qu'il avait mise à défendre Robyn s'était éteinte.

— Décapitation, peut-être pas, mais enfermement, oui.

CHAPITRE 32

Le cœur de Robyn se gonfla de colère. Elle fronça les sourcils.

— Les témoins sont innombrables, lança Urugh, se faisant avocat du roi. Elle aime se moquer du roi, lui qui ne cherche qu'à défendre son peuple. Il lui a proposé une grande chambre, des privilèges, un salaire dont la plupart des gens du commun ne peuvent que rêver. Qu'a-t-elle fait ? Elle lui a ri au nez et, quand le roi a insisté, lui proposant plus encore, elle l'a traité de canasson.

Les juges se regardèrent. Eux qui étaient à la botte du roi ne pouvaient pas laisser passer des insultes sous peine de se voir retirer leurs charges, leurs salaires plus que confortables et leurs privilèges. Les courtisans se montrèrent également offusqués. Soutenir le roi en cet instant revenait à maintenir leur place près de lui. Et plus on était proche du roi, plus on était puissant. Le roi avait invité suffisamment de courtisans vénaux au procès pour qu'une nouvelle rumeur circule, remplaçant celle des Maîtres-Lames. Le mépris qui se lisait sur les visages était à présent adressé à Robyn.

— Je n'ai pas utilisé le mot « canasson », tonna Robyn.

Erik se tourna vers elle et lui lança un regard implorant. Robyn l'ignora. Il en était fini de feindre la timidité et la fragilité. Ce procès était une mascarade pure et simple, son issue était déjà écrite par le roi et Urugh. On n'allait certes pas lui couper la tête, mais l'envoyer dans la Maison aux Mille Portes, où on l'enfermerait à double tour. Qu'elle se taise ou qu'elle parle, ça ne changerait rien. Alors autant parler.

Les regards se tournèrent vers elle. Elle affichait une mine déterminée. Ses yeux défiaient la cour, défiaient les juges, défiaient Urugh, défiaient le roi. Le souverain voulait du spectacle, elle allait lui en offrir un. Elle se leva lentement, captant l'attention de tout un chacun. À ce moment précis, sa chevelure en désordre la rendait plus indomptable que jamais. Sa chemise déchirée montrait à quel point elle était forte, et la poussière sur son visage rehaussait son regard argenté.

— J'ai dit que le roi était un âne. Pas un canasson. Sans oublier la comparaison avec le canard. Veuillez, s'il vous plaît, employer les bons termes.

Elle recula sa chaise et contourna la table derrière laquelle elle était assise.

— Mais il est vrai que vous n'étiez pas encore arrivé, Urugh, vous ne pouvez donc pas réellement savoir de quoi vous parlez. Alors, rasseyez-vous et taisez-vous.

Toute la fragilité factice qu'elle avait montrée n'existait plus. Debout, au milieu des gradins, seule contre presque tous, elle ne suscitait en aucun cas la pitié.

Elle était une étoile.

Elle était une guerrière.

Elle était une Maître-Lame.

Sous sa langue acérée, Urugh recula sans s'en rendre compte.

— Voilà donc où nous mène toute cette mise en scène, poursuivit-elle d'une voix posée. Elle met en évidence le besoin d'un homme de dominer envers et contre tout.

Elle se tourna vers la cour et les juges qui retenaient leur souffle, comme s'ils attendaient avec effroi la suite de la tirade de Robyn.

— Prenez garde, messieurs. Un pas de travers, et vous vous retrouverez à ma place ! lança-t-elle.

Elle s'adressa soudain au roi.

— Il fut un temps où je vous respectais, *Majesté.*

Elle cracha ce mot comme si elle parlait d'un insecte particulièrement abject.

CHAPITRE 32

— Je vous ai toujours respecté, jusqu'à aujourd'hui. Je vous respectais, même lorsque vous m'envoyiez dans les mers les plus dangereuses de l'Archipel, quand je devais traverser les terres les plus sauvages aux risques et aux périls des hommes sous ma responsabilité. Je vous respectais, malgré tout, parce que c'était pour le bien de l'Archipel. Je respectais votre besoin de savoir qui a voulu du mal à votre fils et, si vous m'aviez laissée vous aider, j'aurais retrouvé son malfaiteur.

« Mais ce procès n'est plus vraiment pour Maréol, il est pour vous. Pour votre stupide honneur, votre égoïsme et votre besoin maladif de ne pas perdre la face. Vous auriez simplement pu admettre qu'il y avait eu méprise sur mon implication dans la malédiction de Maréol. J'aurais continué à vous servir comme avant. N'ai-je pas promis de partir vers l'île de Jéju sous vos ordres ? En admettant que je suis innocente, vous ne seriez en aucun cas passé pour un roi faible, mais au contraire pour un souverain juste et avisé qui sait reconnaître ses torts lorsqu'il prend un mauvais chemin. Or, aujourd'hui, tout le monde peut voir à quel point vous êtes faible et lâche. Vous n'êtes pas un roi. Vous êtes un enfant qui glapit dès qu'on lui refuse une sucrerie.

Le roi se leva à demi. Robyn aurait juré qu'il n'avait qu'une envie : se jeter à sa gorge et l'étrangler sur place.

— Voilà donc le souverain de notre bel Archipel ! lança-t-elle à toute l'assemblée.

Le roi avait invité des spectateurs ? Qu'ils regardent donc le spectacle !

— Vous avez conscience que tout ce que vous venez de dire n'est pas dans votre intérêt, mademoiselle Fayne ? lança l'un des juges d'une voix tremblante.

— J'en ai parfaitement conscience, lui répondit-elle en le fixant droit dans les yeux. Je sais aussi que tout ce que je viens de dire n'est que la stricte vérité. Je sais qu'on essaiera de faire oublier tout ce que j'ai dit à coups de promesses et de bourses remplies d'espèces sonnantes et trébuchantes. Mais je sais aussi que mes paroles retentiront un petit moment en vous. Je vous mets en garde : ne mécontentez pas le roi.

— L'insulte et la diffamation à la couronne sont punies d'exécution, la prévint un autre juge. Il est encore temps de vous excuser, votre peine sera allégée.

— Mon sort était déjà scellé avant le début de ce procès. On ne pourra pas me couper la tête deux fois.

— Il suffit, gronda le roi. Saisissez-vous d'elle !

Les Maîtres-Lames ne bougèrent pas d'un pouce. Les soldats furent obligés d'intervenir. Tylan, à présent debout, tenta de se frayer un chemin jusqu'à la jeune femme, mais les soldats le retinrent et Robyn fut emmenée de force. La porte de la salle du trône se referma sur elle et les soldats.

Le roi éructait de rage. Ses yeux parcouraient la foule, défiant quiconque de répéter ce qu'elle avait dit ou de prendre la défense de Robyn. Sa couronne était de travers, son visage rouge de colère. Il redressa sur ses épaules le col de fourrure de sa cape et se rassit en soufflant bruyamment. Le calme revint.

— Vous pouvez disposer, annonça le roi.

Les courtisans s'empressèrent de quitter la salle du trône, suivis des Maîtres-Lames, sonnés. Il ne resta plus que la reine, le roi, Tylan et Urugh, qui se tassait dans l'ombre du roi.

Tylan se tenait là où Robyn s'était dressée quelques secondes plus tôt. Il fixait son père qui le fixait en retour. La reine s'était levée, son regard inquiet allant de son fils à son mari.

— Tu m'as trahi, dit le roi Job en fixant son fils, seul debout au milieu de la salle du trône.

CHAPITRE 32

— Non, protesta Tylan. J'ai seulement accompli ce que j'ai cru bon. Robyn n'a jamais fait de mal à Maréol. Vous le savez depuis le début. Elle n'a jamais fait que vous servir. Certes pas comme vous l'entendiez - avec dévotion –, mais elle a toujours agi en faveur de l'Archipel. Aujourd'hui, vous avez davantage perdu que gagné, père.

— Tu es beaucoup trop tendre avec cette fille. Un roi ne doit pas être tendre.

— Un roi ne doit pas non plus être idiot.

— Tu vas prendre tes affaires.

— Quoi ?

— Tu vas prendre tes affaires et tu accompagneras Robyn jusqu'à la Maison des Mille Pièces. Tu vas apprendre ce que sont le sang-froid et la maîtrise de soi, mon fils. Tu vas la regarder être emmenée dans les méandres de cette prison. Tu vas comprendre que le pouvoir du roi est immense. Le roi fait jeter et sortir qui il veut de prison.

— Job, je pense que cela n'est pas nécessaire… murmura la reine Amia.

Le roi la fit taire d'un geste de la main.

— Je vois que vous voulez m'enseigner la cruauté, père, commenta Tylan. Et si je décide de l'aider à s'enfuir, que me ferez-vous ?

— À toi, rien, répondit le roi d'une voix redoutablement calme. Seulement, dès que nous retrouverons Robyn - et sois certain que mes hommes la retrouveront –, je ferai en sorte qu'on la torture jusqu'à ce qu'elle supplie que tout s'arrête. Je sais à quel point les Maîtres-Lames sont résistants, ce sera donc spectaculaire, à n'en pas douter. Tu assisteras à son agonie et tu ne pourras alors t'en prendre qu'à toi-même. À la Maison des Mille Pièces, elle sera relativement en sécurité.

Tant qu'elle ne crée pas de troubles, ils ont interdiction de lui faire du mal. Alors réfléchis bien.

Tylan resta silencieux, ce que son père prit certainement pour une approbation. Toutefois, il n'en avait pas fini avec lui.

— Tu as interdiction de lui parler, de la toucher, de la réconforter.

— Et comment allez-vous faire ça ? Vous allez m'attacher à mon cheval ?

— S'il le faut, oui. J'ai vu que tu avais tes petits hommes de confiance, mon fils. J'ai aussi les miens et je leur ai donné l'ordre de te fracturer les deux jambes si tu fais un peu trop de zèle.

— « Mon fils », répéta Tylan avec un rire sans joie. Ne vous avisez plus jamais de m'appeler ainsi. Ne pensez même plus à moi avec ce qualificatif. Vous me dégoûtez.

À son tour, Tylan quitta la pièce, horrifié par les paroles de son père, qui resta figé derrière lui. Tylan ne daigna pas le regarder, ni lui ni sa mère. Il monta droit dans sa chambre pour préparer son sac, comme l'avait exigé son père, puis descendit dans la cour. Il y avait un véritable contingent de soldats. Tout ce monde pour une unique personne, Robyn, enfermée dans une cage montée sur une charrette. Un palefrenier vint lui tendre les rênes de sa monture sans le regarder dans les yeux. Il les prit et se dirigea vers Robyn, fendant la foule qui s'écarta devant lui.

CHAPITRE 33

— Je suis désolé. Je n'ai rien pu faire, déplora Tylan.

— Je t'ai déjà dit de ne jamais t'excuser devant quiconque, répondit Robyn.

— On avait gagné le procès, martela-t-il en serrant la mâchoire. On l'avait gagné ! Mais mon père…

— Ton père a été plus fort que nous. Mais il n'a gagné qu'une petite bataille ridicule.

Elle lui fit signe de se rapprocher. Tylan obéit. Leurs fronts se touchèrent presque.

— Je m'échapperai, chuchota-t-elle.

— C'est impossible de s'échapper de la Maison aux Mille Pièces.

— Ton manque de confiance en moi me vexe. Allons ! Qui suis-je ?

— Une Maître-Lame, répondit Tylan en souriant.

— « Impossible » est un mot que l'on raie du vocabulaire d'un apprenti Maître-Lame dès les premiers jours de sa formation. S'il a l'audace de le dire ne serait-ce qu'une fois, on le roue de coups. Crois-moi, on apprend vite que rien n'est impossible.

— Mon père m'a assuré que si tu te tenais tranquille à la prison, on ne te ferait rien.

Malgré lui, Tylan éclata de rire à cause de ses propres paroles. Les soldats le regardèrent, surpris.

— Tu te rends compte, poursuivit-il. « Te tenir tranquille. » Mon père te connaît vraiment mal. Je suis sûr qu'après une semaine passée là-bas tu auras toute la prison à tes pieds. Ou alors les gardiens en auront tellement marre de toi qu'ils supplieront mon père de te libérer.

— J'ai déjà toute une stratégie en tête, ajouta-t-elle, amusée.

— Voilà qui ne m'étonne pas, fit-il.

Tylan jeta un coup d'œil aux hommes autour d'eux qui les observaient.

— Je n'aurai pas le droit de te parler durant tout le trajet, murmura-t-il.

La jeune femme perdit son sourire, comme si l'optique de ne pas échanger avec Tylan la désolait plus que de finir en prison. Elle leva les yeux vers un grand gaillard, un garde du corps qui n'était pas Maître-Lame, qui s'approchait de Tylan. Robyn ne l'avait encore jamais vu. On aurait plutôt dit un géant qu'un homme. Il semblait plus prompt à la violence qu'à la parole. Robyn le regarda d'un air mauvais. Elle le détestait déjà.

Tylan se tourna vers lui. Il était grand, mais le géant l'était encore plus. Il se contenta de passer devant lui sans lui dire un mot et, accompagné de son cheval, il se dirigea vers l'avant de la troupe. Une vingtaine de soldats, un prince et un géant pour escorter une seule fille. Le roi avait-il conscience de se ridiculiser une nouvelle fois ?

Aux fenêtres du château apparurent des visages. Ceux des Maîtres-Lames, ceux de certains courtisans. Robyn aperçut Erik. Elle n'avait même pas eu le temps de le remercier pour son travail et de le féliciter pour son coup de maître. Elle le regarda, tentant ainsi de lui faire comprendre tout ce qu'elle ne pouvait pas lui dire. Elle espérait qu'il n'aurait pas de problèmes…

Puis la charrette s'ébroua, la troupe prit la route, et bientôt les visages aux fenêtres disparurent ainsi que le château dans son entier. Ils traversèrent la ville. Sans même savoir ce qu'avait fait Robyn, les passants l'observèrent d'un air mauvais.

Ils finirent par quitter la cité royale et prirent la route de l'ouest en direction de la Maison aux Mille Pièces. La route était caillouteuse et la charrette était secouée à chaque nid-de-poule. Assise dans un coin de la cage, Robyn fut bientôt fourbue. Il leur faudrait trois jours pour atteindre leur destination. Le voyage promettait d'être long.

Pour connaître la bâtisse, Robyn savait qu'il serait difficile de s'en échapper. Construite en forme de cube, elle était entourée d'un immense grillage fait de barbelés. Elle renfermait une cour carrée au-dessus de laquelle, à près de quatre mètres du sol, avaient été tendues des poutres croisées afin que des surveillants puissent épier les prisonniers de haut. À la moindre alerte, ils ne se privaient pas de se servir de leurs flèches. À l'intérieur, les couloirs n'étaient que des enfilades de cellules. Certaines étaient séparées par un mur, donnant un peu d'intimité à ses prisonniers. Les autres avaient des barreaux mitoyens, pour les moins chanceux. Si Robyn savait tout cela, c'est parce qu'elle avait déjà emmené des prisonniers jusqu'à cette forteresse, lors de sa formation de Maître-Lame. Elle n'oublierait jamais les regards fous des occupants des cellules. Elle ignorait si cette folie était présente avant leur arrivée dans la prison, ou si elle s'était installée petit à petit.

Robyn avait passé douze heures dans la prison. La première fois pour emmener un prisonnier – un assassin notoire –, la seconde pour une garde de nuit. Chaque Maître-Lame était envoyé là-bas pour une nuit. Elle n'avait jamais oublié les cris, les rires fous, les pleurs. Dans cette prison, le plus implacable des tueurs devenait aussi impuissant et geignant qu'un nouveau-né. Elle se souvenait de l'humidité, de l'obscurité et du désespoir qui suintait des murs sombres, des rats décharnés qui se disputaient des bouts de nourriture. À côté de ce lieu maudit, son petit séjour dans les cachots du palais avait des airs de vacances.

L'optique de n'avoir que quatre murs pour seul horizon la terrifiait. Perdre toute confiance, tout espoir, toute humanité, toute fierté, la faisait trembler. Elle serra les poings jusqu'à ce que ses phalanges blanchissent. Elle ne voulait pas aller là-bas. Elle préférait mille fois être plongée au cœur d'une tempête en mer que de se retrouver dans une cellule miteuse, réduite à rien de plus qu'un spectre attendant que d'autres veuillent bien se pencher sur son sort.

Elle chercha Tylan des yeux et le trouva. Il la regardait. Même s'il ne pouvait pas lui parler, il la soutenait. Le géant s'interposa entre eux et fixa Robyn, qui eut soudainement envie de l'étrangler à travers les barreaux. Mais elle ne pouvait rien faire d'autre qu'attendre qu'on la jette dans la Maison aux Mille Pièces pour y pourrir car, elle n'était pas dupe, le roi ne la laisserait pas sortir de sitôt.

Elle tourna le dos au géant, appuya sa tête contre les barreaux de sa cage et ferma les yeux, imaginant qu'elle était loin d'ici, quelque part en mer, libre comme un oiseau. Mais un cahot de la route la ramena à la réalité et elle grimaça. À croire que même la route ne voulait pas la laisser rêver tranquillement.

Ils s'arrêtèrent pour la nuit. Malgré la charrette qui n'était pas des plus maniables, ils avaient bien avancé. Les chevaux et les hommes avaient besoin de repos. Robyn eut la surprise de voir sa cage s'ouvrir. Une dizaine de soldats l'attendaient dehors, une lance à la main. L'un d'eux la prévint :

— Tente de faire un pas de travers et tu dormiras dans ta cage.

— Parce que ce n'est pas là que je vais passer la nuit ? s'étonna Robyn.

On lui lia les mains sans lui répondre. On allait la laisser passer des nuits confortables sur l'herbe tendre ?

— J'ai besoin d'aller aux toilettes, dit-elle.

— Par-là, lui indiqua un soldat.

Les dix autres la suivirent à l'écart du campement. Elle commença à déboutonner sa ceinture, puis s'arrêta.

— Retournez-vous, ordonna-t-elle.

— Bien sûr, et puis quoi encore, tu veux aussi qu'on te laisse seule ?

— Je n'osais pas le demander, répliqua-t-elle.

Elle soupira en comprenant qu'aucun des soldats ne se détournerait.

— Puis-je au moins me mettre derrière ce buisson ?

Le soldat inspecta les environs avant d'acquiescer. Robyn grommela quelques mots inintelligibles – sûrement pas des gentillesses –, puis se soulagea. Elle se releva avec l'impression d'être tombée plus bas que terre.

Ils retournèrent près du campement. Une tente avait été montée. Robyn supposa que c'était pour Tylan, mais elle constata avec surprise que c'était elle que l'on entraînait à l'intérieur. Le mobilier de la tente se résumait à un piquet auquel Robyn fut attachée, mains dans le dos. Dormir couchée lui serait interdit.

D'ÉCAILLES & D'OBSCURITÉ

Sans un mot de plus, les soldats quittèrent la tente. Des ordres brefs furent jetés, un feu allumé, puis le silence s'abattit sur le camp. Comme Robyn avait déjà eu à manger dans sa cage, personne ne vint la voir. Elle resta seule, à l'écoute des bruits nocturnes et des sons venant de l'extérieur : craquements du feu, ronflements des dormeurs, chuchotements. Elle se mit à somnoler, épuisée de cette journée interminable.

Elle fut réveillée par un bruit sourd. Elle ouvrit un œil et poussa une grimace de douleur. Ses mains étaient ankylosées dans son dos car elle avait dormi dans une mauvaise position. Elle se redressa en position assise tant bien que mal en tendant l'oreille. De nouveau, le même bruit sourd.

Et soudain, ce fut la véritable débâcle. Des hurlements, puis le bruit de l'acier contre l'acier, des râles de douleur. Robyn ne voyait rien de ce qu'il se déroulait dehors. Elle ne distinguait que des ombres à travers de la toile. Robyn tira sur ses cordes, en vain. Elles étaient bien trop serrées. Près de la tente, il y eut un cri de douleur. Un de ses gardiens ? Elle l'ignorait. Elle tira plus fort sur ses liens et la corde mordit la chair de son poignet droit. Soudain, le feu du campement s'éteignit. Un courant d'air froid la fit soudainement frissonner. Elle s'immobilisa, le souffle court.

Le danger était palpable. Elle banda ses muscles, prête à se défendre. Elle n'avait peut-être pas d'arme, mais ses pieds étaient libres, et un coup de pied bien placé pouvait faire autant de ravages qu'une lame acérée.

Tout était sombre autour d'elle. Les bruits de la bataille venaient toujours de l'extérieur, ce qui l'empêchait d'entendre un possible ennemi venant droit sur elle. Elle tendit l'oreille, essayant de se focaliser sur le tumulte autour d'elle, en vain. Le sang battait à ses tempes. À chaque seconde, elle s'attendait à recevoir un coup. Elle guettait le bruit de la toile de tente que l'on rabat, des pas sur l'herbe tendre, une épée que l'on tire de son fourreau.

Elle sentit soudain, sur son mollet, l'effleurement d'un tissu, puis une respiration saccadée. Il y avait quelqu'un, tout près d'elle. Elle eut beau tourner la tête en tous sens, il faisait si sombre qu'elle ne pouvait distinguer sa propre main.

Une odeur étrange imprégna l'air. L'instant suivant, on lui plaqua un tissu sur la bouche et le nez. Aussitôt, elle bloqua sa respiration. Robyn avait reconnu l'odeur. Du poison.

Elle se débattit, secoua la tête, les pieds. Elle essaya de mordre dans la main qui lui plaquait le tissu sur le visage. Elle hurla, mais dans ce vacarme, personne ne l'entendrait.

Elle n'eut plus d'autre choix que de respirer. Elle sentit les vapeurs s'infiltrer dans son organisme. Ses membres devinrent très lourds. Ses forces l'abandonnèrent. Ses pieds retombèrent sur le sol, elle cessa de secouer la tête. Elle tenta de résister contre le poison, mais elle pouvait le sentir s'insinuer dans son corps, tel un serpent ondulant. Ses yeux se fermaient tout seuls. Elle essaya de lutter une dernière fois, puis abandonna.

Au moins, ce serait une mort rapide, indolore. Bien différente de la lente agonie qui l'attendait à la prison où on ne l'aurait certainement pas autorisée à voir la lumière du soleil. Elle se prit à remercier les attaquants pour ce cadeau.

Elle pensa à Daérion. Où était-il ? Saurait-il un jour que la fille avec qui il avait fait un bout de chemin était morte empoisonnée ? Puis elle pensa à Tylan. Que lui était-il arrivé ? Gisait-il dans la clairière, une épée dans le ventre ou empoisonné, comme elle ? Elle songea au roi qui avait ordonné à Tylan d'accompagner le convoi. Dans quel état serait-il quand il apprendrait que par sa faute, son fils, le prince héritier, était mort ?

Puis, le regard de Robyn se voila. Elle sentit son corps s'affaisser contre le poteau auquel elle était toujours attachée, puis ce fut le noir total autour d'elle.

CHAPITRE 34

Daérion et Antaï chevauchaient à bride abattue. La Chevaucheuse était partie depuis deux jours déjà. Les jeunes hommes espéraient qu'elle n'était pas arrivée trop tard. Eux-mêmes n'avaient pas perdu de temps pour reprendre le chemin du palais.

L'hiver semblait enfin décidé à laisser place au printemps. Après presque deux mois de neige épaisse, cette dernière se transformait petit à petit en une masse boueuse et marronnâtre.

Une ombre passa au-dessus d'eux. Ils reconnurent sans peine le dragon rouge de Lauren. Il piquait vers eux.

Daérion et Antaï s'immobilisèrent. L'animal atterrit à quelques mètres. Lauren descendit de son dos en un bond et se dirigea vers eux à grandes enjambées, le visage rougi par le froid.

— Alors ? Tu es arrivée à temps ? demanda Daérion.

— Votre amie n'était déjà plus là. J'ai cru bon de vous l'annoncer.

— P… Plus là ? Ils l'ont…

Il ne termina pas sa phrase et devint blême.

— Elle est vivante, grogna-t-elle. Ils l'ont emmenée à la Maison aux Mille Pièces.

Daérion fut immédiatement soulagé. Ils ne l'avaient pas exécutée. Il se remit à respirer normalement.

— Quand sortira-t-elle ? demanda Antaï.

— Pas de sitôt. Je les ai entendus parler. Le roi a donné l'ordre de ne pas lui faire de mal tant qu'elle ne fera pas de zèle. Si je l'en crois, elle ne tardera pas à en faire, du zèle. Et alors, ses geôliers seront libres de faire ce qu'ils veulent d'elle.

Cette fois le souffle de Daérion s'accéléra. Que l'un d'entre eux touche un seul cheveu de Robyn et il lui fera payer au centuple.

— Cette Robyn… Elle n'a vraiment rien fait au prince ? demanda Lauren.

— Non, elle est innocente, gronda Daérion.

— Alors vous feriez mieux de la retrouver au plus vite. Une fois dans la Maison aux Mille Pièces, ce sera trop tard.

— Merci, Lauren, répondit Antaï.

Ils n'attendirent pas que la Chevaucheuse soit de nouveau montée sur le dragon. Ils partirent à vive allure, direction la route royale qui menait jusqu'à la prison.

Ils alternèrent alors petites séances de galop, un peu de trot et du pas pour ne pas épuiser leurs montures. Leurs chevaux étaient endurants, habitués aux longs voyages, mais, comme les humains, ils avaient besoin de se reposer.

Ils voyageaient à l'écart de la route principale de peur de croiser des soldats du roi lancés à leur poursuite.

Tout comme ils l'avaient fait durant leur chemin jusqu'à l'Académie, ils ne s'accordèrent que de brèves pauses. Ils ne s'arrêtèrent dans un village qu'une seule fois : pour acheter des lamelles de viande séchée et de nouveaux chevaux aux frais de la couronne (l'écusson de Maître-Lame d'Antaï étant bien pratique). Les leurs étaient bien trop fatigués. Les pousser davantage dans leur limite reviendrait au même que de les tuer sur place. Puis ils reprirent la route. Au matin du quatrième jour, ils arrivèrent dans un campement dévasté.

CHAPITRE 35

Robyn ouvrit les yeux. Tout son corps lui faisait mal, comme si elle avait été rouée de coups, puis passée plusieurs fois sous les roues d'une charrette remplie de plusieurs tonnes de pierres. Ses yeux la brûlaient, sa bouche était pâteuse. Elle tenta de se redresser. Un haut-le-cœur lui remonta dans la gorge et, l'instant suivant, elle pivota sur le côté pour vomir tout le contenu de son estomac. Elle toussa ensuite si fort que ses poumons s'embrasèrent atrocement.

Plus doucement cette fois, elle se releva sur un coude et avisa qu'elle se trouvait dans une nouvelle cellule. Était-elle finalement arrivée à la Maison aux Mille Pièces ?

Elle regarda autour d'elle. La pierre autour d'elle était d'un noir bleuté. À sa droite comme à sa gauche, il y avait d'autres cellules séparées de la sienne par des simples barreaux. Elles étaient vides.

La porte de sa cellule donnait sur un couloir à peine éclairé, vide lui aussi. Derrière elle, une petite fenêtre, à peine plus large que la tête de Robyn, ouvrait un espace sur le ciel étoilé. Il n'y avait pas de nuage, cette nuit-là.

La nuit ? Combien de temps avait-elle dormi ? C'était déjà la nuit quand on l'avait enlevée. Comment allait Tylan ? Et les soldats ? Avaient-ils été faits prisonniers, comme elle, ou bien… Non ! Ne pas penser au pire. Ils étaient vivants. Ils étaient forcément vivants. Ils *devaient* l'être.

Robyn s'éloigna de sa flaque de vomi et se mit prudemment debout. Son estomac se souleva, puis se calma, telle de l'eau agitée dans un verre. La tête lui tourna, mais Robyn était résistante, et les effets du poison commençaient à se dissiper. Elle s'approcha de la petite fenêtre. Même en se hissant sur la pointe des pieds, sa tête ne parvenait pas à son niveau. Il lui manquait bien un mètre cinquante. Elle entreprit de grimper sur la pierre. Elle gagna quelques centimètres… Son pied glissa sur les pierres humides et elle retomba lourdement sur le dos. Elle s'assit avec un grognement de douleur. Aussitôt, des hommes apparurent. Dans cette prison silencieuse, le bruit les avait alertés.

— Va *le* prévenir. Elle est réveillée, dit un homme à un deuxième.

Ils étaient trois en tout. L'un d'eux, le plus jeune, s'éloigna à toute vitesse tandis que les deux autres avancèrent jusqu'à la porte de la cellule, la toisant de l'autre côté des barreaux qui les séparaient.

Elle se releva et observa les deux gardes. Ils portaient tous les deux un uniforme rouge sang.

— Qui êtes-vous ? Où suis-je ? demanda-t-elle.

— Au château Nazaroth, répondit l'un des deux.

Robyn arqua les sourcils. Le château Nazaroth n'était-il pas abandonné depuis des lustres ? La dernière fois que la jeune femme l'avait vu, le château, si l'on pouvait parler de château, n'était plus que la ruine d'une splendeur passée. Plus personne n'y venait, et les paysans superstitieux aimaient même dire que ces vestiges étaient hantés par des goules et que, certains soirs venteux, on pouvait entendre le cri des spectres. En vérité, ce n'était que le bruit du vent heurtant les anciennes fondations, mais qu'importe. Le château aurait dû être vide et il ne l'était pas.

— Et qui êtes-vous ? demanda-t-elle.

Ils ne lui répondirent pas, se contentant de murmurer entre eux. Puis l'homme qui était parti revint et chuchota à l'oreille de ses deux comparses, qui se tournèrent vers Robyn.

— Tu voulais savoir qui nous sommes, fillette. Tu vas le savoir.

Ils entrèrent tous les trois dans la cellule, l'un d'eux tenant une corde entre ses mains. Robyn recula, chancela, se rattrapa contre le mur et se mit en garde. Ou du moins, elle essaya. Les effets du poison n'avaient pas totalement disparu.

— Ne bouge pas et on ne te fera pas de mal.

Robyn s'immobilisa. D'un simple coup d'œil, elle avisa les armes de ses trois adversaires. À eux trois, ils possédaient en tout quatre épées, six poignards – sans compter ceux qui étaient certainement cachés –, un arc et des dizaines de flèches. Dans cet espace réduit et dans son état actuel, elle ne pourrait pas faire grand-chose. Qu'on lui lie les mains – elle avait appris à se sortir de situation pire que celle-là – et peut-être que, lorsqu'elle se sentirait mieux, elle pourrait agir.

Elle laissa donc le garde lui attacher les mains. Elle constata non sans plaisir qu'il ne serrait pas les cordes trop fort. Robyn se laissa ensuite entraîner hors de sa cellule, regardant autour d'elle avec attention. Dans le cas où elle parviendrait à s'échapper, elle voulait être capable de se repérer dans les couloirs du château Nazaroth.

D'ÉCAILLES & D'OBSCURITÉ

Ils la conduisirent à travers un dédale de couloirs et d'escaliers, montant et descendant des centaines de marches. Les derniers lambeaux de poison disparurent de son organisme alors qu'elle avançait. Sa vision était redevenue nette, tout comme son ouïe. Ses mouvements étaient de nouveau fluides, ainsi que son esprit, mais elle se garda bien de le montrer à ses gardes, conservant cette démarche titubante.

Après avoir monté plusieurs marches, ils en descendirent de nouvelles et s'enfoncèrent loin sous la terre. L'atmosphère devint étouffante. Les visages des trois gardes et de Robyn se couvrirent de sueur. La pièce dans laquelle ils débouchèrent était pleine de fumée produite par les forges. Elle était immense et vivement éclairée par des feux, ce qui fit ciller les nouveaux arrivants, émergeant de l'obscurité des couloirs.

Un peu partout, des hommes et des femmes s'affairaient. Ils étaient maculés de poussière et de sueur, mais travaillaient sans relâche. Robyn surprit leurs regards vides. Il y en avait d'autres qui les guidaient dans leur travail, n'hésitant pas à user de coups de fouet pour les forcer à aller plus vite.

Les gardes conduisirent Robyn vers un homme, assis à un bureau devant plusieurs papiers. Quand il releva la tête, son regard brilla. Il était grand, costaud. Une barbe de quelques jours lui mangeait les joues. Il était richement vêtu, des broderies d'argent décoraient le col de sa chemise largement ouverte sur son poitrail puissant. Il se leva. Soudain, Robyn le reconnut pour l'avoir déjà vu à la cour. Il faisait partie des courtisans du roi qui avaient grandement protesté lorsqu'il avait fallu reloger ceux dont les maisons avaient été détruites lors du tremblement de terre. Ce richissime seigneur possédait des terres et beaucoup d'argent, toutefois le château Nazaroth était bien loin des territoires que le roi lui avait attribués.

CHAPITRE 35

Robyn chercha son nom dans sa mémoire alors qu'il posait un regard sur elle.

— Robyn Fayne, dit-il en s'approchant.

Il se pencha vers elle. Il devait mesurer près de deux mètres. La jeune femme aurait pu le trouver charmant s'il ne portait pas à outrance les marques de sa richesse et s'il ne la détaillait pas à ce point. Et s'il ne l'avait pas empoisonnée avant de la faire prisonnière, bien entendu.

— Et vous êtes ? demanda Robyn.

Un rictus fit s'agiter les coins de la bouche du seigneur. Il ne devait pas apprécier qu'on ne se souvienne pas de lui.

— Je m'appelle Rufus Agyr, seigneur et conseiller du roi.

— Le roi m'a transférée à la Maison aux Mille Pièces. Il ne sera certainement pas ravi d'apprendre que vous avez contrecarré ses plans.

Un doute saisit Robyn. Et si c'était le roi qui avait organisé tout ça ? Faire passer sa disparition pour un regrettable accident pour que Rufus Agyr puisse la faire souffrir sans avoir de compte à rendre.

— Le roi, cet imbécile, n'a pas compris qu'il n'est plus le maître de l'Archipel.

Visiblement, le roi n'avait rien à voir là-dedans.

— Et toi non plus tu ne sembles pas l'avoir compris, continua Rufus Agyr.

— Très bien, alors qui est le nouveau maître ? Vous ? demanda la jeune femme en ayant bien du mal à masquer son ironie.

— Non, pas moi. Moi je ne fais qu'engranger les richesses. La politique, toutes ces décisions à prendre, non merci. Je préfère le plaisir.

— Sans blague.

Elle arqua les sourcils, ce qui en disait long sur ce qu'elle pensait de l'homme qui se tenait devant elle. Elle connaissait vaguement sa réputation. Cet homme adorait violenter les servantes à son service et n'aimait rien de plus que l'argent et les femmes.

— Qui est votre maître, dans ce cas-là ?

Le faire parler tout en cherchant un moyen de s'échapper… Déjà, elle faisait coulisser les cordes sur ses poignets.

— Tu t'en rendras compte bien assez tôt, fillette.

— Soit, alors qui sont ces gens et que font-ils ?

Elle désigna les travailleurs aux regards vides.

— Oh, eux, ils travaillent pour moi.

— La manière dont vous les traitez est inhumaine.

— Qui s'en soucie ? Ce ne sont que des paysans. Ils sont nés pour servir.

— Et vous êtes immonde.

— Ça, c'est ce que tu penses, ma jolie. Seulement, l'ordre des choses est en train de changer. Toutes ces belles paroles que le roi et ses prédécesseurs n'ont cessé de rabâcher ne sont plus d'actualité.

La corde commença à glisser. Robyn la retint entre ses mains. Elle devait attendre le bon moment pour attaquer. Autour d'elle, les hommes étaient trop occupés à surveiller les travailleurs. Ils ne faisaient pas attention à eux. Rufus Agyr, même s'il possédait une épée, ne devait pas savoir très bien s'en servir. De toute façon, l'épée qu'il portait sur le côté, bien en évidence, était impossible à manier correctement. Sa garde était recouverte de pierres précieuses, impossible à tenir fermement en main. Seuls les trois gardes qui se tenaient derrière elle, silencieux et immobiles, pourraient l'arrêter. Robyn avait observé leur manière de se mouvoir. Elle savait d'avance qu'elle n'aurait aucun mal à se débarrasser d'eux. Le plus dur serait de retrouver son chemin dans les dédales de couloirs, d'affronter d'autres gardes possiblement plus nombreux et, si elle parvenait à trouver une issue, s'en sortir en territoires ennemis dans un lieu qu'elle connaissait très mal.

— Et moi, qu'est-ce que je viens faire dans tout ça ? demanda-t-elle.

Le seigneur se fendit un sourire lubrique. Son regard s'égara sur les formes de Robyn, qui crispa ses mains sur les cordes qui liaient ses poignets pour ne pas qu'il s'aperçoive qu'elles étaient beaucoup trop lâches. Rufus prit cela pour une forme de timidité car un rictus entendu étira ses traits.

— Toi, tu seras la dame à mes côtés, le joyau de mon harem. Une femme debout, à côté de moi quand viendra l'heure de révéler à l'Archipel la puissance qu'est la nôtre.

Robyn ne put s'empêcher de rire tant l'idée était absurde.

— Vous plaisantez ? lança-t-elle. Je ne ferai jamais partie de votre harem. Vous savez que c'est interdit, d'ailleurs ? Quant à me tenir à vos côtés, c'est hors de question.

— Tu n'auras pas vraiment le choix, à vrai dire.

Robyn ricana. Si Rufus avait pris la peine de se renseigner sur elle, il aurait compris que trois gardes et de simples cordes ne suffiraient pas à l'arrêter.

— À vrai dire, cela fait environ cinq minutes que j'ai le choix de vous écouter ou non, osa Robyn.

Les gardes mirent une seconde de trop à comprendre ce qu'elle voulait dire. L'instant suivant, son genou venait percuter le plastron de l'homme à sa droite. Elle se retourna aussi vite et son coude défonça le nez de celui à sa gauche. Elle se tourna pour repousser du pied l'homme derrière elle. Le tout avait duré deux secondes, tout au plus.

Le premier qu'elle avait attaqué sortit son épée. Il ne fendit que l'air, Robyn s'était déjà décalée d'un rapide pas de côté. Tout aussi promptement, elle posa une main sur son poignet et, d'une simple traction, elle le lui brisa dans un craquement sec. Elle s'empara de l'épée avant qu'elle ne touche le sol. Ses cordes tombèrent par terre. Rufus s'avança en sortant son arme. D'un mouvement furtif du bras, elle le repoussa. Une estafilade s'ouvrit sur son bras alors qu'il reculait. La colère avait remplacé la lubricité dans ses yeux.

Robyn ne s'arrêta pas pour le voir. Elle courut vers l'entrée de la pièce chaude, laissant derrière elle les gardes. Elle jeta un bref regard aux travailleurs. Seule, elle ne pouvait rien faire pour eux. Avec une armée de soldats et des Maîtres-Lames, elle le pourrait. Alors elle courut, dévalant les marches.

Elle prit le temps de vérifier qu'il n'y avait personne dans les couloirs sombres et avança prudemment. Le château n'avait pas été totalement rénové. Par endroits, le sol était effondré. Elle devait alors faire des bonds prodigieux ou se tenir en équilibre sur de petites surfaces. Elle envisagea de s'enfuir par le toit, crevé çà et là, mais il était bien trop haut.

Elle regarda par ce qui avait jadis été une fenêtre. Elle se trouvait trois étages au-dessus du sol. Si elle sautait, la chute serait fatale. Elle ne pouvait pas non plus escalader la paroi. En bas, il y avait des tentes : des hommes de Rufus. Elle se ferait tirer comme un lapin. Non. Il fallait qu'elle sorte du château, qu'elle se mêle à la foule et qu'elle parvienne à se cacher pour s'enfuir en toute discrétion.

Soudain, des cloches retentirent, faisant trembler les murs du château. Dans le campement, trois étages plus bas, les soldats se mobilisèrent. On aurait dit qu'une fourmilière pétrifiée revenait soudainement à la vie. *Pour la discrétion, on repassera*, se dit Robyn en réfléchissant à un moyen de s'en sortir sans se faire voir. Tout le bâtiment était à présent au courant : il y avait une fugitive et il fallait l'arrêter. Robyn se remit en mouvement. Elle se cacha derrière un amas de pierres lorsqu'une patrouille passa devant elle, puis elle courut à nouveau. Elle emprunta un escalier qui descendait en spirale. Elle devait à tout prix s'approcher du sol pour pouvoir s'enfuir.

La jeune femme déboucha dans un couloir. Elle haletait. Le poison n'avait finalement pas totalement quitté son organisme. Elle ne s'essoufflait pas si vite, généralement. Toutefois, il était hors de question de s'arrêter. Cela signifierait mourir et elle n'avait aucune envie que ce château devienne son tombeau. Aussi elle continua et dévala une autre flopée de marches sans se soucier du point de côté qui lui martelait les côtes.

Elle jaillit dans un nouveau couloir où étaient tendues d'anciennes tapisseries recouvertes de poussière. Elle se rendit près d'une fenêtre et exulta. Le sol n'était qu'à deux mètres sous elle et, de ce côté-ci du château, il n'y avait pas une seule tente, pas un seul homme en vue. Sans hésiter, elle sauta.

Elle retomba souplement dans ce qui avait été de la neige, quelques jours auparavant, mais qui n'était plus qu'un magma boueux à présent. Elle prit la direction des fourrés qu'elle apercevait au loin.

— Elle est là ! hurla une voix derrière elle.

Robyn se retourna à peine, juste assez pour voir des archers se positionner dans les étages supérieurs et la viser. Elle accéléra, zigzagua pour ne pas faire d'elle une cible facile. Une flèche se planta près de son pied, une autre fusa au-dessus de sa tête. Robyn ne ralentit pas pour autant, s'attendant à tout moment à sentir une flèche s'enfoncer entre ses omoplates. Soudain, une escouade de soldats surgit à sa droite. Elle dévia légèrement. Les tirs s'étaient taris. Les hommes de Rufus ne voulaient pas se toucher entre eux. Robyn profita de cette accalmie pour courir de nouveau droit. Ses poumons étaient en feu, ses jambes aussi et, pourtant, elle continua. Les fourrés étaient tout proches. Une fois dans la forêt, elle pourrait disparaître.

Soudain, à sa gauche, d'autres hommes arrivèrent. Ceux-là étaient montés sur des chevaux, bien plus véloces qu'une Robyn à pied, épuisée et morte de faim. En quelques secondes, les chevaux fondirent sur elle, lui barrant la route. Certains la contournèrent. Elle était cernée. Elle allait mourir là, devant ce château en ruine, prisonnière comme un animal en cage. Contre trois hommes, elle pouvait s'en sortir, mais face à des guerriers à cheval et en armure, armés jusqu'aux dents, elle ne pouvait rien faire.

La pointe de l'épée trop grande qu'elle avait subtilisée à l'un de ses trois gardes toucha le sol. Dix hommes descendirent de cheval tandis que les autres formaient un cercle compact autour d'elle pour l'empêcher de s'enfuir à nouveau. Cette fois, ils lui attachèrent les mains dans le dos sans aucune douceur. Les liens étaient si serrés que la corde s'enfonça dans ses chairs. Elle poussa un petit cri de protestation. Une gifle claqua sur sa joue, laissant une trace brûlante.

Ses précédents gardes n'avaient été ni brusques ni violents avec elle. Ceux-là la poussèrent, la firent trébucher, lui donnèrent des coups de pied dès qu'ils le pouvaient. Ils la ramenèrent au-devant du château où Rufus l'attendait, debout près d'une immense tente qui devait être la sienne, comme s'il avait toujours été certain que Robyn serait rattrapée. Il avait passé un manteau par-dessus sa chemise ouverte. Par crainte du froid ou pour masquer sa blessure au bras ?

CHAPITRE 35

— Robyn, ne t'avais-je pas prévenue que t'enfuir serait vain ?

Il avait beau adopter un ton badin, la jeune femme voyait bien la goutte de sueur sur sa tempe et son état d'agitation extrême. Elle était passée très près de la liberté. Elle le savait. Il le savait. Il ne ferait plus jamais l'erreur de la sous-estimer.

— Dites-moi, reprit-il en s'adressant à ses hommes. Quel est le châtiment pour les déserteurs ?

— Le fouet ! répondirent-ils en chœur.

— Cinq, si ma mémoire est bonne, renchérit Rufus.

Robyn resta de marbre.

— Cette fillette a également blessé trois de mes hommes, continua-t-il.

— Quatre, si je compte bien, rectifia Robyn en regardant Rufus droit dans les yeux. La fillette vous a également blessé. Vous vous insultez tout seul.

Des rires se firent entendre dans les rangs des soldats. Rufus les pétrifia du regard. Le silence revint immédiatement.

— Alors cela fera dix coups de fouet.

Il tendit la main. Aussitôt, on lui donna l'objet de torture. Robyn se mordit l'intérieur de la joue en voyant les minces tessons de verre imbriqués dans le cuir du fouet. Elle n'en laissa cependant rien paraître. Elle se contenta de fixer Rufus.

La jeune femme fut empoignée par deux hommes et menée jusqu'à un poteau planté au milieu du campement. Elle vit aussitôt les traces de griffes et de dents, autant de souvenirs des autres suppliciés passés par ici avant elle. On l'attacha solidement au poteau. Cette fois, on ne lui donnait aucun moyen de s'enfuir. Quelqu'un trancha sa chemise en deux, exposant son dos à la vue de tous. Robyn frissonna. À présent que sa course éperdue dans le froid avait pris fin, elle grelottait.

D'ÉCAILLES & D'OBSCURITÉ

Le premier coup fusa, terrible, insupportable de douleur. Robyn planta ses ongles dans le bois du poteau et chancela. Le deuxième et le troisième coup la plaquèrent contre le poteau. Elle se mordit la lèvre. Elle ne voulait pas leur donner le plaisir de l'entendre hurler, même si elle n'avait qu'une envie : crier de douleur. Un goût de sang envahit sa bouche tandis que le quatrième coup déchirait son dos. Elle enfonça plus profond encore ses ongles dans le bois. L'un d'eux cassa. Elle ne le sentit même pas. Cette douleur n'était rien en comparaison de celle qui irradiait de son dos. Elle sentit le sang couler le long de sa colonne vertébrale.

Tous les entraînements des Maîtres-Lames lui revinrent en mémoire. En tant qu'émissaires et protecteurs du roi, ils étaient souvent gardiens de secrets pouvant compromettre la royauté. Que serait un Maître-Lame qui les révélerait tous à la moindre petite douleur ? Elle fit comme on lui avait appris : elle pensa à quelque chose d'agréable afin de dissocier son corps de son esprit. Le vent dans les cheveux, l'air marin, la caresse de doigts tendres, une bouche sur la sienne…

Elle perdit le fil quand le cinquième coup déchira les chairs de son dos.

Des pensées agréables, il fallait qu'elle retrouve des pensées agréables… Jamais les entraînements de Maître-Lame n'avaient poussé la douleur aussi loin. Elle mordit le bois du poteau. Elle voulait juste que tout s'arrête. Vite, une pensée agréable ! Daérion s'approchant d'elle dans la tente…

Le sixième et le septième coup furent si vite envoyés, la décharge de douleur dans tout son corps fut telle, que ses jambes se dérobèrent. Les cordes de ses poignets furent le seul lien qui la maintint contre le poteau. Elles s'enfoncèrent si profondément dans sa peau que le sang coula le long de ses bras. Le huitième coup fut comme un écho lointain, comme si son corps ne lui appartenait plus.

Elle tenta de se redresser, mais le neuvième coup fusa. Elle fut ballottée contre le poteau. Elle tenta de se rétablir, mais ses pieds glissèrent sur le sol encore gelé par tous ces jours d'hiver. Elle sentait que son dos était déchiqueté. Le sang coulait. Toutes ses forces l'abandonnaient. Un sanglot lui échappa quand le dixième coup, le dernier, fusa. Elle serrait ses dents si fort qu'elles étaient prêtes à se briser.

— Mais tu vas hurler, oui ? ! rugit Rufus.

Un onzième coup la frappa, puis un douzième. Le treizième emporta avec lui la raison de Robyn qui sentit sa vision se voiler. Un quatorzième coup claqua, mais la jeune femme le sentit à peine. Sa tête retomba contre le bois et ses jambes ployèrent sous elle. L'obscurité l'envahit.

CHAPITRE 36

— Qu'est-ce qui s'est passé ici ? demanda Antaï.

Le campement avait été ravagé. La charrette de la cage de Robyn n'était plus qu'un tas fumant, les hommes qui montaient la garde sursautaient au moindre bruit. L'attaque avait été fulgurante, aussi fugace que dévastatrice. Elle avait laissé derrière elle cinq morts, sept blessés, dont un dans un état critique, et un disparu, en la personne de Robyn.

— Où est le prince ? demanda Antaï.

— Où est Robyn ? demanda Daérion.

— Par là, répondit un soldat qui avait cessé de les menacer de son arc après avoir reconnu Antaï.

Ils coururent sous l'unique tente debout, celle où se trouvait Robyn pendant l'attaque. Elle avait été transformée en infirmerie. Ils y entrèrent d'un même mouvement. Tylan était dans un coin, le bras enveloppé dans un bandage. Il parlait en faisant de grands gestes. Antaï se précipita vers lui tandis que Daérion traînait sur le seuil, cherchant Robyn, ne la voyant nulle part. À son tour, il rejoignit le prince.

— … interrogatoire ! hurlait le prince lorsque Daérion s'approcha.

— Où est Robyn ? demanda-t-il de but en blanc.

Tylan regarda Daérion comme s'il était étonné de sa présence. Un voile sombre passa devant ses yeux, s'effaça très vite pour laisser place à de la lassitude.

— Je ne sais pas, lâcha-t-il.

— Comment ça, vous ne savez pas ? gronda Daérion.

— Nous nous sommes fait attaquer par des hommes bien plus nombreux que nous. L'attaque a duré deux minutes, tout au plus, et Robyn n'était plus là. Il ne restait que ça…

Il lui montra un tissu posé à côté de lui.

— Il est imbibé de *somnance*, ne le touchez pas, le prévint Tylan.

Daérion comprit immédiatement à quoi il avait servi.

— Par qui a été enlevée Robyn ?

— C'est ce que nous essayons de savoir, répondit le prince. Nous avons un prisonnier et il…

— Où est-il ? le coupa Daérion.

Tylan lui montra un petit espace. Il était séparé du reste par un pan de tissu. Daérion s'en approcha à grands pas, suivi par Antaï et Tylan. Il écarta le tissu. L'individu qui se tenait là était entouré par trois hommes qui tentaient de contenir une hémorragie. Daérion repoussa les soldats-médecins.

— Monsieur, qu'est-ce vous faites ? protesta un soldat.

— Fermez-la, lui répondit Daérion.

Il se pencha sur l'homme allongé sur la table. Il était blanc comme un linge. Il avait perdu beaucoup de sang. Sa blessure le faisait certainement beaucoup souffrir. Daérion y jeta un œil. En bas de son abdomen s'ouvrait une large plaie. Avec les soins nécessaires, il survivrait. Sans cela, il mourrait dans d'atroces souffrances.

— C'est pas joli joli, n'est-ce pas ? lança-t-il au blessé d'une voix glaciale.

L'homme portait une cuirasse rouge sang. Aucun blason, aucune broderie, n'indiquait son appartenance à une quelconque milice.

Daérion s'assit sur le bord de la table sur laquelle on l'avait étendu.

— Tu vas m'écouter attentivement. Si on ne te recoud pas, ta plaie va s'infecter. Ça fera terriblement mal, et tu finiras par mourir. Ou alors, ces braves gens que tu vois te soigneront et tu pourras reprendre ta petite vie insignifiante. Mais moi, je ne suis pas un brave type. Tant que tu ne m'auras pas dit où tes petits copains ont emmené Robyn Fayne, je resterai là à te regarder agoniser pendant des jours, et ces personnes ne s'approcheront pas de toi.

Daérion marqua un temps d'arrêt, histoire d'être certain que le blessé ait assimilé ce qu'il venait de dire.

— Monsieur, vous n'avez pas le droit de… commença un des soldats.

— Je crois vous avoir déjà demandé de vous taire ! tonna Daérion sans daigner le regarder.

Le soldat toussa, son visage se tordit de douleur.

— Tu as donc le choix : vivre ou mourir. Ta réponse ?

Daérion aurait cru qu'il faudrait insister davantage pour le faire parler, mais visiblement le prisonnier n'était pas le plus courageux ni le plus loyal des soldats envoyés ici pour enlever Robyn.

— Le château Nazaroth, balbutia-t-il.

— Ces vieilles ruines ? s'étonna Antaï.

— S'il s'avère que tu me mens, je t'assure que cette blessure ne sera rien en comparaison de ce que je te ferai, lui promit Daérion en se penchant davantage sur le blessé.

— C… C'est la vérité, je le… le jure.

Le jeune homme le fixa quelques secondes, puis il se leva.

— Il est à vous, dit-il au soldat-guérisseur avant de quitter la tente.

Daérion fonça vers les chevaux. Il avait l'intention de prendre ceux des soldats du roi pour laisser le sien se reposer. Derrière lui, il entendit les pas d'Antaï et Tylan.

— Restez ici, leur ordonna Daérion. Prévenez le roi ou quiconque susceptible de nous aider.

Mop jappa à ses côtés.

— Hors de question, protesta Tylan. Je viens avec vous.

— Vous êtes blessé.

— Une égratignure. Il s'agit de Robyn et *ça* (il désigna son bras), ça ne m'empêchera pas de la retrouver.

Daérion le regarda et réfléchit. Il n'y avait pas de meilleur allié qu'un prince amoureux. Tout ce qui comptait, c'était de délivrer Robyn, peu importait qu'il faille supporter Tylan.

— Et moi, je viens avec vous. Robyn est mon amie, ajouta Antaï. D'autres se chargeront de faire parvenir le message.

Les trois hommes partirent immédiatement. Personne ne put les arrêter, pas même le géant qui suivait Tylan comme son ombre. Ils le semèrent quelques kilomètres après être partis en trombe. Le château se situait à deux jours de chevauchée, à peine.

Sur la route, ils aperçurent les traces que les soldats avaient laissées sur leur passage. Ils n'avaient pas essayé d'être discrets.

— Il n'était pas tellement nécessaire de menacer un homme à l'article de la mort, commenta Tylan.

CHAPITRE 36

Daérion ne réagit pas à la pique lancée par le prince. Il n'avait pas aimé faire ce qu'il avait fait, mais la vie de Robyn était bien plus importante que sa morale.

— Qu'y a-t-il au château Nazaroth ? demanda Daérion après une longue chevauchée silencieuse.

— Rien, normalement, répondit le prince. C'est une ancienne demeure des rois de l'Archipel, mais mes ancêtres l'ont abandonnée depuis bien longtemps. Le château n'est plus que ruines à présent.

— Eh bien, apparemment, de chouettes types ont réhabilité les lieux, fit Daérion sur un ton accusateur.

— Puis-je savoir ce que vous insinuez ? lança Tylan.

— Seulement que si vous et votre père étiez un peu moins tournés sur votre petit monde, vous vous seriez rendu compte qu'il se trame des choses dans l'Archipel ! Dites-moi, pourquoi Robyn s'est-elle retrouvée dans une cage en partant pour la Maison aux Mille Pièces ? Vous étiez censé faire en sorte que ça n'arrive pas !

Sa colère culminait depuis qu'il avait appris que Robyn avait été condamnée à être enfermée dans ce lieu où l'on n'envoyait que les plus grands criminels.

— C'est mon père qui…

— Vous ne faites rien d'autre que de vous cacher derrière les actes de votre père, tonna Daérion. Si jamais il est arrivé malheur à Robyn, ce sera vous, le responsable.

— Et alors quoi ? Vous allez m'étriper et me promettre de me regarder agoniser, comme vous l'avez fait avec cet homme blessé ?

— Précisément, oui.

— Vos méthodes sont repoussantes. Vous avez menacé un homme sur son lit de mort !

Daérion fit pivoter son cheval vers Tylan. Ce dernier s'arrêta net.

— Laissez-moi vous dire quelque chose, *Prince.* Nous sommes en guerre. Des forces s'élèvent contre nous, des forces qui ne jouent pas le même jeu que nous. Oui, mon attitude me répugne, mais je devais agir de la sorte et, si c'était à refaire, je le ferais sans hésiter, car cet homme que vos médecins sont en train de recoudre n'aurait pas hésité à me traiter ainsi si les rôles avaient été inversés. Oui, j'ai profité du fait qu'il était à ma merci. Je n'aime pas agir comme cela, mais il va falloir vous mettre dans le crâne que nous n'avons pas le choix.

— Pas d'autres choix que de nous abaisser au niveau de nos ennemis, c'est ça que vous voulez dire ?

— Pas d'autres choix que de tout mettre en œuvre pour survivre, c'est là que je veux en venir, répliqua Daérion. Robyn est enfermée dans ce château Nazaroth. Celui qui l'a enlevée ne lui veut pas du bien. On ne sait pas dans quelles conditions elle est enfermée. Vouliez-vous attendre que cet homme soit pleinement rétabli pour qu'il daigne nous révéler ce qu'il sait ? La vie de Robyn est en jeu.

Tylan ne répondit pas.

— Moi, je vais retrouver Robyn, peu importe le nombre de personnes que je devrai menacer sur mon chemin !

Daérion fit pivoter sa monture et reprit son chemin, implacable, le visage fermé. Il savait qu'avec ce genre de raisonnement on excusait tout le monde, même les pires assassins, et il détestait en être arrivé à de telles extrémités. *Cette fille te fait faire n'importe quoi*, résonna une petite voix diabolique dans son crâne. Qu'à cela ne tienne ! Daérion avait promis de protéger Robyn et il tiendrait parole.

Chapitre 37

Robyn se réveilla une nouvelle fois percluse de douleur, à croire que ça devenait une habitude. Elle essaya de bouger, mais son dos la fit atrocement souffrir, rendant chaque geste quasiment impossible. Même respirer était compliqué. Incapable de se mouvoir, elle observa les lieux depuis sa position précaire.

Elle s'était attendue à se retrouver dans la même cellule miteuse d'avant son évasion, mais à sa grande surprise elle était couchée sur un matelas de plumes. Elle était dans une pièce lumineuse aux murs décorés de tapisseries représentant du lierre et des fleurs grimpantes, des paysages idylliques, des créatures fantastiques. Le tissage et les broderies étaient si réalistes qu'on pouvait se croire dans une forêt tropicale luxuriante où la nature régnait en maîtresse.

Le contraste était saisissant entre ce poteau couvert de morsures et de sang séché, auquel elle avait été attachée pour recevoir les coups de fouet, et cet endroit fastueux, à tel point que le supplice paraissait appartenir à un cauchemar. Mais la douleur cuisante dans son dos lui rappelait que les coups de fouet étaient bien réels, que sa chair était à vif.

D'ÉCAILLES & D'OBSCURITÉ

Où était-elle ? Elle entendait de l'eau couler. Une fontaine ? Une délicieuse odeur de pâtisserie flottait dans l'air. L'estomac vide de Robyn gargouilla. L'avait-on libérée de ses bourreaux alors qu'elle était évanouie ? Une aide providentielle était-elle venue à son secours ?

Elle réessaya de bouger et entendit un bruit métallique. Elle leva les yeux sur ses poignets. Les fers qu'elle y vit accrochés lui signifièrent qu'elle n'avait pas été libérée. Elle était toujours enchaînée, et blessée de surcroît. Elle tenta de solliciter ses jambes. Elle perçut également le bruit du fer. Elle était pieds et poings liés à son lit.

Une porte s'ouvrit derrière elle. Elle tourna la tête, s'imaginant voir entrer Rufus et son sourire mauvais. Contre toute attente, ce fut une femme qui se glissa dans la pièce. Elle était magnifique. De longs cheveux noirs, brillants et lisses tombaient sur ses hanches. Elle portait une robe légère de mousseline blanche. Ses yeux ambrés scrutaient Robyn. Son visage était parfait avec son teint mat, ses pommettes hautes et son nez fin. Elle s'assit avec grâce sur une chaise capitonnée posée à côté du lit de Robyn et, du bout des doigts, elle lui toucha le front.

— La fièvre est enfin tombée, lui annonça-t-elle d'une voix douce.

Robyn se rappela la salle enfumée où elle était descendue, cette forge à la chaleur moite qui vous collait à la peau, la saleté, la sueur. Ici, tout était d'une propreté et d'un luxe incroyables.

— Nous sommes toujours au château Nazaroth, lui indiqua la femme, comme si elle lisait dans ses pensées.

Robyn mit de l'ordre dans ses idées. Sa langue était pâteuse, comme après une soirée trop arrosée. Elle se remémora ses cours d'histoire et de géographie.

Chapitre 37

— Mais ce n'est qu'une ruine…

— L'aile des concubines des anciens souverains a résisté au temps. Étonnant, non ?

La femme prit un petit flacon de pommade sur la table de chevet à côté du lit de Robyn et l'ouvrit. Une odeur rance s'en échappa. Elle en mit sur ses doigts, reposa le petit pot en verre et souleva la chemise de la jeune femme. Robyn contracta tout son corps, se préparant à la douleur qui n'allait pas tarder à irradier de ses plaies. Mais le contact de la femme était doux et la pommade avait un effet rafraîchissant sur ses blessures. Robyn décontracta tous ses muscles.

« L'aile des concubines », avait dit cette femme. Et Rufus Agyr avait parlé d'un harem.

— Tu es une concubine ? demanda Robyn.

— Je m'appelle Asha.

— Robyn.

— Je sais.

La main d'Asha saisit une serviette. Elle ôta de ses doigts le résidu de pommade, puis replaça doucement la chemise sur la peau de Robyn.

— Ils t'ont salement amochée, observa-t-elle.

— Rufus Agyr, fit Robyn, comme si cela expliquait tout.

— Je sais, répéta-t-elle une nouvelle fois.

— Pourquoi ? Il t'a fait la même chose ?

— Oh, non ! Je ne suis pas assez douée, ni même assez courageuse pour échapper à ses gardes. Mais c'est Rufus Agyr qui commande, ici, et personne ne fait rien sans son accord.

Asha scruta le visage de Robyn, les sourcils légèrement froncés. La Maître-Lame se sentit soudain bien laide face à Asha. À quoi devait-elle ressembler ainsi couchée, le dos meurtri, le visage sans doute sale de son voyage en cage et de son séjour dans la petite cellule miteuse, les cheveux emmêlés ? Elle s'efforça de chasser ces idées de ses pensées. Son apparence n'était pas le plus important, pour le moment. Elle devait comprendre comment elle s'était retrouvée ici, et surtout comment elle pourrait s'en sortir.

— Et donc, nous sommes dans le quartier des concubines. Combien êtes-vous ?

— Combien sommes-nous, tu veux dire.

Devant le regard étonné de Robyn, Asha précisa :

— Tu es l'une des nôtres, maintenant.

— Non, je ne suis pas une concubine.

— Tu sais, Robyn, avec une attitude pareille, tu ne risques pas de sortir de ce lit.

— Parce qu'il compte m'ôter ces fers un jour ? ricana la Maître-Lame en soulevant ses poignets.

— Si tu te comportes bien, oui.

Robyn avait l'impression d'être une petite fille tapageuse que l'on avait mise au coin et que l'on n'autoriserait à sortir que lorsqu'elle se serait assagie. Si c'était la condition pour s'enfuir de l'aile des concubines, elle voulait bien jouer le rôle qu'on attendait d'elle…

— Je ne veux pas coucher avec Rufus. Ni avec aucun autre.

Ce fut au tour d'Asha de rire.

— Tu n'as pas à t'en faire pour cela. Les concubines sont réservées à Rufus et il ne choisit toujours que trois d'entre nous. Avec le dos dans cet état, il ne te touchera pas. Il aime la beauté, vois-tu. Le sang le dégoûte au plus haut point.

— Pourtant, il avait l'air plutôt heureux de me déchirer le dos.

— Le sang pendant l'acte le dégoûte, précisa Asha.

CHAPITRE 37

— Tu fais partie des trois femmes avec qui il… ?

Asha rougit, ce qui voulait tout dire.

— Alors que font les autres concubines ?

— Elles sont là au cas où l'une des trois élues tomberait malade. Mais ça n'arrive jamais. Nous sommes si bien traitées ici.

Y avait-il de l'ironie dans la voix de son interlocutrice ? Ou bien Asha était une excellente comédienne, ou bien elle pensait réellement ce qu'elle disait. Dans tous les cas, Robyn n'osa pas la contrarier. Si elle voulait sortir de ce lit et se débarrasser de ces fers, elle avait intérêt à se tenir à carreau. Cela commençait par ne pas révéler le fond de sa pensée.

— Je dois y aller. Je repasserai te voir plus tard. Repose-toi.

Asha quitta la pièce d'une démarche gracieuse, laissant Robyn seule avec ses pensées et ses questions.

En fin de journée, des gardes entrèrent dans sa chambre. Un instant, elle crut que Rufus avait changé d'avis : finalement, elle serait mieux dans les cachots. Ils lui enlevèrent ses fers mais, au lieu de l'entraîner dans les sous-sols, ils la conduisirent jusqu'à une chambre. Dans cette partie du château – l'aile des concubines, comme l'avait appelée Asha –, il n'y avait pas de couloirs effondrés, de toits éventrés ou de fenêtres éclatées. Les corridors étaient chichement éclairés et décorés de sorte qu'on avait l'impression de se promener dans un jardin, tant les tapisseries étaient criantes de réalité.

Robyn, qui s'attendait à partager un dortoir avec les autres filles du harem, fut bien étonnée de ne voir qu'un lit dans la chambre. Les autres filles avaient-elles toutes droit à ce privilège ?

Les gardes qui avaient escorté Robyn jusqu'à ses appartements n'avaient pas dit un mot et ils n'en dirent pas davantage lorsqu'ils refermèrent la porte derrière elle. Elle savait qu'ils passeraient la nuit devant sa porte. Elle se demanda si toutes les filles étaient autant surveillées ou si elle était une exception.

Robyn se précipita vers la fenêtre, ouvrit les rideaux… et tomba sur un mur. Elle rabattit les rideaux en un geste rageur. Alors elle serait privée de la lumière du soleil durant tout son séjour ici ?

Elle s'assit sur le lit. Ici aussi, les tapisseries étaient somptueuses, représentant des scènes bucoliques : de belles dames dans de somptueuses robes participant à un pique-nique sur l'herbe, de jeunes gens dansant dans une prairie idyllique, une promenade au bord d'un lac… Il n'y avait aucune place pour la pierre, le sang ou la guerre. Même le sol était recouvert de tapis imitant un parterre de fleurs. Quant au plafond, il était peint d'un ciel estival, ponctué de nuages épars. Tous ces décors magnifiques étaient-ils là pour divertir les filles du harem ou, au contraire, pour leur rappeler ce qu'elles ne pourraient plus voir, étant prisonnières du château ? En tout cas, l'effet était cruellement réussi.

Elle fit le tour de ses appartements : un lit, une coiffeuse, une baignoire cachée derrière un paravent orné, une cheminée et une bibliothèque remplie de livres. Son regard s'arrêta sur l'un d'eux et son cœur se serra. *Alwynn, la paysanne qui portait une épée.* C'était cette histoire que Daérion lui avait lue, un soir, au palais. Elle aurait donné cher pour revivre cette soirée en sécurité, au chaud, près de lui.

Robyn s'administra une claque mentale. Il était parti. Il s'était enfui au moment où elle avait le plus besoin de lui. Il ne méritait pas qu'elle gaspille son temps à penser à lui. Elle se retint à grand-peine de prendre le livre et de le balancer dans les flammes, mais elle savait à quel point ces objets étaient précieux. Alors, elle le laissa dans l'étagère.

Chapitre 37

Un peu plus tard dans la soirée, on lui apporta un repas. Robyn n'avait pas vraiment faim, mais elle se força à se nourrir. Elle devait rester en pleine forme au cas où l'occasion de s'enfuir s'offrirait. De plus, manger laisserait entendre qu'elle s'acclimatait au harem et, moins elle susciterait la curiosité, plus elle serait libre de ses mouvements. Se fondre dans la masse des autres concubines, connaître son environnement, tel était son plan, pour le moment.

Plus tard, une femme vint changer ses bandages et lui laissa le petit pot de pommade dont Asha s'était servi un peu plus tôt.

Personne ne lui adressa un seul mot, à croire qu'ils avaient ordre de ne pas lui adresser la parole.

Robyn se réveilla tôt, le lendemain. Du moins c'est ce qu'elle croyait. Sans fenêtre pour voir le jour, elle n'avait aucune idée de l'heure qu'il était. Son bain fut moins pénible que ce qu'elle aurait pensé. À sa sortie de l'eau, elle tenta de voir dans le miroir de la commode l'état de son dos. Ne pouvant pas trop se contorsionner – elle sentait ses plaies se rouvrir au moindre mouvement trop ample –, elle ne vit qu'une partie de ses blessures. Elle grimaça. Rufus avait littéralement lacéré son dos. Si la douleur était présente, elle n'était pas aussi forte qu'elle aurait dû l'être : la pommade était miraculeuse. Elle pouvait au moins se déplacer sans trop de mal même si sa démarche était raide.

Une fois habillée d'une sorte d'ample chemise de nuit qui laissait ses bandages respirer, elle se dirigea vers la porte de sa chambre et colla son oreille contre le bois. Avait-elle le droit de sortir ? À tout hasard, elle tourna la poignée. Le battant s'ouvrit. Elle fit un pas en avant. Les gardes ne firent pas un geste pour l'arrêter. Ne sachant pas trop où aller, elle prit à droite, étant venue de la gauche la veille. Ils lui emboîtèrent le pas. Elle marcha un petit moment. Ce couloir semblait n'être qu'une enfilade de pièces dont aucun soldat ne gardait les entrées.

Robyn tourna à l'angle du couloir. Il y avait deux paires de grandes portes, une à sa droite et une à sa gauche. Elle prit celle de droite. Aussitôt, un des gardes qui l'accompagnait lui barra le chemin.

— Vous n'avez pas le droit d'aller par là. Il est interdit aux concubines de quitter leur tour.

C'étaient les premiers mots qu'on lui adressait depuis qu'Asha était venue la voir à l'infirmerie.

Donc la sortie est par là, nota-t-elle en son for intérieur. Elle adressa un regard faussement désolé au soldat, qui reprit sa place derrière elle, convaincu par sa résilience apparente. Elle se dirigea vers les grandes portes de gauche. Cette fois, personne ne l'arrêta. Robyn les poussa et se retrouva dans une pièce magnifique. Elle avait beau être prisonnière, elle ne put que s'extasier.

Une fontaine d'or trônait au centre. Le sol était fait de marbre blanc veiné de noir, tout comme les murs qui, pour une fois, n'étaient pas recouverts de tapisseries. Il y avait en revanche des tapis sur lesquels étaient posés des coussins confortables de formes diverses. De petits guéridons recouverts d'assiettes pleines de sucreries étaient installés çà et là. Outre le glouglou de l'eau de la fontaine, deux femmes jouaient de la harpe. Plus loin, après la fontaine et les tapis, se formait comme un labyrinthe végétal fait de fausses fleurs en soie et de feuilles cousues qui formaient un entrelacs sur les murs. Robyn s'y promènerait plus tard. Elle avait la ferme intention de visiter tous les recoins de cette tour des concubines. Pour l'heure, elle devait d'abord faire face aux regards qui la dévisageaient.

Il y avait devant elle une vingtaine de femmes, âgées d'une vingtaine d'années. Toutes, sans exception, la scrutaient, leurs yeux passant de sa tenue complètement débraillée à son visage et à ses formes. Essayaient-elles de savoir si elle était une concurrente sérieuse ? Voulaient-elles toutes finir dans le lit de Rufus Agyr ? Robyn leur laissait la place bien volontiers.

L'instant suivant, toutes les concubines se levèrent pour accueillir un nouveau venu que Robyn n'avait pas entendu approcher. Rufus Agyr toisa d'un air ravi toutes ces femmes devant lui qui l'admiraient avec un sourire mutin. Robyn s'écarta de lui doucement, tentant de masquer au mieux le dégoût que cet homme lui inspirait.

— Tu tombes bien, Robyn. Je voulais justement te présenter à tes nouvelles amies.

Rufus plaça sa main gauche au creux des reins de la jeune femme, à un endroit qui ne comportait aucune plaie. À croire que Rufus savait parfaitement où il avait frappé. À moins qu'il ne l'ait observée pendant qu'elle dormait, sans défense, dans cette chambre qui s'apparentait à une infirmerie. Cette idée lui souleva l'estomac. Elle dut se contenir pour ne pas faire un pas de côté.

Le geste de Rufus n'échappa pas aux concubines. Certaines froncèrent les sourcils.

— Voici tes nouvelles camarades, dit-il d'un ton enjoué, qui ne ressemblait pas du tout à celui, cruel, qu'il avait employé lorsqu'il avait ordonné les dix coups de fouet.

D'une petite pression, il la fit avancer vers ses nouvelles « amies ». Le mot « requins » aurait été plus juste. Leurs yeux sombres qui se fixaient sur elle étaient pareils aux dents de ces animaux marins. S'ils avaient pu mordre, Robyn aurait été déchiquetée. Il la conduisit jusqu'à un tapis.

— Je t'en prie, installe-toi.

La jeune femme sentait sa main à travers le tissu de sa chemise, comme une brûlure sur son dos déjà endolori. Elle aurait voulu se dégager, le repousser, mais elle se contenta de serrer les dents, d'ignorer les regards assassins des autres filles. Elle s'assit sur un tapis inoccupé, échappant ainsi au toucher de Rufus.

— Bien. Asha, viens avec moi.

La femme qui s'était occupée de Robyn la veille se leva avec un grand sourire. Robyn se demanda si elle était vraiment ravie de le suivre. Un goût désagréable lui monta dans la bouche. Tout ici était malsain. Rufus serra Asha contre lui, sa main s'égarant le long de sa poitrine, ce qui la fit glousser. Avant de quitter la salle pour plus d'intimité, Rufus se tourna vers Robyn.

— Ma jolie, la prochaine fois, pense à mettre une tenue plus seyante.

Les vêtements de Robyn faisaient pâle figure à côté des chitons colorés des concubines. Ces dernières portaient du tulle et des soieries dans des tons bleus, jaunes, verts. La plupart d'entre elles laissaient apparaître des parties de leur corps. Ces décors magnifiques, ces vêtements somptueux... Tout cela détonnait dans l'univers de Robyn qui toute sa vie n'avait connu que les saisons rigoureuses près d'Astaak – ou de telles tenues lui auraient valu de mourir de froid dans l'instant –, les cours de l'Académie et les voyages à bord du *Céleste*. Ces différents endroits ne lui avaient jamais permis de porter de telles tenues, mis à part un ou deux bals à la cour du roi.

Chapitre 37

La guerrière observa autour d'elle. Les femmes discutaient, faisaient des messes basses en jetant des coups d'œil à Robyn. Elles ne prenaient pas la peine d'être discrètes. Elles suçotaient des sucreries, et toutes sortes de mets posés sur les petits guéridons. Deux d'entre elles, celles qui étaient assises avec Asha, riaient ouvertement en lui lançant des regards on ne peut plus méprisants. Robyn ne s'en formalisa pas. Elle n'était pas là pour se faire des amies.

Les deux soldats qui la suivaient partout depuis qu'elle avait quitté sa chambre n'avaient pas franchi les portes de cette grande salle. Apparemment, les hommes n'étaient pas admis ici, Rufus Agyr excepté. Robyn en profita pour se lever et explorer les lieux le plus innocemment du monde. Elle fit mine de s'intéresser aux décors dorés, à la fontaine. Elle attrapa même un fruit sur un guéridon. Ses yeux couraient le long du plafond, sur les fleurs en tissu. En apparence, elle visitait. En vérité, elle cherchait une échappatoire. Mais elle ne vit rien d'autre que du luxe. Pas de fenêtres ni de portes, pas de trappes dérobées, rien qui ne lui permette de sortir.

Elle retourna se rasseoir, cachant sa frustration. Qu'espérait-elle ? Un passage secret qui l'aurait emmenée loin d'ici ? S'il y en avait, ils étaient bien cachés.

Elle quitta la salle de marbre pour visiter le reste de la tour des concubines. Les soldats lui emboîtèrent aussitôt le pas. Elle tomba ainsi sur les cuisines, sur une piscine en mosaïque bleue et blanche, une salle de massage recouverte de fresques montrant des hommes et des femmes dans des positions équivoques. Elle avait recensé une trentaine de concubines et fit rapidement le calcul. Il y avait moins de chambres que de femmes. Donc, certaines devaient en partager. Robyn avait une chambre pour elle seule, une grande marque de privilège. Il n'était pas étonnant que les autres la regardent de travers.

Innocemment toujours, elle s'approcha des fenêtres, feignant d'admirer le tissu des rideaux. À chaque fois, elle se retrouva face à un mur. Toutes les fenêtres avaient été condamnées. La seule chance que Robyn avait de s'échapper, c'était par les grandes portes qui lui étaient interdites.

Ainsi, deux journées s'écoulèrent. Le dos de Robyn cicatrisait très lentement. *Malencontreusement*, une servante renversa du vin sur sa chemise ample, qui fut irrécupérable. Robyn fut donc contrainte de se vêtir d'une des robes en mousseline qui dévoilait plus que nécessaire ses formes. Elle ne cessait de se tortiller jusqu'à la salle de marbre où, chaque matin, Rufus faisait son choix.

Robyn se glissa derrière deux femmes afin de ne pas être vue et attendit patiemment. Elle détestait attendre. Deux jours de perdus. Elle ne pouvait se fier à personne, ni à ses gardes qui ne la lâchaient pas d'une semelle, ni même aux autres filles qui ne rêvaient que de finir dans le lit de Rufus et qui la considéraient comme un parasite.

Quand Rufus entra dans la salle ce matin-là, il balaya la pièce du regard. Ses yeux effleurèrent le corps de Robyn et y restèrent un petit moment, si bien que les regards convergèrent vers elle. Les trois favorites froncèrent les sourcils. Finalement, Asha fut de nouveau choisie, au grand soulagement de Robyn. Les deux jours précédents, c'étaient ses deux pestes d'amies qui avaient été appelées.

Une fois de plus, les portes se refermèrent et, ne supportant pas d'être assise plus longtemps près de la fontaine, Robyn se leva pour errer dans la salle de marbre, le seul endroit où ses gardes ne la suivaient pas. Même lorsqu'elle était dans sa chambre, elle ne se sentait pas seule. Elle savait ses gardes devant sa porte, à épier le moindre de ses mouvements à travers les battants de bois.

Robyn s'assit sur un banc et ferma les yeux, tentant de se rappeler à quoi ressemblaient la lumière des étoiles et la caresse du vent. Elle entendit des personnes s'approcher et ouvrit les yeux, surprise. Personne n'était venu lui parler, ces derniers jours, pas même Asha qui lui avait pourtant rendu visite alors qu'elle était alitée. La belle femme faisait comme si elle ne la connaissait pas. Pourquoi Asha était-elle venue la voir à l'infirmerie ? Voulait-elle réellement s'assurer de son état ou simplement voir une potentielle rivale ? D'après ce que Robyn avait compris en écoutant les conversations des autres filles, il n'y avait pas eu de nouvelle concubine depuis un certain temps. En tout cas, ce qu'Asha avait vu n'avait pas vraiment dû l'inquiéter puisqu'elle ne lui avait pas reparlé depuis. Toutefois, contrairement aux deux autres favorites avec qui elle passait tout son temps, Asha ne ricanait pas lorsque Robyn était dans les parages.

En voyant venir Poline et Mina, les deux mégères qui accompagnaient Asha partout, elle soupira et pensa un instant à partir de son banc, mais choisit finalement de rester assise. Robyn voulait certes se fondre dans la masse des concubines, mais elle ne se ferait pas marcher dessus.

— La voilà ! s'exclama Poline.

Poline était une grande brune aux jambes interminables. Robyn lui arrivait tout juste à l'épaule. La deuxième s'appelait Mina, une jolie blonde aux grands yeux bleus. Elles s'assirent de part et d'autre de la jeune femme, l'éternel tissu rose de Poline frôlant la tenue blanche de Robyn, qui regretta instantanément de ne pas avoir suivi son premier instinct :

fuir loin d'elles. Des sourires malveillants éclairaient leur visage.

— Qu'est-ce que vous voulez ? demanda Robyn d'une voix morne.

— Que tu ne t'approches pas de Rufus.

— Comme si je le souhaitais, répliqua Robyn, cinglante.

— Pourquoi tu es là, si tu ne le veux pas ? demanda Mina, réellement étonnée, comme si cette idée lui était inconcevable.

— On m'y a obligée, figure-toi.

— Il n'empêche qu'il n'y a que trois favorites et qu'aucune de nous ne te donnera sa place.

— Tant mieux, je n'en veux pas.

— Tout le monde le veut, rétorqua Poline, qui était décidément la plus féroce. Alors sache que si jamais tu fais quoi que ce soit pour évincer l'une d'entre nous, tu le regretteras.

Robyn se tourna vers elle. Du coin de l'œil, elle avisa les autres femmes. L'idée de coller une bonne paire de gifles à ces deux pestes était tentante, mais Robyn ne voulait pas créer d'esclandre. *Se fondre dans la masse. Attaquer au moment opportun.* Le moment opportun n'était pas encore venu. Les deux favorites risquaient de raconter à Rufus son coup d'éclat et Robyn se verrait de nouveau affublée de fers. Si elle voulait continuer à explorer cette prison dorée et chercher un moyen d'en sortir, elle devait être libre de ses mouvements. Alors elle garda un sourire imprimé sur ses lèvres – le même qu'elle affichait devait le roi Job lorsqu'elle voulait lui cacher son agacement – et persifla à l'oreille de Poline :

— Il se peut que ce soit toi qui le regrettes si tu continues à me menacer.

Poline pâlit imperceptiblement sous les fards dont elle se couvrait pour s'embellir, comprenant que Robyn n'était pas une de ces filles qu'elle pouvait impressionner. Si elle était une des reines du harem, régnant sur les filles, Robyn ne serait pas de celles qu'elle pourrait assujettir.

Sans perdre son sourire, Robyn se leva et s'éloigna. Lorsqu'elle fut assez loin pour échapper à d'éventuels coups, Mina lança de sa voix aiguë :

— Je trouve que cette tenue ne lui va pas du tout, tu ne trouves pas, Poline ?

Poline ne répondit rien. Elle se contentait de fixer Robyn dans le dos, imaginant certainement le meilleur moyen pour y planter un poignard. La guerrière ne se retourna pas. Elle sentait son regard brûlant. Elle venait de se faire une ennemie et, dorénavant, elle prendrait soin de regarder derrière elle. Sa formation de Maître-Lame lui avait appris à reconnaître les personnes potentiellement dangereuses. Or, sous son maquillage et ses tenues légères, Poline était redoutable.

CHAPITRE 38

Le château Nazaroth était bel et bien une ruine. De son ancienne splendeur, il ne restait rien, à part une tour qui avait mystérieusement résisté aux assauts du vent et des siècles. Pour le reste, les anciens couloirs et escaliers s'étaient effondrés, certains murs avaient été éventrés. Tylan reconnut là l'œuvre de catapultes. Une bataille avait eu lieu ici, il y avait des siècles. Les souverains de l'Archipel en étaient sortis victorieux. Mais le château étant bien trop vieux et presque entièrement détruit, ils avaient décidé d'établir leur palais plus au sud. Le climat y était meilleur et l'accès rapide au port était assurément un avantage, que ce soit pour fuir en cas d'attaque, ou pour voyager dans les autres îles de l'Archipel.

Peu à peu, la nature avait repris ses droits. Des arbres poussaient dans ce qui était auparavant la salle du trône, tandis que le lierre et les fougères montaient à l'assaut des anciens murs. Il restait encore quelques statues sur leur socle. Battues par les vents, non entretenues, elles n'étaient plus que des formes abstraites, tels des fantômes ou des esprits. Les soldats de Rufus Agyr avaient planté leurs tentes tout autour.

D'ÉCAILLES & D'OBSCURITÉ

Rufus Agyr… Tylan n'en revenait pas. Ce courtisan n'avait jamais brillé par son intelligence. Il passait ses journées à boire, manger et brutaliser ses serviteurs. Jamais il ne l'aurait imaginé en traître. Pourtant, il avait enlevé Robyn.

Dès leur arrivée ici, Daérion, Antaï et Tylan s'étaient fait passer pour des soldats de l'armée de Rufus, subtilisant des cuirasses vermeilles. En quelques jours, ils avaient réussi à glaner beaucoup d'informations. Les soldats n'ayant pas grand-chose à faire pour le moment, ils buvaient et devenaient bavards. Plusieurs avaient fait mention d'une fille arrivée ici, une semaine auparavant. Après avoir presque réussi à s'enfuir, rouée de coups de fouet, elle se trouvait désormais dans le harem du seigneur. En apprenant cela, il avait fallu toute la persuasion d'Antaï pour que Daérion et Tylan ne se jettent pas à l'assaut du château dans l'heure.

Face à une armée de soldats qui s'ennuyaient ferme et qui n'attendaient qu'un prétexte pour se battre, il valait mieux adopter un profil bas. Le deuxième jour de leur arrivée, ils firent en sorte de monter la garde dans le château. Ils tentèrent alors d'apercevoir Robyn et de se faire une idée du plan de la bâtisse. S'ils ne la virent pas, ils notèrent l'entrée de la tour des concubines. C'était derrière ces portes ouvragées que Robyn se trouvait. Si proche, mais inaccessible. Mis à part Rufus et des soldats triés sur le volet pour surveiller cette aile, aucun homme n'était autorisé à entrer.

Après chaque journée de patrouille, Daérion, Antaï et Tylan traçaient sur un bout de papier les nouveaux couloirs qu'ils avaient parcourus, notant les portes, les fenêtres, les parties effondrées… Ils avaient ainsi recouvert quatre feuilles, une pour chaque étage.

Un matin de la deuxième semaine, alors que Daérion et

Tylan dessinaient une nouvelle partie du plan, ils entendirent la toile de tente se rabattre.

— Me voilà ! lança Antaï en revenant de son tour de garde.

Les deux hommes eurent la surprise de voir qu'il ne venait pas seul. Il était accompagné d'une fille, grande, élancée, aux cheveux blonds et aux yeux bleus.

— Lara ? s'étonna Tylan.

— Salut, Tylan. Il paraît que vous avez besoin d'aide.

— Qu'est-ce que tu fais là ? demanda le prince.

— Antaï m'a contactée. Il pense que je peux vous être utile.

— Ne me remerciez pas, fit le Maître-Lame d'un air faussement modeste.

— Tu es un véritable génie, mon ami ! répondit Tylan. Lara est celle qui nous fallait. Pourquoi je n'y ai pas pensé plus tôt ?

— Oui, d'ailleurs je suis un peu vexée, puisqu'on en parle, lança-t-elle.

Daérion se racla la gorge et les trois autres se tournèrent vers lui.

— Je m'appelle Daérion, dit-il. Et tu es ?

— Lara, Maître-Lame.

L'érudit jeta un coup d'œil à Antaï. À quoi pouvait bien leur servir un Maître-Lame supplémentaire ? Antaï expliqua rapidement la situation à son amie. Il fut bref : Robyn avait été enlevée et retenue prisonnière dans une tour sans fenêtre dont l'unique accès était de grandes portes que ne pouvait franchir qu'une poignée de personnes. Il lui montra ensuite le peu de choses qu'il savait de la tour des concubines.

— Épaisseur des murs ? demanda-t-elle.

Daérion s'étonna de la question, mais ne fit pas de commentaires. À force de côtoyer Antaï et Robyn, il avait bien saisi que les Maîtres-Lames étaient parfois des gens étranges.

— Un mètre, je dirais.

Lara réfléchit une seconde avant de répondre :

— Ça devrait le faire.

— Excusez-moi, mais qu'est-ce qui devrait le faire ? demanda Daérion.

— En plus d'être Maître-Lame, Lara peut passer à travers les murs, expliqua Tylan. Ce qui est très pratique.

— Ou très gênant lorsqu'on se trompe de chambre, renchérit Lara avec un sourire entendu.

Le prince rosit légèrement. Daérion sourit devant sa gêne et se promit de cuisiner Lara – qui lui semblait très sympathique – pour en savoir plus.

— Si tu peux passer à travers les murs, tu peux trouver Robyn et lui parler !

— Non, mon cher, ce serait totalement idiot, riposta-t-elle. Imagine que je me retrouve au beau milieu d'un couloir plein de gardes ? Je vais d'abord me faire passer pour une servante pour repérer les lieux où je pourrai apparaître sans me faire repérer, ce sera beaucoup plus intelligent. Ensuite, et seulement là, j'irai parler à Robyn.

Daérion hocha la tête, un peu perdu par cette fille. Tout ce qu'il retenait, c'est qu'ils avaient un moyen de trouver Robyn.

Dès le lendemain, ils espionnèrent les servantes. Ces dernières étaient quasiment invisibles, aux yeux de tout le monde. Pour la plupart des seigneurs, elles faisaient partie du château aussi bien que le mobilier. Lara en choisit une qui lui ressemblait, si l'on ne la regardait pas de trop près. Grande et blonde comme elle. Ils surveillèrent ses allées et venues. Elle passait la majeure partie de son temps dans la tour des concubines, mais sortait parfois pour aller laver le linge.

C'est ce moment-là que choisirent Tylan, Daérion, Lara et Antaï pour surprendre la servante. Le lavoir était un lieu un peu reculé où il n'y avait pas beaucoup de passage. Lara jaillit de derrière une pierre, bondit derrière la servante, murmura une excuse, puis l'assomma. Antaï et Daérion surgirent aussitôt des buissons pour récupérer son corps inanimé et l'éloigner des regards indiscrets.

Ils procédèrent aussitôt à l'échange. Lara revêtit la robe bleu ciel de servante, par-dessus laquelle elle portait un tablier blanc. Elle natta ses cheveux comme elle, puis passa son petit bonnet de dentelle. En retour, et pour qu'elle ne prenne pas froid, ils vêtirent la servante des vêtements de Lara.

Ainsi accoutrée, Lara récupéra la panière de linge. Ce dernier fut rapidement nettoyé, remis dans le panier, puis Lara prit le chemin du château.

L'efficacité légendaire des Maîtres-Lames entrait en action.

CHAPITRE 39

Robyn se rendit aux cuisines. Elle voulait se remplir le ventre, et pas qu'avec des sucreries. Elle avait besoin de viande, de légumes, de nourriture qui lui tienne à l'estomac. Voilà des jours qu'elle n'avait pas mangé un repas correct. Elle rêvait de sauce dégoulinante et de pain, de fromage.

Une fois de plus, ses gardes lui emboîtèrent le pas dès qu'elle sortit de la salle de marbre. Robyn réajusta sa tenue trop légère. Il lui était impossible de savoir ce que les gardes pensaient sous leur casque. Elle s'engagea dans le couloir. À l'angle, elle percuta une servante de plein fouet. Le contenu de son panier se répandit sur le sol.

— Excusez-moi, je ne voulais pas vous faire de mal, glapit la servante.

— Ce n'est rien, je ne regardais pas où j'allais.

Robyn se baissa pour l'aider à ramasser serviettes et gants de toilette. Elle croisa le regard de la servante et eut un petit mouvement de surprise. Elle masqua un sourire et s'empressa de baisser la tête aussitôt. Elle ne voulait pas attirer l'attention des gardes.

Elle aida Lara à remettre le contenu de son panier en place. Les deux femmes n'avaient jamais été très proches. Pourtant, en cet instant, la Maître-Lame était la plus belle vision qui lui était donnée de voir depuis de longs jours. Elle avait envie de lui sauter au cou, de l'embrasser sur les deux joues, de lui poser mille questions. Mais elle se retint, se contentant de lui rendre les serviettes.

— Merci, mademoiselle, dit la servante déguisée.

Leurs mains se frôlèrent.

Les deux Maîtres-Lames se relevèrent en même temps.

— Fais attention où tu mets les pieds, la prochaine fois, lui conseilla Robyn.

Puis, sans jeter un coup d'œil à la servante, elle reprit sa route vers les cuisines, le cœur battant la chamade. Sa main serrait la feuille pliée que Lara lui avait fait confier en douce. Dans les cuisines, on lui donna du pain et du fromage que Robyn engloutit avec appétit. Durant tout son repas, les gardes restèrent de marbre derrière elle, droits comme des piquets, aussi immobiles que des statues. Rassasiée, elle regagna sa chambre, résistant à l'envie d'y courir pour enfin lire ce qui était écrit sur le bout de papier.

La porte se referma derrière elle. Elle déplia le message.

Nous sommes tout près, on cherche un moyen de te sortir de là. Ne fais pas de bêtises !!! Rendez-vous ce soir, dans la salle de la fontaine.

Robyn sourit. Elle reconnaissait bien là Lara. Elle relut le mot deux fois, pleine de joie, puis le jeta au feu, ne voulant pas prendre le risque que quelqu'un tombe dessus par inadvertance. Elle passa ensuite le reste de l'après-midi à faire les cent pas, à se rasseoir, à prendre un livre qu'elle ne lut pas, à accomplir quelques exercices d'étirements lents pour ne pas abîmer son dos dont les plaies commençaient tout juste à cicatriser. Elle regarda s'écouler les heures, dans l'attente d'avoir des nouvelles de l'extérieur, son impatience menaçant de la rendre folle.

Robyn avait appris à se repérer dans ses journées, même sans la lumière du jour. La routine avait la vie dure dans la tour des concubines. Chaque jour, à la même heure, il se passait la même chose. Très tôt le matin, Robyn entendait les petits pas des servantes dans le couloir. Un peu plus tard, les soldats qui l'avaient suivie toute la journée et veillée toute la nuit allaient se reposer et deux autres les remplaçaient pour une journée tout aussi ennuyeuse. C'était généralement à cette heure-là que se levait Robyn. Dans les chambres voisines, elle entendait les autres filles s'agiter. Les dortoirs bruissaient de rires, de chuchotements, de tissus froissés. Robyn, qui ne tardait jamais à s'habiller, se rendait dans la salle de marbre. Elle était souvent la première. Les servantes amenaient alors les sucreries et les fruits, répondaient aux besoins des concubines. Puis Rufus Agyr entrait. Comme toujours, il laissait traîner son regard sur les filles du harem, tel un collectionneur devant ses trophées, puis il choisissait une de ses favorites. Celle-ci ne revenait pas avant la fin du déjeuner, les cheveux toujours un peu en bataille. Parfois, elle avait un nouveau bijou serti de pierres précieuses autour du cou qu'elle exhibait avec fierté. Puis, l'après-midi continuait. Si Rufus avait vraiment beaucoup d'appétit, il lui arrivait de reparaître dans la salle de marbre pour enlever une autre de ses favorites. Le reste du temps, il allait se prélasser dans la piscine en mosaïque blanche et bleue. Toutes les filles du harem le suivaient alors.

Il repartait un peu plus tard. Son départ sonnait l'heure du dîner. Une nouvelle fois, des servantes accouraient pour servir les concubines. Après s'être détendues dans la salle de marbre, ces dernières retournaient dans leur chambre, et la salle se vidait pour la nuit. La même ritournelle reprenait le lendemain matin.

Incapable de faire bonne figure devant les concubines tant son impatience était vive, Robyn avait prétexté de vives douleurs dans le dos pour s'éclipser sans paraître suspecte. Personne ne l'avait retenue. Ses gardes s'étaient contentés de la suivre et de se poster devant la porte de sa chambre.

Enfin, l'heure du dîner sonna. Robyn quitta sa chambre et rejoignit les concubines pour manger. Comme à son habitude, elle s'assit un peu à l'écart des autres. La plupart d'entre elles avaient les cheveux mouillés après leurs jeux dans la piscine.

Ce soir-là, le dîner se déroula si lentement que Robyn songea que le temps avait ralenti. Discrètement, elle cherchait Lara des yeux, mais elle ne la vit nulle part. Ou bien elle attendait avant de se montrer, ou bien elle avait eu un empêchement.

Normalement, le soir, les concubines ne traînaient pas dans la salle de marbre, épuisées par leur journée consacrée à plaire à Rufus. Étant donné que celui-ci ne se remontrait jamais après le dîner, elles ne restaient pas plus que de raison. Pourtant ce jour-là, Robyn avait l'impression que toutes les concubines avaient décidé de prolonger la soirée.

Enfin, une à une, elles partirent se coucher. Robyn devait absolument inventer une excuse pour rester plus longtemps dans la salle de marbre sans éveiller les soupçons de ses gardes. Un verre de vin à la main, elle suivit les concubines. Arrivée devant les portes, elle fit semblant de trébucher et renversa le liquide écarlate sur ses vêtements.

— Ce que je suis maladroite ! Je reviens tout de suite !

CHAPITRE 39

Les autres filles encore dans le couloir se moquèrent d'elle en voyant sa tenue souillée, mais Robyn les ignora. Elle se dirigea vers la fontaine et rinça lentement son haut d'un jaune soutenu.

— Vous voulez que je vous aide, mademoiselle ? demanda une servante.

— Non, merci, vous pouvez aller vous coucher, lui répondit la Maître-Lame.

Un coup de pied dans le tibia lui répondit.

La jeune femme leva la tête. La servante était Lara.

— Bon sang, je ne m'habitue pas à te voir avec ça sur la tête, fit Robyn en désignant le bonnet de dentelle posé sur les cheveux blonds.

Elle lui sourit, heureuse de voir enfin un visage ami. Robyn jeta un coup d'œil vers la porte où ses gardes l'attendaient. Ils allaient se douter de quelque chose si elle ne sortait pas bientôt.

— Suis-moi, ordonna Robyn en se dirigeant vers la sortie.

En ouvrant les portes, elle lança à Lara :

— … je m'en veux terriblement, j'aime tellement cette tenue ! C'est la seule que j'ai de cette couleur ! J'espère qu'il n'est pas trop tard pour enlever la tache.

— Ne vous inquiétez pas, mademoiselle, répondit Lara en jouant son rôle à merveille. Avec un peu de savon et d'eau, ça devrait partir. Plus vite je m'en occuperai, mieux ce sera.

— J'ai justement du savon dans ma chambre.

— Alors c'est parfait, je vais m'en occuper immédiatement.

— Oh, tu me sauves la vie !

Les gardes suivirent Robyn et Lara, et les laissèrent devant la chambre de Robyn. Ils fermèrent la porte derrière elle.

— C'est quoi cette tenue, Robyn ? Si Tylan te voyait comme ça, il…

— On s'en fiche de ma tenue, d'accord ? la coupa Robyn. Alors, c'est quoi le plan ?

— Pour l'instant, on n'en a pas. Le mieux aurait été de te faire traverser le mur, mais selon Daérion ce n'est pas possible.

Le cœur de Robyn rata un battement. Avait-elle bien entendu ?

— Daérion ? Il est ici, lui aussi ?

Et lui, que dirait-il s'il me voyait comme ça ? Elle tâcha de chasser la chaleur de ses joues pour adopter une attitude neutre.

— Oui, il est là, répondit Lara avec un sourire entendu. On se met tous en quatre pour te sauver, princesse. Daérion dit que la magie n'a aucun effet sur toi. Sinon on serait déjà loin et on n'en parlerait plus.

Lara posa ses mains sur l'un des murs, près d'une fenêtre obstruée. Elle fronça les sourcils.

— Je ne pourrai pas passer par là, les prochaines fois, précisa-t-elle. Les murs sont trop épais, je risque de rester coincée au milieu.

Puis Lara se tourna vers Robyn.

— Écoute-moi attentivement. On ne sait pas encore comment on va te faire sortir, mais on y réfléchit. Antaï, Tylan et Daérion travaillent d'arrache-pied pour trouver une solution. Sois patiente, ne fais pas n'importe quoi.

— Patiente ? répéta Robyn. Les filles préféreraient me voir morte et Rufus Agyr dans son lit. Je ne pourrai pas me défiler éternellement.

— Tu as bien réussi jusque-là, alors continue.

Robyn grimaça.

— Je n'ai pas d'arme, je n'ai rien !

— Parce que tu crois que tu peux cacher quelque chose là-dessous ?

Chapitre 39

Lara désigna la tenue très transparente de Robyn.

— Elle est fichue, je vais avoir le droit à une autre, je vais m'arranger. Trouve-moi une arme, OK ?

— Oui, princesse. Je dois y aller, maintenant. Les gardes vont se poser des questions si je reste trop longtemps. Ne fais pas de bêtises, je vais te trouver une arme. J'ai remarqué que les murs de la cuisine étaient plus fins. J'essaierai de te cacher un poignard là-bas. Il faudra que tu viennes le chercher.

— Entendu, je me débrouillerai.

— Enlève ta robe, il faut que j'aie une excuse.

Robyn se cacha derrière son paravent, enleva sa robe souillée et enfila une chemise de nuit fine. Elle donna sa robe jaune à Lara qui s'éloigna vers la porte de la chambre.

— Merci, Lara. Vraiment.

— Tu me remercieras quand on t'aura sortie de là.

Elle appuya sur la poignée et dit en sortant :

— Je vous rapporte votre robe au plus vite, mademoiselle.

Elle sortit de la chambre. Robyn l'entendit saluer les gardes, puis la jeune femme se coucha sur son lit, soudainement épuisée par cette journée d'attente. Et puis elle sourit.

Elle qui s'était sentie si seule et démunie dans ce palais ne l'était plus. Dehors, ses amis étaient là. Tylan et Antaï étaient là, Daérion était là. Il n'était pas parti, comme elle l'avait cru. Elle se sentait le cœur léger à cette idée. Elle avait soudainement envie de rire. Pour la première fois depuis longtemps, elle s'endormit rapidement.

La quiétude de sa nuit s'envola bien vite quand elle sentit l'acier froid contre son cou. Pendant un infime instant, elle eut l'impression de revenir quelques années en arrière, dans l'un de ces tests surprises que les Maîtres-Lames soumettaient à leurs futures recrues. Alors qu'elle dormait tranquillement dans sa chambre de l'Académie, elle avait senti le froid d'un poignard contre sa gorge. Le but était simple : si elle réussissait à se défaire de son agresseur, elle faisait un pas de plus vers le titre de Maître-Lame. Mais les Maîtres-Lames qui l'avaient attaquée en pleine nuit n'avaient pas pour intention de la tuer. Contrairement au poignard serré contre son cou en ce moment même.

Cette nuit-là, Robyn se défendit de la même manière qu'il y a quelques années. Elle leva ses mains et brisa sec le poignet de son agresseur, qui poussa un cri. En même temps, du pied, elle l'envoya valser loin d'elle. Des chuchotements précipités firent écho au cri. Robyn se redressa, enfin débarrassée du poignard. Elle se tourna vers son visiteur nocturne, mais déjà il s'enfuyait. Elle eut le temps d'apercevoir le tissu rose que Robyn détestait tant. Poline avait fait irruption dans sa chambre.

Elle sentit un courant d'air froid sur ses épaules, une sensation qui ne lui était pas familière. Ses cheveux épais lui recouvraient toujours la nuque. Elle leva la main.

Ses cheveux ! Ils ne lui arrivaient désormais qu'à la mâchoire. Elle se tourna vivement vers son lit. Ses boucles brunes étaient là, en pagaille, après que Robyn les eut renversées en se levant précipitamment. Poline lui avait coupé les cheveux avant d'essayer de l'égorger.

Elle se précipita hors de sa chambre. La concubine était partie, certainement dans sa chambre. Ses deux gardes étaient à terre, inanimés, un gobelet de vin renversé à côté d'eux. Ils respiraient profondément. Poline avait dû les assommer avec un puissant somnifère. Son cœur se mit à battre plus fort.

Chapitre 39

C'était maintenant ou jamais ! Elle pouvait enfin passer les grandes portes que les gardes lui interdisaient de franchir. Des pas précipités dans le couloir la stoppèrent net dans son élan. Des soldats couraient vers elle.

— Qu'est-ce que tu as fait ? gronda l'un d'eux.

Il s'avança et leva l'épée qu'il tenait à la main.

— Je n'y suis pour rien, on vient de m'attaquer !

Ils avisèrent rapidement ses cheveux coupés, la fine blessure laissée par le poignard de Poline sur sa gorge.

Robyn désigna les gobelets.

— C'est Poline qui a dû les droguer. Elle est entrée dans ma chambre et elle a tenté de me trancher la gorge ! Mes gardes vous le diront lorsqu'ils se réveilleront.

Les soldats hésitèrent, puis l'un d'eux lui ordonna :

— Retournez dans votre chambre.

— Mais…

— Obéissez, Robyn Fayne.

La jeune femme se détourna, se rappelant qu'elle devait se montrer docile. Elle ferma la porte de sa chambre, furieuse d'avoir raté une chance de s'enfuir.

Elle posa les yeux sur ses cheveux éparpillés sur le matelas et sur le sol. Poline lui paierait cher cette tentative d'assassinat.

CHAPITRE 40

Robyn ne se rendormit pas. Elle passa le reste de la nuit à écouter les allées et venues dans le couloir. Elle entendit même crier. Elle ouvrit sa porte, mais les gardes qui avaient remplacé ceux drogués par Poline lui interdirent fermement de sortir.

Au petit matin, une servante lui apporta une nouvelle tenue. Robyn fut contrariée de voir que ce n'était pas Lara. Après cette nuit, elle aurait bien eu besoin de voir un visage allié.

Tandis que la servante mettait de l'ordre dans la chambre, balayant notamment les cheveux coupés, la jeune femme se glissa derrière le paravent. La tenue était du même gris sombre que les yeux de Robyn. La jeune femme l'enfila. Si le haut était d'une totale transparence, le pantalon, lui, était plus opaque. Elle pourrait aisément y cacher un poignard.

Robyn lissa le tissu et sentit quelque chose au niveau de sa cuisse gauche. Elle mit la main dans la poche de ce large pantalon évasé et en sortit un petit bout de papier plié. Tant elle était fébrile, elle eut bien du mal à l'ouvrir et à lire : *Troisième sac de grains sous la caisse des noisettes.* Robyn brûlait d'y aller immédiatement, mais la servante était toujours là et il serait bientôt temps d'aller dans la salle de marbre.

— Tu peux partir, dit une voix que Robyn ne s'attendait pas à entendre.

Elle glissa la tête derrière le paravent et tressaillit en voyant Asha. Que faisait-elle là ? Était-elle de mèche avec Poline ? Venait-elle achever le travail ? Robyn ne repéra aucun poignard sur elle.

— Tu peux sortir de derrière ton paravent, je ne te ferai pas de mal, dit Asha avec un doux sourire.

Robyn déchira le papier en plusieurs morceaux. Hors de question qu'Asha voie le mot. Elle serra les débris fort dans sa main, espérant peut-être les réduire à l'état de poussière ainsi.

— Je t'assure que je ne savais pas ce que Poline et Mina avaient prévu de faire, Robyn.

Ainsi, Mina aussi était dans le coup. Ce n'était pas vraiment une surprise, ces deux-là étaient inséparables.

— Sors de là, poursuivit la favorite, que je voie dans quel état elles t'ont mise.

Robyn avait presque oublié ses cheveux. Elle surgit de derrière le paravent et se scruta dans le miroir de la coiffeuse, le petit papier de Lara toujours serré dans sa main. Des mèches étaient plus longues que d'autres, à présent. À croire que c'était un animal et non un poignard qui les avait coupées.

— Assieds-toi, je vais arranger ça.

Elle sortit de sa poche une paire de ciseaux. Robyn recula instinctivement en se mettant en garde, prête à la lui arracher des mains. Asha rit de bon cœur.

— Tu me vois te trancher la gorge avec des ciseaux ? lança-t-elle.

Chapitre 40

Oui, je ne peux faire confiance à aucune d'entre vous, pensa Robyn.

— Je ne pensais pas que Poline et Mina iraient jusqu'à empoisonner mes gardes et tenter de m'égorger dans mon sommeil, rétorqua-t-elle.

— Poline et Mina sont jalouses de toi parce que Rufus s'intéresse moins à elles depuis que tu es là.

— Et toi ?

— J'attends le moment où Rufus se désintéressera de moi. Alors sache que je ne suis pas là pour toi, mais surtout pour moi. Plus tu seras désirable, moins je le serai à ses yeux.

Asha était donc une excellente actrice. Depuis tout ce temps, Robyn avait fini par croire qu'elle appréciait être le jouet de Rufus.

— Je ne comprends pas, je croyais que tu aimais être ici, c'est toi-même qui me l'as dit.

— Comme tu le sais si bien, on ne sait pas à qui se fier, ici. Je ne te connaissais pas, je ne savais pas si je pouvais te faire confiance ou non.

— Et qu'est-ce qui a changé ?

Asha eut un petit rire mystérieux, puis entreprit d'égaliser les cheveux de Robyn.

— Je t'aime bien, Robyn. Tu n'es pas comme les autres filles ici qui ne rêvent que de richesses et de sécurité. J'admire ça.

— Et toi, pourquoi es-tu ici ?

— Parce qu'on m'a vendue à Rufus. En échange, il assure la prospérité de ma famille.

Malgré ses paroles, Robyn ne décelait aucun dégoût chez Asha.

— Il te force ? demanda Robyn.

— Il ne m'a jamais forcée. Sache que si je n'avais pas voulu me donner à lui, il ne m'aurait pas touchée. Je sais me défendre.

— Alors, tu es consentante ?

— Je le suis, oui. Je suis bien nourrie, bien traitée, ma famille l'est également. Je ne veux rien de plus que ce que j'ai déjà.

Robyn la fixa dans le miroir. Asha affichait une mine tranquille.

— Tu l'aimes ? Je parle de Rufus.

— Je ne parlerais pas d'amour. Je dirais plutôt que c'est de la tolérance. Je lui fais plaisir, je me fais plaisir – c'est un très bon amant, je t'assure ! Tel est notre accord.

— Alors pourquoi veux-tu que je te remplace ?

— C'est que, depuis que tu es là, il passe son temps à me parler, à déblatérer sur des sujets qui m'ennuient profondément. Ce qu'il me raconte, je m'en moque. À croire qu'il se réserve pour toi comme un jouvenceau.

Elle ricana à cette pensée. Robyn ne riait pas du tout. Les paroles d'Asha lui glaçaient le sang. Cela n'avait rien à voir avec l'acier des ciseaux que maniait la concubine.

Désormais, des boucles folles s'agitaient sur la nuque de Robyn.

— Curieusement, je te préfère comme ça, lâcha-t-elle. Ça te donne un côté un peu sauvage. Je pense que ça plaira à Rufus.

Elle rangea la paire de ciseaux dans sa poche et se regarda dans le miroir, remettant ses propres cheveux en place.

— Viens. Il est temps d'y aller.

— J'arrive, je dois mettre mes chaussures.

Asha quitta sa chambre. Aussitôt, Robyn se précipita vers la cheminée. Elle jeta les bouts de papier au feu, laça ses chaussures et se rendit rapidement dans la salle de marbre. À son grand étonnement, Rufus était là, accompagné d'un autre homme que Robyn n'avait jamais vu. Sa présence détonnait dans la salle de marbre : Robyn n'y avait vu entrer aucun homme, mis à part le maître des lieux.

— Ah, Robyn, je m'inquiétais. On m'a dit que la nuit avait été mouvementée.

La jeune femme jeta un coup d'œil au tapis des favorites. Asha était assise avec Mina et Poline, qui tenait son bras contre elle, le poignet enroulé dans un épais bandage. Robyn sourit au souvenir du craquement qui avait retenti lorsqu'elle lui avait cassé le poignet.

— Cette nouvelle coiffure te va à ravir.

Il lui caressa l'arête de la mâchoire. Robyn serra les dents.

— Je n'aurai guère le temps de m'occuper de toi aujourd'hui. Toutefois, ce soir, nous dînerons ensemble.

Robyn cacha son tremblement sous un sourire. Elle s'empressa de rejoindre son tapis isolé, qui lui était désormais réservé, en espérant s'y fondre et ne pas avoir à parler à Rufus en tête à tête.

— Aujourd'hui, nous accueillons un hôte de marque : le sorcier Tetrann. Pour celles qui ne le connaissent pas (Rufus inclina la tête vers Robyn, qui sourit poliment), Tetrann vient nous rendre visite de temps en temps. C'est un bon ami à moi. Tetrann, je vous en prie…

Le dénommé Tetrann était un drôle de bonhomme, si fluet qu'on pouvait croire qu'il allait s'effondrer si une simple brise venait à l'effleurer. Sa peau – tout comme sa robe bleu sombre – semblait trop large pour lui, plissée en de nombreux endroits. Son regard, en revanche, était perçant. Soudain, il se mit à déblatérer des mots qui n'avaient aucun sens, mais qui sonnaient étrangement.

Robyn eut la chair de poule. Autour d'elle, les yeux des concubines devinrent vides. La jeune femme comprit aussitôt que la magie était à l'œuvre. Elle ne pouvait peut-être pas la ressentir, mais elle pouvait la reconnaître. Que faisait le sorcier ? Les filles semblaient totalement en transe.

Pour ne pas attirer l'attention, Robyn imita les autres. Regard vide, fixé sur un point invisible, elle ne perdait toutefois pas une miette de la litanie du sorcier. Il parlait un langage qu'elle ne connaissait pas, qu'elle n'avait jamais entendu.

Son incantation dura deux minutes. Deux minutes pendant lesquelles Robyn s'efforça de rester immobile, priant pour que Daérion ait raison et que le maléfice ne fasse pas effet sur elle. Elle sentait que rien de bon en résultait. Quand il prit fin, les filles retrouvèrent peu à peu leur lucidité, comme émergeant d'un profond sommeil.

— Ce sortilège d'obéissance est une véritable merveille, se réjouit Rufus au sorcier d'un air ravi.

Robyn fut peut-être la seule à l'entendre. Un sortilège d'obéissance... Cela expliquait en partie pourquoi les filles accomplissaient toujours la même tâche aux mêmes heures de la journée, et pourquoi elles étaient toujours ravies de servir Rufus Agyr. Cela expliquait également l'air vide des mineurs dans les sous-sols. C'était parce que, sous l'emprise du sortilège, ils ne pouvaient rien faire d'autre qu'obéir.

La jeune femme se demanda à quel point ce sortilège était efficace. Bien que les concubines fassent toujours les mêmes choses, cela ne les empêchait pas d'avoir leurs idées propres. Par exemple, Asha, qui venait l'aider à avoir une apparence plus présentable, ou Poline et Mina, qui n'avaient pas hésité à empoisonner les gardes pour tenter de l'assassiner en pleine nuit. À moins que tout cela n'ait été ordonné. Est-ce que Rufus leur avait dit de le faire ? Robyn avait la nausée. Ce sort était une infamie.

Quelques minutes s'écoulèrent. Autour d'elle, la vie reprit son cours. Les concubines reposaient dans des positions lascives afin d'attirer l'attention de Rufus. D'autres piochaient dans des plats des grains de raisins. D'autres encore discutaient et riaient joyeusement.

Le sorcier Tetrann glissa un mot à l'oreille de Rufus, qui sourit. Il tapa joyeusement des mains.

— Bien, mon invité a changé d'avis et souhaite inviter l'une d'entre vous. Rosy, il est tout à toi.

Une fille d'une vingtaine d'années se leva. Rufus sortit une bourse pleine d'or qu'il donna à Rosy.

— Le double quand tout sera fini, lui promit-il.

Rosy sourit et suivit le sorcier.

— Robyn, ma jolie.

La jeune femme releva vivement la tête. Tous les regards se tournèrent vers elle.

— Finalement, mon ami va être occupé ce matin. Veux-tu venir avec moi ? demanda-t-il.

C'était une question qui masquait un ordre. Un ordre qu'elle était obligée de suivre si elle voulait faire croire que le sortilège avait fonctionné sur elle. Robyn se leva et rejoignit Rufus. Ce dernier la conduisit dans les couloirs. Les gardes voulurent lui emboîter le pas, mais le seigneur les arrêta.

— Ce ne sera plus nécessaire, dit-il.

Robyn en ressentit un petit sentiment de satisfaction : ces derniers jours, Rufus avait réellement craint qu'elle ne réussisse une nouvelle fois à s'enfuir. Il connaissait sa réputation, il savait de quoi elle était capable. Maintenant, certain qu'elle était à sa merci, il allait baisser sa garde. Il pensait la contrôler alors qu'il venait seulement de lui offrir le moyen de parcourir librement les lieux, sans la présence systématique de gardes dans son dos.

Encore quelques jours et elle serait totalement rétablie. Elle pourrait alors réellement envisager de s'évader, de se battre s'il le fallait. Daérion, Tylan, Antaï et Lara étaient dehors. À eux quatre, ils l'aideraient à sortir d'ici, c'était sûr ! Un sourire fleurit sur ses lèvres.

Rufus se tourna vers elle et le remarqua. Il le lui rendit. Elle lui ferait ravaler son attitude mielleuse, lui qui se croyait si puissant, si intelligent ! Le moment venu, elle se délecterait de voir son sang couler.

Les cuisines étaient si proches. Robyn n'avait qu'à faire une vingtaine de mètres supplémentaires pour trouver ce que Lara avait caché dans le sac de grains. Mais Rufus s'arrêta devant une pièce dans laquelle Robyn n'était encore jamais entrée : c'était là que le maître des lieux emmenait ses concubines. Il lui ouvrit la porte et Robyn fut bien obligée d'entrer.

— Tetrann se sert rarement dans mon harem, mais Rosy lui a tapé dans l'œil. Notre réunion est donc reculée de quelques heures, pour mon plus grand plaisir.

Robyn fit en sorte, et ce le plus naturellement possible, de se tenir loin de Rufus et de ses mains baladeuses. Elle fit mine de regarder autour d'elle avec curiosité, faisant le tour de la pièce pour maintenir une distance entre eux. Elle s'intéressa aux étoffes, à la décoration, tout en gardant un œil sur Rufus.

Ils se trouvaient dans un petit boudoir aux tons vert sapin. Dans une massive cheminée crépitait un feu de bois. Des canapés et des fauteuils en velours étaient installés devant, de même qu'un tapis moelleux. Rufus fit signe à Robyn de s'asseoir sur le canapé. Elle obéit et retint une grimace lorsqu'il s'installa trop près d'elle. Il posa son bras sur le dossier du canapé, sa main à quelques centimètres seulement de l'épaule de la jeune femme. Il ressemblait à une hyène, rôdant, épiant, guettant la moindre faiblesse.

— J'aime bien cet endroit, dit Robyn d'une voix qu'elle voulait enjouée. C'est si beau. C'est étonnant qu'il ait survécu tandis que le reste du château est tombé en ruine.

— Les choses belles ont tendance à survivre face à l'atrocité. Toi aussi tu es magnifique, Robyn.

Rufus et ses discours pompeux… On aurait dit un ivrogne de taverne tentant d'approcher une fille.

— Je suis certaine que vous dites cela à toutes les concubines, minauda-t-elle.

— Non. Je le pense sincèrement.

Robyn éclata d'un petit rire cristallin qui résonna dans le boudoir. Du coin de l'œil, elle guettait la main de Rufus près de son bras.

— Je me suis laissé dire que ton dos va mieux. C'est la raison pour laquelle je ne t'ai pas invitée avant. Je voulais te laisser le temps de récupérer, je ne voulais pas te faire de mal.

Le comble de la part de celui qui l'avait lacérée !

— Je suis vraiment désolé d'avoir dû te blesser, mais tu sais, parfois, il faut mater la fougue avant de découvrir la douceur…

Ce type était répugnant ! Tout chez lui dégoûtait Robyn. De ses lèvres recouvertes d'une pellicule grasse à sa chemise largement ouverte sur son poitrail densément velu. Néanmoins, elle garda un petit sourire figé sur ses lèvres, comme si elle était absolument d'accord avec ses propos.

La main de Rufus caressa l'épaule dénudée de Robyn. Elle eut des frissons. Rufus se méprit sur leur origine. Il prit cela pour du désir alors que ce n'était que de l'écœurement.

Soudain il fut sur elle, une main sur sa hanche, l'autre entre ses cuisses, son sexe durci contre son bassin. Il l'écrasait de tout son poids contre le velours du canapé. Robyn se retint de lui mettre un coup de genou dans ses parties sensibles. Entre les baisers humides dont il parsemait son cou, il la mordit légèrement, lui arrachant un petit cri qu'il mésinterpréta de nouveau. Ses baisers se firent plus pressants, ses caresses plus aventureuses. Robyn avait envie de vomir, de trancher ses mains qui se plaquaient sur son corps. Il fallait qu'elle se sorte de là ! Son cœur battait la chamade, son dos la faisait terriblement souffrir, l'empêchant presque de bouger.

Elle se souvint alors des paroles d'Asha : « Le sang le dégoûte. » Elle le repoussa doucement mais fermement.

— Seigneur, minauda-t-elle contre sa nuque d'une petite voix qu'elle voulait fragile et hésitante, voire désolée, je sais que vous n'aimez pas voir le sang couler.

— C'est exact.

Il s'écarta. Il la dominait de toute sa hauteur. Une odeur entêtante de lilas émanait du corps de Rufus. Robyn était proche de la nausée.

— Vous n'êtes pas sans savoir qu'une fois par mois les femmes sont « diminuées ».

Le mot eut bien du mal à franchir les lèvres de Robyn. Ce qu'il fallait dire pour survivre…

— Je ne veux pas vous rebuter, seigneur, poursuivit-elle d'une petite voix timide très persuasive.

Si un jour je ne peux plus être Maître-Lame, je m'engage dans une troupe de théâtre, se dit-elle. Cela parut le convaincre. Un air visiblement déçu s'étalait sur ses traits.

— Tu m'en vois désolé, ma jolie.

Chapitre 40

Il lui caressa doucement la joue avant de se pencher et de lui poser un baiser dans le creux de la nuque, là où il l'avait mordue, puis un autre sur les lèvres.

— Mais nous avons tout le temps, n'est-ce pas ? Tout vient à point à qui sait attendre. Va donc te reposer.

Robyn ne se le fit pas dire deux fois. Elle se leva doucement, sans brusquerie, gardant son air désolé alors qu'elle n'avait qu'une envie : prendre un bain, ou même plusieurs, pour effacer les traces des baisers et des caresses de Rufus.

Elle quitta le petit salon s'efforçant de ne pas courir. Une fois la porte refermée, elle regarda à droite et à gauche. Pas de garde, elle était seule. Elle fonça droit vers la cuisine. Les marmitonnes s'affairaient si vite qu'elles ne la remarquèrent pas. Elle se glissa dans le cellier où étaient conservés les sacs de grains, aussi silencieuse qu'une ombre, aussi rapide qu'un courant d'air. Elle repéra rapidement la caisse de noisettes. Elle la poussa, puis souleva le premier sac, le deuxième, et prit le troisième. Elle le regarda sous tous les angles, mais ne vit rien. Puis elle avisa un petit paquet enroulé dans de la toile de jute.

Elle s'immobilisa pour s'assurer que personne ne venait. Elle était seule. Elle prit le petit paquet et le déroula. Un poignard apparut ainsi qu'un petit mot. Venant de la cuisine, elle entendit des voix se rapprocher. Elle remit rapidement les sacs et la caisse de noisettes en place, puis se jeta contre le mur, derrière des sacs de farine. Au même instant, la porte du cellier s'ouvrit. Une marmitonne entra en sifflotant, attrapa un pot de miel, puis ressortit immédiatement. Robyn fourra le mot dans sa poche. Elle releva le bas de son pantalon et, à l'aide d'une ficelle à rôti, elle noua le poignard contre sa cheville, puis rabattit le tissu par-dessus. Ce n'était pas parfait, mais ça ferait l'affaire.

Robyn se leva et colla son oreille contre la porte. Elle se glissa à l'extérieur du cellier, toujours invisible. Dans une panière, elle saisit un petit pain afin d'expliquer sa présence ici si jamais on le lui demandait. Elle était proche de la nausée. Elle sentait encore les doigts de Rufus tenter de s'infiltrer en elle, sa bouche humide contre sa peau.

Elle sortit de la cuisine, puis marcha le plus tranquillement possible jusqu'à sa chambre devant laquelle il n'y avait plus de gardes. Contre son mollet, le contact de l'acier était rassurant. Elle n'aurait qu'à faire un geste pour s'en saisir et se défendre. Ce n'était pas son épée habituelle, mais le poignard serait déjà plus efficace que ses poings déjà dévastateurs.

Une fois dans sa chambre, elle jeta le pain sur la table et se précipita vers la bassine sur sa coiffeuse pour y vomir le maigre contenu de son estomac. Elle resta un moment appuyée contre le meuble, le corps encore secoué de haut-le-cœur, percluse de douleur. Puis le malaise s'évanouit. Elle se laissa glisser au sol. Elle déplia le mot laissé par Lara. *On a un plan, rendez-vous dans les cuisines après le dîner.*

Robyn soupira de soulagement. Elle se releva doucement, les jambes tremblantes. Elle se regarda dans le miroir de la coiffeuse. Ses cheveux courts étaient plaqués contre ses tempes. Elle était si pâle… Sauf au niveau de la marque rouge, sur son cou, là où Rufus l'avait mordue. Elle passa une main dessus, sans pour autant toucher la morsure. De nouveaux haut-le-cœur la secouèrent, mais elle ne vomit plus, se focalisant sur son rendez-vous avec Lara. Avec un peu de chance, bientôt elle serait libre.

CHAPITRE 41

Daérion tournait en rond près du lavoir. Antaï avait été appelé pour faire une ronde autour du château et Tylan était assis sur une souche, ne perdant pas de vue la pointe de ses bottes. Ils n'avaient toujours aucune nouvelle de Lara et Robyn. Or, le temps pressait. Dans dix minutes, Daérion devrait rejoindre une patrouille du château et, si Lara ne revenait pas d'ici là, il ne saurait pas avant ce soir si Robyn avait trouvé son poignard, si elle allait toujours bien, si elle avait lu le mot.

Le plan était simple : Lara était chargée de récolter le bois et, au plus sombre de la nuit, elle allumerait un immense brasier. L'incendie devait ameuter la plupart des hommes. Ils avaient choisi un coin loin de l'eau afin de compliquer la tâche des soldats pour l'éteindre. Tandis que le campement et le château se videraient, Lara ferait passer Daérion, Antaï et Tylan à travers le mur. Une fois à l'intérieur de l'aile des concubines, ils n'auraient plus qu'à récupérer Robyn et se frayer un chemin vers la sortie. Enfin, ils devraient s'enfuir le plus loin et le plus vite possible.

Ce plan avait toutes les chances de ne pas fonctionner. Les hommes ne quitteraient certainement tous pas le château, il y aurait peut-être trop de monde pour s'enfuir loin d'ici. Mais ils devaient essayer. Au pire des cas, Lara se ferait passer pour la servante et les trois hommes redeviendraient les soldats dont ils portaient l'uniforme. Quant à Robyn, eh bien elle patienterait un peu plus longtemps.

Lara arriva finalement, essoufflée.

— Quand nous partirons d'ici, je serai bien contente de ne plus avoir à faire ce maudit trajet entre les cuisines et ce lavoir, fit-elle.

Elle fronça les yeux en voyant Tylan le visage à découvert. Il était le prince et, même si la majeure partie de la population de l'Archipel ne connaissait pas ses traits avec exactitude, il suffisait qu'un seul homme de ce campement - un général, ou bien Rufus Agyr lui-même - le reconnaisse pour que leur plan tombe à l'eau.

— Mets ton casque, le rabroua-t-elle.

Tylan obéit. Il l'enlèverait quand elle serait repartie.

— Alors ? demanda Daérion.

— Elle a trouvé le poignard. Elle pourra se défendre, comme ça.

— Comment ça ?

L'inquiétude perçait dans sa voix.

— Les servantes parlent entre elles. Robyn s'est fait attaquer cette nuit. Elle va bien, rassurez-vous ! ajouta-t-elle précipitamment en voyant les airs alarmés peints sur leurs visages. Elle a brisé le poignet de celle qui tentait de l'égorger pendant son sommeil.

Les épaules de Daérion et de Tylan s'abaissèrent de soulagement.

— Mais ce n'est pas tout. Un sorcier est venu et a ensorcelé les concubines pour qu'elles obéissent à Rufus. Des ordres du genre « ne pas sortir », « ne pas chercher à s'enfuir », « ne pas fricoter avec les soldats ».

— Oui, mais Robyn n'obéira pas, intervint Tylan en se levant. Si ce que dit Daérion est vrai, elle est imperméable à toutes sortes de magie.

Daérion se tourna vers le prince, songeur, mais il ne fit pas de commentaires.

— Oui, renchérit Lara. De plus, les soldats qui la suivaient partout n'ont plus à le faire puisqu'elle est censée être sous emprise. Tout le monde est persuadé qu'elle obéit aux mêmes règles que les autres concubines.

— Ça, c'est une bonne nouvelle.

— Il y a encore autre chose, ajouta Lara. Rufus s'est enfin décidé à choisir Robyn.

— La choisir pour quoi ? demanda bêtement Daérion.

Lara lui lança un regard appuyé avant de répondre :

— On t'expliquera quand tu seras plus grand.

Un éclair de compréhension passa dans le regard de Daérion. Il serra les poings.

— Robyn a réussi à lui faire faux bond, je ne sais pas comment elle a fait et je ne sais pas non plus combien de temps elle pourra y échapper.

— Il faut agir vite. Tu es certaine qu'elle a le poignard ? interrogea Tylan.

— Il n'était plus dans la cuisine, en tout cas.

— C'est parfait, fit Daérion. On ne change rien à nos plans. Lara, on compte sur toi pour le bois.

Il observa l'avancée du soleil. Son tour de garde était bientôt arrivé.

— Je dois y aller. À tout à l'heure.

D'ÉCAILLES & D'OBSCURITÉ

*

Robyn guettait les bruits dans le couloir, seul moyen pour elle de se repérer dans la journée. Elle aurait donné n'importe quoi pour voir la lumière du soleil, de la lune ou des étoiles. Elle en avait plus qu'assez de ces murs sans fenêtres, des lustres et des flambeaux pour seules lumières, de ces tapisseries qui lui rappelaient ce qu'était la liberté. Elle voulait partir, plus que jamais. Elle voulait retrouver le froid de l'hiver, la caresse du vent, l'odeur des chevaux. Elle voulait tenir une épée en main et porter une tenue décente. Elle voulait voir l'océan, le *Céleste*, sa petite maison à Astaak. Elle voulait revoir son ami Chevaucheur Fanir, et même ce crétin de Josh. Elle voulait mettre une raclée à Antaï, se disputer avec Lara. Elle voulait plaisanter avec Tylan et embrasser Daérion. Ou bien le contraire. Elle n'était pas vraiment certaine de ce qu'elle voulait à ce sujet. Elle voulait sortir pour y voir enfin plus clair.

Elle entendit soudain une grande agitation dans le couloir. Elle songea à sortir avant de comprendre que l'agitation se dirigeait droit vers sa chambre. Toutes les concubines s'étaient-elles mises en rogne contre elle ? Robyn recula précipitamment quand la porte s'ouvrit.

— Fouillez la chambre ! ordonna Mina tandis qu'une dizaine de soldats faisaient irruption dans les appartements de Robyn.

— Je peux savoir ce qu'il se passe ? demanda la jeune femme en regardant les hommes entrer et commencer à retourner la chambre.

— Sous le lit, dans les tiroirs de la coiffeuse, derrière le paravent ! fit Poline en entrant à son tour.

CHAPITRE 41

— Tu cherches les cheveux que tu m'as coupés cette nuit ? ironisa Robyn. D'ailleurs, jolis bandages. Qu'est-ce qui t'est arrivé ?

Intérieurement, Robyn se félicita d'avoir jeté les mots dans le feu dès qu'elle les avait lus. Qu'ils cherchent, ils ne trouveraient rien d'autre que de la poussière.

Asha fit à son tour irruption dans la chambre. Derrière elle, les autres concubines se massaient pour tenter d'apercevoir quelque chose dans la chambre de Robyn.

— Fouillez-la ! ordonna Poline en la montrant du doigt.

Deux hommes s'avancèrent vers elle. Robyn recula contre le mur.

— Ne vous approchez pas de moi, les prévint-elle en levant les poings.

Les soldats ne l'écoutèrent pas. Le premier se prit un poing dans la figure, le deuxième un coup de pied dans l'estomac. Quatre autres hommes arrivèrent pour la maîtriser. Deux d'entre eux la saisirent et réussirent non sans mal à la plaquer au sol. Dans son dos, ses blessures encore à vif se rouvrirent, lui arrachant un cri de douleur.

— Je vous jure que, si vous me touchez, vous devrez en répondre à votre seigneur Rufus !

— Que se passe-t-il ici ? demanda une nouvelle voix.

L'agitation cessa aussitôt. Tous les visages se tournèrent vers Rufus Agyr, qui se tenait dans l'encadrement de la porte. Robyn en profita pour repousser ses gardes et se remettre debout.

— Seigneur, lança-t-elle, ces gens sont entrés dans ma chambre sans que je…

— Rufus, mon bien-aimé, minauda Poline en posant ses mains sur le large torse d'Agyr, cette fille a été vue en train de courir vers les cuisines dès l'instant où elle est sortie de votre salon. Elle en est ressortie tout essoufflée.

— J'avais faim ! s'exclama Robyn. Je suis juste allée prendre un petit pain.

— Alors pourquoi es-tu restée dix minutes ? lança Mina, qui venait d'éventrer un coussin pour fouiller son contenu.

— J'ai parlé avec la cuisinière.

— C'est étrange, elle dit n'avoir vu personne d'autre que ses marmitonnes, fit Poline.

— Eh bien elle doit se tromper. Beaucoup de monde passe dans la cuisine, non ?

Le cœur de Robyn battait à tout rompre. Rufus la regardait de manière suspicieuse. Tous ses efforts mis en place ces dernières semaines étaient en train de tomber à l'eau. Son masque de docilité s'effritait. Mais il lui restait encore une carte à jouer :

— Ordonnez-moi de dire la vérité, dit-elle à Rufus. Puisque votre sorcier nous oblige à vous obéir, ordonnez-moi de dire la vérité.

Un sourire cruel étira les traits de Rufus. Robyn sut qu'elle avait commis une erreur.

— Aucune d'entre vous n'est censée se souvenir du sortilège *Dorienth*, Robyn Fayne.

Le cœur de Robyn rata un battement. Aussitôt après, elle ressentit un soulagement immense. Fini les cachotteries, fini les mensonges et les faux-semblants. Elle se redressa, ignorant la douleur qui irradiait de son dos. Son regard reprit son éternelle assurance guerrière, ses muscles se contractèrent imperceptiblement.

— Qui es-tu ? demanda Rufus. Ou plutôt devrais-je dire : « qu'es-tu » ?

CHAPITRE 41

Robyn sourit d'un air féroce dont Rufus se méfia une seconde trop tard.

— Une Maître-Lame, répondit-elle.

Elle se baissa, arracha son poignard de son mollet, cingla l'air devant elle. Deux soldats furent fauchés au niveau des chevilles et s'écroulèrent à ses pieds, libérant un chemin jusqu'à la porte de sa chambre.

Derrière elle, elle entendit Rufus hurler : « Rattrapez-la ! » Robyn ne leur en laisserait pas le temps, cette fois-ci. Elle fuirait ou mourrait en essayant. Elle fonça droit devant elle, un poignard dans une main, le cœur gonflé à bloc. Elle bouscula les concubines amassées devant sa porte et courut dans le couloir. Elle ne resterait pas ici un jour de plus.

CHAPITRE 42

En courant, Robyn songea qu'en plus de l'arme elle aurait dû demander à Lara un plan du château. Quand elle franchit les portes qui menaient à l'extérieur de la tour des concubines, elle marqua un temps d'arrêt. Pour s'enfuir, elle n'aurait pas trop le choix. Elle pensa à retourner aux cuisines : c'était là que Robyn devait retrouver Lara. Mais aller aux cuisines signifiait revenir dans la gueule du loup. Et ça, c'était hors de question. Elle fonça donc droit devant. Tant pis pour le plan de Lara.

La tour des concubines débouchait sur un grand espace circulaire dépourvu de tout ornement. Il ouvrait sur quatre portes : celle de la tour des concubines derrière Robyn, et trois autres, dont deux étaient fermées. La jeune femme ne prit pas de risque. Elle se dirigea vers la seule issue possible. De toute manière, peu lui importait l'endroit où elle déboucherait tant qu'il y aurait une fenêtre pour s'enfuir.

Elle se retrouva dans un couloir à peine éclairé. Son souffle s'accéléra. Dans le noir, difficile de voir venir ses ennemis. Mais si elle ne pouvait pas les voir, le contraire était vrai aussi.

D'ÉCAILLES & D'OBSCURITÉ

Les yeux et les oreilles grands ouverts, son poignard fermement agrippé, elle avança. Elle entendit des cris venir de la pièce circulaire derrière elle. Elle accéléra. Le bruit de ses pas était étouffé par un tapis moelleux. Elle se mit à courir et heurta soudain un tissu, ce qui la fit sursauter. Elle se recula en brandissant son poignard. Dans le noir, son imagination pédalait à vive allure : monstre nocturne, soldat tapi dans l'obscurité… Puis sa raison prit le dessus quand elle vit que rien ne l'attaquait. Le tissu n'était rien d'autre que du tissu. Il fallait qu'elle se calme, qu'elle se ressaisisse. Elle respira un bon coup.

Derrière elle, les soldats se rapprochaient. Elle avait perdu du temps. Du bout des doigts, elle tâta le tissu. C'était un rideau qui barrait tout le couloir. Elle prit son extrémité et jeta un coup d'œil derrière.

Heureusement qu'elle n'avait pas fait un pas de plus, elle serait bêtement tombée dans le vide. Toutefois, un spectacle splendide s'ouvrait à elle : un ciel étoilé et de l'herbe, à peine deux mètres sous elle. Elle dut retenir un cri de joie féroce. Elle était libre !

Elle sauta. Sa réception ne fut pas aussi bonne que si elle avait été au meilleur de sa forme. Lorsqu'elle toucha le sol, un éclair de douleur la traversa. Elle s'étala dans l'herbe, le souffle coupé. La clameur des soldats retentissait. Elle ignora une fois de plus sa douleur, se releva et courut dans la nuit. L'air frais lui fit un bien immense.

Dans le lointain, des cris s'élevèrent. Robyn vit une lumière rougeoyante, à demi cachée par les murs du château. Un incendie ? Elle n'avait pas le temps d'en savoir plus. Elle fonça tout droit dans les buissons, là où enfin elle deviendrait invisible.

CHAPITRE 42

Elle rampa dans les fourrés pour mettre le plus de distance entre elle et le château. Dans sa fuite, sa fine robe de mousseline s'accrocha à des ronces et se déchira. Une buée blanche s'échappait de ses lèvres. Il faisait un froid mordant. Même si la neige avait fondu, sa tenue légère était loin de la protéger.

Lorsqu'elle considéra qu'elle s'était assez éloignée, elle s'octroya une courte pause pour reprendre son souffle et faire le point sur la situation. Elle commença par les points négatifs : elle mourait de froid, elle n'était armée que d'un poignard, elle ne savait pas où étaient ses amis, les plaies de son dos s'étaient rouvertes, le sang ruisselait le long de sa colonne vertébrale et elle était à demi nue en pleine nature. Les points positifs : elle était vivante et elle avait réussi à s'enfuir. Tout n'allait pas si mal. Maintenant, elle devait trouver un moyen pour revoir ses amis. Elle ne savait pas quel plan ils avaient mis en place, même si elle se doutait qu'ils n'étaient pas étrangers à l'incendie qu'elle avait vu au loin.

Réfléchis, Robyn ! s'ordonna-t-elle. Il fallait parer au plus urgent : survivre, donc, se réchauffer. Et quoi de mieux qu'une cuirasse de soldat pour ça ?

Rampant toujours dans les fourrés, elle s'approcha du campement et constata qu'il était vide de ce côté-là. Les soldats avaient dû se précipiter pour éteindre l'incendie. Une odeur de fumée parvenait jusqu'à ses narines. Elle se glissa dans la première tente qu'elle vit en priant fort pour qu'il y ait un uniforme de soldat. Pas de chance, la tente était vide, mis à part un lit. Elle essaya une autre, puis trois encore, sans succès. À la sixième tente, son cœur bondit de joie. Il y en avait une !

Elle enfila la tunique rouge et le pantalon de cuir marron par-dessus la tenue qu'elle portait déjà. Elle trouva une paire de bottes trop grandes. Elle passa une veste, la cuirasse, puis prit le casque qu'elle passa par-dessus sa tête.

Le froid éloigné, elle allait beaucoup mieux. Maintenant, il fallait qu'elle retrouve ses amis. Robyn devait rejoindre Lara dans les cuisines de la tour des concubines, ce serait donc près du mur qu'elle l'attendrait.

*

— Je suis certain que quelque chose ne se passe pas comme prévu ! murmura Tylan.

Pourtant, tout avait si bien commencé. Lara avait réussi à allumer un feu qui se voyait des kilomètres à la ronde. Les soldats, comme prévu, s'étaient empressés d'aller l'éteindre, vidant le camp. La Maître-Lame était revenue en courant près de la tour. C'était à ce moment-là que le plan avait mal tourné : Robyn n'était pas dans le cellier. Lara était retournée voir toutes les deux minutes si Robyn était là, mais jamais elle ne la vit.

— Elle a peut-être été retardée, hasarda Antaï.

— Robyn est toujours à l'heure, persista le prince.

— Si elle n'est pas là dans cinq minutes, on fouille l'aile jusqu'à ce qu'on la trouve, fit Daérion.

Le prince et lui hochèrent la tête de connivence. C'était bien la première fois qu'ils tombaient d'accord.

— Je vais voir une nouvelle fois, fit Lara.

Elle disparut dans le mur la seconde suivante, laissant les trois hommes dans les fourrés.

Soudain, Antaï donna un petit coup de coude à Tylan et lui montra un soldat qui approchait.

CHAPITRE 42

— S'il voit Lara sortir du mur, il sonnera l'alarme et nous serons fichus, dit-il.

— Je m'en occupe, fit Daérion.

Il mit son casque et s'avança vers le soldat.

— Qu'est-ce que tu fais là ? lança Daérion. Tout le monde doit aller éteindre l'incendie !

Le soldat sursauta et se mit aussitôt en position défensive. C'était un mouvement parfait, simple mais efficace, souple et ferme. Antaï, depuis les fourrés, tiqua. Il pourrait reconnaître cette garde entre mille, puisque c'était la seule qu'il n'avait jamais réussi à percer.

— Je n'y crois pas, murmura-t-il en souriant sous son casque.

— Et toi, ne devrais-tu pas te trouver dans la tour en train de chercher la fille qui s'est échappée ? répondit le soldat d'en face.

Daérion se figea. Il ne s'attendait pas à entendre une voix de fille. Et encore moins celle de Robyn. Elle enleva son casque en même temps que lui. Ils se sourirent à travers la distance qui les séparait.

— La voilà ! hurla une voix derrière elle.

Elle se retourna vivement pour voir des dizaines de soldats surgir de derrière le château. Au même moment, Lara jaillit du mur, frôlant Daérion, qui se précipita vers Robyn. Il la saisit par la main et l'entraîna derrière lui.

Ils coururent une nouvelle fois, Lara sur leurs talons. Ils rejoignirent Tylan et Antaï, toujours cachés dans les fourrés. Tous les cinq se mirent rapidement en route, slalomant entre les arbres. Daérion ne lâchait pas la main de Robyn. Cette fois, il ne la laisserait pas partir.

Ils arrivèrent dans une clairière où les attendaient Mop et quatre chevaux. Daérion grimpa sur le dos de l'un d'eux et tendit la main à Robyn pour l'aider à monter. Elle n'avait pas attendu son geste de galanterie pour grimper à sa suite.

— On se retrouve où vous savez ! lança Antaï.

— Mop, tu vas avec Lara pour la protéger en cas de besoin ! ordonna Daérion.

Le dragon prit son envol. Lui et Lara s'enfoncèrent dans les bois dans une direction, Antaï et Tylan en prirent une autre. Daérion talonna sa monture vers l'est.

Robyn s'accrocha à lui, fermant les yeux à chacun des rebonds du cheval. Malgré les cris des soldats, malgré son dos lacéré, elle souriait. Elle était de nouveau libre, un ciel étoilé – un vrai et non pas une des reproductions de l'aile des concubines – brillait de mille feux au-dessus de sa tête, le vent d'hiver était vivifiant.

Au bout de quelques minutes, les hurlements des soldats se turent. Ils les avaient semés. Daérion ne ralentit pas pour autant. S'ils devaient être poursuivis, ils n'allaient pas rendre la tâche facile à ces soldats. Il fit faire de nombreux détours à son cheval, puis traversa une rivière où les hommes perdraient leur trace. Puis il emprunta une petite route dont les marchands et les paysans se servaient pour aller d'une ville à une autre, d'un champ à un autre.

Il finit par la quitter pour emprunter un nouveau chemin de terre, qui ressemblait à s'y méprendre à celui qui montait vers la petite maison d'oncle Stan, à Astaak. Ils débouchèrent sur un corps de ferme. Un homme les attendait, près du portail.

— Vous avez réussi ? Vous l'avez retrouvée ?

Daérion fit oui de la tête. Il descendit de cheval et aida Robyn à en faire de même. Elle grimaça en posant pied à terre et ne dut qu'à la poigne du jeune homme de ne pas s'écrouler. Son dos la martyrisait et ses jambes ne la tenaient plus. Ses lèvres étaient bleues et elle claquait des dents. Le jeune homme la tint serrée contre lui, comme si elle pouvait s'évaporer si jamais il la lâchait.

— Mon dieu, la pauvre petite. Elle est frigorifiée. Venez, vite !

Robyn jeta un coup d'œil à l'homme qui les avait accueillis. Elle le reconnut : c'était Fryan, un vieux Maître-Lame qui avait pris sa retraite deux mois après que la jeune femme fut devenue Maître-Lame à son tour.

À demi soutenue par Daérion, elle entra dans la maison de leur hôte.

— Installe-la près du feu, je vais chercher des couvertures.

Daérion s'exécuta et passa sa cape sur les épaules de Robyn pour la réchauffer.

— Tout va bien, maintenant, chuchota-t-il.

— Je vais lui faire du thé, proposa la femme du Maître-Lame qui venait de descendre d'un escalier.

— M… Merci, balbutia Robyn.

Daérion prit ses mains dans les siennes et les frotta l'une contre l'autre. Elles étaient gelées.

— Où… Où sont les autres ? demanda Robyn.

— Ils arriveront demain, l'informa Daérion. Nous avons choisi de nous arrêter dans différentes maisons, et ceci grâce à l'aide de Fryan, qui nous a donné l'adresse de fidèles à la couronne.

— S'ils se font prendre…

— Ça n'arrivera pas. Les hommes du château Nazaroth n'ont plus de chevaux. On les a fait fuir avant de déclencher le feu.

Elenn, la femme de Fryan, lui apporta une tasse pleine d'eau chaude et de camomille, une herbe qui l'aiderait à dormir.

— Mais ils peuvent retrouver nos traces...

— Non, ça n'arrivera pas, répondit doucement Elenn. Il va neiger dur, cette nuit. Vos traces seront recouvertes. Mes grands-parents m'ont toujours dit que les dernières neiges de l'année étaient providentielles. Ils n'ont jamais eu autant raison, n'est-ce pas ? Maintenant, bois ta tisane, ça te fera du bien.

Robyn obéit. En effet, après plusieurs gorgées, elle se sentit beaucoup mieux. Son visage reprit des couleurs, une chaleur bienfaisante envahit son corps meurtri.

— Voilà qui est mieux. Je vais te faire chauffer de l'eau et te préparer un bon bain.

— Je m'en occupe, se proposa Daérion. L'eau chauffera mieux avec de la magie.

Le jeune homme laissa Robyn près de l'âtre et se dirigea vers la salle de bains. Avec l'aide de Fryan, il remplit la baignoire d'eau.

— Comment votre femme sait-elle pour la neige ? demanda-t-il.

— Elle peut prévoir le temps qu'il fera sur plus d'un mois. Elle ne se trompe jamais.

— De la magie ?

— De la magie.

Daérion passa la main au-dessus de l'eau et invoqua la chaleur. Il avait fait beaucoup de progrès ces derniers temps. Dix secondes plus tard, l'eau de la baignoire fumait, il alla donc chercher Robyn.

— Elenn m'a dit de te donner ça.

Il posa sur une commode des serviettes et des vêtements propres. Il s'éloigna.

— Daérion ? l'appela Robyn.

CHAPITRE 42

Elle fixait l'eau de la baignoire.

— Je… Je crois que je vais avoir besoin de ton aide… murmura-t-elle d'une voix fragilisée.

Elle fit glisser la couverture de ses épaules et la plia. Daérion se rendit compte à quel point ses gestes semblaient laborieux. Elle souffrait, comme en témoignaient ses grimaces.

— De quoi as-tu besoin ? demanda-t-il en s'approchant.

— D'enlever la cuirasse.

Il se rapprocha d'elle et, avec d'infinies précautions, il l'aida à retirer le vêtement lourd. Sans cet attirail, elle paraissait bien petite. Daérion posa la cuirasse dans un coin puis se retourna. Il vit alors la tunique trempée de sang, dans le dos de Robyn.

— Que…

— C'est à cause de ça que j'ai besoin de ton aide… murmura-t-elle.

Daérion resta muet de stupeur. Il l'aida à ôter le pantalon marron, puis le deuxième pantalon gris en tissu fin à demi déchiré, celui qu'elle devait porter dans la tour. Daérion saisit ensuite l'ourlet de la tunique tachée de sang. Robyn ne parvenait même plus à lever les bras. Il prit alors son poignard et, avec délicatesse, trancha la tunique qu'elle avait volée à un soldat. Le haut gris assorti à son pantalon de concubine n'était plus qu'un tissu rêche figé par le sang séché, collé à ses plaies dans le dos. Daérion l'aida à l'enlever. Quand ce fut fait, Robyn croisa ses bras sur sa poitrine et se retourna. Le jeune homme eut alors une vue d'ensemble sur le dos déchiqueté de la jeune femme.

— Que t'ont-ils fait ? murmura Daérion.

Il lui prit le bras et l'aida à enjamber les rebords de la baignoire. Avec un gémissement de douleur, elle s'enfonça dans l'eau chaude. Dans un geste de pudeur, elle remonta ses genoux contre sa poitrine. Par respect, Daérion avait déjà détourné le regard. Il fixait le bout de la bassine, les doigts si serrés sur les rebords que ses phalanges en devenaient blanches.

— Je te jure que le jour où je me retrouverai face à ce Rufus Agyr, je le tuerai, gronda-t-il.

Il jeta un dernier coup d'œil aux blessures de Robyn avant de lui laisser un peu d'intimité. La colère irradiait son être. Il n'avait qu'une idée en tête : retourner au château Nazaroth pour transpercer de son épée Rufus Agyr.

— Pour l'instant, j'aimerais que tu restes avec moi, murmura la jeune femme. Tu veux bien ?

Le visage de Daérion se radoucit instantanément, ses poings se desserrèrent. Il se tourna vers elle et s'accroupit près de la baignoire. Il lui donna le savon et Robyn frotta sa peau, gardant son dos pour la fin, les lèvres serrées sur un cri silencieux.

Doucement, une larme coula le long de sa joue. Daérion l'écrasa du pouce.

— T'ont-ils fait… autre chose ? demanda-t-il.

La question eut du mal à franchir ses lèvres. Il avait peur de la réponse.

— Il n'a pas pu aller jusqu'au bout, répondit Robyn d'une voix faible. J'ai réussi à m'esquiver.

Malgré tout, la jeune femme sanglota. Elle avait enduré la peur, la douleur, la solitude, l'enfermement, le désespoir. Elle avait plusieurs fois cru qu'elle ne sortirait jamais de cette aile des concubines. Elle avait sans cesse fait attention à ses arrières, s'était assurée que Rufus Agyr laisse loin d'elle ses mains baladeuses. Mais il l'avait néanmoins caressée. Elle sentait encore ses mains posées sur elle, ses lèvres sur sa peau, ses doigts tentant de s'insinuer en elle. Elle sentait encore son souffle, le poids qu'il faisait poser sur elle, son sexe contre son bas-ventre.

Elle essuya ses larmes d'un bras, mais de nouvelles perlèrent.

— C'est fini, maintenant, la consola Daérion en se penchant pour la prendre dans ses bras.

Au dernier moment, il suspendit son geste. Après ce qu'elle avait enduré, elle n'avait sans doute pas envie d'être touchée. Mais elle posa son front contre son torse, alors il referma ses bras sur elle.

Ils restèrent quelques secondes immobiles, puis Robyn se dégagea doucement.

— J'ai pensé que tu étais parti. Pendant le procès, j'ai cru que tu avais choisi de t'enfuir loin.

— Je ne ferai jamais une chose pareille, Robyn. Jamais.

— Je le sais, maintenant.

— Tant mieux. Parce que tu vas m'avoir sur le dos pendant un bon bout de temps.

— Attends un peu qu'il soit guéri.

Daérion sourit et, malgré elle, Robyn fut secouée d'un petit rire, qui disparut aussitôt lorsque son dos la rappela à l'ordre.

— Tu as été plus que courageuse, tu le sais ça ? chuchota-t-il en dégageant de son visage une mèche collée sur sa joue.

— Je suis une Maître-Lame.

— Non. Tu es Robyn.

De nouveau, un petit silence s'installa. Ce fut encore Robyn qui le rompit, comme si elle avait besoin d'éloigner la solitude.

— Comment as-tu su que j'étais au château Nazaroth ?

Daérion lui épargna la petite séance de menaces auprès du soldat blessé.

— Je suis né pour te retrouver, affirma-t-il.

Elle tenta de prendre un gant pour se laver le dos, mais elle le laissa retomber dans l'eau.

— Tu peux… ? demanda-t-elle en baissant le regard.

Elle détestait se sentir à ce point impuissante.

— Laisse-moi faire.

Il prit le gant, le savon et aida Robyn à nettoyer ses plaies. Sa main effleura son cou, là où Rufus l'avait mordue. Il vit l'empreinte rouge-violette. La jeune femme se raidit, prit le gant des mains de Daérion et entreprit de laver le reste de son corps seule. Le jeune homme déglutit et serra la mâchoire.

Elle se rinça et, une fois qu'elle eut fini, il lui tendit une serviette dans laquelle elle s'enroula. Durant le bain de Robyn, Elenn avait préparé une chambre, à l'étage.

— Je prends le relais, dit Elenn à Daérion.

Après avoir aidé Robyn à grimper les marches de l'escalier, il la laissa aux bons soins d'Elenn, qu'il remercia avant de redescendre dans le salon. Il passa devant Fryan sans un mot et sortit. L'air frais le frappa, telle une gifle. Le vent s'était levé, la nuit était toujours là.

Il traversa la cour à grandes enjambées et, pris d'un élan de colère, frappa plusieurs fois un piquet qui soutenait le grillage entourant le corps de ferme.

— Ce que tu casses, tu le répares, l'avertit Fryan, qui l'avait suivi et qui l'observait de loin.

— Excusez-moi, répondit Daérion.

Il se laissa tomber et se prit la tête entre les mains, encore horrifié par les blessures et la détresse sur le visage de Robyn.

— Elle est sauvée, maintenant, tout va bien, lui dit le Maître-Lame d'une voix grave.

— Je le retrouverai et je le tuerai ! s'exclama Daérion.

Chapitre 42

Fryan s'assit à côté de lui.

— Pour le moment, elle n'a pas besoin que tu te lances à la poursuite de ce mécréant. Elle a juste besoin de toi.

— J'ignore comment lui venir en aide. Je ne sais pas tout ce qu'elle a vécu là-bas.

— Et tu ne le sauras probablement jamais.

— Mais alors comment je…

— Écoute-moi, le coupa Fryan. J'ai été Maître-Lame pendant plus de cinquante ans. Des batailles, j'en ai vu. Les femmes sont souvent les plus grandes victimes des guerres. Quand elles ne se battent pas, elles voient leurs pères, leurs frères, leurs fils, leurs maris, mourir au combat. Pour les vainqueurs peu scrupuleux, elles deviennent des jouets, des objets de plaisir.

« Comme je te le disais, j'ai connu beaucoup de batailles. J'en ai vu plus que je ne veux l'admettre et, parfois, j'en rêve encore. Je rêve de tous ces enfants orphelins, de toutes ces femmes torturées, abusées… Certaines arrivaient à en parler, d'autres pas. Leur point commun ? Elles avaient besoin du soutien de leurs proches. Robyn te parlera peut-être un jour de ce qu'elle a vécu dans ce château de malheur, ou peut-être pas. Ce qui est sûr, c'est qu'elle va avoir besoin des siens.

Daérion hocha la tête, la gorge nouée.

— Que dois-je faire ? Que dois-je dire ? J'avais promis de la protéger. Au final, je n'ai pas réussi à le faire.

— Elle n'a pas besoin de protection. Je crois qu'elle nous a tous prouvé qu'elle peut survivre par ses propres moyens. Mais elle n'est pas infaillible, alors sois présent quand elle en aura besoin, distant quand elle aura besoin d'être seule. Maintenant, rentrons. Elenn va me tuer si elle nous voit dans ce froid.

Au moment où ils se levèrent pour rentrer au chaud, des flocons de neige se mirent à tourbillonner. Pour Daérion, cette vision fut des plus réconfortantes.

*

Elenn avait préparé un lit douillet fait de couvertures chaudes. Elle avait installé une bouillotte sous les draps. Elle donna à Robyn un pantalon et une chemise.

— Tu me permets de voir tes blessures ?

Robyn hocha la tête et s'allongea sur le ventre. Elle la laissa passer une pommade bien différente de celle du château et qui sentait fort les herbes. Puis elle lui banda le dos. Une fois que ce fut terminé, Robyn se sentit immensément mieux, comme si le bain avait lavé un peu tout ce qui s'était passé.

— Le dîner est prêt, lui dit-elle ensuite. Si tu veux manger…

Aussitôt qu'elle prononça ses mots, le ventre de Robyn se mit à gargouiller. Elenn se mit à rire.

— Je vais t'apporter un plateau.

— Ne vous embêtez pas. Je vais descendre.

Elle se remit sur pied et, malgré la fatigue et la douleur, elle força ses jambes à la porter jusqu'en bas des marches. Elenn lui désigna une chaise à table et la jeune femme s'installa.

Elenn déposa une assiette et des couverts devant elle, puis lui servit un rôti, une sauce et des légumes. Elle lui coupa une tranche de pain.

La porte de l'entrée s'ouvrit. Fryan et Daérion entrèrent, les cheveux constellés de flocons de neige qui fondirent aussitôt dans la chaleur de l'intérieur.

— Viens t'asseoir, Daérion. Tu dois mourir de faim, toi aussi.

Chapitre 42

Le jeune homme s'assit en face de Robyn en silence et mangea tandis que Fryan et Elenn discutaient du temps qu'il faisait dehors et des tâches à accomplir le lendemain.

Robyn engloutit deux assiettes complètes de ragoût. Son visage avait retrouvé des couleurs. Lorsqu'elle commença à somnoler, Elenn décréta qu'il était l'heure pour tout le monde d'aller se coucher.

Fryan et elle se dirigèrent vers leur chambre, une pièce adjacente au salon, tandis que Robyn et Daérion montaient à l'étage.

Robyn se glissa dans ses couvertures délicieusement tièdes grâce à la bouillotte.

Même si elle était épuisée, elle resta immobile, incapable de s'endormir. Comme si elle avait peur d'être dans un rêve, de se réveiller et de constater qu'elle était encore enfermée dans l'aile des concubines.

Dans le silence et l'obscurité, elle sentit une sourde angoisse monter en elle. Si elle fermait les yeux, elle entendait le glouglou de la fontaine, le chuchotement des concubines dans les chambres voisines, les gardes devant sa porte. Elle sentait l'acier contre sa gorge quand Poline et Mina étaient entrées en catimini dans sa chambre.

Elle se redressa dans la nuit et, incapable de rester ainsi, elle se leva. Elle frappa doucement à la porte en face de la sienne. Personne ne lui répondit. Daérion devait dormir. Au moment où elle allait retourner dans sa chambre, il ouvrit. Il avait les cheveux en épi et les yeux endormis. Il fut surpris de la voir devant sa porte, enroulée dans une couverture.

— Je peux t'aider ? demanda-t-il.

— Je peux entrer ?

— Oui, bien sûr.

D'ÉCAILLES & D'OBSCURITÉ

Elle s'avança, puis s'immobilisa au milieu de la chambre tandis qu'il refermait la porte. Il la rejoignit et l'observa.

— Tu vas bien ?

Elle secoua la tête. *J'ai peur de rester seule. J'ai peur que tout ça ne soit qu'un doux rêve. J'ai peur de me réveiller et de me rendre compte que je suis encore là-bas.*

Elle ne dit rien, mais Daérion comprit sans qu'elle n'ait besoin de prononcer les mots à voix haute. Elle avait le visage soucieux, le regard hanté.

Elle serra ses bras contre elle.

— Dans ma… chambre de la tour des concubines, il y avait le livre d'*Alwynn, la paysanne qui portait une épée*. Et je me suis rendu compte que je ne connaissais pas la fin.

— Tu t'es endormie avant que je puisse terminer l'histoire, lui répondit Daérion.

— Tu veux bien me la raconter une nouvelle fois ?

Daérion sourit. Il s'assit sur le lit.

— Viens, dit-il en tapotant le matelas à côté de lui.

Daérion s'installa sur le dos. Robyn s'allongea à ses côtés, passa le bras autour de son torse et posa la tête sur sa poitrine. Daérion sentit son cœur accélérer et eut soudain un peu plus chaud. Il se racla la gorge.

— Alors… Euh… Il était une fois…

Mais Robyn s'endormit bien avant qu'il n'arrive à la deuxième partie du récit.

Chapitre 43

L'aube était belle. Les rayons du soleil faisaient scintiller la neige, la rendant éblouissante, si bien qu'il fallait plisser les yeux pour y voir un tant soit peu. Elenn ne s'était pas trompée, il avait bel et bien neigé durant toute la soirée et la nuit. Et si elle avait encore raison, ce serait la dernière fois cet hiver. Peu à peu, le printemps reprendrait ses droits.

L'air était vif, revigorant et, dans la cour de la ferme d'Elenn et de Fryan, Daérion s'entraînait. Des torrents de flammes jaillissaient autour de lui. Il pouvait à présent alterner petits et grands feux à sa guise et, même si ses sorts ne duraient pas longtemps, ils avaient gagné en force et en intensité.

Il tourna sur lui-même, comme s'il voulait faucher un ennemi invisible de son épée de feu.

— Si tu bouges assez vite, tu peux écrire ton prénom en lettres de feu, fit une voix derrière lui.

Daérion se retourna en entendant la voix de Robyn. Elle était assise sur la marche qui permettait d'accéder à la cuisine sans traverser le reste de la maison. La jeune femme tenait dans sa main gauche une tranche de pain, dans l'autre une pomme. Une couverture était passée par-dessus ses épaules.

— Tu es là depuis longtemps ? demanda-t-il.

— Suffisamment pour m'être rendu compte de tes fabuleux progrès.

Elle se leva, masquant à grand-peine une petite grimace. Son dos était toujours douloureux malgré les onguents d'Elenn. Pourtant, elle se sentait bien plus en forme que la veille, grâce à cette nuit réparatrice.

— C'est toi, hier, qui as chauffé l'eau du bain ? demanda-t-elle.

— Oui, pourquoi ? Il était trop tiède, princesse ?

Robyn sourit à la boutade, puis redevint sérieuse.

— C'était seulement impressionnant, corrigea-t-elle.

Daérion haussa les épaules.

— Quand je n'avais rien d'autre à faire que d'attendre d'avoir de tes nouvelles, la magie était la seule chose qui parvenait à me vider l'esprit.

Elle lui sourit discrètement et fit quelques pas vers lui, le dépassa et alla s'appuyer contre la clôture qui délimitait les terres d'Elenn et de Fryan. Elle regarda droit devant elle, plongée dans des pensées impénétrables. Daérion resta silencieux.

Elle revoyait ces femmes : Poline, Mina, Asha, Rosy et les autres dont elle ne connaissait même pas le nom… Aucune d'entre elles n'avait pu sortir.

Robyn voulait faire payer Rufus Agyr, lui rendre chaque coup qu'il lui avait porté. Œil pour œil, dent pour dent, disait l'adage. Quant à ce sorcier, Tetrann, il fallait le surveiller. En quelques mots, il pouvait demander à n'importe qui de faire n'importe quoi. Un tel pouvoir devait être contrôlé. Robyn imaginait les dégâts que ferait un sort pareil dans une guerre. Le sorcier pouvait parfaitement ordonner à ses ennemis de se retourner les uns contre les autres, ou bien de se rallier à lui, ou de s'enfoncer leurs propres épées dans le corps. La bataille serait alors vite réglée, les soldats de l'Archipel ne feraient pas long feu. D'ailleurs, les soldats à la botte de Rufus Agyr l'étaient-ils de leur plein gré, ou bien étaient-ils soumis à un sort d'obéissance, comme les concubines ?

Robyn abattit ses mains sur la clôture d'un geste rageur. Elle se posait trop de questions, n'avait aucune réponse. Son cerveau menaçait d'exploser sous le poids des interrogations, de la colère et de la douleur. Une chose était sûre : Rufus Agyr et Tetrann devaient être mis hors d'état de nuire.

— Tout va bien ? demanda Daérion.

La jeune femme ne lui répondit pas. Ses pensées allaient à toute vitesse. Daérion pouvait presque voir les rouages dans sa tête tourner, tourner, tourner.

Rufus avait dit que le sorcier ne resterait pas longtemps au château. Peut-être même était-il déjà parti, à moins que Rosy soit parvenue à le garder dans son lit.

Robyn devait le retrouver. Elle était persuadée de pouvoir y arriver. Et... peut-être même était-elle la seule à pouvoir le faire. Mais pour l'instant, avec son dos ravagé et ses mouvements diminués à cause de ses blessures, elle se sentait inutile et faible.

— Il faut que je vérifie quelque chose, dit Robyn en se tournant vers Daérion.

— Quoi donc ?

— Tu as bien dit que la magie ne m'atteignait pas. Envoie-moi du feu.

— Tu as pris un coup sur la tête ? s'inquiéta-t-il.

— Non, je suis parfaitement sérieuse. C'est un test. Vas-y, envoie-moi une flamme.

— Mais…

— Daérion, fais ce que je te dis.

— D'accord…

Il forma une minuscule flamme qu'il envoya sur Robyn d'une pichenette. Elle s'arrêta à quelques centimètres d'elle et disparut en une minuscule pluie d'étincelles.

— Plus fort, ordonna Robyn.

Daérion envoya des flammes, puis des torrents de lave. Il reforma son épée de feu et tenta de l'assener sur Robyn, mais aucun de ses sorts ne parvint à la toucher. À chaque fois, ils se heurtaient à une barrière invisible qui enveloppait tout le corps de la jeune femme. Elle ne sentait aucune douleur, sinon un faible résidu de chaleur plutôt agréable.

— Tu sais, si elle t'énerve à ce point, tu pourrais juste lui glisser un somnifère dans sa gourde, et ta tranquillité serait assurée.

Daérion et Robyn se tournèrent d'un même mouvement vers Lara, qui se tenait devant la clôture, Mop battant des ailes à ses côtés. Elle tenait son cheval par la bride.

— L'alcool aussi fonctionne bien, ajouta Antaï, qui marchait à ses côtés.

Tylan aussi était là. En voyant ses amis, Robyn se mit à respirer plus sereinement. Elle s'était fait un sang d'encre pour eux. Maintenant qu'ils étaient tous réunis, un poids immense s'envolait de ses épaules.

Mop et Daérion se regardaient. Ils communiquaient par la pensée, comme le faisaient toujours les Chevaucheurs et leur monture. Au bout d'un moment, Daérion hocha la tête, l'air heureux, et Mop prit son envol, volant assez bas pour qu'on ne puisse pas l'apercevoir de loin. Ils le virent pénétrer dans la forêt et disparaître entre les arbres.

— Il va chasser, expliqua Daérion.

Les cinq amis entrèrent dans la maison de Fryan et d'Elenn. Du thé chaud leur fut servi. Lara puis Antaï et Tylan racontèrent rapidement leur fuite, qui s'était faite sans encombre. Ils avaient semé les soldats, et la neige avait effacé leurs traces. Puis la discussion dévia sur ce qui convenait de faire.

Comme Robyn, les autres étaient d'avis qu'ils ne pouvaient pas laisser Rufus Agyr régner en maître sur son armée et ses concubines. Lara, Antaï, Tylan et Daérion avaient passé suffisamment de temps avec les soldats pour avoir reçu des confidences, notamment que Rufus avait un allié de taille, mais aucun guerrier ne le connaissait.

Robyn leur raconta les pouvoirs du sorcier Tetrann, un ami de Rufus. C'était peut-être lui, l'allié de taille dont parlaient les soldats. Elle leur décrivit la façon dont il avait asservi les esprits de toutes les concubines. Personne n'avait entendu parler de ce sorcier ni de ses pouvoirs. Une chose était certaine : avant que Rufus Agyr et son allié mystérieux – qu'il s'agisse de Tetrann ou d'un autre – n'attaquent le continent, il fallait que le roi de l'Archipel et son armée soient prévenus.

Ils convinrent alors de partir immédiatement. La journée était à peine commencée et ils avaient de longues heures de route devant eux. Ils se levèrent tous, sauf Robyn, qui resta assise près de la cheminée.

— Tu ne viens pas ? demanda Lara.

— Je ne peux pas, murmura Robyn.

— Pourquoi ? demandèrent Antaï et Lara d'une même voix.

Robyn se leva, fit quelques pas laborieux vers la cheminée en serrant la couverture sur ses épaules. Elle ne l'avait pas enlevée depuis que Lara, Antaï et Tylan étaient revenus.

— Mon dos n'est pas encore remis et des jours à cheval ne l'arrangeront pas, dit-elle en s'appuyant contre le chambranle de la porte. Je vous ralentirais. Or, le temps joue contre nous. Vous devez prévenir l'armée royale au plus vite pour arrêter Rufus Agyr et libérer les filles sous son emprise, ainsi que tous les mineurs dans les souterrains. De plus, je ne crois pas que ma présence soit appréciée, au château.

— Le roi n'est pas homme à pardonner si aisément... murmura Antaï pour donner raison à Robyn.

— Je ne veux pas qu'il sache où je suis. Qu'il pense que je suis morte, ça arrangerait mes affaires. Borné comme il est, il me fera rechercher partout, et je n'ai ni l'envie ni la force de me battre pour l'instant. Dites-lui que j'ai péri quand je me suis échappée de la tour des concubines, ça lui fera plaisir.

— Mais tu ne peux pas te cacher toute ta vie, tu... commença Tylan.

— Non, elle a raison, objecta Daérion.

Robyn lui adressa un remerciement muet. Elle avait l'impression qu'il voyait plus loin que les excuses – véridiques, mais incomplètes – qu'elle donnait à ses amis.

— À la cour, elle sera une cible, continua-t-il. Si tout le monde la croit morte, personne ne la recherchera. De plus, je vous rappelle que Robyn a un sacré pouvoir. Elle s'est échappée de la tour des concubines, malgré les ordres de Rufus et le sort de Tetrann. Ils ne tarderont pas à comprendre que la magie ne fonctionne pas sur elle et pourront le dire à nos ennemis. Or, ces ennemis, nous ne savons pas qui ils sont. Peut-être qu'il y en a à la cour, peut-être pas, mais dans le doute, gardons cet atout précieux qu'est Robyn pour nous. Si on la croit morte, son pouvoir le sera aussi aux yeux de tous.

— Exactement, renchérit Robyn.

— Mais que vas-tu faire, en attendant ? demanda Lara.

— Si elle veut rester ici, il n'y a pas de soucis, fit Fryan, qui écoutait les jeunes gens en silence, assis sur son fauteuil près de la cheminée. Il y a toujours du travail à la ferme, et Elenn et moi ne dirions pas non à une paire de bras en plus. Elle aura tout le temps de se remettre de ses blessures. Je ferai en sorte qu'elle récupère pleinement toutes ses capacités guerrières, et nous garderons un œil vigilant sur le château Nazaroth.

— Je vais rester, moi aussi, dit Daérion.

— Non, contesta fermement Robyn. Vous devez rentrer tous les quatre. Si l'un d'entre vous ne rentre pas, on se demandera pourquoi. Et puis, tu as encore des recherches à faire, et j'ai une piste pour toi : le sortilège *Dorienth*. C'est celui qu'a utilisé Tetrann sur les concubines pour qu'elles obéissent. Vous devriez également interroger Urugh. Il s'y connaît en magie, peut-être a-t-il déjà entendu parler de Tetrann. Envoyez-moi des lettres pour me tenir au courant.

Une heure plus tard, Daérion, Tylan, Lara et Antaï accrochaient sur leur selle des sacs pleins de nourriture fournie par Elenn. L'heure des au revoir sonna.

— Veille sur eux, pour moi, d'accord ? pria Robyn en serrant Lara contre elle.

— Une femme avertie en vaut dix, c'est ce qu'on dit, non ? répondit la Maître-Lame en souriant.

La jeune femme se dirigea ensuite vers leurs hôtes tandis que Robyn se tournait vers ses compagnons de route. Antaï lui pressa doucement le bras.

— Rétablis-toi vite et bien, lui dit-il. Si mon unique concurrente sur cette terre reste blessée, je vais vite m'ennuyer.

— Compte sur moi. Tu prendras la plus belle raclée de ta vie quand je serai de nouveau en forme.

— Je n'attends que ça.

Tylan prit la parole :

— On n'en a pas pour longtemps. Je reviens avec toute une armée ainsi que des Chevaucheurs pour délivrer les autres filles et détruire cette tour une bonne fois pour toutes. Toi, occupe-toi de nous revenir en forme.

Robyn hocha la tête et fit un pas vers Daérion.

— Le sortilège *Dorienth*, n'oublie pas, lui redit-elle.

— Je ne suis pas un idiot.

Un léger sourire éclaira les traits fatigués de Robyn.

— Ça, c'est ce que tu prétends, mais je connais la vérité.

— Prends soin de toi, Robyn. Et pas d'imprudence.

— Je serai sage comme une image.

— Ça c'est ce que tu prétends, mais je connais la vérité, répondit Daérion en une parfaite imitation.

— Allez, pars vite, conclut-elle.

Daérion lui caressa la paume de la main furtivement. Il la regarda comme s'il voulait dire autre chose, mais finit par se retourner et grimpa sur son cheval.

Les quatre cavaliers s'éloignèrent tandis que Robyn, Elenn et Fryan restaient dans la cour de la ferme à les regarder partir. Avant de dépasser la courbe du chemin, ils se retournèrent une dernière fois, puis disparurent, cachés par les arbres qui entouraient la maison des fermiers.

Ces derniers rentrèrent se mettre au chaud, près du feu. Robyn resta un moment debout, dans le froid, près du portail en bois que ses amis venaient de franchir. Rester à l'écart n'était pas dans sa nature. On lui avait appris à être au cœur de l'action, à ne jamais lâcher, jamais abandonner. Toutefois, on lui avait aussi enseigné que, parfois, pour mieux revenir, il fallait se replier, s'isoler, prendre du recul. Elle devait s'éclipser pour mieux renaître le moment venu, tels les phénix qui peuplaient les contes de son enfance. Le jour où elle reviendrait, ce serait pour tout abattre sur son chemin. Il n'y aurait aucun obstacle assez imposant pour l'arrêter. Des sorciers, des orques et des monstres surgis de l'ombre pourraient bien se dresser devant elle, elle les vaincrait les uns après les autres, elle s'en faisait la promesse.

ÉPILOGUE

Une silhouette enveloppée d'ombres se baissa vers les restes d'une créature de pierre, au cœur d'une forêt. Autour d'elle, les oiseaux ne chantaient plus. Même le vent, si présent au nord de l'île Kasmal, n'agitait plus les branches des arbres. Les bois retenaient leur souffle.

Elle se redressa. Du bout du pied, elle retourna ce qui avait jadis été un visage aux yeux orange, à la gueule remplie de deux rangées de dents. Ce démon qu'elle avait elle-même extirpé des tréfonds souterrains où il était cloîtré n'était plus qu'une coquille vide qui serait bientôt engloutie par la terre et le temps.

— Je l'ai sous-estimée, fit la silhouette.

Dressée près d'elle, telle une gargouille monstrueuse, une ombre plus grande encore patientait. Elle avait une allure de menthe religieuse ailée, et noire. La bête s'agita.

— La traque promet d'être intéressante, murmura-t-elle.

Sans un regard pour les restes de l'Amsgarath, la silhouette habillée d'obscurité grimpa sur le dos de son compagnon ailé.

Elle avait fort à faire. La destruction de l'Archipel pouvait commencer.

Livre 2 :

« Pour affronter l'obscurité terrée,
Deux elles étaient, une troisième apparaît.
Insondable est la première,
Dévastatrice est la deuxième,
Improbable, la troisième. »

Suite de la série
D'Écailles & D'Obscurité
en librairie en **juin 2024**

GAËLLE MAUMONT

Gaëlle Maumont est libraire à la Fnac de Bergerac. Passionnée de lecture et d'écriture, elle n'est jamais mieux que quand elle s'installe dans un fauteuil confortable, accompagnée de son chat, pour lire à en perdre la notion du temps. Quant à l'écriture, elle a commencé très tôt, avec des nouvelles, toujours en lien avec la magie.

UNE ENQUÊTE PASSIONNANTE, OSCILLANT ENTRE MAGIE ET TECHNOLOGIE.

Une guerre de l'ombre couve depuis longtemps entre les royaumes du Continent. Dans ce jeu de forces et de magie, la découverte des armures robotisées mobiles devient l'enjeu stratégique de tous. Ces ARM, vestiges d'une civilisation disparue depuis 1200 ans, offriraient un avantage hautement dissuasif si elles voulaient bien révéler leur secret. Mais la pièce manquante demeure introuvable. L'autre solution pour s'assurer la victoire serait de mettre la main sur le maître des arcanes porteur de l'as de la Mort et du Joker : Sadge. Héritier malgré lui de ce pouvoir destructeur, il est traqué pour ses capacités et trouve refuge à la prestigieuse université des magies. Il y rencontre Diba, une émotionnelle que tout le monde fuit à cause de ses dons aussi dévastateurs qu'incontrôlables. Tous deux vont tenter de percer le mystère qui entoure l'origine des ARM, sans se douter que ces robots de guerre ne sont pas la pire des menaces à craindre.

Reproduit et achevé d'imprimer en mai 2023
par Abedik, en Pologne,
pour le compte de Gulf stream éditeur,
31, rue Alfred-Riom, 44100 Nantes
www.gulfstream.fr
Dépôt légal 1re édition : octobre 2023